Felicity Whitmore

Der wilde Garten am Helford River

FELICITY WHITMORE

Der wilde Garten am Helford River

ROMAN

dtv

Von Felicity Whitmore
sind bei dtv außerdem erschienen:
Der Klang der verborgenen Räume
Das Herrenhaus im Moor
Der Faden der Vergangenheit.
Die Frauen von Hampton Hall, Band 1
Die Straße der Hoffnung.
Die Frauen von Hampton Hall, Band 2
Die Heimat des Herzens.
Die Frauen von Hampton Hall, Band 3
Das Geheimnis der verborgenen Bibliothek

FSC www.fsc.org
MIX
Papier aus verantwortungsvollen Quellen
FSC® C019821

Originalausgabe 2023

Umschlaggestaltung: wildesblut – Atelier für Gestaltung
Stephanie Weischer
Umschlagmotive: shutterstock.com
Satz: C.H.Beck.Media.Solutions, Nördlingen
Gesetzt aus der Aldus LT Std 10/13,25˙
Druck und Bindung: Druckerei C.H.Beck, Nördlingen
Printed in Germany · ISBN 978-3-423-21848-1

Für Hanne

Prolog

Frankreich, Nordküste,
April 1791

Marianne kniff die Augen zusammen, um in der Dunkelheit besser sehen zu können. Es war ihre Aufgabe, Ausschau zu halten und die Männer vor den Soldaten des Königs zu warnen, vor dem Bürgermeister und seinen Kumpanen und vor all dem anderen Abschaum, der sich nachts herumtrieb. In den vielen Jahren hatte sie gelernt, auch in schwärzester Finsternis Bewegungen auszumachen, und ihr entging kaum etwas. Sie stand auf einer der Klippen, die an diesem Teil der Küste über dem Meer aufragten. Von hier aus konnte sie in jede Richtung schauen. Unter ihr brachen sich die Wellen an den Felsen. Salz bedeckte jeden Zentimeter ihrer Haut, aber sie schmeckte es längst nicht mehr. Der Wind zerrte an ihren Haaren.

Die Männer unten am Strand arbeiteten zügig. Sie hatten eine Kette gebildet, die Kisten mit Tee und französischem Brandy vom Pferdekarren auf die Boote wandern ließ. Wenn es so weiterging, würden sie in einer halben Stunde ablegen können. Noch war Flut, noch konnten sie auslaufen. Die Männer verrichteten ihre Tätigkeit ohne Licht, um keine Aufmerksamkeit zu erregen. Marianne zog fröstelnd das zerschlissene Tuch enger um ihre Schultern und ließ ihren Blick an der zerklüfteten Küste entlangwandern. Der Sturm toste laut in ihren Ohren. Einen Moment hielt sie inne. Hatte sich da etwas gerührt? Sie starrte auf den dunklen Fleck zwischen den Felsen, etwas weiter rechts von ihnen. Nein. Sie stieß die Luft wieder aus, die sie unwillkürlich angehalten hatte. Es musste sich um ein Stück Treibgut oder einen abgestorbenen Baum handeln, der auf dem Strand lag.

Marianne wollte sich gerade wieder abwenden, als sich der Gegenstand regte. Sie spannte jeden Muskel an, während sie nach unten starrte – es war eine Gestalt, deren Kleidung im Wind flatterte. Wer auch immer es war, er ging auf das Wasser zu. War es ein Späher? Einer der Revolutionäre, die sie in eine Falle locken wollten? Hatten sich etwa weitere Männer hinter den Felsen verborgen und warteten auf seinen Befehl zum Angriff? Marianne glitt vom Felsen hinunter und sprang über die Steine zu den Schmugglern.

»Pst, dahinten ist jemand am Strand«, sagte sie leise zu ihrem Mann Jean, der sofort einen kurzen Pfiff ausstieß.

Alle verharrten und blickten sich zu Marianne um.

»Runter«, wisperte Jean, und im nächsten Moment kauerten sich die Männer so flach auf den Boden, wie sie es vermochten. In der Dunkelheit fielen sie jetzt kaum noch auf zwischen den Felsen am Strand. Wer nicht Bescheid wusste, sah nur ein paar harmlose Fischerboote, die an den Steinen festgemacht waren.

»Schleich dich ran und sieh nach, Weib«, raunte Jean ihr über das Tosen der Wellen hinweg zu, während er sein Messer aus der Scheide zog.

Marianne nickte und schlich sich in der Dunkelheit davon. Sie hielt sich im Schatten der Felsen. Während sie der Stelle immer näher kam, an der sie die Bewegung wahrgenommen hatte, überlegte sie fieberhaft, mit wem sie es wohl zu tun bekommen würden. Das Schmugglergeschäft war hart umkämpft, mehrere Familien beanspruchten diesen Strandabschnitt für sich, und es war immer wieder zu blutigen Auseinandersetzungen gekommen. Erst im letzten Jahr hatte sie einen Vetter verloren, der sich bei einem Überfall der Gérard-Familie eine üble Stichverletzung zugezogen hatte. Die Wunde hatte sich entzündet, und drei Wochen später war er an dem hohen Fieber gestorben.

Marianne drückte sich in eine Felsspalte. Sie biss sich auf die Unterlippe und strich die Haarsträhnen zurück, die der Seewind aus ihren schwarzen Locken gelöst hatte. Vorsichtig lugte sie um die Ecke. Zuerst sah sie nichts, nur Finsternis. Es dauerte eine ganze Weile, bis sie das Flattern wieder wahrnahm. Sie wagte nicht, sich aus ihrem Versteck zu stehlen. Atemlos beobachtete sie die Gestalt, die inzwischen beinahe die Wasserkante erreicht hatte. Marianne stutzte. War das etwa …? Nein, unmöglich. Einen Moment lang hatte sie geglaubt, die Person am Strand sei eine der Nonnen. Aber was hätte die mitten in der Nacht hier unten am Strand zu suchen? Die Ordensschwestern betrieben keinen Schmuggel, sie lebten schweigend und zurückgezogen in ihrem Konvent. Und doch wirkte die Gestalt in ihrem Habit genau wie eine von ihnen.

Eine Weile wartete Marianne noch ab, aber bald war sie sich ziemlich sicher, dass es sich um eine Frau handelte und dass sie allein hier am Strand unterwegs war. Trotzdem musste sie vorsichtig sein. Langsam kroch sie aus dem Felsspalt hervor und glitt von Felsen zu Felsen näher ans Meer heran. Bald war sie so nah, dass ihre nackten Füße von den Wellen umspült wurden. Der Wind riss an ihrem dünnen Kleid. Sie sah sich um. Nichts, hinter ihr schien alles ruhig zu sein. Dann richtete sie ihre Aufmerksamkeit wieder auf die Gestalt vor sich. Jetzt bestand kein Zweifel mehr: Es war eine der Zisterzienserinnen aus dem Kloster auf dem Hügel. Sie trug einen dunklen Mantel über der weißen Ordenstracht, der im Wind wehte. Der schwarze Schleier musste sehr fest sitzen, er war noch nicht vom Sturm fortgezerrt worden.

Marianne überlegte fieberhaft. Was hatte die Nonne vor? Sie ging immer weiter ins Meer hinein. Das Wasser reichte ihr schon bis zu den Knien, ihre Gewänder bauschten sich auf der Wasseroberfläche. In diesem Moment rauschte eine Welle heran und riss die Frau von den Füßen. Als das Wasser zurückwich, kniff Marianne erneut die Augen zusammen. Wo war die Frau geblieben? Dann erkannte sie das Häuflein Kleider, das zappelnd im Wasser lag. Ohne nachzudenken, rannte Marianne los und stürzte sich in die Wellen. Innerhalb weniger Sekunden hatte sie die Nonne erreicht, die erschrocken aufschrie, als Marianne ihre Arme packte und sie mit festem Griff hinter sich her zum Strand schleifte.

»Nein, bitte!« Die Frau hustete und spuckte Meerwasser aus. »Bitte lassen Sie mich, ich will …« Sie brach ab, weil sie würgen musste.

»Sie wären beinahe ertrunken«, stellte Marianne fest.

Die Nonne sackte kraftlos auf dem Sand zusammen. Wieder würgte sie.

»Kommen Sie, Sie müssen das nasse Kleid ausziehen.«

Marianne sah sich Hilfe suchend um und winkte in Richtung der Männer. Hoffentlich nahm Jean sie wahr. »Stehen Sie auf, es ist viel zu kalt im Wasser!«

»Nein, lassen Sie mich sterben. Bitte.« Die Nonne lag immer noch in sich zusammengesunken am Strand.

In diesem Moment erkannte Marianne die Verzweiflung in ihrem Blick.

»Was ist los?«

Marianne fuhr herum. Sie hatte Jean gar nicht kommen hören. Jetzt schälte sich sein Umriss aus der Dunkelheit direkt neben ihr, und er betrachtete die Nonne skeptisch.

»Es ist nur eine aus dem Kloster, die ins Wasser gehen wollte. Hilf mir, sie in die Hütte hinaufzubringen, sie muss die nassen Sachen ausziehen.« Marianne fasste einen Arm der Frau, ohne auf ihr Jammern zu hören.

»Marianne!« Jean stöhnte leise auf. »Wenn sie sich umbringen will, dann lass sie doch. Wer kann es ihr verübeln? Sie sitzt den ganzen Tag in diesem Kloster fest. Wir haben keine Zeit für solche Dinge.«

»Ich lasse sie nicht hier zurück«, erwiderte Marianne trotzig und sah ihren Mann herausfordernd an. Sie wusste, dass er recht hatte, denn sie konnten sich keine Verzögerung leisten. Wenn bald die Ebbe kam, mussten sie die Bucht wieder verlassen haben.

Und doch konnte sie diese Frau hier nicht sterben lassen. Und das würde sie, wenn Marianne sie nicht mitnahm. »Schick mir einen der Männer, der soll mir helfen, sie hochzutragen. Dann kannst du weitermachen.«

Jean brummte etwas und machte sich davon. Wenige Augenblicke später erschien einer der Schmuggler und warf sich die Nonne wie einen Getreidesack über die Schulter.

Kurz darauf stand Marianne in ihrer Wohnung, die in den Felsen hineingehauen worden war, vor dem Feuer und legte einen neuen Holzscheit in die Flammen. Sie hatte die Nonne gezwungen, ihre nassen Sachen auszuziehen, und die immer noch zitternde Frau in warme Decken und Tücher gewickelt. Jetzt hängte sie den Kessel über das Feuer, um die Suppe vom Vorabend aufzuwärmen.

»Geht es wieder?« Sie sah die Nonne mitleidig an, während sie im Topf rührte. Die Frau hatte auch ihren Schleier abgenommen, und darunter war schimmerndes haselnussbraunes Haar zum Vorschein gekommen, das ihr nun über die Schultern fiel.

Die Nonne starrte in die Flammen. Dann flüsterte sie: »Warum haben Sie mich nicht sterben lassen?«

»Einfach so?« Marianne schüttelte den Kopf. »Ich will erst wissen, was so schlimm ist, dass Sie keinen anderen Ausweg mehr sehen. Gerade Sie müssten doch wissen, dass es Sünde ist, sich das Leben zu nehmen.«

Jetzt liefen Tränen über das Gesicht der Frau. »Ich stehe schon lange nicht mehr in Gottes Gnade.«

Marianne griff nach einem tiefen Teller und schöpfte Suppe hinein. »Hier, ich fürchte, es ist kein Brot mehr da.«

Als die Nonne keine Anstalten machte, den Teller entgegenzunehmen, stellte Marianne ihn neben sie auf den Tisch. Dann holte sie einen Löffel und reichte ihn ihrem Gast.

»Essen Sie. Danach können Sie sich immer noch das Leben nehmen. Aber zuerst erzählen Sie mir, warum Sie sterben wollen.«

Die Frau nahm den Löffel und sah weiter gedankenverloren ins Feuer. Ihre Wangen waren feucht.

»Wie heißen Sie?«

Die Nonne zuckte mit den Schultern. »Hier hat man mich Schwester Maria Ignazia genannt.«

»Aber es ist nicht Ihr wahrer Name?«, fragte Marianne nach.

Die Frau atmete tief ein. »Ich hieß Aurelie, aber diesen Namen darf ich nicht mehr benutzen.«

»Warum sind Sie ins Kloster gegangen?«

»Ich musste. Meine Eltern hatten nicht genug Geld, um alle Töchter verheiraten zu können.«

Marianne deutete auf die Suppe. »Essen Sie, bevor sie kalt wird.«

»Ich habe keinen Hunger«, wehrte Aurelie ab.

»Essen Sie trotzdem«, wiederholte Marianne mit Nachdruck.

Zögernd begann die Frau, die Suppe zu löffeln.

Marianne beobachtete sie, bis der Teller geleert war. Dann lächelte sie. »Sehen Sie, es schmeckt Ihnen. Möchten Sie noch einen Nachschlag?«

Der flackernde Schein des Feuers tauchte das Gesicht der Nonne in warmes Licht. Sie war eine schöne Frau, das konnte Marianne selbst in der Dunkelheit ihrer Wohnhöhle erkennen. Die großen graublauen Augen, die schmale Nase und die hohen Wangenknochen ließen sie elegant und vornehm wirken.

Aurelie schüttelte den Kopf und sagte leise: »Danke, aber es war sehr gut.«

Marianne räumte den Teller weg und nahm den halb vollen Wasserkessel, um ihn über die Flammen zu hängen. Anschließend setzte sie sich wieder neben die Nonne.

»Was haben Sie jetzt vor? Soll ich Sie zurück zum Kloster begleiten?«

»Nein«, Aurelie sah sie erschrocken an, »ich kann nicht dorthin zurück. Niemals. Ich kann nirgendwohin.«

»Aus diesem Grund wollten Sie auch …« Marianne ließ den Satz unvollendet.

Die Frau nickte.

Im Licht des Feuers konnte Marianne ihre weiche Haut erkennen. Diese Nonne schien noch jung zu sein, sehr jung. Zu jung, um zu sterben.

»Ich weiß nicht, was Ihnen zugestoßen ist, und ich habe kein Recht, in Sie zu dringen, aber ich bin sicher: Was auch immer Sie so hat verzweifeln lassen, es geht vorbei. Irgendwann ist all das nur eine ferne Erinnerung, und Sie werden wieder glücklich sein.«

Die Frau presste die Lippen zusammen. Erneut quollen Tränen unter den dichten, langen Wimpern hervor. »Ich bin nicht dazu auserkoren, glücklich zu sein.«

»Sie wollen also nicht wieder zurück ins Kloster?«, fragte Marianne.

Die Nonne trocknete sich die Wangen mit der Leinendecke, die Marianne ihr um die Schultern gelegt hatte, und schüttelte stumm den Kopf.

»Und auch sonst können Sie nirgendwohin?«

»Nicht nur das«, antwortete Aurelie leise. »Sie werden nach mir suchen. Und wenn sie mich finden …«

Marianne konnte die Angst in den Augen der jungen Frau erkennen.

»Na schön«, sagte sie und stand auf. »Ich helfe Ihnen.«

»Was?«, erwiderte Aurelie überrascht.

»Ich bin Engländerin, vor zehn Jahren habe ich meinen

Mann Jean geheiratet, seitdem lebe ich hier in Frankreich. Doch meine Familie wohnt drüben am Helford River, wo ich aufgewachsen bin. Die Familie meines Mannes und meine eigene sind seit vielen Generationen … Geschäftspartner.« Marianne öffnete die Holzkiste, in der sie ihre Kleidung verwahrte. Sie und Jean waren nicht reich, aber sie kamen gut über die Runden. Auch wenn sie nicht viel über diese junge Frau wusste, spürte sie instinktiv, dass sie ihr vertrauen konnte. Marianne musste diesem armen Geschöpf helfen.

»Wir müssen uns beeilen, die Männer können Sie mit über den Ärmelkanal nehmen. Sie werden allerdings nicht lange auf Sie warten, weil sie nur bei Flut in die Bucht dort gelangen und vor Ebbe wieder weg sein müssen. Kommen Sie mal her.« Sie winkte die junge Frau herbei, die offensichtlich Französin war.

Aurelie stand zögernd auf. »Helford River? Sie sprechen von England?«

»Cornwall.« Marianne nickte und hielt prüfend eines ihrer alten Kleider in den Schein des Feuers. »Das hier müsste Ihnen passen. Und ein altes Unterkleid habe ich auch noch für Sie.«

»Aber … brauchen Sie es nicht selbst?«

»Doch«, gab Marianne zu. »Aber Sie benötigen es im Augenblick dringender.«

»Oh, Madame«, Aurelie nahm Marianne das Kleid ab und befreite sich von der Decke, »ich kann es Ihnen nicht bezahlen.«

»Das sollen Sie auch nicht.« Marianne lächelte und half der jungen Frau beim Anziehen. Die nasse Unterwäsche, die Wollstrümpfe und die Nonnentracht wickelte sie zu einem Bündel zusammen, das sie fest verschnürte. »So, nur die Schuhe müssen Sie feucht anziehen. Aber auf dem Boot werden sie sowieso wieder nass.«

Nachdem die junge Frau fertig war, brachte Marianne sie hinunter zum Strand, wo die Männer inzwischen die Boote beladen hatten.

»Sagen Sie meinen Tanten in Cornwall, dass ich Sie schicke und dass sie Sie bitte bei sich aufnehmen sollen. Sie werden hart arbeiten müssen, aber so sind Sie erst einmal fort von hier.«

Aurelie hatte Tränen in den Augen. Marianne konnte nicht sagen, ob sie von ihrer Trauer, Verzweiflung oder Erleichterung herrührten. Insgeheim wünschte sie ihr Glück für die Überfahrt und für ihr weiteres Leben, denn das würde sie auf jeden Fall gebrauchen können.

Kapitel 1

London, Oktober 2010

Emily umklammerte ihre Laptoptasche und starrte durch das Fenster auf die vorbeiziehenden Vororte Londons. Mit ihren Gedanken war sie noch immer in Cambridge. Dabei hätte sie eigentlich noch einmal in den Roman schauen sollen, der ein wichtiger Grund für ihre Reise in die Hauptstadt war.

Sie zuckte zusammen, als ihr Smartphone vibrierte. Erleichtert sah sie, dass es nicht Stephanie, sondern John war – der Produzent, für den sie das Drehbuch schreiben sollte.

»Hallo, John«, meldete sie sich. »Ich bin in einer halben Stunde bei dir.«

»Fein«, antwortete der Produzent. »Du wirst schon sehnsüchtig in Kendal House erwartet. Dann gebe ich Bescheid, dass wir pünktlich anfangen können.«

»Okay«, antwortete Emily. Wem auch immer er Bescheid geben wollte, sie würde es noch früh genug erfahren. Vermutlich plante er eine Produktionsbesprechung, er hatte ja schon angedeutet, dass es strenge Vorgaben für das Drehbuch gab.

»Wie geht es Luca?«, hörte sie John fragen.

Emily seufzte. »Es wird besser. Er ist jetzt bei seinen Eltern.«

»Sehr gut. Du hast die richtige Entscheidung getroffen, Em. Es war gut, diesen Auftrag anzunehmen. Wir sehen uns gleich am Bahnhof. Mein Fahrer holt dich am Gleis ab.«

»Danke, John.« Emily legte auf und starrte einen Moment lang auf das Display. Dann schrieb sie eine kurze Nachricht an Stephanie, in der sie sich erkundigte, ob zu Hause alles in Ordnung sei.

Die Antwort kam wenige Sekunden später. *Alles okay, ich melde mich, falls es Probleme gibt. Und jetzt schalte ab, genieß deine Arbeit.*

Emily steckte das Handy weg und schüttelte den Kopf. Sie konnte nicht abschalten, zu groß war die Angst vor dem, was passieren könnte, während sie fort war. Der Arzt hatte ihnen gesagt, dass jeglicher Stress zu einem Rückfall führen könne. Und Emilys Abwesenheit bedeutete eindeutig Stress für ihren Freund Luca, der unter starken Depressionen litt. Sie presste die Lippen zusammen und strich gedankenverloren über den Stoff des Sitzes in ihrem Zugabteil. Würde das ein Leben lang so sein? Emily lehnte sich zurück. Eine enorme Verantwortung lastete auf ihr. Manchmal hatte sie das Bedürfnis, einfach wegzulaufen. Nein! Was dachte sie denn da? Sie liebte Luca, und das würde sie ihm niemals antun. Sie hatte ein schlechtes Gewissen, dass sie überhaupt daran gedacht hatte. Luca war ihr Traummann, ihre große Liebe. Eine Sandkastenliebe. Sie wollten heiraten. Und eine Beziehung musste auch Tiefs wie dieses überstehen. Aber es würde wieder besser werden, irgendwann.

Sie zog die Beine ein, als sich eine füllige Frau mit einer gigantischen Tasche im Sitz gegenüber niederließ.

Emily nahm den Roman »Sterne am Nachthimmel« aus ihrem Rucksack und schlug ihn auf. Es brachte nichts, sich den Kopf zu zerbrechen. Stephanie würde sich genauso gut um Luca kümmern, wie Emily es sonst immer tat. Schließlich war sie seine Mutter.

Planlos blätterte Emily durch das Buch mit dem dunkelblauen Leineneinband. Auf dem Umschlag war ein Foto zu sehen, auf dem ein junger Mann durch eine öde Wüstenlandschaft in Richtung Horizont lief. Ein gutes Bild – auch für den Film, den John auf der Grundlage dieses Romans produzieren wollte. Vielleicht würde sie eine ähnliche Szene in das Drehbuch einbauen. Emily schlug den hinteren Deckel auf, um sich das Autorenbild genauer anzusehen. Bislang hatte sie diesem jungen Mann nicht viel Aufmerksamkeit geschenkt. Sie wollte das Buch zunächst für sich selbst sprechen lassen. Aber vielleicht würde sich im Laufe der nächsten Wochen, in denen sie intensiv an dem Drehbuch arbeiten würde, eine Gelegenheit ergeben, Kontakt mit dem Autor aufzunehmen, um ihm ein paar Fragen zu den Hintergründen seines Romans zu stellen. Manchmal konnte das durchaus hilfreich sein, um tiefere Botschaften zu ergründen. Der Autor, Ryan Scott, war offenbar nur fünf Jahre älter als Emily selbst, also dreißig. Seine braunen Locken hingen ihm wirr ins Gesicht, die dunklen Augen blitzten amüsiert in die Kamera.

Emily sah auf. Die Umgebung änderte sich, sie erkannte die modernen Geschäftshäuser und Einkaufsstraßen Londons. Es wurde langsam Zeit, ihr Gepäck zusammenzusuchen. Der nächste Halt war King's Cross, wo John sie erwartete. Die einstündige Fahrt war nur so verflogen. Sie zerrte ihre beiden Koffer aus der Gepäckablage und hängte sich ihre Laptoptasche um. Als der Zug wenig später in den Bahnhof einfuhr, verließ sie den Waggon als Erste.

»Miss Greenberg?« Ein Mann in dunklem Anzug kam auf sie zu.

Emily nickte.

»Ich bin Martin Sanchez, Mr Mercys Fahrer.« Er nahm ihr das Gepäck ab. »Hier entlang, bitte.«

Als sie aus dem Bahnhof traten, stand John an die elegante Limousine gelehnt, die Hände lässig in den Taschen seiner maßgeschneiderten Hose, und erwartete sie.

»Em!« Er breitete die Arme aus und drückte sie einen Moment lang an sich. Sie nahm den dezenten Duft seines vermutlich sündhaft teuren Parfüms wahr. »Ich bin froh, dass du da bist. Du bist genau die Richtige für diese Aufgabe.«

»Danke«, presste Emily gerührt hervor. John war so lieb, er vermittelte ihr den Eindruck, als tue sie ihm einen Gefallen. Dabei hätte er jeden für diesen Job bekommen können, aber er hatte Emily gewählt. Es war ihr erster ganz großer Drehbuchauftrag! Durch viele Zufälle und noch mehr Glück hatte sie während ihres Studiums in London an der *Central Film School* den Produzenten John Mercy kennengelernt und nach ihrem Studium gleich eine ziemlich erfolgreiche Miniserie für ihn geschrieben.

Vor einigen Wochen hatte John Emily dann angerufen und um ein Treffen gebeten. Während eines Mittagessens in London unterbreitete er ihr das Angebot, ein Filmdrehbuch zu einem erfolgreichen Roman zu schreiben, dessen Rechte seine Produktionsfirma erworben hatte. Emily hatte lange überlegt, ob sie den Auftrag annehmen sollte, da es ihrem Verlobten Luca gerade gesundheitlich nicht gut ging.

Luca und Emily kannten sich seit der Grundschule, mit sechzehn hatten sie sich ineinander verliebt. Damals hatten wohl auch seine Depressionen begonnen, auch wenn er nie darüber gesprochen hatte. Erst Jahre später bemerkte Emily, dass etwas mit ihm nicht stimmte, und wenn sie nicht mit seiner Mutter darüber gesprochen hätte, würde sie vermutlich bis heute nicht genau wissen, was ihm fehlte. Luca war ein Meister darin, zu verbergen, wenn es ihm schlecht ging. Vor einigen Jahren waren Emily und er in ein kleines Haus in Cambridge gezogen. Aber seit dem letzten Winter waren seine Depressionen nicht mehr zu übersehen. Er konnte morgens das Bett nicht verlassen, selbst der Gang zur Toilette fiel ihm schwer. Stundenlang saß er auf einem Stuhl in der Zimmerecke und starrte vor sich hin. Emily konnte ihn nicht erreichen, egal was sie auch versuchte. Sie drohte ihm, versuchte, ihn zu zwingen aufzustehen, aber es war, als kämen ihre Worte gar nicht bei ihm an. Einmal hatte sie es mit einer Party versucht, hatte ein Picknick im Park organisiert, aber Luca hatte nicht reagiert. Er saß auf seinem Stuhl und starrte vor sich hin. Sie hatte für ihn gebacken und gekocht, Luca hatte nichts angerührt. Sie hatte vor Verzweiflung geweint, es hatte ihn nicht berührt. Schließlich hatte Emily sich nicht anders zu helfen gewusst und Lucas Mutter Stephanie angerufen. Gemeinsam brachten sie ihn in eine Klinik, in der er sechs Wochen lang behandelt wurde. Jetzt war er seit zwei Monaten wieder zu Hause und nahm Medikamente, die ihm zu helfen schienen, aber er war kaum belastbar, wie der Arzt ihnen mitgeteilt hatte. Und genau in dieser schwierigen Phase kam Johns Angebot. Sie sollte Ryan Scotts Roman adaptieren, unter der Bedingung, während der Arbeitsphase in Kendal House, Johns Firmensitz in London, zu wohnen. Emily hatte gezögert, aber John hatte sie dazu gedrängt, mit Luca und seinen Eltern zu sprechen, was sie schließlich auch getan hatte.

Stephanie war sofort von Johns Angebot begeistert gewesen und hatte versprochen, sich während Emilys Abwesenheit um ihren Sohn zu kümmern. Sie war es gewesen, die Emily dazu überredet hatte, ihre große Chance zu ergreifen.

»Das könnte dein absoluter Durchbruch werden, Schätzchen«, hatte sie in einem Ton gesagt, der keine Widerrede erlaubte. »Wir werden alle mächtig stolz auf dich sein.«

»Steig ein, Em«, unterbrach John jetzt ihre Erinnerungen. »Wir werden in Kendal House erwartet.«

Emily schüttelte die Gedanken an Luca ab und stieg in die geräumige Limousine. Sobald John neben ihr saß, fragte sie ihn: »Und du bist sicher, dass ich für diesen Job nicht pendeln kann? Ich bin mit der Bahn in einer Stunde in Cambridge.«

»Em«, John hob die Hand, »darüber haben wir doch schon gesprochen. Ich möchte, dass du dich ganz auf die Arbeit konzentrierst.«

»Aber zwischendurch muss ich den Kopf frei bekommen …«, warf sie ein.

John unterbrach sie. »Wie willst du denn bei deinen Problemen mit Luca den Kopf zu Hause frei bekommen?«

Emily schwieg, auch wenn sie absolut nicht davon überzeugt war, dass sie besser arbeiten würde, wenn sie sich in Kendal House zurückzog. Schließlich war sie immer in Gedanken bei Luca. Wenn sie ihn regelmäßig sehen und sich vergewissern könnte, dass alles in Ordnung war, würde sich das nur positiv auf ihre Arbeit auswirken. Aber John war der Boss, und sie wusste, dass es besser war, nicht weiter mit ihm zu diskutieren.

Sie starrte durch das getönte Fenster in den Londoner Vormittagsverkehr hinaus. Menschen eilten über den Bürgersteig, Autos reihten sich, Stoßstange an Stoßstange, aneinander, und eine milde Oktobersonne strahlte auf das bunte Treiben herab. Die weichen Sitze aus beigem Leder dufteten nach Geld und Erfolg. Klassische Musik drang leise an ihr Ohr und verdrängte die Stadtgeräusche von außen. John reichte ihr einen Espresso, den er in einer kleinen Maschine in einer Verkleidung im Rücksitz zubereitet hatte. War das schon ein Vorgeschmack auf Kendal House? Herbert, einer ihrer Professoren an der Filmhochschule, hatte immer von dem Luxus dort geschwärmt. Emily streckte die Beine aus – was für ein nobles Gefährt! Sie war in bescheidenen Verhältnissen aufgewachsen, und auch Luca kam aus einer Familie, die immer sparsam leben musste. Eine solche Extravaganz kannte sie nur aus Filmen. Ihr Bauch kribbelte, als sie sich an den mit Stolz erfüllten Blick ihrer Mutter erinnerte, nachdem sie ihr die Vorschusssumme mitgeteilt hatte, die John ihr für das Drehbuch angeboten hatte. Ihre Mutter hatte sich die Kosten für Emilys Ausbildung vom Mund abgespart, bis Emily schließlich das Stipendium für die Filmhochschule erhalten hatte. Somit war Emilys Mutter also maßgeblich an ihrem heutigen Erfolg beteiligt. Emily hoffte, dass sie ihr irgendwann ihre Dankbarkeit dafür zeigen konnte. Sie träumte davon, einmal so reich zu sein, dass sie ihrer Mutter jeden Monat ein paar Hundert Pfund schenken konnte, damit sie nicht mehr als Verkäuferin mit zahlreichen Überstunden die Woche arbeiten musste.

Trotz des dichten Verkehrs kamen sie erstaunlich schnell voran, und schon nach zwanzig Minuten hatten sie die Londoner Innenstadt hinter sich gelassen und befanden sich auf dem Weg nach Wood Green. Kendal House lag im Norden der Stadt, Emily war noch nie dort gewesen, sie wusste nur, dass es der Firmensitz von Johns Produktionsfirma war, der auch über einige Gästezimmer verfügte. John war dafür bekannt, dass er immer die besten Teams zusammenstellte, die sich in Kendal House dann in Klausur begaben. Tatsächlich waren bereits einige Erfolgsproduktionen daraus hervorgegangen. Herbert hatte schon mehrere Drehbücher für John geschrieben und das ein oder andere Mal im Unterricht von Kendal House erzählt. Normalerweise wäre Emily jetzt sehr stolz gewesen, dass sie so schnell, kaum drei Jahre nach ihrem Studium, nach Kendal House eingeladen worden war, aber die Sorgen um Luca überschatteten diesen Erfolg, und sie konnte ihn nicht richtig genießen.

Wenig später hielten sie vor einem großen Eisentor, das sich nach einer kurzen Wartezeit elektrisch öffnete. Die Limousine passierte, und die Pforte schloss sich hinter ihnen wieder. Emily sah sich um, und einen kurzen Moment lang wurde ihr mulmig. Sie war tatsächlich eingesperrt, rechts und links des Tores konnte sie eine hohe Backsteinmauer sehen, die vermutlich das gesamte Gelände umschloss.

»Aber ich darf das Grundstück zum Spazierengehen oder zum Einkaufen schon verlassen?«, fragte sie halb scherzhaft.

»Du bist nicht meine Gefangene«, schmunzelte John. »Einkäufe sollten jedoch nicht nötig sein, das Personal ist angewiesen, all deine Wünsche zu erfüllen.«

»Oh, okay …« Emily starrte durch das Fenster auf die Rhododendren, die zu beiden Seiten des Weges wuchsen. Sie begann sich zu fragen, ob sie tatsächlich zum Arbeiten hierhergekommen war oder ob es sich nicht eher um einen Luxusurlaub handelte. Noch nie hatte sie Personal gehabt, das sich um ihre Wünsche kümmerte.

Über eine Kieszufahrt gelangten sie an ein paar Bäumen vorbei zum Haus. Kendal House bestach nicht gerade durch seine Schönheit. Es war ein großes eckiges, gregorianisches Anwesen aus roten Ziegelsteinen, das aus drei Komplexen bestand. Ein hoher vierstöckiger Turm versuchte, mit den Wolkenkratzern der Großstadt am Horizont wettzueifern, daneben stand ein langes Haus mit zwei Etagen, das in einen weiteren Gebäudetrakt überging.

Der Fahrer hielt an, und sie stiegen aus. Emily sah sich um. Vor dem Haus erstreckte sich eine grüne Wiese, die von der Auffahrt gesäumt war. Ein paar Hundert Meter weiter verlief die Mauer, die das Grundstück umgab.

John war bereits die zwei flachen Stufen zur Eingangstür hinaufgestiegen und wartete dort auf Emily.

»Erstaunlich, dass es mitten in der Stadt eine solche Oase gibt«, stellte sie fest, während sie in den kleinen Vorraum trat.

»Das Gebäude wurde Anfang des neunzehnten Jahrhunderts für einen Kommandanten der Royal Marine gebaut«, erklärte John. »Damals war hier in der Gegend kaum ein Haus zu finden.«

Emily nickte und betrachtete die hübsche Eingangshalle. Der Boden war mit schwarzen und weißen Kacheln ausgelegt, Zimmerfarne standen in den Ecken, und es duftete nach Kaffee, Zitronen und Gebäck. Drei Türen gingen links und rechts von der Halle ab, eine geschwungene Treppe führte nach oben. Geradeaus konnte Emily einen Blick in eine große, modern eingerichtete Küche erhaschen.

Schritte waren zu hören, kurz darauf tauchte eine schwarzhaarige Frau in dunkler Hose und weißer Bluse in dem Durchgang zur Küche auf.

»Hallo, Sie sind bestimmt Emily.« Sie streckte ihr die Hand entgegen. »Ich bin Mary Sanchez, die Haushälterin. Mein Mann und ich wohnen über der Garage. Wenn Sie irgendwas brauchen, am Tag oder in der Nacht, scheuen Sie sich nicht, sich an mich zu wenden.«

»Danke.« Emily lächelte und schüttelte Marys Hand.

John deutete zur Treppe. »Am besten, Mary, Sie bringen Em jetzt nach oben und begleiten sie in ihr Zimmer. In einer halben Stunde treffen wir uns auf der Terrasse zum Kennenlernen.«

Emily folgte Mary die schmale, mit blauem Teppich ausgelegte Treppe hinauf.

»Hier oben befinden sich die Büros der Produktionsfirma«, erklärte ihr Mary, als sie die erste Etage erreicht hatten. »Wenn Sie ein Anliegen haben, das Ihr Projekt betrifft, finden Sie hier immer einen Ansprechpartner.«

Mary führte Emily einen schmalen Flur entlang, an den Büros vorbei zu einem weiteren Treppenhaus.

»Ah, das ist der Turm, richtig?«, fragte Emily.

Mary lächelte. »Im Turm befinden sich die Gästezimmer. Es gibt insgesamt fünf Schlafzimmer im Haus. Ursprünglich waren es zehn, aber da John ja Büroräume brauchte …«

Die Haushälterin stieg die zweite Treppe hinauf. »Ich habe Ihnen ein Zimmer ganz oben hergerichtet, da haben Sie Ihr eigenes Bad.«

Als sie die vierte Etage erreicht hatten, stellte Emily begeistert fest, dass das Dach ganz aus Glasfenstern bestand, die für größtmögliche Helligkeit sorgten. Von einem Vorraum gingen drei Türen ab.

»Das ist Ihr Zimmer.« Mary öffnete die zweite Tür auf der rechten Seite und ließ Emily eintreten.

»Oh, das ist wunderschön!«, rief Emily begeistert, als sie in das helle Zimmer trat. Moderne und antike Möbel waren geschmackvoll kombiniert worden. Ein Boxspringbett stand in der Mitte des Raumes, alte Kommoden und Tischchen reihten sich an den Wänden. Hinter der Tür stand ein weißer Kleiderschrank. Emily trat ans Fenster und sah in den Garten hinunter, der sich bis zu einem kleinen See erstreckte.

»Unglaublich!« Sie schüttelte den Kopf. »Und das alles mitten in London.«

Auf der anderen Seite des Sees standen einige Hochhäuser, in der Ferne ragten die Wolkenkratzer der Innenstadt auf.

»Falls Sie gern angeln oder Boot fahren«, Mary trat neben sie, »können Sie sich eine Ausrüstung aus dem Gartenzimmer schnappen. Das Ruderboot liegt unten im Bootshaus, das können Sie von hier aus nicht sehen, weil es von den Bäumen verdeckt wird.«

»Gehört der See zu Kendal House?«, fragte Emily.

Mary schüttelte den Kopf. »Er ist öffentlich. Aber dieser Teil des Ufers mitsamt dem Bootshaus ist privat und gehört tatsächlich uns. Sehen Sie die Bank da unten?«

Emily nickte.

»Dort ist es abends wunderschön. Jetzt wird es in der Dämmerung schon langsam kühl, aber ein paar Sonnentage sollen in den nächsten Wochen ja noch kommen. Ziehen Sie sich einfach eine dicke Jacke an, vielleicht können Sie ja sogar dort arbeiten.«

»Das wäre toll.« Emily lächelte Mary an. »Ich danke Ihnen für den Tipp.«

In diesem Moment erschien Martin, der Fahrer, in der Tür, der John und Emily hierhergebracht hatte. Er stellte Emilys Gepäck vor dem Bett ab.

»Das ist mein Mann Martin«, erklärte Mary. »Aber Sie haben ihn ja schon kennengelernt. Dann lassen wir Sie jetzt allein, damit Sie sich frisch machen können. In zwanzig Minuten erwartet John Sie auf der Terrasse.«

Sobald sie allein war, setzte Emily sich für einen Moment auf das Bett. Sie hatte plötzlich ein schlechtes Gewissen, die nächsten Wochen in diesem Luxus zu leben, während Luca zu Hause auf sie wartete. Sie stand auf und hievte ihre Koffer aufs Bett. Während sie ihre Kleidung in den Schrank und in die Kommode räumte, versuchte sie, sich auf die Aufgaben zu konzentrieren, die vor ihr lagen.

Ryan Scott wurde als Shootingstar in der Literaturszene gefeiert. Sein Debüt »Sterne am Nachthimmel«, in dem es um einen jungen Mann mit Borderline-Störung ging, war letztes Jahr erschienen und stand weltweit auf den Bestsellerlisten. Emilys Aufgabe war es nun also, aus dem Roman ein Drehbuch zu machen. Nachdem sie ihre leeren Koffer unter dem Bett verstaut hatte, setzte sie sich auf den Stuhl, der in der Ecke stand, und griff noch einmal zu Scotts Buch. Sie hatte es bisher erst einmal gelesen. Sie hatte zwar ein Exposé und ein umfangreiches Treatment erstellt, das sie John vor zwei Wochen zugeschickt hatte, aber sie hätte sich vielleicht noch gründlicher vorbereiten sollen. Lucas Betreuung hatte sie derart in Anspruch genommen, dass sie nicht einmal Details über den Schriftsteller recherchiert hatte. Nun, darüber würde ihr das Produktionsteam sicher gleich eine kurze Zusammenfassung liefern. Emily stand auf und sah auf die Uhr. Es wurde Zeit, nach unten zu gehen.

Mary hatte ihr den Weg so gut erklärt, dass sie ohne Probleme ins Gartenzimmer fand. Hier standen Rattanmöbel und Zimmerfarne, und eine Glastür führte zu einer großzügigen Terrasse.

Als Emily in den Garten trat, kam John auf sie zu. Nachdem er sich erkundigt hatte, ob sie mit ihrer Unterbringung zufrieden war, deutete er auf einen jungen Mann, der mit dem Rücken zu ihnen stand und in den Garten hinaussah. »Emily, darf ich dir Ryan Scott vorstellen, den Schriftsteller?«

»Oh«, überrascht betrachtete Emily den Mann, der sich jetzt zu ihnen umdrehte, »ich hatte keine Ahnung, dass Sie hier sein würden. Ich freue mich sehr, dann kann ich Ihnen ja noch ein paar Fragen zu Ihrem Werk stellen.«

»Mehr als das, Em«, erwiderte John, während er ihr jovial den Arm um die Schulter legte. »Ihr werdet das Drehbuch gemeinsam schreiben.«

»Was?« Emily sah John verwirrt an.

Der Produzent drückte sie an sich. »Ryan wird bestimmt eine Menge guter Ideen dazu beitragen.«

»Aber ich wusste ja gar nichts davon.« Emily spürte, wie Ärger in ihr aufstieg. Warum hatte John ihr nicht im

Vorfeld davon erzählt? Spätestens die Fahrt vom Bahnhof hierher wäre eine günstige Gelegenheit dafür gewesen.

»Warum auch? Es wird deine Arbeit sicher wunderbar ergänzen.« John lächelte sie an.

Emily atmete tief durch. »Und wie lange steht das schon fest?«

»Ich hatte von Anfang an klargestellt, dass ich nur mit einer Filmadaption einverstanden bin, wenn ich am Drehbuch mitarbeiten darf«, mischte sich nun Ryan ein. »Sonst hätte ich den Vertrag nicht unterschrieben.«

»Aber …«, begann Emily.

Doch John unterbrach sie. »Wir können gleich noch genug reden. Ich möchte, dass ihr jetzt erst einmal alle kennenlernt.«

Emily starrte auf die Wiese vor ihnen. Sie fühlte sich überrumpelt und fragte sich, warum John ihr nicht mitgeteilt hatte, dass der Romanautor am Drehbuch mitschreiben wollte. Ryan Scott hatte sicher klare Vorstellungen, sonst hätte er nicht so vehement darauf bestanden.

»Das sind Rose und Tatjana, unsere Teamassistentinnen, die ihr mit jeder nur denkbaren Recherche beauftragen könnt«, sagte John gerade. »Wenigstens eine von ihnen ist jeden Werktag von acht bis fünf in Kendal House. Ihr könnt sie aber auch per Mail oder Telefon erreichen.«

Emily betrachtete die beiden Frauen, die unterschiedlicher nicht hätten sein können. Tatjana war rundlich und an die sechzig, Rose in Emilys Alter, blond und gertenschlank.

»Frank kennt ihr ja beide schon. Em, du hast bei der Miniserie ja mal mit ihm zu tun gehabt.« John deutete auf den Regisseur, an den Emily sich noch gut erinnern konnte. Er hatte bei einer der zwei Folgen Regie geführt.

»Und mein Co-Produzent Cliff Cartwright …« John deutete auf einen Mann mit gewaltigem Schnurrbart, der nun Emily und Ryan die Hand reichte.

»… sowie unser Produktionsleiter Claus.«

Claus war ein drahtiges Kerlchen und trug ein Klemmbrett unter dem Arm. Er wirkte voller Tatendrang und energiegeladen.

John nickte zufrieden. »Gut, jetzt kennt ihr alle. Claus, Cliff und meine Wenigkeit werden nur sporadisch hier sein, und natürlich am Ende, wenn das Buch steht und wir noch einmal alles durchsprechen.«

Emily wusste, dass das noch lange dauern konnte, denn Drehbücher wurden immer wieder umgeschrieben. Für die Miniserie hatte sie die Bücher viermal überarbeiten müssen.

»Ich habe euch auf die Terrasse gebeten«, fuhr John nun fort und deutete auf die Wiese und den See vor ihnen, »weil ich euch alle Möglichkeiten hier zeigen wollte. Ryan und Em, ihr könnt auf Spaziergängen um den See herum, bei einer Bootsfahrt oder auch beim Barbecue auf der Terrasse Ideen entwickeln. Wir möchten euch euren Aufenthalt hier so angenehm wie möglich gestalten, damit sich eure Kreativität frei entfalten kann. Das ist auch der Grund dafür, dass ich bei euch beiden darauf bestanden habe, dass ihr während der Arbeit am Drehbuch in Kendal House wohnt. Ich brauche all eure Energie, ich will eure Aufmerksamkeit nicht teilen. Nehmt euch Zeit, entspannt euch und setzt euch nicht unter Druck.«

Emily sah zu ihrem Co-Autor, der die Stirn runzelte.

Noch immer ärgerte sie sich darüber, dass John ihr im Vorfeld nicht von ihrer geplanten Zusammenarbeit erzählt hatte. Wie sollte sie sich denn entspannen, wenn er sie so überfuhr? Außerdem hatte sie keine Zeit, sie musste die Arbeit so schnell wie möglich erledigen, um zu Luca zurückzukehren.

»Dann lasst uns jetzt wieder reingehen.« John deutete auf die Tür zum Gartenzimmer, und während die kleine Gruppe den Raum durchquerte, erklärte er: »Fühlt euch bitte wie zu Hause und bedient euch in der Küche jederzeit an Essen und Getränken. Hier nebenan ist das Esszimmer, wo Mary euch den Lunch und das Dinner servieren wird. Das Frühstückszimmer liegt neben der Eingangstür – oder möchtet ihr lieber in euren Zimmern frühstücken?«

Emily schüttelte schnell den Kopf. Das fehlte noch, dass ihr das Frühstück ans Bett serviert wurde. Auch Ryan schien nichts davon zu halten, denn er runzelte nur die Stirn.

»Im Erdgeschoss gibt es außerdem noch diverse Besprechungsräume, einen Arbeitsbereich für euch und einen kleinen Salon. Im Untergeschoss sind der Kinosaal, der Weinkeller und das Fitnessstudio mit Sauna und Schwimmbecken untergebracht. Ganz oben im Haus befindet sich noch ein weiterer Kreativbereich, dort könnt ihr euch ebenfalls zum Schreiben zurückziehen.« John machte eine Pause und rieb sich erwartungsvoll die Hände. »Dann beginnen wir mal mit unserer ersten Teambesprechung.«

Er ließ allen den Vortritt in den angrenzenden Besprechungsraum. Als Emily das großzügig geschnittene Zimmer mit dem weißen runden Tisch in der Mitte betrat, fielen ihr gleich die gemütlichen Sitzecken auf, die mit hellen

Sitzsäcken und dicken Flokati-Teppichen ausgestattet waren. Nachdem alle um den großen Tisch herum Platz genommen hatten, servierte Mary Cappuccino, Kaffee und Tee. Tatjana teilte Projektmappen, Schreibblöcke und Stifte aus.

Als Ryan Scott sein I-Pad einschaltete, biss Emily sich auf die Unterlippe. Vielleicht hätte sie ihren Laptop mit nach unten bringen sollen. Wenigstens hatte sie den Roman dabei, den sie jetzt neben sich auf den Tisch legte.

»Ich muss sagen, Ryan«, begann John, als sich die Unruhe im Raum gelegt hatte, »dass ich die Filmrechte an deinem Roman nicht nur wegen seines kommerziellen Erfolgs unbedingt haben wollte, sondern weil mich die Geschichte wirklich berührt hat.«

Mit einem knappen Nicken nahm der Autor das Kompliment zur Kenntnis. Emily zog eine Augenbraue hoch. Was für eine arrogante Reaktion. Er schien so sehr von sich überzeugt zu sein, dass ihn nicht einmal das Lob eines namhaften Produzenten wie John Mercy beeindrucken konnte. Emily betrachtete ihn nun genauer. Auf den ersten Blick sah er genauso aus wie auf dem Autorenbild des Buchumschlags. Ryan Scott trug sein dunkles lockiges Haar leicht zerzaust, was ihn extrem attraktiv machte und ihm eine leicht verwegene Note verlieh. Aber der Ausdruck seiner Augen, der auf dem Foto so verschmitzt wirkte, war jetzt ein anderer. Sein dunkler Blick wirkte melancholisch. Unter seinem Pullover konnte sie eine breite, gut trainierte Brust erahnen, kein Ansatz eines Bauches war zu erkennen. Ryan Scott war ein attraktiver Mann, das musste Emily zugeben.

Während John über den Roman sprach, nippte sie an

ihrem Cappuccino. In den meisten Punkten schienen seine Vorstellungen mit Emilys übereinzustimmen. Er sprach sogar des Öfteren ihr Konzept an und lobte die ein oder andere Idee darin.

»Ihr habt alle in euren Projektmappen Ems Exposé und ihr Treatment.« Jetzt wandte er sich direkt an sie. »Stellst du uns bitte beides vor?«

Emily räusperte sich verlegen. Die Blicke aller richteten sich auf sie.

»Gerne.« Sie schlug ihre Mappe auf und begann, ihre Gedanken vorzutragen. »Einer der Kernpunkte meines Konzepts ist, dass Mannys Gedankenwelt in kalten Farben gedreht wird und die Realität in übersättigten Tönen. Es ist wichtig, dass deutlich wird, was real und was seine Eigenwahrnehmung ist. Gleichzeitig überfordert ihn die Wirklichkeit, was in richtig schrillen Farbtönen abgebildet werden kann«, schloss Emily ihre Erklärungen. »Der Zuschauer soll den Drang haben, die Augen zu schließen, um Mannys Überforderung nicht selbst erfahren zu müssen.«

»Danke, Em.« John sah sich in der Runde um. »Eure Ideen dazu?«

Einen Moment schwiegen alle.

»Natürlich wird das durch entsprechende Musik unterstützt«, schob Emily schnell hinterher.

John nickte. Tatjana und Rose schrieben eifrig mit.

»Okay«, meldete sich Ryan Scott zu Wort. »Aber das Ganze funktioniert nicht.«

»Wie bitte?«, fragte Emily, die im ersten Moment glaubte, sich verhört zu haben.

Die Stifte der Assistentinnen hielten inne. Aller Augen richteten sich jetzt auf den jungen Autor.

»Man kann Realität und Fiktion nicht trennen, weil bei Manny alles eins ist.« Ryan Scott sprach zu John, er sah Emily nicht einmal an.

»Wir erzählen aber eine Geschichte *über* Manny«, wandte sie ein. »Und nicht aus seiner Innensicht.«

Noch immer kein Blick von Ryan zu Emily. Er antwortete, zu John gewandt: »Das sehe ich anders. Die Geschichte muss aus Mannys Perspektive erzählt werden. Und zwar ausschließlich.«

Emily unterdrückte ein Seufzen. Ryan Scott wirkte wenig kompromissbereit.

»Nun«, begann John und sah zwischen Emily und Ryan hin und her. »Em hat bereits einige Texte für mich geschrieben, ich kenne sie schon länger. Sie hat ein sehr gutes Gespür, und wir sollten gründlich über ihre Vorschläge nachdenken.«

»Emily wer?«, sagte Ryan mit gelangweilter Stimme. »Ich habe noch nie von ihr gehört und frage mich, warum kein namhafter Drehbuchautor wie Walter Miller oder Evelyn Kaine engagiert wurde? Waren sie nicht frei? Oder wird hier absichtlich gespart und eine Lückenbüßerin eingesetzt?«

Emily sog empört die Luft ein. Was für ein arroganter, unverschämter Schnösel! »Entschuldigung, aber von Ihnen habe ich im Filmbereich auch noch nichts gehört.«

John lachte, es wirkte ein wenig gezwungen. »Da habt ihr wohl beide etwas verpasst. Schließlich seid ihr gute Autoren, jeder in seinem Segment. Und diese Kreativität wollen wir uns zunutze machen.« John lehnte sich zurück. »Dabei ist Emily keinesfalls eine Lückenbüßerin. Ich habe sie ausgewählt, weil ich ein großer Fan ihrer Arbeit bin.«

»Okay«, sagte Ryan und hob entwaffnend die Hände. »Ich lasse mich gern eines Besseren belehren. Nur leider …«, jetzt machte er eine dramatische Pause, sodass Emily sich fragte, ob er nicht lieber, statt am Drehbuch mitzuwirken, eine Rolle im Film bekommen sollte, »überzeugt mich das Konzept hier kein bisschen. Ich finde das Exposé und das Treatment einfallslos und wenig intelligent.«

Emily schluckte. Zu gern hätte sie eine schlagfertige Bemerkung gemacht, aber ihr Kopf war vollkommen leer. Wenn Ryan Scott sich über ihren unbekannten Namen mokierte, kümmerte sie das wenig, aber ihre Arbeit zu kritisieren, die er nicht einmal genau kannte, war beleidigend und verletzend. Dabei hatte er selbst bisher nur einen einzigen Roman veröffentlicht – was ihn seiner Ansicht nach weit über Emily zu stellen schien. Sie starrte ihn mit offenem Mund an und suchte verzweifelt nach einer bissigen Antwort.

Hatte dieser eingebildete Blödmann vielleicht sogar recht? Hätte sie tatsächlich etwas mehr Arbeit in die Vorbereitung stecken sollen? Aber Lucas Krankheit und die Sorge um ihn hatten sie zu sehr beschäftigt. Plötzlich zweifelte sie daran, dass John ihr die Wahrheit gesagt hatte. Am Ende hing seine Begeisterung für Emilys Arbeit mehr mit ihrem durchaus attraktiven Äußeren zusammen als mit ihrem ach so grandiosen Talent? Hatte er den Autor womöglich hierher eingeladen, weil er Emily diesen Job genauso wenig zutraute wie Ryan?

Sie sah zu John hinüber, dessen Gesicht eine Spur roter geworden war als zuvor. Die restlichen Mitarbeiter starrten verlegen auf ihre Fingernägel oder in die Mappen vor sich auf dem Tisch.

»Also gut«, presste Emily hervor. »Wie sehen das denn die anderen? Sind alle hier der Meinung, dass meine Arbeit schlecht ist?«

»Das habe ich nicht gesagt«, sagte Ryan in einem leicht genervten Tonfall, in dem er auch zu einem Kleinkind hätte sprechen können. »Es ist nur nicht wirklich originell, nichts Neues.«

»Darum geht es doch gar nicht«, mischte sich John endlich ein. »Wir können das Rad nicht neu erfinden. Und warum auch? Es dreht sich doch wunderbar. Schließlich wollen wir keinen experimentellen Film drehen, sondern eher Mainstream. Und dafür verwenden wir Formate, die schon erprobt sind, weil die Zuschauer genau das erwarten und sehen wollen. Wir sind nämlich darauf aus, dass sich der Film gut verkauft, sonst brauchen wir gar nicht weiterzumachen.«

»Das eine muss das andere ja nicht ausschließen«, antwortete Ryan.

»Doch.« John schüttelte den Kopf. »Und da musst du mir vertrauen, denn wir sind die Profis im Filmgeschäft. Ich kann sehr gut abschätzen, was läuft und was nicht. Ein Restrisiko bleibt immer, aber sicher ist, dass neue Konzepte nicht die breite Masse erreichen.«

»Im Verlagswesen ist es doch ähnlich, oder nicht?«, mischte sich jetzt Cliff Cartwright ein, der sich über seinen Schnurrbart strich. »Die hochgelobten literarischen Romane sind häufig Zuschussgeschäfte. Aber gute Unterhaltung wie Ihr Roman, Ryan«, Cliff bedachte ihn mit einem scharfen Blick, »verkaufen sich in hohen Stückzahlen.«

»Womit wir wieder beim Thema wären«, meldete sich John erneut zu Wort. »Auch du hast das Rad nicht neu erfunden. Gib Em also eine Chance. Sie versteht viel von ihrem Fach, lass dich überraschen.«

Emily wäre am liebsten wütend aus dem Zimmer gestürmt. Ja, es tat gut, zu hören, dass John sie verteidigte. Aber sie hatte nur schweigend danebengesessen und wie ein dummes Püppchen zugehört, während die Männer über sie redeten. Plötzlich bereute sie es zutiefst, diesen Auftrag angenommen zu haben. Wäre sie doch bloß bei Luca in Cambridge geblieben, wo sie dringend gebraucht wurde. Sollte dieser hochnäsige Schreiberling doch sein Drehbuch selbst schreiben.

»Von mir aus«, Ryan Scott lehnte sich zurück und legte sein rechtes Sprunggelenk auf das linke Knie, »es bleibt mir ja sowieso nichts anderes übrig, nehme ich an. Ich gehe davon aus, dass Miss …?«

»Greenberg«, half Emily ihm mit eiskalter Stimme weiter.

»… dass der Vertrag für das Drehbuch bereits unterschrieben ist und vermutlich auch schon eine ordentliche Vorschusssumme bezahlt wurde.« Er sah sich fragend im Raum um. Als er keine Antwort erhielt, fuhr er fort: »Notiz an mich selbst: Bei künftigen Rechtevergaben sollte ich die Klausel einschließen, dass ich ein Mitspracherecht beim Drehbuchautor habe.«

Emily öffnete sprachlos den Mund. Was für ein Ekel! Wie sollte sie die nächsten Wochen mit diesem Scheusal überstehen, nein, mehr noch: Wie sollte sie kreativ mit ihm zusammenarbeiten?

***

Ryan hielt Johns Blick stand. Er hatte durchaus bemerkt, dass er den sonst so eloquenten Produzenten überrumpelt hatte. Es war wie eine gute erste Duftmarke, die er gesetzt hatte. Eigentlich ging es ihm gar nicht um die kleine Drehbuchautorin, von der er tatsächlich noch nie etwas gehört hatte. Nein, er hatte es John nur ein wenig ungemütlich machen wollen, denn der wusste genau, dass Ryan gerade ganz andere Probleme hatte und definitiv nicht hier in Kendal House arbeiten wollte. Dummerweise hatte sein Agent jedoch nicht durchsetzen können, dass die Arbeit am Drehbuch in Northumberland stattfand. Jetzt war Ryan gezwungen, in Kendal House zu wohnen, da die Fahrt zu ihm nach Hause fast fünf Stunden dauerte. Dabei wurde er dringend in Hartburn gebraucht – bei seiner Frau Emma und seiner Tochter Kelly. Er hatte im Vorgespräch mit John auf seine schwierige familiäre Situation hingewiesen, hatte ihm sein Herz ausgeschüttet, seine Sorgen offenbart. Aber John war keinen Millimeter von seiner Einstellung abgewichen, dass er alle, die an der Produktion beteiligt waren, hundertprozentig brauche und private Probleme gefälligst ausgeblendet werden sollten. Doch Ryans zweijährige Tochter litt schon seit einigen Monaten an Leukämie. Kelly hatte vielleicht nicht mehr lange zu leben, und diese letzten kostbaren Wochen musste Ryan jetzt in Kendal House vergeuden. John hatte angeboten, ihn freizustellen, schließlich habe er ein exzellentes Team an seiner Seite. Aber das hätte auch den Verzicht auf die stattlichen Tantiemen für das Drehbuch bedeutet, und Ryan brauchte zurzeit jeden Penny. Kellys Therapien waren teuer, doch die Krankenversicherung zahlte nur einen Sockelbetrag. Dennoch ließen Emma und Ryan nichts unversucht, sie hofften weiter und suchten nach einer Therapie, die endlich anschlug und ihre zauberhafte und so gebrechliche Tochter gesund werden ließ. Emma hatte von einer Stammzellentherapie in Atlanta gehört, die vielversprechend klang. Ryan kannte sich nicht besonders gut aus, doch seine Frau hatte sich intensiv damit beschäftigt. Aber die Reise in die Staaten und die Behandlung waren teuer. Zu teuer für das Budget der jungen Familie. Das Honorar für Ryans Drehbuch war also für Kelly lebenswichtig.

»Gut.« John schlug mit beiden Handflächen auf die Tischplatte. »Wir lassen euch jetzt allein. Lernt euch erst einmal kennen. Ich bin mir sicher, ihr werdet großartig zusammenarbeiten. Und da es sowieso schon fast Zeit für den Lunch ist, schlage ich vor, ihr geht ins Esszimmer. Bei einem gemeinsamen Essen könnt ihr euch austauschen und nach der Mittagspause dann loslegen. Einverstanden?«

Ryan machte eine knappe Handbewegung, die – wie er hoffte – nicht allzu enthusiastisch wirkte. Unauffällig sah er zu Emily Greenberg hinüber, die John mit schreckhaft geweiteten Augen ansah. Sie schien sich gar nicht wohl in ihrer Haut zu fühlen. Einerseits tat es ihm leid, dass er seine Rache an John auf dem Rücken dieser jungen Frau austrug, andererseits wirkte sie nicht, als ob sie auch nur irgendwelche Probleme hätte. Vermutlich kam sie aus einem reichen Elternhaus, lebte in einem teuren, von ihren Eltern finanzierten Apartment, und ihre größte Sorge war es, ihre hübsche Figur zu erhalten. Vielleicht hatte sie auf diese Weise sogar den Auftrag bekommen. Ja, so musste es sein. Schließlich war sie noch viel zu jung, um Johns Aufmerksamkeit durch die Qualität ihrer Arbeit erregt zu haben. Ihre Eltern waren vermutlich seine Freunde oder im selben exklusiven Golfclub wie John Mercy. Gut, dass er sie gleich zu Beginn eingeschüchtert hatte, so würden sie schnell mit der Arbeit vorankommen.

Ryan stand auf.

John nickte ihm noch einmal zu, er war ihm gegenüber jetzt deutlich kühler als heute Morgen, aber Ryan war nicht hier, um sich Freunde zu machen. Emily griff nach ihrem Exemplar von »Sterne am Nachthimmel« und verließ zügig den Raum. John eilte ihr nach, und sie verschwanden gemeinsam in Richtung Esszimmer. Ryan wartete, bis die anderen ebenfalls den Raum verlassen hatten, dann zog er das Handy aus seiner Tasche und drückte auf die letzte Nummer, die er gewählt hatte. Während das Freizeichen ertönte, ließ er sich auf einen der Sitzsäcke fallen, die auf dem Boden verteilt lagen. Die Mailbox sprang an, Emma ging wieder nicht ran. Sie hatte natürlich eine Menge Arbeit mit ihrer Tochter, aber sie wusste doch, dass er sich große Sorgen machte. Kelly war im Krankenhaus, die Chemotherapie dauerte noch einige Wochen. Danach wurde entschieden, wie es weiterging. Alles hing nun davon ab, dass die Chemotherapie anschlug.

Emma übernachtete mit Kelly in der Klinik. Aber eine kurze Nachricht, dass alles in Ordnung war, hätte ihn beruhigt. Verdammt! Er stieß wütend die Luft aus. Es war so falsch, dass er gezwungen war, hier in London zu sitzen. Er würde diese Arbeit schnell hinter sich bringen und in wenigen Wochen wieder bei seiner Familie sein, wo er schließlich hingehörte. Auch mit seinem neuen Roman kam er nicht weiter. Seit sie Kellys Diagnose erhalten hatten, hatte er kein Wort mehr an dem Manuskript geschrieben.

»Ryan?« Mary stand lächelnd in der Tür. »Kommen Sie zum Lunch? Ich serviere das Essen in zwei Minuten, okay?«

Er nickte und massierte seine Nasenwurzel mit Daumen und Zeigefinger, bevor er aufstand und zur Tür ging. Als er das Esszimmer betrat, saß John neben Emily am Tisch. Beide sahen auf.

»Da sind Sie ja«, sagte John und erhob sich. »Ich habe Em noch etwas Gesellschaft geleistet.«

Ryan betrachtete den langen Tisch, an dem bequem zehn Personen speisen konnten. Jetzt waren Teller, Gläser und Besteck an zwei Plätzen gegenüber gedeckt. Ohne zu zögern, setzte er sich, um seine Selbstsicherheit zu demonstrieren. Emily sollte gleich merken, dass es nicht viel brachte, mit ihm zu diskutieren. Je schneller sie das einsah, desto eher würden sie fertig werden.

»Wenn ihr irgendwas braucht, wendet euch einfach an Mary oder die beiden Teamassistentinnen.« John ging zur Tür und zwinkerte ihnen aufmunternd zu. »Viel Spaß, Leute.«

»Danke«, murmelte Emily, aber ihr Tonfall klang nicht, als würde sie es auch so meinen.

Ryan nickte nur knapp.

Dann saßen sich beide einen Moment lang stumm gegenüber. Ryan blähte die Wangen und stieß die Luft in kurzen Intervallen wieder aus.

»Also«, begann Emily, »wie es aussieht, müssen wir irgendwie miteinander arbeiten, obwohl wir beide nicht viel voneinander halten.«

Ryan hob die Hände. »Das habe ich nicht …«

»Schon gut«, unterbrach ihn Emily. »Dir missfällt, dass ich nicht berühmt bin, und du hast etwas gegen meine

Texte. Das sehe ich nicht gerade als Beweis deiner Zuneigung.«

Ryan hob spöttisch die Augenbrauen. »So, du kommst also mit Kritik nicht gut zurecht.«

Bevor Emily darauf antworten konnte, kam Mary mit einem Tablett Sandwiches ins Esszimmer. Sie stellte die Platte vor ihnen ab. Martin folgte ihr mit einer Karaffe Wasser in der Hand.

»Falls Sie etwas anderes trinken möchten – im Kühlschrank in der Küche steht fast alles bereit«, sagte Mary. »Dort ist auch der Kaffeeautomat, bedienen Sie sich gern. Kann ich sonst noch etwas für Sie tun?«

Emily schüttelte den Kopf, und Ryan schwieg. Nachdem Mary und Martin das Zimmer wieder verlassen hatten, bedienten sich beide an den Sandwiches und kauten eine Weile stumm vor sich hin.

Dann nahm Emily ihr Gespräch wieder auf. »Jedenfalls habe ich nicht vor, mich von dir provozieren zu lassen.«

Ryan konnte sich ein Grinsen nicht verkneifen. »Was willst du damit sagen?«

»Ich weiß nicht, was dein Problem ist. Vielleicht ist dir der Ruhm zu Kopf gestiegen, und du überschätzt dich. Aber vielleicht hast du auch nur Probleme mit einem deiner Betthäschen oder was auch immer …«

»Ich habe keine Betthäschen. Ich bin verheiratet und … egal«, unterbrach er sie und verstummte sofort, als er an Kelly dachte.

»Wie dem auch sei«, fuhr Emily fort. »Wir sollten schnellstens herausfinden, wie wir vorgehen können. Denn ich habe keine Lust, hier monatelang an dem Drehbuch zu sitzen.«

»Damit du beruhigt bist«, Ryan griff nach einem weiteren Sandwich, »das geht mir genauso. Ich habe es ebenfalls eilig und würde lieber heute als morgen fertig werden.«

»Schön«, erklärte sie in sarkastischem Ton. »Dann sind wir uns ja in einem allerersten Punkt einig.«

»Wer hätte das gedacht?«

Emily zupfte das Salatblatt aus ihrem Sandwich und knabberte daran herum. Ryan zog die Augenbrauen zusammen. Genau diese Art Frau konnte er überhaupt nicht leiden. Gut aussehend, aus reichem Elternhaus und von sich selbst überzeugt. Ihr sorgfältig gesträhntes, blondes und seidig glänzendes langes Haar duftete bis zu ihm herüber. Ihre Haut schimmerte wie ein rosiger Pfirsich und schien von ihrer Geburt an mit den teuersten Cremes versorgt worden zu sein. Ihre grünen Augen leuchteten neugierig in die Welt und waren vermutlich noch nie von einem Sorgenschleier getrübt worden. Um die vollen Lippen würde sie sicher jedes Model beneiden, ebenso um die dichten, langen Wimpern. Ihre schlanken Finger waren von der Sonne gebräunt, und am rechten Ringfinger trug sie einen Ring. Ob sie wohl verlobt war? Bestimmt mit einem reichen, erfolgsverwöhnten Erben. Oh, wie sehr er solche Menschen verabscheute, die es nur aufgrund ihrer äußeren Erscheinung und ihres Familiennamens weit gebracht hatten. Sie hatten selbst noch nichts geleistet, waren aber immer weich auf dem Wohlstand anderer gebettet. Ryan konnte sich noch gut an seine Schul- und Studienzeit erinnern. Während er einen Nebenjob nach dem anderen annahm, zogen diese wohlhabenden Erben an ihm vorbei, weil sie in ihrer Freizeit nichts weiter zu tun brauchten, als zu lernen und sich zu amüsieren.

»Also, du hast gerade ziemlich deutlich gemacht, dass dir meine Ideen nicht gefallen.« Emily schob ihren leeren Teller zur Seite. »Dann mach doch mal einen Vorschlag. Was hast du dir denn vorgestellt?«

»*Du* bist die Drehbuchautorin. Es ist deine Aufgabe, dir darüber Gedanken zu machen. Ich muss nur dafür sorgen, dass es sich nicht allzu weit von meinem Roman entfernt und meinen Grundaussagen entspricht.« Ryan steckte sich den Rest des Sandwichs in den Mund.

»Verstehe«, erwiderte sie mit beleidigter Stimme. »Deine Rolle ist es, zu kritisieren, und du trägst selbst nichts weiter als destruktive Äußerungen bei.«

Er lachte zynisch. »Nun, ich habe euch immerhin den Roman geliefert. Das war mein Job. Jetzt erledige du deinen.«

»Das würde ich ja gern«, antwortete Emily in scharfem Ton. »Wenn mich nicht ein Romanautor, der sich als Filmkenner aufspielt, davon abhalten würde.«

»Ich halte dich von gar nichts ab.« Er stand auf. »Ich erwarte nur eine gewisse Originalität … Streng dich einfach ein bisschen an.«

Ryan ging in die Küche, um sich einen Kaffee zu holen.

»Was willst du damit sagen?« Emily folgte ihm. »Dass mein Konzept fantasielos ist?«

»Es hat mich nicht überzeugt, okay?« Er sah sich in der Küche um, die so groß war, dass sicher sein ganzes Haus in Hartburn hineingepasst hätte. Alles glänzte und strahlte, und es fiel ihm schwer, sich vorzustellen, dass hier schon einmal gekocht worden war. Der große Vollautomat stand auf einer breiten Arbeitsfläche, direkt daneben befanden sich Tassen und Unterteller in einem Ständer.

Während Ryan verschiedene Tasten drückte und dem Mahlgeräusch der Bohnen zuhörte, stand Emily hinter ihm.

»Wenn dir mein Treatment nicht gefällt, dann schreib doch ein besseres. Bis dahin arbeiten wir mit meiner Idee.« Emily trat neben ihn und griff nach einer Tasse.

Ryan drehte sich um und lehnte sich gegen die Kante der hohen Arbeitsplatte. Er hatte sich Emilys Konzept nur flüchtig angesehen. Tatsächlich kam es ihm gar nicht so verkehrt vor. Er war im Augenblick einfach streitlustig, das musste er zugeben. Und da er keine bessere Idee hatte, nickte er.

»Also gut, lass uns erst mal anfangen und sehen, was zu retten ist.«

»Der Film kann leider nur so gut werden, wie seine Vorlage ist«, sagte sie spitz. »Wenn du also ein wirklich gutes Drehbuch haben willst, solltest du vielleicht einen anderen Roman als Vorlage nehmen.«

»Oh, jetzt fährst du aber deine Krallen aus.« Ryan nahm seine Kaffeetasse unter dem Automaten weg. »Ich denke, du weißt genauso gut wie ich, dass mein Roman erstklassig ist. Er hat immerhin verschiedene Preise gewonnen und verkauft sich weltweit gut.«

»So mancher Schund hat sich schon gut verkauft«, entgegnete sie. »Das ist leider kein Merkmal für Qualität, wie wir jetzt ja wieder einmal sehen können.«

»Du willst meinen Roman als Schund bezeichnen?«, fragte er amüsiert. »Du weißt ja gar nicht, wovon du sprichst. Du solltest dich lieber zurückhalten.«

»Ich denke, wir sollten beide bei unserer Kernkompetenz bleiben. Deshalb habe ich folgenden Vorschlag für dich:

Ich schreibe das Drehbuch allein, und wenn ich damit fertig bin, darfst du gerne konstruktive Verbesserungsvorschläge machen. Während ich am Drehbuch sitze, kannst du dich um deinen zweiten Roman kümmern, angeln gehen, eine Bootsfahrt machen, im Fitnessraum trainieren, oder was auch immer du tun willst. Was hältst du davon?«

»Gar nichts«, sagte er und nippte an seinem Kaffee. Sie hielt ihn wohl für naiv – er merkte genau, dass sie ihn ausbooten wollte. »Ich werde an diesem Drehbuch mitwirken, und zwar in jeder Phase. Genau wie es in meinem Vertrag steht.«

Sie seufzte. »Na schön. Wo wollen wir arbeiten? Im Gartenzimmer?«

»Wie du willst«, erwiderte er, nahm seine Tasse und ging in den Besprechungsraum, um sein Tablet zu holen. Als er das Gartenzimmer betrat, hatte Emily sich bereits an dem großen Tisch am Fenster niedergelassen. Ryan setzte sich neben sie und schaltete sein Tablet ein.

»Tippen brauchen wir noch nicht«, sagte Emily und griff nach einem Schreibblock, der auf dem Tisch bereitlag. »Lass uns doch erst mal grundlegende Punkte klären.«

»Okay.« Ryan sah sie auffordernd an.

Emily strich sich ihre seidigen Haare hinters Ohr und begann, ihm die wesentlichen Punkte ihres Konzepts zu erläutern. Ryan lehnte sich zurück. Das Essen hatte ihn müde gemacht. In den letzten Wochen seit der Diagnose hatte er nachts kaum noch schlafen können. Die Sorgen um Kelly quälten ihn, und auch wenn er unendlich müde war, konnte sein Geist nicht loslassen. Sobald er im Bett lag, war er hellwach. Jetzt wiederum fielen ihm fast die Augen zu.

»Langweile ich dich?«

Er schrak auf.

Emily sah ihn mit gerunzelter Stirn an.

»Entschuldigung«, murmelte er und griff nach seiner Tasse, um den restlichen Kaffee in sich hineinzuschütten. »Ich habe in den letzten Wochen nicht allzu viel Schlaf bekommen.«

»Zu viel gefeiert?«, fragte Emily schnippisch.

Es wäre schön, wenn es so gewesen wäre, dachte Ryan und stand auf. »Ich hole mir noch einen Kaffee.«

Während er in der Küche neben der Maschine stand und die dunkle Flüssigkeit in die Tasse lief, wählte er noch einmal Emmas Nummer.

»Ryan?«

»Emma, endlich. Ich hab schon den ganzen Morgen …«

»Kelly ist auf der Intensivstation.« Er hörte ein unterdrücktes Schluchzen. »Sie hat die Chemo nicht vertragen.«

Ryan tastete nach dem nächstbesten Hocker und ließ sich darauf sinken. Sein Herz krampfte sich zusammen. Übelkeit stieg in ihm auf.

Seine Stimme klang seltsam rau, als er sagte: »Ich komme sofort zurück.«

»Nein, Ryan! Du kannst hier nichts tun. Die Ärzte sagen, dass sie stabil ist. Wir brauchen Geld für die Therapie in Atlanta. Das ist Kellys einzige Rettung.«

»Aber sie kann doch auch in England diese Stammzellentherapie bekommen«, warf Ryan ein. Über dieses Thema diskutierten sie nicht zum ersten Mal. Emma hatte von verschiedenen Freundinnen gehört, dass die Klinik in Atlanta eine besondere Therapie anbot, die vom nationalen Gesundheitsdienst aber nicht finanziert wurde.

»Du weißt genau, dass das nicht zu vergleichen ist. Du willst doch auch, dass sie überlebt«, schrie Emma ins Telefon. Ihre Stimme überschlug sich.

»Ist ja gut, Emma. Bitte beruhige dich.« Ryan biss sich auf die Unterlippe. Vermutlich hatte sie recht, sie mussten alles versuchen. Er würde es sich niemals verzeihen, wenn seine kleine süße Tochter sterben müsste und er nicht alles in seiner Macht Stehende unternommen hätte. Er atmete schwer und musste gegen die Tränen ankämpfen. »Ich sollte jetzt bei euch sein, ich will euch unterstützen …«

Plötzlich fühlte er sich hilflos. So hilflos wie noch nie in seinem Leben. Sein kleines Mädchen wurde von einer schrecklichen Krankheit bedroht – und er konnte nichts dagegen tun.

»Bitte, Ryan«, Emmas Stimme klang flehend, »sorg dafür, dass du das Geld schnell bekommst. Je früher wir es haben, umso schneller können wir mit ihr nach Amerika fliegen.«

»Also gut«, gab Ryan nach, »ich werde das hier so schnell wie möglich durchziehen. Und du informierst mich über alles, was bei euch passiert, versprich es mir.«

»Natürlich.« Emma legte auf, und Ryan starrte noch einen Moment lang auf das dunkle Display.

Verdammt! Er stand auf und fuhr sich durch die lockigen Haare. Unruhig ging er in der großen Küche auf und ab. Wenn er doch nur bei Kelly sein könnte! Aber Emma hatte recht, sie brauchten viel Geld, um diese Therapie bezahlen zu können. Er fühlte sich plötzlich erschöpft und müde. Er hatte keine Kraft mehr, um weiterzukämpfen. Um zu arbeiten, kreativ zu sein.

»Alles in Ordnung?«

Ryan fuhr herum. Emily stand in der Küchentür und betrachtete ihn besorgt. Er musste einen schrecklichen Anblick bieten. Eine Sekunde lang war er versucht, alles hinzuwerfen. Er würde ihr Angebot annehmen und das Drehbuch ihr überlassen, hinterher konnte er ja immer noch Änderungen vornehmen. Aber nein, das brachte er einfach nicht fertig. Schließlich ging es um seinen Roman, der auch irgendwie sein Kind war. Er hatte nicht vor, sich von einer verwöhnten Tochter aus reichem Haus alles verderben zu lassen. Außerdem wusste er nicht, ob ihm die Tantiemen zustanden, wenn Emily das Drehbuch allein schrieb.

»Natürlich, alles okay.« Ryan nahm seine Kaffeetasse und ging zu ihr. »Warum auch nicht?«

Emily zog die Augenbrauen zusammen und warf ihm einen kritischen Blick zu. »Du siehst schrecklich aus.«

Ryan brummte etwas Unverständliches und folgte ihr ins Gartenzimmer. Während Emily ihren Laptop hochfuhr, wanderten seine Gedanken wieder zu Kelly. Warum hatte Emma ihn nicht gleich angerufen, nachdem ihre Tochter auf die Intensivstation gebracht worden war? Er hatte den ganzen Morgen versucht, sie zu erreichen. Vermutlich hatte Emma viel um die Ohren gehabt, schließlich musste sie alles allein regeln. Aber trotzdem … hätte sie nicht drei Minuten Zeit finden und ihren Mann anrufen können? Seit sie von Kellys Krankheit wussten, hatte sich etwas zwischen Emma und ihm verändert. Manchmal kam es ihm vor, als wollte sie ihn von Entscheidungen ausschließen. Sie sprach mit ihren Freundinnen darüber, mit ihrer Yogalehrerin, die ihr von der Therapie in den USA erzählt hatte, und als Letztes – so kam es Ryan vor – informierte sie ihn. Aber vielleicht war er auch nur empfindlich geworden, jetzt, da die Sorgen so groß waren.

»Ryan?«

Er sah auf.

»Hast du mir nicht zugehört?«

»Doch, doch. Was hast du gesagt?«

Emily verdrehte die Augen. »Er kann nicht fühlen, empfinden.«

»Wer?«

»King Charles.«

Ryan sah sie verständnislos an.

Sie schnalzte mit der Zunge. »Manny, dein Held, natürlich.«

»Ach so, Manny.« Ryan versuchte, die dunklen Gedanken zu verscheuchen, was ihm jedoch nur unzureichend gelang. Die bohrende Angst blieb, sie begleitete ihn überall hin. Er riss sich zusammen und sagte: »Ja, zumindest glaubt er, dass er nicht imstande ist, etwas zu empfinden.«

»Außer Schmerz.«

Ryan nickte.

»Und darin sehe ich die größte Herausforderung, was diesen Film betrifft«, begann Emily. »Im Roman haben wir seitenlange Passagen in Mannys Innensicht. Der Leser versteht, dass das alles nur in seinem Kopf passiert. Für unser Skript müssen wir diese Szenen deutlich kürzen …«

»Nein«, schnauzte Ryan, ein wenig zu barsch, wie er selbst bemerkte. Emily zuckte zurück, sodass er etwas sanfter fortfuhr: »Diese Innensicht des Protagonisten ist absolut wichtig für die Geschichte.«

»Ich weiß«, sagte Emily und lehnte sich zurück. »Vielleicht sollten wir diese Szenen farblich von den anderen unterscheiden. Wir könnten sie in kalt gedrehten Bildern darstellen.«

Ryan nickte. »Okay, ich verstehe, was du meinst, aber wir wären da sehr eingeschränkt in den Ausdrucksformen. Das finde ich nicht gut.«

Emily legte den Kopf schräg. »Ich denke, der Zuschauer wird schnell verstehen, dass diese Szenen Mannys Innensicht abbilden.«

»Finde ich nicht gut«, sagte Ryan und verschränkte die Arme im Nacken. »Das habe ich schon vor dem Essen gesagt.«

Einen Moment lang schwieg Emily. Dann breitete sie die Hände aus. »Gut, dann wiederhole ich mich eben: Mach einen besseren Vorschlag.«

Ryan zuckte mit den Schultern. »Es muss doch noch andere Möglichkeiten geben, die Innensicht von Personen darzustellen … Keine Ahnung, eine Stimme aus dem Off vielleicht?«

Emily zog eine Grimasse. »Eine Stimme aus dem Off? Das ist wirklich abgeschmackt. So was hat man in den Dreißigerjahren schon gemacht.« Sie schüttelte den Kopf. »Wir müssen uns einig werden. Schließlich ist es ein zentrales Thema des Romans. Die Wirklichkeit des Protagonisten ist eine andere als die der Menschen um ihn herum.«

»Sehe ich genauso.«

»Fein.« Sie presste die Lippen aufeinander.

Dann schwiegen sie eine Weile und dachten nach.

»Ich möchte, dass es irgendwie über den Text gelöst wird«, ergriff Ryan endlich das Wort. »Vielleicht kann Manny Selbstgespräche führen?«

»Das ist nicht dein Ernst, oder?« Emily sah ihn ungläubig an. »Das ist absoluter Schwachsinn. Da lege ich mein Veto ein.«

»Das kannst du doch gar nicht«, sagte Ryan und trank seinen Kaffee in einem Zug aus.

»Wenn du das kannst, kann ich es auch. Du hältst nichts von meiner Idee, die die einzig vernünftige ist, und wunderst dich, dass ich deine vollkommen veralteten Methoden ablehne.«

»Aber ich bin der Romanautor und habe deshalb das letzte Wort.« Ryan stand auf und ging im Zimmer auf und ab. Ihm war bewusst, dass das nicht stimmte, denn sie waren laut Vertrag gleichberechtigt, und es war John, der das letzte Wort hatte. Aber Ryan ging davon aus, dass Emily die Vereinbarungen nicht gut genug kannte.

»Gut«, sagte Emily und stand ebenfalls auf. »Dann schreib das Skript gefälligst allein. Aber eins kann ich dir sagen: Das wird ein Flop. So, wie du die Sache angehst, wirst du den schlechtesten Schülerproduktionen Konkurrenz machen.« Und damit ging sie zur Tür.

»Warte«, rief er ihr hinterher. »So leicht kommst du mir nicht davon. Schließlich wirst du dafür bezahlt, dass du dieses Drehbuch schreibst.«

Sie wandte sich zu ihm um. »Du scheinst da etwas zu verwechseln. Ich bin nicht deine Sekretärin, sondern eine Autorin. Es funktioniert nicht, dass du mir Befehle erteilst und dir schlechte Ideen ausdenkst, die ich dann nur noch umsetzen soll.«

»Dann schlag endlich etwas Vernünftiges vor!«, rief er aufgebracht.

»Das tue ich doch schon den ganzen Tag«, schrie sie und

kam mit energischen Schritten auf ihn zu. »Aber du benimmst dich wie ein kleines Kind.«

»Ich? Wer ist hier denn die unreife Person? Vermutlich wohnst du noch bei Papa und Mama zu Hause und hast diesen Job über Beziehungen ergattert«, antwortete Ryan wütend. Er konnte den zarten Duft von Orangen und Vanille riechen, der von Emily ausging, so nah stand sie jetzt vor ihm.

Einen Moment lang starrte sie ihn fassungslos an. Ihre Augen sprühten vor Zorn. Jetzt konnte er erkennen, dass das tiefe Grün mit winzigen goldenen Sprenkeln versetzt war. Noch nie hatte er so faszinierende Augen gesehen.

Emily fuhr mit leiser, vor Wut zitternder Stimme fort: »Nein, im Gegensatz zu dir muss ich Verantwortung tragen. Und auch wenn ich dich damit enttäusche – mein Vater ist schon lange tot, und meine Mutter lebt von tausend Pfund monatlich. Selbst wenn ich erpicht darauf wäre, von ihr ausgehalten zu werden, könnte sie das gar nicht leisten. Solange ich denken kann, musste ich mein Geld selbst verdienen.«

»So?«, brachte er nur hervor und musterte sie nachdenklich. Noch immer hing er an ihren wunderschönen Augen. Das passte ganz und gar nicht in das Bild, das er sich von ihr gemacht hatte. »Und wovon hast du das teure Filmstudium bezahlt?«

Sie sah ihn herausfordernd an. »Das geht dich zwar überhaupt nichts an, aber ich will es dir gerne sagen. Ich habe es mir zusammengespart. Und in den letzten zwei Jahren habe ich ein Stipendium bekommen.«

»Schön für dich«, sagte er trocken.

»Ja, das war es«, antwortete sie. »Sonst hätte ich mein Studium wohl nicht beenden können.«

»Was kein großer Verlust für die Menschheit gewesen wäre«, stellte er sarkastisch fest.

Sie hob die Schultern. »Das wird sich noch zeigen.«

Eine Weile lang starrten sie sich feindselig an. Dann fragte Ryan: »Und, wie soll es jetzt weitergehen?«

Sie atmete tief ein. »Ich werde John sagen, dass ich auf den Job verzichte. Du hast gewonnen. Schreib dein Drehbuch allein!«

Kapitel 2

England, Helford River, Frenchman's Creek,
April 1791

Aurelie kauerte während der gesamten Überfahrt in der Kajüte. Die Seeleute hatten sie und die Schmugglerware zu einem Segelschiff gebracht, mit dem sie nun nach England übersetzten. Aurelie war schon nach wenigen Seemeilen entsetzlich schlecht geworden und hatte die Suppe, die ihr die Engländerin gegeben hatte, bald wieder ausgespuckt. Aber diese Übelkeit hielt sie wenigstens vom Nachdenken ab. Wochenlang hatte sie diesen Tag vorbereitet, sie hatte genau geplant, wie sie den Nonnen entkommen konnte, um die einzige Freiheit zu finden, die es für sie noch geben konnte. Und dann war diese Schmugglerin gekommen und hatte ihre Pläne zunichtegemacht. Die Frau hatte Aurelies Leben gerettet, ein Leben, das nichts mehr wert war.

Die Fahrt über den Ärmelkanal war schrecklich. Das Schiff wurde von den Wellen hin und her geworfen. Aurelie klammerte sich an den feuchten Holzgriffen an der Wand ihrer Kajüte fest. Sie war allein in dem kleinen Raum, der anscheinend kaum von den Männern genutzt wurde. Ein Tisch und zwei Bänke waren darin angebracht, ansonsten war die trostlose Kajüte leer. Niemand hatte bisher ein

Wort mit ihr gesprochen, die Seeleute hatten viel zu tun und eilten an Deck hin und her. Es stank säuerlich nach Fisch und Essig und muffig nach dem alten Holz des Schiffes. Alles hier schien feucht zu sein. Das Kleid, das die Engländerin ihr gegeben hatte, war bereits völlig durchnässt. Das Bündel mit ihrer Ordenskleidung hielt Aurelie fest im Arm. Sie hatte keine Angst davor, dass ihr Schiff auf dieser stürmischen Überfahrt kentern könnte, sondern vielmehr davor, dass sie diese Überquerung des Ärmelkanals tatsächlich überlebte. Schon in Frankreich hatte sie keinen Lebensmut mehr gehabt, wie sollte es erst im Land des Feindes werden? Warum hatte die Frau sie nicht einfach sterben lassen?

Plötzlich spürte Aurelie, dass das Schiff beidrehte, und sie hörte das Rasseln der Ankerkette. Sie schienen ihr Ziel erreicht zu haben. Die Rufe der Männer draußen wurden leiser, offenbar wollten sie genau wie in Frankreich nicht gehört werden. Aurelie löste ihre verkrampften Finger von dem Holzgriff und stand vorsichtig auf. Das Schiff schaukelte weniger heftig, es lag ruhig vor Anker. Vorsichtig verließ Aurelie die Kajüte, sie stieg mit wackeligen Beinen die Leiter hinauf an Deck und sah sich um. Über ihr leuchteten die Sterne am tiefschwarzen Himmel. Die Wellen schlugen plätschernd gegen den Rumpf. Sie hatten in einer kleinen Bucht geankert, ein paar Hundert Meter entfernt war die dunkle Küstenlinie zu erkennen. An Deck herrschte emsige Betriebsamkeit. Aber niemand schien Aurelie zu beachten. Die Seeleute eilten umher, um Fässer, Kisten und Körbe in die Beiboote zu verladen und diese dann mithilfe eines Krans ins Wasser zu lassen. Einer der Männer griff nach Aurelies Arm und sprang mit ihr in eines der

Beiboote, wo sie sich zwischen ein Fass und eine längliche Kiste quetschen musste. Und ehe sie sichs versah, schaukelte auch dieses Boot am Arm des Krans. Sobald sie im Wasser gelandet waren, löste der Seemann die Sicherungsleine und griff nach den Rudern. Bald glitt das Boot hinter den anderen her, die bereits auf dem Weg zum Ufer waren. Sie schienen an einer Küste entlangzufahren, Aurelie konnte die Felsen zu ihrer Linken in der Dunkelheit nur vage erkennen. Außer dem leisen Platschen der Ruder, wenn sie ins Wasser getaucht wurden, den vereinzelten Schreien der Möwen und dem entfernten Rauschen der Wellen, die sich an den Felsen brachen, war die Nacht still. Keiner von ihnen sprach ein Wort.

Aurelie war erleichtert, dass die Überfahrt nun vorüber war. Aber was würde sie hier an der englischen Küste erwarten? Noch ehe sie länger darüber nachdenken konnte, stellte sie fest, dass sie in eine weitere Bucht gerudert waren. Aurelie sah sich um. Um sie herum waren die anderen Schmugglerboote, offenbar alle mit Waren vom Schiff beladen. Aurelie konnte zu beiden Seiten einen Küstenstreifen erahnen, sie schienen in einem Fluss gelandet zu sein, der vom Meer abging.

Nach einer ganzen Weile bogen sie links in einen weiteren, kleinen Flussarm ab und legten kurz darauf an einem Holzsteg an. Innerhalb weniger Minuten tauchten Fackeln in der Dunkelheit auf, die einen Abhang hinunter auf sie zukamen. Die Umrisse von Männern schälten sich aus dem Zwielicht, sie steckten ihre Fackeln in den weichen Boden und nahmen die Waren entgegen, die ihnen jetzt aus den Booten gereicht wurden.

Aurelie zitterte vor Aufregung und Angst, während

zwei der Schmuggler das Fass neben ihr aus dem Kahn hievten. Sollte sie durch das Wasser an Land waten? Es schien nicht besonders tief zu sein, die Männer liefen darin hin und her. Aber an wen sollte Aurelie sich wenden? Die Entscheidung wurde ihr im nächsten Moment abgenommen, als einer der Schmuggler sie unter den Armen packte und aus dem Boot hob. Wie einen Sack Mehl warf er sich Aurelie über die Schulter und trug sie an Land. Auf dem Steg setzte er sie ab und eilte dann, ohne sich noch einmal nach ihr umzudrehen, zurück zu den Booten.

»Was macht die Frau hier?«, hörte sie jemanden auf Französisch fragen, er sprach mit einem starken englischen Akzent.

Aurelie drehte sich zu dem Mann um, der sie mit zusammengezogenen Brauen musterte. Im Schein der Fackeln konnte sie seinen buschigen Bart und das zerrissene Hemd sehen.

Sie wich unwillkürlich einen Schritt zurück.

»Was machst du hier, Mädchen?«, fragte er und kam näher.

»Ma...Marianne ...«, stotterte Aurelie voller Furcht und musterte den grobschlächtigen Engländer. Sie wusste, dass das englische und das französische Volk schon seit Langem verfeindet waren. Außerdem konnte sie sich gut vorstellen, dass den königstreuen Engländern die Revolution ganz und gar nicht passte, die gerade in ihrem Heimatland wütete. Was würden sie mit ihr anstellen?

»Sie ... ich soll Mariannes Tanten sagen, dass sie mich schickt. Ich soll hier arbeiten, helfen ...« Sie brach hilflos ab.

Der Mann holte ohne Vorwarnung mit dem Arm aus,

und Aurelie machte sich auf einen Schlag gefasst, der jedoch ausblieb. Stattdessen spürte sie den festen Griff des Mannes an ihrem Oberarm. Er nahm eine der Fackeln und zog Aurelie hinter sich her den steilen Abhang hinauf. Sie stolperte über Steine und Wurzeln, bis sie nach wenigen Minuten die Anhöhe erreicht hatten und er sie endlich losließ. Vor ihnen lag ein niedriges, einstöckiges Gebäude aus grobem Stein. Schwacher Lichtschein drang aus den Fenstern. Der Mann steuerte auf die Eingangstür zu und stieß sie auf.

In dem Raum dahinter saß eine ältere, rundliche Frau am Feuer. Sie hatte lange graue, fettige Haare und trug eine schmutzige Schürze über einem zerschlissenen Kleid. Ihre Hände waren schwielig, die Augen müde, mit dunklen Schatten darunter. Sie sagte etwas auf Englisch, der Mann antwortete kurz, dann ging er wieder und ließ Aurelie bei ihr zurück.

»Marianne hat dich geschickt?«, fragte die Frau nun auf Französisch mit englischem Akzent. Ihre Stimme war ungewöhnlich tief und ein bisschen heiser.

Aurelie nickte. Sie sah verlegen und ängstlich zu Boden.

»Und du sollst hier bei uns bleiben?«

Wieder nickte Aurelie.

»Und vor harter Arbeit scheust du dich nicht?«

Jetzt schüttelte sie den Kopf.

»Na schön.« Die Frau trat zu ihr und betrachtete sie abschätzig. »Du kannst dort drüben schlafen.« Sie zeigte auf eine Stelle auf dem Holzboden, gleich neben dem Kamin.

»Danke«, flüsterte Aurelie.

»Wie heißt du?«, wollte die Alte wissen.

Aurelie nannte leise ihren Namen.

»Ich bin Ruth.« Die Frau zog die Nase hoch und schlurfte in einen Nebenraum davon. Aurelie hörte Stimmen, dann kehrte Ruth mit einem Stapel Decken und einem dünnen Kissen zurück. Es mussten sich also noch weitere Menschen in diesem Haus befinden.

»Hier.« Ruth reichte ihr die Decken. »Am besten, du legst dich gleich hin, morgen haben wir viel Arbeit vor uns.«

Sie nickte Aurelie zu und schlurfte wieder in den Nebenraum. Aurelie betrachtete das Feuer, das noch lebhaft brannte. Dann breitete sie die Decken auf dem Boden aus und legte sich auf die Holzdielen. Ihre Gedanken überschlugen sich. Sie hatte die letzten Wochen in der festen Überzeugung verbracht, dass sie heute sterben würde. Aber sie war gerettet worden. Aurelies Wille, in den Tod zu gehen, war anscheinend nicht stark genug gewesen. Heute war so viel passiert, dass ihr der Kopf schwirrte. Sie war nicht mehr in Frankreich, sondern nach England übergesetzt. Sie war nicht ins Wasser gegangen, und doch war sie dem Kloster entkommen. Sie wusste nicht, welches Schicksal sie nun erwartete, ob es besser war als das, vor dem sie geflohen war – aber schlimmer konnte es ja kaum werden. Und noch während sie darüber nachdachte, was sie in den letzten Jahren alles erleiden musste, übermannte sie der Schlaf.

Als sie wieder erwachte, fiel Tageslicht durch die Fenster. Um sie herum war ein leises Rascheln zu hören, Schritte und andere Geräusche, die sie nicht zuordnen konnte.

Aurelie richtete sich von ihrem Lager auf. Drei Frauen eilten durch den Raum. Erst jetzt fiel ihr auf, wie groß das Zimmer war. Vor dem Kamin standen zwei Lehnsessel, über dem Feuer hing ein Kessel, im Schacht an der Seite buk ein längliches Brot, das einen verführerischen Duft verströmte. An der Wand sah Aurelie einen Spülstein, an dem eine der Frauen Geschirr wusch. Daneben stand ein altersschwacher Küchenschrank und gegenüber ein großer Holztisch mit zwei langen Bänken und Lehnstühlen. Ruth war gerade dabei, den Tisch mit Tellern, einer Kanne und Tassen zu decken. Sie stellte einen dampfenden Topf in die Mitte.

»Guten Morgen.«

Aurelie fuhr herum, sie hatte gar nicht bemerkt, dass sie beobachtet worden war. Die dritte Frau stand nun lächelnd neben ihr.

»Guten Morgen«, antwortete Aurelie leise. »Es tut mir leid, dass ich so lange geschlafen habe.«

Die Frau machte eine abschlägige Handbewegung. »Du hattest es anscheinend nötig. Wie geht es dir?«

Aurelie zuckte hilflos mit den Schultern. »Kann ich euch helfen?«

»Es ist alles fertig«, mischte sich Ruth nun in die Unterhaltung. »Das ist übrigens meine Schwester Katherine, und da drüben, das ist Diana.«

Beide Frauen lächelten Aurelie freundlich zu.

»Setz dich, du musst hungrig sein.« Katherine schob Aurelie zum Tisch und griff nach der Kanne, um ihr Tee einzuschenken. Sie selbst nahm in einem der Lehnstühle Platz.

Ruth stellte Aurelie einen Teller hin, den sie mit Kartoffeln, Wurst und Gemüse füllte. Erst jetzt bemerkte Aurelie, wie hungrig sie war. Die anderen beiden Schwestern gesellten sich zu ihnen. Sie hatten gerade mit dem Essen begonnen, als die Tür aufflog und zwei Männer das Zimmer betraten.

Sie murmelten etwas und warfen Aurelie neugierige Blicke zu.

Aurelie starrte auf ihren Teller. Sie war es nicht mehr gewohnt, in der Gegenwart von Männern zu essen, in den letzten Jahren hatte sie nur unter Nonnen im Speisesaal gesessen. Auch die Unterhaltungen um sie herum waren für sie ungewohnt. Drei weitere Männer kamen herein, sodass der Tisch bald voll besetzt war. Um sie herum wurden Worte gesprochen, die Aurelie nicht verstehen konnte.

»Du sprichst kein Englisch, oder?«, fragte Katherine, die neben ihr an der Kopfseite des Tisches saß.

Aurelie schüttelte den Kopf.

»Wenn du hierbleiben willst, musst du es lernen«, erklärte Katherine, während sie dicke Bohnen auf ihren Löffel schob.

Aurelie nickte und trank schnell einen Schluck Tee.

»Wir müssen uns überlegen, was wir mit dir anstellen sollen«, fuhr Katherine fort. »Denn wir wohnen nicht hier, sondern bei Falmouth. Das ist ein ganzes Stück entfernt. Aber zwei von uns bleiben immer hier, und wenn wir die Nachricht erhalten, dass bald ein Schiff eintreffen wird, rufen wir die anderen aus Falmouth herbei. Kannst du reiten?«

Aurelie schüttelte wieder den Kopf. Sie musterte Katherine eine Weile lang schweigend. Diese Frau schien nicht mehr ganz jung zu sein, und ihre Schwestern auch nicht. Ob die Männer am Tisch ihre Ehegatten waren? Und warteten in Falmouth vielleicht Kinder auf sie?

»Du läufst vor etwas davon, nicht wahr?«, fragte Katherine sie jetzt.

Aurelie zuckte zusammen. Sie spürte, wie sie errötete.

»Vor einem Ehemann?«, fragte Katherine sie mit sanfter Stimme.

Aurelie schluckte. Dann flüsterte sie: »Vor Gott. Ich war mit Gott verheiratet.«

Katherine legte ihre Stirn in Falten. »Du bist eine Nonne?«

Aurelie nickte. »Ursprünglich sollte meine Schwester ins Kloster gehen. Sie war in einer Nonnenschule, aber dann hat sie einen Heiratsantrag bekommen, und meine Eltern haben stattdessen mich in den Orden geschickt.«

Katherine stieß einen leisen Pfiff aus. »Ich verstehe.«

Nein, niemand konnte verstehen, was Aurelie durchgemacht hatte. Das Leben im Kloster wäre an sich nicht schlimm gewesen, wenn es nicht diese … Vorfälle gegeben hätte. Sie war gerade einmal vierzehn gewesen, als die ersten Männer ins Kloster kamen. Beichtväter und Ordensbrüder, die sich zu ihr und den anderen hübschen Novizinnen gelegt hatten. Aurelie wusste, dass es nicht richtig war, aber sie konnte mit niemandem darüber reden. Die Oberin und die anderen Nonnen schienen informiert zu sein und ließen die Männer gewähren. Vielleicht waren sie froh, dass es nicht sie traf, sondern die Jüngeren, und keine der Novizinnen hatte irgendeinen Kontakt zur Außenwelt.

»Dann wirst du dich an unsere Welt hier draußen erst gewöhnen müssen«, sagte Katherine und zwinkerte Aurelie zu. »Denn wir führen ein etwas sündhafteres Leben, fürchte ich.«

»Bestimmt nicht«, erwiderte Aurelie und lächelte traurig.

»Heute müssen wir die frischen Waren auf Karren laden, die an die Händler gehen. Denn auch wenn es sehr einsam hier ist, kommen sie nicht hierher, damit wir kein Aufsehen bei den Fischern in Helford erregen.« Katherine schwieg einen Moment. »Wir wollen heute sämtliche Ware weghaben, denn morgen fahren die meisten von uns mit den Booten in unseren Heimatort Falmouth zurück. Nur Ruth und Harry bleiben hier – vielleicht ist es am besten, wenn du auch bleibst und Ruth ein bisschen zur Hand gehst.«

Aurelie nickte. Ein Gefühl der Erleichterung breitete sich in ihr aus. Katherine war so nett zu ihr, obwohl Aurelie ihr nichts weiter anzubieten hatte als ihre Arbeitskraft. Zum ersten Mal seit Jahren verspürte sie einen Funken Hoffnung.

Inzwischen hatten alle ihre Teller geleert, und die Ersten standen vom Tisch auf. Aurelie räumte das schmutzige Geschirr zusammen und trug es zum Spülstein hinüber.

»Das Wasser über dem Feuer ist heiß«, rief ihr Diana zu, die dritte Schwester, mit der sie bislang noch kein Wort gewechselt hatte.

Aurelie beeilte sich, das Wasser zu holen. Es blubberte im Kessel, und sie sah sich nach einem Eimer um, um kaltes Wasser von draußen zu holen, damit sie es mischen konnte, um sich nicht die Finger beim Spülen zu verbrühen.

»Links neben dem Haus«, rief Diana, die offenbar ihren fragenden Blick gesehen hatte.

Als Aurelie aus dem Haus trat, hielt sie einen Moment lang voller Staunen inne. Der Blick von hier aus war atemberaubend. Das Steinhaus war auf einen Felsen gebaut, der etwa zehn Meter hoch genau über der Mündung eines Flusses in einen Meeresarm lag. Es herrschte gerade Ebbe, denn der Meeresarm war nahezu trocken. In dem sandigen Boden gab es einige Pfützen und Rinnsale, die an das Wasser erinnerten, das bald wieder zurückkehren würde. Aber an der rechten Seite, wo der breite Fluss strömte, schimmerte es kristallblau von unten herauf, Pinien wuchsen am Ufer, und Möwen schaukelten auf den Wellen.

»Diese Bucht hier heißt Frenchman's Creek«, sagte Katherine, die plötzlich neben ihr stand und auf das leere Flussbett deutete. »Und das hier ist der Helford River.«

Der Wasserlauf floss ruhig zu ihrer Rechten dahin. Der Wind flüsterte in den Pinien. Der liebliche Duft wilder Blumen, die sich um das Haus herum angesiedelt hatten, lag in der Luft und vermischte sich mit dem Geruch des Meeres.

»Der Brunnen ist dort drüben«, sagte Katherine und zeigte links neben das Haus.

Aurelie warf einen Blick hinein und stellte fest, dass dieser Brunnen nicht sonderlich tief war. Sie konnte mit einem Krug ganz einfach das Wasser herausschöpfen und brauchte keinen Eimer hinunterzulassen. Sie betrachtete das dahinterliegende Gelände, das ziemlich verwildert war. Schmale Pfade führten durch das dichte Gebüsch. Aurelie ging ein paar Schritte in das Dickicht hinein. Sofort erkannte ihr durch den Klostergarten geschulter Blick die vielen Heilkräuter, die hier wild zu wachsen schienen. Überall wucherten Büsche von Johanniskraut und Schafgarbe, Muskatellersalbei und Heilziest. Außerdem blühten Narzissen und Hyazinthen, die sich hartnäckig zwischen dem Unkraut hindurchkämpften.

»Ist das der Hausgarten?«, fragte Aurelie.

Katherine lachte. »Bei uns gibt es keinen Garten. Hier gehört eigentlich niemandem etwas. Unsere Familie hat vor vielen Jahren diese Hütte errichtet, die im Lauf der Zeit zu einem Haus ausgebaut wurde. Ich glaube nicht, dass jemals einer meiner Vorfahren das Land offiziell erworben hat. Vermutlich gehört es irgendeinem Großgrundbesitzer hier in der Nähe. Wie gesagt, wir beeilen uns immer, unsere Geschäfte schnell zu erledigen, damit wir rasch zurück nach Falmouth kommen.«

Aurelie nickte. Aus diesem Stück Land könnte man eine ganze Menge herausholen. Wenn sie mit Ruth und ihrem Mann hierblieb, konnte sie sich vielleicht mit den Heilkräutern in diesem Garten beschäftigen.

Aber der Gedanke an die Zukunft war verstörend für Aurelie. Eigentlich hatte sie keine Zukunft mehr erwartet. Noch vor zwei Tagen bestand ihr einziger Trost im Tod. Und jetzt? Es war so viel passiert – sie war bei Schmugglern gelandet, vor denen man sie als Kind immer gewarnt hatte. Und doch waren die Menschen in diesem fremden Land so freundlich zu Aurelie, wie es seit Jahren niemand mehr gewesen war.

Sie fuhr herum, als sie neben sich eine Bewegung wahrnahm. Zwei Männer waren wie aus dem Nichts an den Felsen nahe dem Haus aufgetaucht.

Katherine machte eine Kopfbewegung in ihre Richtung. »Da hinter dem Busch ist ein versteckter Zugang zu unseren Schmugglerhöhlen. Dort lagern wir die Waren, bevor sie an die Händler verteilt werden. Es ist die Aufgabe derjenigen, die hierbleiben, diese Waren zu bewachen, sie vor Schimmel und Mäusen zu schützen und den Männern beim Aufladen zu helfen, die sie später abholen.«

Während der nächsten Stunden half Aurelie den drei Schwestern bei den Vorbereitungen für das Mittagessen. Sie putzte Bohnen, die Ruth aus Falmouth mitgebracht hatte, und lauschte dem Gespräch der Frauen, obwohl sie kein Wort verstand. Unterdessen ließ sie ihre Gedanken wandern und fühlte sich zum ersten Mal seit Jahren in Sicherheit. Sie musste keine Angst mehr haben. Im Kloster war es immer gleich abgelaufen. Aurelie wurde von einer der Nonnen zum Beichtvater des Klosters gebracht, der sie zu dem Bekenntnis zwang, unreine Gedanken gehabt zu haben. Als Buße hatte sie sich Gott hinzugeben – in Gestalt eines seiner irdischen Stellvertreter, eines Ordensbruders, Beichtvaters oder Priesters. Nachdem die Männer sich an ihr vergangen hatten, musste sie noch einige Stunden lang beten, bis sie von aller Schuld freigesprochen wurde.

Aurelie war von Kindesbeinen an gottesfürchtig gewesen, doch die Zeit im Kloster hatte sie zu der Überzeugung gebracht, dass Gott herrschsüchtig, fehlbar und verlogen war. Denn wie sonst hätte er es zulassen können, dass die Männer ihr so viel Schmerz und Leid zufügten?

»Kannst du melken?«, unterbrach Katherine ihre Gedanken.

»Eine Kuh?«, fragte Aurelie überrascht.

Katherine nickte. »Wir haben oben auf dem Berg eine Weide mit zehn Milchkühen. Diana hat sie gerade gemolken, aber es wäre gut, wenn du das ab morgen übernehmen könntest.«

»Nun, bisher habe ich das noch nie gemacht, aber ich

bin gern bereit, es zu lernen.« Im Kloster hatten sie keine Kühe gehabt, sie hatten ihre Milch vom Bauern bekommen. Aurelie hatte neben ihren intensiven Studien in der Bibliothek vor allem im Klostergarten gearbeitet.

»Dann wird Ruth dir das zeigen«, versprach Katherine, während sie in dem Topf rührte, der über dem Feuer im Kamin hing.

»Wann brecht ihr auf?«, fragte Aurelie, in der Hoffnung, noch ein paar Tage mit der freundlichen Katherine verbringen zu können.

»Die meisten Männer sind heute Morgen schon weggegangen«, erwiderte Katherine und warf einen Blick aus dem kleinen Fenster. »Wir anderen werden morgen früh losziehen, dann sind wir noch bei Tageslicht in Falmouth.«

Aurelie nickte ein wenig enttäuscht. Ruth war um einiges schweigsamer und verschlossener als ihre Schwester. Aber Aurelie war unendlich dankbar dafür, dass sie hier sein durfte, es schien ein friedlicher Flecken Erde zu sein. Hier würde sie Kraft schöpfen und ihre Gedanken ordnen können.

Kapitel 3

London, Oktober 2010

Emily stürzte aus dem Gartenzimmer in die Küche und weiter in die Eingangshalle. Dort blieb sie stehen und atmete tief durch. Dieser unsympathische, arrogante Kerl! Was glaubte er eigentlich, wen er vor sich hatte? Ja, sie war vielleicht noch jung und hatte nicht viel Erfahrung, aber er könnte sich doch zumindest ernsthaft mit ihren Vorschlägen auseinandersetzen. Aber seine Meinung ihren Ideen gegenüber war vorgefertigt, sie könnte ihm ein oscarreifes Drehbuch präsentieren, und er würde es sich nicht einmal ansehen.

Emily atmete tief aus und stürmte dann die Treppe hinauf in den ersten Stock. Während sie mit schnellen Schritten an den Bürotüren entlangging, überlegte sie, nachzuschauen, ob John noch da war, und ihn zu bitten, den Vertrag mit ihr aufzulösen. Aber sie wollte sich nicht wie ein petzendes Kind verhalten, das sich über das schlechte Benehmen seines Bruders beschwerte. Außerdem würde John sicher versuchen, sie umzustimmen, und das wollte Emily vermeiden. Nein, sie würde ihre Koffer packen, die sie noch gar nicht richtig ausgepackt hatte, und John erst von unterwegs aus anrufen. Sie würde ihn vor vollendete Tatsachen stellen. An der Seite dieses eingebildeten Schriftstellers konnte sie in ihrer Arbeit unmöglich weiterkommen. Er blockierte jeden Schritt, jedes Wort würde ein Kampf werden. Nein, ihre Entscheidung stand fest.

Emily betrat ihr hübsches Zimmer, und als ihre Füße in dem dicken weichen Teppichboden versanken, bedauerte sie ihre Entscheidung sofort. So viel Luxus hatte sie zu Hause nicht. Gleichzeitig verspürte sie insgeheim eine große Erleichterung bei dem Gedanken, möglicherweise heute Abend schon wieder bei Luca zu sein. Sie sollte Stephanie anrufen und ihr Bescheid geben, dass sie bald zu Hause sein würde. Nein, auch das würde sie erst tun, wenn sie im Zug säße. Sie konnte sich nämlich lebhaft vorstellen, wie auch ihre Schwiegermutter versuchen würde, auf sie einzureden, dass sie sich wieder mit dem schrecklichen Ryan vertrug. Ihre Familie war wunderbar, sie standen alle hinter ihr und Luca. Aber sie dachten mehr an Emilys Karriere als sie selbst, jedenfalls kam es ihr manchmal so vor. Wenn Stephanie nicht insistiert hätte, wäre Emily wohl kaum auf Johns Angebot eingegangen.

Sie nahm ihren Koffer und warf die Sachen wieder hinein, die sie heute Vormittag ausgeräumt hatte. Dann holte sie ihre Waschsachen aus dem Badezimmer und sah sich noch ein letztes Mal, mit leichtem Bedauern, in dem schönen Zimmer um.

Als sie in die Eingangshalle kam, saß Ryan Scott auf einer Bank neben der Haustür und blätterte gelangweilt in einer Zeitung.

Emily blieb auf der untersten Treppenstufe stehen. War er gekommen, um seinen Triumph zu genießen, sie hinausgeekelt zu haben?

»Na endlich.« Er sah auf.

Emily zog die Augenbrauen zusammen. Das war wirklich das Letzte. Es schien ihm gar nicht schnell genug zu gehen, dass sie das Feld räumte. Sie beschloss, dass er ihr keine Antwort wert war, und stieg die letzte Stufe hinunter. Sie schaute sich um. Wo hatte Mary nur ihre Jacke hingebracht?

»Ich will nicht, dass du gehst.«

Was? Emily sah Ryan irritiert an.

»Mir ist daran gelegen, dass wir hier schnell fertig werden, und wenn John einen neuen Drehbuchautor suchen muss, wird es die Sache nur verzögern.« Er hatte wieder sein rechtes Sprunggelenk auf das linke Knie gelegt.

Daher wehte also der Wind. Emily sah sich weiter nach ihrer Jacke um.

»Dann hättest du dich vielleicht etwas weniger destruktiv verhalten sollen«, erwiderte sie.

»Destruktiv?«, wiederholte er in einem spitzen Tonfall und stand auf. »Du wirst noch lernen müssen, dass man im Arbeitsleben über divergierende Ansichten eben diskutieren muss.«

Emily starrte ihn wütend an. Was für eine Überheblichkeit. Er behandelte sie, als wäre sie ein kleines Kind. Dabei konnte er kaum älter sein als sie selbst. »Danke, ich schreibe es mir in mein Lebensweisheiten-Buch.«

»Komm schon, wir machen weiter.« Ryan deutete in Richtung Küche.

»Hörst du dir eigentlich selbst zu?« Emily stellte ihren Koffer neben der Tür auf den Boden. »Ich bin kein hirnloser Roboter, den du nach Gutdünken herumschicken kannst. Ich bin ein kreativer Mensch, und ja, es trifft mich, wenn man mir Unzulänglichkeit vorwirft. Dabei sollte es das nicht, zumal du mir deutlich gezeigt hast, dass hinter deiner destruktiven Kritik nichts weiter steckt als ein viel zu großes Ego. Aber an den gehaltlosen Sätzen, die bislang aus deinem Mund kamen, konnte ich eindeutig erkennen, dass eine Zusammenarbeit mit dir unmöglich ist. Und da ich mit meiner Lebenszeit Besseres anzufangen weiß, als mit einem ignoranten Großkotz zu streiten, ziehe ich mich jetzt aus diesem Projekt zurück. Ich bin sowieso der Meinung, dass der Stoff überschätzt wird. Dein Roman ist ganz okay, aber bestimmt nicht der große Wurf.« Sie machte sich auf den Weg in die Küche, um nach Mary zu suchen. Wo war nur ihre Jacke hingekommen?

»Wow!« Ryan folgte ihr. »Respekt, du kannst auch gut austeilen.«

»Lass mich in Ruhe«, brummte Emily, während sie durch die blitzsaubere Küche lief. Nirgendwo war eine Spur von der Haushälterin zu sehen.

»Warte doch mal.« Ryan fasste sie von hinten am Unterarm.

Emily wirbelte herum und funkelte ihn zornig an. »Was willst du?«

Ryan atmete laut ein und aus. »Sorry, okay?«

Emily zog die Augenbrauen zusammen. »Was soll das denn heißen?«

»Es tut mir leid, wenn das so rübergekommen ist.« Ryan ließ ihren Arm los.

Diese Wendung verblüffte Emily so sehr, dass sie nicht wusste, was sie darauf erwidern sollte. Sie hatte eher damit gerechnet, dass er sich darüber freute, dass sie das Weite suchte. Und John kannte genug Drehbuchautoren, er würde innerhalb kürzester Zeit einen Ersatz für sie finden.

»Nun komm schon, ich hab doch gesagt, dass es mir leidtut. Soll ich vielleicht noch auf die Knie gehen?« Er sah sie an, in seinem Blick lagen Ungeduld und Wut und noch etwas anders – war es Trauer? Oder Angst?

Emily wandte sich ab. Die Verlockung, nach Hause zu Luca zu fahren, war groß. Dabei hatte sie schon seit ihrem vierzehnten Lebensjahr davon geträumt, Drehbücher zu schreiben. Eigentlich hatten sie es als Team machen wollen, Emily und Luca gemeinsam. Emily hatte in dem Herbst, in dem ihr Vater gestorben war, einen Platz in der Theater- und Film-AG ihrer Schule erhalten. Und Luca war auch in diesem Kurs, dieser schüchterne Junge, der Emily mit seinem verständnisvollen, lieben Blick mitten ins Herz traf. Sie hatte Luca vorher nie beachtet, und jetzt kamen sie zufällig in das gleiche Team, zuständig fürs Drehbuchschreiben. Wenig später warfen sie sich beide so engagiert in diese Aufgabe hinein, dass sie für kaum etwas anders mehr Zeit hatten. Ihr Lehrer Paul Burton war begeistert und trug ihnen ein zweites Drehbuch auf, das sie bis zum nächsten Sommer schrieben. Danach sprach Paul mit Emilys und Lucas Eltern und beschwor sie, das außergewöhnliche Talent ihrer Kinder zu fördern. So kam Emily auf die Filmschule, aber Luca entschied sich für eine Ausbildung in einer Bank. Damals glaubte Emily, dass er ihren gemeinsamen Traum aufgab, weil sie schon seit fünf Jahren ein Paar waren und er vielleicht eine eigene Sache haben wollte, etwas, das sie nicht miteinander teilten. Heute war sie überzeugt davon, dass es die ersten Anzeichen seiner Depression waren, denn die Filmschule hätte eine große Veränderung für Luca bedeutet. Ursprünglich hatten sie geplant, zusammen nach London zu ziehen, aber Luca wollte lieber in Cambridge bleiben. Jedenfalls hatte Emily bis heute die Hoffnung nicht aufgegeben, dass er, wenn er erst wieder gesund war, doch noch in den Beruf einsteigen würde, von dem sie als Jugendliche immer geträumt hatten.

»Hallo? Erde an Emily Greenberg? Bist du noch da?«

Sie schrak aus ihren Gedanken auf. »Was?«

»Schön, dass du mir noch zuhörst. Ich habe dich dreimal was gefragt.« Ryan wedelte mit seinen Händen vor ihrem Gesicht herum.

»So? Und was?«

»Ob du einen Kaffee willst, bevor wir mit der Arbeit beginnen.« Er deutete auf den Vollautomaten und verdrehte die Augen, und wieder dachte Emily, dass er hervorragend als Schauspieler in seinem Film geeignet wäre.

Sie stieß ein abfälliges Lachen aus und verschränkte wütend die Arme vor der Brust. »Weißt du eigentlich, wie unverschämt du bist? Erst tust du alles, um mich von hier zu vertreiben, und dann meinst du, es genüge ein Fingerschnippen, damit ich kleines, naives Dummchen wieder perfekt nach deiner Pfeife tanze.«

Er grinste. »Nicht?«

»Nein!«, stieß Emily wütend hervor und verließ die Küche in Richtung Esszimmer.

»Na schön«, sie hörte seine eiligen Schritte hinter sich, »was willst du? Was soll ich tun, damit du weitermachst?«

Emily blieb in der Tür zum leeren Esszimmer stehen. »Zunächst einmal will ich, dass du es ernst meinst, wenn du dich entschuldigst. Du hast dich wie ein Arschloch benommen, und das solltest du zumindest zugeben.«

»Okay.« Er breitete die Arme aus und stöhnte übertrieben. »Mea culpa. Es tut mir leid, und ich bitte vielmals um Entschuldigung, dass ich mich wie ein …«

»Das ist wirklich das Mindeste«, unterbrach Emily seine alberne Tirade, »und solange du nicht bereit bist, ernsthaft zu arbeiten, können wir die Sache wirklich bleiben lassen. Ich bestehe nicht unbedingt auf meinen Vorschlag, aber wenn du ihn nicht willst, brauche ich eine Alternative.« Sie hob abwehrend die Hand, als er etwas einwerfen wollte. »Und erklär mir nicht, das sei meine Aufgabe. Mein Job besteht darin, ein möglichst gutes Drehbuch zu schreiben, und nicht zehn verschiedene, von denen du dir eines aussuchen kannst.«

»Verstanden«, erwiderte er, ohne sichtbare innere Regung.

Emily ging zurück in die Küche und holte sich einen Milchkaffee aus dem Vollautomaten.

Ryan trat neben sie und griff ebenfalls nach einer Tasse. Das musste mindestens sein dritter Kaffee nach dem Essen sein. Er schien ziemlich süchtig danach zu sein.

»Also gut. Lass uns mit deinem Vorschlag arbeiten«, lenkte er ein.

Emily presste ihre Lippen fest zusammen und blieb mit ihrer Tasse in der Mitte der Küche stehen. Sollte sie mit diesem unsympathischen Ryan Scott weiter zusammenarbeiten? Es widerstrebte ihr, auf seine eigenartigen Stimmungsschwankungen einzugehen. Außerdem wollte sie zu Luca zurück. Andererseits war dieser Auftrag hier eine große Chance, er würde ihre Karriere vermutlich nach vorn bringen, und sie konnte für Luca und sich selbst einige Türen öffnen.

»Meinetwegen, machen wir weiter«, sagte sie und ging

zurück ins Gartenzimmer. Sie stellte ihre Tasse auf den Tisch und holte dann ihren Koffer und den Laptop aus dem Flur, wo beides noch neben der Eingangstür stand.

Gemeinsam machten sie sich an die Arbeit, und Emily erläuterte Ryan ihre Ideen. Der Autor saß neben ihr und sagte plötzlich kaum ein Wort mehr. Als um vier Uhr Mary das Zimmer betrat und erklärte, dass sie für den Tee im Salon gedeckt habe, hatte Emily die erste Szene schon grob konzipiert.

Im Salon hatte Mary alles aufgefahren, was zu einem englischen Nachmittagstee gehörte. Auf einer Etagere waren einige Sandwiches, Scones mit Marmelade und Clotted Cream, eine Torte und Früchtekuchen einladend angerichtet, der schwarze Tee dampfte in einer Old-Country-Roses-Porzellankanne auf einem Stövchen vor sich hin, und daneben standen die obligatorische Kanne mit heißem Wasser, ein Kännchen Milch und eine Zuckerdose. Auf einem Tellerchen lagen kunstvoll geschnitzte Zitronenscheiben.

Nachdem Mary sich erkundigt hatte, ob sie auch alles hätten, was ihr Herz begehrte, ließ sie die beiden wieder allein.

Emily nahm auf dem geblümten Sofa Platz. »Tee?«

Ryan nickte knapp, während er sich ihr gegenüber in den Sessel fallen ließ.

Emily füllte beide Old-Country-Roses-Tassen mit Tee. Sie liebte dieses Service. Leider war es zu teuer, sodass sie sich kein eigenes leisten konnte. Sie lehnte sich auf dem weichen Sofa zurück und sah den Dampfschwaden zu, die aus der Tasse aufstiegen. Sie war plötzlich unendlich müde. Die Aufregung heute, gepaart mit der Sorge um Luca, war einfach zu viel. Ihr Blick wanderte zu Ryan Scott, der genauso trübsinnig und erschöpft aussah, wie Emily sich fühlte, und zum ersten Mal kam ihr der Gedanke, dass sie möglicherweise gar keine Schuld an Ryans schlechter Laune trug. Vielleicht hatte er sich mit seiner Frau gestritten oder gerade eine schlechte Rezension für seinen Roman erhalten und ließ das jetzt an Emily aus.

Sie griff nach dem Milchkännchen. Während sie dabei zusah, wie sich die Milch mit dem dunklen Tee vermischte, sog sie den würzigen Duft des heißen Getränks tief ein. Dann richtete sie ihren Blick auf Ryan.

Er nahm einen großen Schluck aus seiner Teetasse und verzog dann schmerzhaft den Mund. »Au, verdammt! Das ist ja kochend heiß.«

Emily unterdrückte ein Lachen. »Es ist Tee. Und schwarzer Tee wird nun einmal mit kochendem Wasser aufgegossen.« Sie stand auf und ging in die Küche, um ein Glas mit Leitungswasser zu holen.

»Hier«, sie reichte ihm das kalte Getränk, »zum Kühlen.«

»Danke.«

Emily ließ sich wieder in das weiche Sofa sinken und zog ihr Handy aus der Tasche. Kein Anruf, keine Nachricht. Das bedeutete, dass zu Hause alles in Ordnung war. Sie atmete tief durch. Wenn sie die nächsten Wochen hier miteinander auskommen sollten, würde es vermutlich nicht schaden, wenn sie sich ein bisschen besser kennenlernten.

»Wolltest du immer schon Schriftsteller werden?«, fragte sie deshalb Ryan und nippte an ihrem Tee.

Er sah auf. Es wirkte, als wäre er mit seinen Gedanken

gerade an einem fernen Ort gewesen und kehrte nur langsam nach Kendal House zurück. »Ich? Ja, sicher.«

»Und es hat sofort geklappt?«, bemühte sich Emily, das Gespräch zum Laufen zu bringen. »Man hört ja immer, dass es schwer ist, auf dem Literaturmarkt Fuß zu fassen.«

Er griff nach seinem Handy, das er neben sich auf den Tisch gelegt hatte, und sprang plötzlich auf. »Entschuldige bitte, ich muss dringend telefonieren.« Und damit verließ er eilig den Salon.

Emily starrte ihm verwirrt hinterher.

»Danke für das Gespräch«, murmelte sie und leerte ihre Teetasse.

Was war das nur für ein unhöflicher Mensch? Erst diese aggressive Art, mit der er Emilys Vorschläge kritisierte, und jetzt schien er gänzlich ausgestiegen zu sein. Sie verstand nicht, warum er unbedingt an diesem Drehbuch mitwirken wollte, wo er sich doch offensichtlich noch keinerlei eigene Gedanken dazu gemacht hatte.

In diesem Moment wurde die Tür geöffnet, und Rose, eine der beiden Assistentinnen, steckte ihren Kopf herein.

»Hallo, Emily, alles in Ordnung bei euch?«

»Keine Ahnung«, gestand Emily. »Ich werde aus meinem Co-Autor einfach nicht schlau.«

Rose lächelte und kam zu ihr. Sie nahm in dem Sessel Platz, in dem eben noch Ryan gesessen hatte. »Es ist schwer, mit ihm zusammenzuarbeiten, oder?«

Emily nickte. »Es ist vor allem … ich verstehe ihn nicht. Er ist so unvorhersehbar in seinen Reaktionen. Immerhin hat er mich heute Nachmittag mal arbeiten lassen. Ich denke, wir haben eine ganz gute erste Szene. Damit hatte ich zwischenzeitlich gar nicht mehr gerechnet.«

Rose grinste. »Aber er sieht ziemlich gut aus.«

»Dafür sind seine Manieren weniger gut«, antwortete Emily und verdrehte die Augen.

Rose nahm sich ein Sandwich und knabberte daran herum. »Und du kommst aus Cambridge?«

Emily nickte. »Ich bin dort aufgewachsen.« Sofort musste sie an Luca denken, und um die mit ihm verbundenen Sorgen gar nicht erst aufkommen zu lassen, fragte sie schnell: »Und du wohnst hier in London?«

Rose nickte. »Eine halbe Stunde mit der Bahn.«

Emily griff nach der Kanne. »Möchtest du auch?«

Rose schüttelte den Kopf. »Ich bin keine Teetrinkerin. Ich war bis vor vier Wochen mit einem Italiener zusammen, da habe ich mir den Tee echt abgewöhnt. Espresso von morgens bis abends.«

Emily lächelte. »Wart ihr lange zusammen?«

»Vier Jahre«, antwortete Rose, während sie weiter an ihrem Sandwich nagte. »Das ist für mich eine kleine Ewigkeit. War meine erste Beziehung, die länger als ein paar Monate gedauert hat.«

Emily trank einen Schluck Tee. »Ich bin auch schon seit langer Zeit mit meinem Freund zusammen, er war meine Jugendliebe.«

»Glaubst du, dass du was verpasst hast? Wenn du schon so jung mit ihm zusammengekommen bist …«, fragte Rose und warf den Rest ihres Sandwiches auf Ryans unbenutzten Teller.

»Nein.« Emily lehnte sich auf dem weichen Sofa zurück und zog ihr rechtes Bein an. »Das Gefühl hatte ich noch nie. Ich habe nie irgendwas vermisst, und Luca war immer mein Traummann. Er ist es bis heute.«

Sie verstummte und überlegte, ob das wirklich zutraf. Der Luca, mit dem sie die letzten zwei Jahre zusammen gewesen war, war so gänzlich anders als der, in den sie sich damals verliebt hatte. Ihre Beziehung hatte sich geändert, grundlegend, manchmal fühlte sie sich eher wie Lucas Mutter als wie seine Geliebte, und doch war er nach wie vor ihr Luca. Sie brauchten beide Geduld, irgendwann würde alles wieder so werden wie früher.

»Sei froh«, seufzte Rose. »Ich hatte ein, zwei Beziehungen, aber es war nie so wie mit Adriano. Als wir zusammengekommen sind, war ich dreiundzwanzig. Es hat mir echt den Boden unter den Füßen weggezogen, als er mich verlassen hat.«

Emily nickte. »So würde es mir auch gehen, wenn Luca plötzlich gehen würde.« Auch wenn das im Moment sehr unwahrscheinlich war. »Hast du es denn nicht kommen sehen?«

Rose zuckte mit den Schultern. »Es ist eine ziemlich … abgefahrene Geschichte. Er hat mich für einen anderen verlassen.«

»Oh, für einen Mann?« Emily sah Rose überrascht an. »Das ist besonders übel, finde ich. Mit einer Frau könnte man ja vielleicht noch konkurrieren, aber …«

»Nein, kein Mann«, unterbrach Rose sie. »Jedenfalls keiner mit zwei Beinen und einem Penis. Er hat mich für Gott verlassen.«

»Was?« Emily stellte ihre Tasse zurück auf den Unterteller. »Gott? Du meinst, er ist ins Kloster gegangen?«

»Nein.« Rose strich sich durch die Haare. »Er hat sich entschlossen, katholischer Priester zu werden.«

»Oh.« Emily biss sich auf die Unterlippe. »Verstehe.«

»Natürlich war es irgendwie zu erwarten gewesen«, gestand Rose. »Schließlich hatte er Theologie studiert. Aber er hat immer gesagt, dass er Lehrer werden will. Er ist sehr gläubig, aber ich habe nie ernsthaft damit gerechnet, dass er sich für die Priesterweihe entscheiden könnte.« Rose zog eine Gurkenscheibe aus ihrem Sandwich und steckte sie sich in den Mund. »Was soll's! Es gibt noch eine Menge andere tolle Männer.«

Emily betrachtete die junge Assistentin. Sie sah bei Weitem nicht so überzeugt aus, wie es ihre Worte glauben machen wollten. Doch sie war sehr hübsch und schien nett zu sein, lange würde sie bestimmt nicht allein bleiben.

»Und es ist doch erwiesen, dass es mehr als eine große Liebe gibt«, erklärte Rose. »Auch wenn ich mir momentan wirklich nicht vorstellen kann, je wieder einen Mann so lieben zu können wie Adriano.«

»Das geht mir genauso. Das, was ich für Luca empfinde … Nein, das kann es nur einmal geben, da bin ich mir sicher.« Emilys Blick fiel wieder auf Rose, die traurig vor sich hin starrte. Daher fügte sie schnell hinzu: »Aber ich bin sicher, dass du bald wieder glücklich werden wirst.«

»Das hoffe ich«, seufzte Rose und stand auf.

Emily erhob sich ebenfalls. »Ich werde mal schauen, wo dieser Schreiberling steckt. Sein Rumgezicke hat uns einiges an Zeit gekostet. Eine Szene würde ich heute gern noch fertig bekommen.«

»Also gut, dann lasse ich euch mal in Ruhe weiterarbeiten«, sagte Rose. »Wenn ihr etwas braucht – du weißt ja, wo du mich findest.« Sie deutete mit dem Finger in Richtung oberes Stockwerk, wo ihr Büro lag.

Emily sah erstaunt auf die Uhr. Es war kurz nach vier.

»Wie lange bist du denn da? Ich dachte, ihr macht irgendwann um diese Zeit Feierabend.«

Rose lachte. »Dann kennst du John schlecht. Wir sind im Moment für euch abgestellt. Das heißt, solange ihr arbeitet, ist immer jemand von uns da.«

Emily zog die Augenbrauen zusammen. »Wirklich? Und was ist, wenn wir bis spät in die Nacht hier sitzen?«

»Dann bleibt eine von uns eben auch hier. Falls etwas zu recherchieren ist oder wir euch irgendwas besorgen sollen …«

»Was denn?« Emily sah sie amüsiert an. »Hier ist doch alles, was man braucht. Das Haus kommt mir wie ein Fünf-Sterne-Luxusresort vor, ach was, vermutlich sogar noch besser.«

Dass Rose so lange bleiben musste, bis sie mit der Arbeit fertig waren, empfand Emily als ziemlich unangenehm. Ja, sie würde das bestmögliche Drehbuch schreiben und verbissen daran arbeiten. Und wenn sie dafür nachts aufbleiben und durchmachen musste, dann würde sie das eben tun. Aber sie wollte nicht, dass jemand ihretwegen Überstunden machen musste. Vielleicht würde sie ein wenig mogeln und erklären, dass sie fertig seien, auch wenn das gar nicht stimmte.

»Ich komme nachher noch mal vorbei«, versprach Rose und trennte sich vor dem Gartenzimmer von Emily.

Emily betrat den Raum mit den Rattanmöbeln und Grünpflanzen. Er war leer. Sie verdrehte die Augen. Wo steckte Ryan bloß? Sie wollte gerade genervt kehrtmachen, um im Haus nach ihm zu suchen, als sie ihn auf der Terrasse stehen sah. Die Hände tief in den Hosentaschen vergraben, starrte er in den Garten hinaus.

»Hier steckst du.« Emily trat auf die Terrasse hinaus.

Er fuhr herum und betrachtete sie, aber es kam ihr so vor, als schauten seine Augen durch sie hindurch. Wieder schien er an einem fernen Ort zu verweilen, zu dem sie keinen Zutritt hatte. Ob alle Romanautoren solche Traumtänzer waren? Seine Gedanken mussten düster sein, den Furchen auf seiner Stirn nach zu urteilen. An was für einem Roman er wohl gerade arbeitete? Seine Miene war so finster, als gäbe es in der Geschichte viele Tote.

»Ist alles in Ordnung mit dir?«, fragte Emily besorgt.

»Sicher.« Ryan ging an ihr vorbei ins Gartenzimmer. Dort setzte er sich an den Tisch und sah sie ungeduldig an. »Können wir endlich weitermachen?«

Emily folgte ihm. Sie atmete tief durch und klappte ihren Laptop auf.

Während der nächsten Stunden arbeiteten sie konzentriert an dem Drehbuch. Ryan war zwar gedanklich häufig nicht anwesend, wie Emily bemerkte, aber er hielt sich weiterhin mit kritischen Bemerkungen zurück, sodass Emily gut vorankam.

Als Mary sie zum Dinner ins Speisezimmer bat, war es bereits nach acht Uhr, und Emily beschloss, es für heute gut sein zu lassen.

Rose steckte den Kopf zur Tür herein, kaum dass Ryan und Emily an dem gedeckten Tisch Platz genommen hatten.

»Willst du mit uns essen?«, fragte Emily die Assistentin, um nicht wieder der schweigenden Gegenwart ihres Co-Autors ausgeliefert zu sein.

Aber Rose schüttelte den Kopf. »John sieht es nicht gern, wenn wir uns zu euch gesellen. Er meint, es sei nicht schlecht, wenn ihr mit euren Gedanken allein seid. Manchmal kommen beim Essen ganz gute Ideen zustande.«

»Schade«, sagte Emily. Sie verzog bedauernd das Gesicht und winkte Rose zum Abschied noch einmal zu.

Mary servierte ihnen eine Tomatensuppe mit frischem Basilikum und Büffelmozzarella. Dazu reichte sie frisches, weiches Brot mit einer knusprigen Kruste.

»Oh mein Gott«, sagte Emily, während sie sich den Mozzarella auf der Zunge zergehen ließ. »Wenn das so weitergeht, werde ich kugelrund und rolle anschließend nach Hause. Ich werde hier jeden Tag ein Kilo zunehmen.«

Statt zu antworten, starrte Ryan nur finster auf seine dampfende Suppe.

Emily unterdrückte ein Seufzen. Wenn das die nächsten Tage so weiterging, wollte sie beim Essen lieber komplett auf Gesellschaft verzichten. Nicht, dass sie auf eine Konversation mit Ryan großen Wert gelegt hätte, aber still mit ihm am Tisch zu sitzen, war ihr einfach unangenehm.

Sie unternahm während des Essens noch zweimal den Versuch, sich mit ihm zu unterhalten, doch er antwortete jedes Mal einsilbig. Als der Hauptgang serviert wurde, gab sie es schließlich auf und hüllte sich ebenfalls in Schweigen.

Die nächsten Tage verbrachten sie in angespannter Atmosphäre. Ryan war zurückhaltend und ließ Emily arbeiten. Das luxuriöse Umfeld, das exzellente Essen und der zuvorkommende Service des Teams entschädigten Emily für die finstere Stimmung ihres Co-Autors. Und doch ließ ihr seine Feindseligkeit keine Ruhe. Manchmal meinte sie, hinter Ryans Angriffslust und Gereiztheit so etwas wie

Schmerz und Verzweiflung zu erkennen, aber diese Momente, in denen sie hinter seine Fassade blicken konnte, waren immer so schnell vorbei, dass sie sich dessen nicht sicher war. Außerdem hatte sie genug eigene Sorgen, sie konnte sich nicht auch noch um die Stimmungsschwankungen dieses Schreiberlings Gedanken machen. Am liebsten wäre es ihr gewesen, wenn er einfach abgereist wäre. Denn seine meist stumme Anwesenheit vermittelte ihr den Eindruck, als würde er sie überwachen und überprüfen, ob sie auch gut genug arbeitete.

Im Untergeschoss des Hauses befand sich eine Art Kinosaal mit einer riesigen Leinwand. Liegesessel und Sofas standen auf mehreren stufenförmig angeordneten Podesten, sodass von jedem Platz aus ein uneingeschränkter Blick auf die Leinwand gewährleistet war. In einem großen Regal an der Wand stand eine Vielzahl von DVDs. Und obwohl Rose und Tatjana schon mehrmals nachgefragt hatten, ob sie Emily und Ryan die Funktionen der Fernbedienungen erklären sollten, hatten die beiden diesen Saal bisher noch nicht genutzt. Neben dem Kino befand sich ein geräumiger Weinkeller, der mit einer Bar und gemütlichen Tischen ausgestattet war. Den Rest des Untergeschosses nahm ein Fitnessraum mit Schwimmbad ein. Das war der einzige Bereich, den Emily regelmäßig aufsuchte. Und ausgerechnet hier verbrachte auch Ryan beinahe jede freie Minute. Wenn Emily ihm also in den wenigen Stunden Freizeit, die sie sich gönnten, aus dem Weg gehen wollte, hätte sie diesen Sportbereich meiden müssen. Aber sie war viel zu glücklich, endlich einmal ohne schlechtes Gewissen trainieren zu können. Zu Hause musste sie sich die Zeit zum Joggen stehlen, immer in der Sorge, dass es Luca schlechter gehen könnte, wenn sie zu ihm zurückkehrte. Hier in Kendal House genoss sie es, sich morgens vor dem Frühstück auf dem Laufband und im Schwimmbecken auszupowern. Aber immer war Ryan ebenfalls da, er stemmte Gewichte oder rannte so schnell, als ginge es um sein Leben.

»Wie lange wird es wohl noch dauern?«, fragte Ryan sie, als sie sich nach dem Frühstück ins Gartenzimmer gesetzt hatten. Die erste Woche war inzwischen vergangen.

»Was meinst du?« Emily sah ihn überrascht an, während sie den Laptop hochfuhr.

»Na, das alles hier.« Er machte eine umfassende Geste.

Emily zuckte mit den Schultern. »Schwer zu sagen. Zwei, drei Monate. Vielleicht auch länger.«

Ryan verzog das Gesicht, als hätte Emily ihm in die Magengrube geboxt. »Verdammt.«

»Weißt du, dass mir das ziemlich auf die Nerven geht?« Emily warf ihre Ausgabe von »Sterne am Nachthimmel« in den Rattansessel neben sich.

Ryan hob die Arme und drehte die Handflächen nach außen. »Wovon redest du?«

»Von dir und deinen Launen!« Emily hörte den scharfen Ton in ihrer Stimme. »Zuerst hast du gegen alles gewettert, was von mir kam. Und jetzt bist du vollkommen ausgestiegen. Außer schlechte Stimmung zu verbreiten und düster vor dich hin zu starren, tust du nichts.«

»Und?« Er sah sie provozierend an.

Emily seufzte. Ihr Tonfall wurde milder. »Man braucht eine gute Atmosphäre, um kreativ arbeiten zu können.«

»Wer sagt das?«

»Ich! Und jetzt tu nicht so, als wäre das bei dir anders.«

Emily stieß wütend die Luft aus. »Du kannst manchmal so was von überheblich sein. Das ist echt zum Kotzen.«

Sie starrte in den Garten hinaus. Der Himmel war strahlend blau, obwohl es kalt geworden war. Auf dem grünen Rasen lag buntes Herbstlaub, das Martin Sanchez gerade mit einem Rechen zusammenfegte.

»Es stimmt tatsächlich.« Endlich richtete Ryan seinen Blick auf Emily, und zum ersten Mal seit Tagen hatte sie den Eindruck, er würde sie auch wirklich wahrnehmen. »Aber ich habe leider nicht das Glück, mich in mein Sommerhaus mit Blick aufs Meer zurückziehen zu können und von der lieblichen Natur um mich herum ablenken zu lassen.«

»Schön«, antwortete Emily, nur um etwas zu sagen.

»Nein, gar nicht schön.« Er stand auf und griff nach einem der Kissen, die auf dem Rattansofa lagen. »Ich musste für alles kämpfen. Dafür, dass ich schreiben durfte, dafür, dass ich veröffentlicht wurde, ja, um jedes einzelne Wort habe ich gekämpft. Und dann, als der Roman endlich erschienen war, als er so erfolgreich wurde, wie ich es nie zu hoffen gewagt hatte, fliegt mir das Leben plötzlich um die Ohren.«

Emily beobachtete, wie er das Kissen zwischen seinen Händen fest zusammendrückte, als wollte er es erwürgen. Sein Gesicht war schmerzhaft verzogen.

»Es tut mir leid, dass du Probleme hast«, sagte Emily leise. »Ich kann das, glaube ich, gut nachempfinden.«

»Du?« Er warf ihr einen missbilligenden Blick zu. »Was weißt du schon? Ich wäre froh, wenn ich deine Probleme hätte.«

»Ach ja?«, entgegnete Emily wütend. »Was wird das hier? Ein Wettstreit, wer die größten Sorgen hat?«

Er starrte sie böse an, und einen Moment lang schien es, als wollte er etwas erwidern. Dann schüttelte er nur stumm den Kopf und setzte sich auf einen der Stühle. »Lass uns einfach dieses verdammte Drehbuch schreiben, damit wir es so schnell wie möglich hinter uns haben.«

Emily sah ihn mit gehobenen Augenbrauen an. Dann öffnete sie das Dokument »Sterne am Nachthimmel« und versuchte, sich auf den Text zu konzentrieren, aber es gelang ihr nicht. Ryan hatte sich wieder in seine Gedankenwelt zurückgezogen.

»Warum bist du eigentlich hier?«, fragte sie ihn.

Er starrte stumm zum Fenster hinaus, als hätte er ihre Frage nicht gehört.

Emily seufzte und zog den Computer wieder zu sich heran. Der Kerl benahm sich wirklich kindisch. Aber es half alles nichts, sie musste dieses Drehbuch schreiben, mit oder ohne seine Hilfe. Sie beschloss, seine Anwesenheit einfach zu ignorieren, und wollte gerade anfangen, die nächste Szene zu skizzieren, als ihr Handy klingelte. Erschrocken fuhr sie zusammen. In den letzten Tagen hatte es sich nie gemeldet. Ihre Freundinnen wussten, dass sie in London war, und würden tagsüber nicht anrufen, und Stephanie betonte immer, dass sie auch ohne Emily gut zurechtkämen.

Als sie das Smartphone aus ihrer Tasche zog und Stephanies Namen auf dem Display sah, wurde ihr eiskalt. Lucas Mutter meldete sich nicht, wenn es nicht wichtig war.

»Ja?«, fragte Emily und zitterte plötzlich am ganzen Körper.

»Em, mach dir keine Sorgen, hörst du?«, sagte Stephanie statt einer Begrüßung.

Gespräche, die so begannen, waren nie gut.

»Was ...« Emily räusperte sich, ihre Stimme war auf einmal rau. »Was ist passiert? Ist was mit Luca?«

»Es ist ... er hat gestern Abend versucht, sich das Leben zu nehmen.«

»Nein!«, stieß Emily aus und zuckte bei dem lauten Schrei zusammen, den sie ausgestoßen hatte. »Wie ... wie geht es ihm?«

»Es geht ihm gut, ich habe ihn rechtzeitig gefunden.« Stephanie sprach ganz leise. »Er ist jetzt in einer Klinik. Ich darf nicht zu ihm.«

»Ich komme sofort.« Emily stand auf. »Ich kann heute Mittag bei euch sein.«

»Nein, Em, bleib in London. Du kannst hier nichts tun.«

»Was?« Emily schlug ihren Laptop zu. »Aber ich kann doch nicht hier ...«

»Man würde dich nicht in die Klinik reinlassen.« Stephanie klang jetzt resolut. »Ich habe überlegt, ob ich dir überhaupt davon erzählen soll. Ich hatte schon befürchtet, dass du kommen willst. Aber es ist vollkommen sinnlos, glaub mir. Am meisten hilfst du Luca, wenn du weiter an deiner Karriere arbeitest.«

»Wie soll ich das tun, wenn er ... Wie hat er es gemacht?«, fragte sie und wollte die Antwort eigentlich gar nicht wissen. Wie sehr hatte sie sich genau davor gefürchtet, sie hatte sich deswegen immer große Sorgen gemacht.

»Er hat versucht, sich die Pulsadern aufzuschneiden.« Stephanie räusperte sich. »Ich muss auflegen, der Arzt will mit mir sprechen. Versprich mir, dass du bleibst, wo du bist, ja?«

Emily schloss die Augen. Wie könnte sie hier in Kendal

House bleiben, wenn ihr Freund, der Mann, den sie über alles liebte, so sehr litt, dass er sich das Leben nehmen wollte? War es womöglich sogar ihre Schuld, weil sie ihn allein zurückgelassen hatte?

»Em, es ist nicht deine Schuld«, hörte sie Stephanie, die ihre Gedanken offenbar erraten hatte. »Du musst für euch beide kämpfen und möglichst konzentriert weiterarbeiten. Wir können sowieso nicht zu ihm, er ist in psychiatrischer Behandlung und darf die nächsten Wochen niemanden sehen. Ruf mich heute Abend an, dann kann ich dir hoffentlich mehr sagen. Ich hab dich lieb, Em.«

Emily beendete das Gespräch. Sie starrte auf den dunklen Bildschirm. Sie konnte nicht in London bleiben. Auch wenn man sie nicht zu ihm ließ, sie musste wenigstens in seiner Nähe sein. Entschlossen stand sie auf. Sie würde sofort ihre Koffer packen.

***

Irgendetwas Schreckliches musste passiert sein. Emily war vollkommen außer sich. Ryan beobachtete, wie sie auf ihr Smartphone starrte. Ihre Hände zitterten, als sie es vor sich auf den Tisch legte und ihren Laptop nahm.

»Was ist passiert?«, fragte Ryan.

Es dauerte einen Moment, bis sie sagte: »Ich muss los.«

»Los? Wohin?«

»Nach Cambridge.« Sie ließ sich verzweifelt in den Sessel fallen und sackte in sich zusammen. Ihre Lippen bebten.

»Du kannst nicht einfach abhauen«, erwiderte Ryan. »Was ist mit dem Drehbuch?«

»Scheiß auf dein verdammtes Drehbuch«, fuhr sie ihn an. »Das ist doch überhaupt nur schuld an allem.«

»Das Drehbuch? Woran denn?«

»Ich hätte nicht herkommen dürfen, ich hätte ihn nicht allein lassen sollen.« Sie schlug die Hände vors Gesicht und begann zu schluchzen.

Ryan sah sich hilflos um. Ob er nach einer der Assistentinnen suchen sollte? Rose schien sich ganz gut mit Emily zu verstehen. Vielleicht konnte sie Emily ja beruhigen.

Doch noch bevor er sich auf den Weg in den ersten Stock machen konnte, schluchzte sie: »Jetzt hast du endlich deinen Willen und bist mich los. Ich werde heute noch nach Hause fahren.«

Ryan wurde erst kalt und dann wieder heiß. Das war nicht gut, ganz und gar nicht. Wenn Emily verschwand, würde das die Sache hier unnötig hinauszögern.

»Nun warte doch mal«, begann er vorsichtig und fasste nach Emilys Händen. Er zog sie behutsam von ihrem verheulten Gesicht weg und sah Emily freundlich an. »Erzähl mir doch erst mal, was genau passiert ist.«

»Mein Freund hat versucht, sich umzubringen, das ist passiert.« Sie befreite ihre Finger aus seiner Hand und schluchzte von Neuem.

»Das tut mir leid.« Ryan stand auf und nahm eine Box mit Taschentüchern von der Fensterbank. »Hier.«

»Danke«, schniefte sie und zog ein Tuch heraus. »Es tut mir leid, dass ich dich mit meinen Sorgen belästige, aber ich hatte von Anfang an ein ungutes Gefühl dabei, Luca allein zu lassen.«

»Luca ist dein Freund?«, fragte er nach.

Sie nickte. »Er hat seit Jahren mit Depressionen zu

kämpfen. Er hat schon mal versucht, sich das Leben zu nehmen. Danach war er lange in Therapie, und es ist besser geworden. Aber in letzter Zeit …« Sie ließ den Satz unvollendet und wischte sich mit dem Tuch das Gesicht trocken.

Er wartete darauf, dass sie weitersprach, was sie auch kurz darauf tat.

»Ich hätte den Auftrag hier nie angenommen, wenn Stephanie mich nicht dazu gedrängt hätte.« Sie zog ein neues Tuch aus dem Karton und schnäuzte sich. Dann fügte sie erklärend hinzu: »Meine Schwiegermutter. Luca ist solange zu seinen Eltern gezogen, aber ein ruhiges Umfeld ist für labile Menschen einfach wichtig. Kein Stress, das haben die Ärzte immer wieder gesagt. Ich hätte ihn niemals aus seiner gewohnten Umgebung reißen dürfen.«

»Aber dann könntest du doch nie einen Auftrag annehmen, oder?«, fragte Ryan. Er hatte sich in den Korbstuhl direkt neben Emily gesetzt und lehnte sich vor. Niemals hätte er gedacht, dass sie – genau wie er – mit echten Problemen zu kämpfen hatte. Er war davon ausgegangen, dass Emily den Aufenthalt hier in vollen Zügen genoss. Wie falsch er damit gelegen hatte! Sie war genauso in Sorge um einen geliebten Menschen wie Ryan.

»Das hat Stephanie auch gesagt. Sie meinte, ich muss den Auftrag annehmen, auch für Luca. Es ist schließlich eine große Chance. Aber wenn er am Ende tot ist … und das alles nur meinetwegen …« Wieder liefen ihr Tränen über die Wangen, und sie zog einen Stapel Tücher aus der Box, um sie sich aufs Gesicht zu pressen.

»Wie geht es ihm denn? Besteht Lebensgefahr?«, fragte Ryan einfühlsam.

Emily zuckte mit den Schultern. »Stephanie sagt, dass sie ihn noch rechtzeitig gefunden hat. Er hat wohl versucht, sich die Pulsadern …« Wieder wurde der zarte Körper von Schluchzern erschüttert.

Ryan räusperte sich und stand auf. »Ich mache uns erst mal einen Tee.« Tee war immer gut.

»Nein, nein!« Emily stand auf. »Ich will nach Cambridge zurück.«

»Warum? Kannst du denn irgendwas für ihn tun?«

Sie schüttelte den Kopf. »Aber ich werde verrückt, wenn ich hierbleibe.«

Emily sah ihn an, und er erkannte eine Verzweiflung, die er selbst genauso verspürte.

»Ich weiß.« Er fasste nach ihren Händen. »Und ich glaube, ich kann dich ganz gut verstehen. Meine Tochter hat Krebs und liegt seit einer Woche im Krankenhaus, auf der Intensivstation, weil sie die Chemotherapie nicht vertragen hat.«

Emilys Augen weiteten sich. »Du hast eine Tochter?«

Ryan schluckte. »Kelly. Sie ist das süßeste Kind, das du dir vorstellen kannst. Aber sie hat Leukämie. Und während ich hier in London festsitze, kämpft ihr kleiner Körper um sein Leben.«

Emily starrte ihn ungläubig an. Dann flüsterte sie: »Oh, Ryan.«

Er drückte ihre Hände, die er immer noch festhielt. »Auch ich kann gerade nichts tun. Ich würde am liebsten nicht von Kellys Seite weichen, aber wir brauchen das Geld aus diesem Job hier. Meine Frau hat von einer besonderen Stammzellentherapie in Amerika gehört, das ist unsere einzige Hoffnung.«

»Ich verstehe.« Emily seufzte. »Deshalb bist du so …«

»… unausstehlich?«, half er ihr weiter.

»Ungeduldig«, korrigierte sie ihn.

Ryan nickte. »Und deshalb möchte ich auch, dass wir das Drehbuch bald fertig bekommen.«

Ein schwaches Lächeln zeigte sich auf Emilys Gesicht. »Ich würde lügen, wenn ich behaupten würde, dass mir das Geld egal ist. Ich brauche es, aber vor allem erhoffe ich mir einen Karrieresprung. Und gleichzeitig möchte ich eigentlich nicht hier sein.«

»Dann haben wir mehr Gemeinsamkeiten, als wir dachten.« Ryan ließ ihre Hände los und stand auf. »Komm, wir machen uns einen Tee.«

Emily nickte und folgte ihm in die Küche. Dort stellte Ryan den Wasserkocher an und nahm zwei Teebecher aus dem Regal. Schweigend sahen sie dabei zu, wie das Wasser zu kochen begann. Sie ließen sich Zeit und warteten still ab, während der Tee in der Kanne zog.

Dann gingen sie auf die Terrasse. Die Hände um die heißen Tassen gelegt, sahen sie über den Rasen zum See hinunter.

»Wenn wir den Tee getrunken haben – wollen wir dann ein bisschen spazieren gehen?«, fragte Ryan plötzlich und wunderte sich selbst über diese Idee.

»Ich dachte, du willst mit dem Drehbuch möglichst schnell fertig werden«, erwiderte Emily prompt und blies in ihren dampfenden Becher.

»Wir haben jetzt schon über eine Woche intensiv an dem Text gearbeitet. Ich denke, ein kleiner Spaziergang kann unsere Kreativität nur fördern.« Ryan nippte an seinem Tee.

Emily nickte. Sie beobachtete eine Amsel, die über die Wiese hüpfte. Auch Ryan betrachtete den gepflegten Garten. Martin hatte das Laub zusammengerecht und schob gerade eine Schubkarre am Seeufer entlang.

Ryan sog den Geruch nach Erde und Moos tief ein. »Und wenn wir heute gar nichts mehr schaffen, dann ist es eben so.«

Emily schenkte ihm ein schwaches Lächeln. »Das hört sich überhaupt nicht nach dir an.«

Er trank wieder einen Schluck Tee. »Ich bin gar nicht so ein schreckliches Ekel, wie du glaubst. Ich hab einfach viel am Hals und war deshalb nicht gut drauf in den letzten Tagen.«

»Das habe ich gemerkt.« Emily stellte ihre Tasse auf den Gartentisch, der mitten auf der Veranda stand, und schob die Hände in die Taschen ihrer Jeans.

»Ich dachte, dass du ein verwöhntes Kind bist, dem alles einfach so zufliegt«, fuhr er fort und grinste verlegen.

»Schön wär's.« Sie schüttelte den Kopf. »Ich bin in Cambridge aufgewachsen und hatte die ganze Zeit Kinder aus der Upperclass vor der Nase.«

Ryan nickte. Dann sagte er: »Es tut mir leid, dass ich dich falsch eingeschätzt habe.«

Emily hielt inne. Einen Moment schwieg sie, und er dachte schon, sie würde nichts erwidern. Doch schließlich erklärte sie: »Das ging mir bei dir genauso. Ich hätte nie gedacht, dass du ein Familienvater bist. Du kamst mir vor wie ein …«

Er sah sie grinsend an. »Wie ein … was?«

»Ist doch egal.« Sie rang sich ebenfalls ein Lächeln ab.

»Nein, komm schon. Das interessiert mich jetzt.« Er nahm ihr die leere Tasse ab.

»Na schön, wenn du es unbedingt wissen willst – wie ein Macho oder wie ein Draufgänger.«

Ryan musste lachen. »Wie bist du denn darauf gekommen? So bin ich überhaupt nicht. Emma ist meine Jugendliebe. Wir sind seit dem College zusammen.«

»Tatsächlich? Das sind Luca und ich auch.« Emily zuckte mit den Schultern, während sie wieder ins Haus zurückgingen. »Ich glaube, dein Autorenfoto hat mich in die falsche Richtung gelenkt. Darauf wirkst du so verwegen.«

Ryan ließ ihr den Vortritt in die Eingangshalle und drückte auf einen etwas versteckten Klingelknopf. Wenige Sekunden später tauchte Mary vor ihnen auf.

»Wir möchten einen Spaziergang machen, würden Sie uns bitte die Jacken bringen.«

Mary nickte und verschwand wieder.

»Nur weil ich auf dem Bild verwegen aussehe, heißt das noch lange nicht, dass ich ein fragwürdiges Leben führe«, sagte er grinsend.

»Ich weiß, und am Ende warst du nicht nur attraktiv, sondern auch noch arrogant.« Emily errötete leicht, was ihr ziemlich gut stand, wie Ryan feststellte.

»Ich habe einfach in Schubladen gedacht, etwas, das ich eigentlich hasse.« Emily nahm Mary ihre Jacke ab.

»Da bin ich nicht besser«, sagte Ryan, während er in seinen Anorak schlüpfte. Mary wirkte ein bisschen verwundert, weil Emily und Ryan plötzlich miteinander redeten. Ryan nickte der Haushälterin kurz zu und öffnete dann die Eingangstür.

Sie folgten dem Weg um das Haus herum, der an der Gartenmauer entlang zum See hinunterführte.

Nach einer Weile blieb Emily stehen. »Wie kommt es, dass so spät im Jahr noch so viele Blumen blühen?«

»Das sind alles Herbststauden«, erklärte Ryan. »Da hinten, das sind Astern, die habe ich auch in unserem Garten angepflanzt. Sie sind dankbar und meistens mehrjährig. Und das hier«, Ryan deutete auf eine kissenförmige Pflanze, »das sind sogenannte Fette Hennen. Hier hat offenbar jemand eine Vorliebe für sie.«

»Stimmt.« Emily war seinem Blick gefolgt. In dem langen Beet, das sich zwischen der Mauer und dem Weg erstreckte, waren einige dieser Stauden angepflanzt.

»Wie kommt es, dass du dich so gut mit Pflanzen auskennst?«, fragte sie Ryan.

Er zuckte mit den Schultern. »Mein Vater kommt aus einer Familie von Landschaftsarchitekten. Seine Vorfahren haben schon im achtzehnten Jahrhundert überall in England Gärten angelegt. Meinem Onkel gehört ein alter und mittlerweile recht verwilderter Garten in Cornwall. Und meine Eltern haben ein kleines Haus mit einem riesigen Garten drum herum. Der war ihnen schon immer wichtiger als das Haus darin. Das habe ich wahrscheinlich von ihnen geerbt. Ich fühle mich draußen viel wohler als drinnen.«

Emily nickte nachdenklich, während sie neben ihm den Weg entlangging. »Leider verstehe ich überhaupt nichts vom Gärtnern.«

»Es ist kein Hexenwerk«, erwiderte Ryan. »Aber es macht sich nicht von allein. Wenn man einen Garten über eine längere Zeit sich selbst überlässt, werden zartere Pflanzen von den robusteren erstickt. Meist überleben die heimischen eher als die importierten. Und das ist manchmal echt schade. Mein Ururgroßvater ist um die ganze Welt gereist, um exotische Pflanzen aus Asien und ganz Europa für diesen Garten in Cornwall einzuführen. Er hat darüber ein Buch geschrieben, das sehr spannend ist. Nicht alle seine Pflanzen haben es geschafft, zu überleben.«

»Das ist wirklich spannend«, pflichtete Emily ihm bei. »Gibt es den Garten noch?«

Ryan nickte. »Ja, aber leider haben sich mein Vater und mein Onkel zerstritten. Wir waren schon lange nicht mehr dort. Der Garten sieht heute sicher ungepflegt und chaotisch aus.«

»Liebt deine Frau die Natur auch?«, fragte Emily und strich behutsam über die Blüten der Fetten Henne.

»Sie sitzt gern auf unserer Terrasse«, sagte Ryan lächelnd, und für einen Moment stieg wieder das unbeschwerte Gefühl in ihm auf, das ihnen auf grausamste Weise genommen worden war. »Aber Emma ist keine Gärtnerin. Ich bitte sie inzwischen nicht einmal mehr, unseren Garten zu gießen. Sie schafft es, dass selbst die robustesten Pflanzen eingehen.«

»Und wer versorgt jetzt deinen Garten?«, wollte Emily wissen.

Sie hatten das Ufer des Sees fast erreicht. Ryan betrachtete das bunte Laub, das auf dem Wasser schwamm. Ein paar Amseln pickten nach Würmern. Der Wind rauschte in den Ahornbäumen und Eichen.

»Mein Vater.« Er machte eine kurze Pause. »Emma würde das jetzt gar nicht schaffen. Kelly braucht sie im Krankenhaus.«

Emily erwiderte nichts. Eine Weile standen sie am Wasser und sahen schweigend über die leicht gekräuselte

Oberfläche. Von Zeit zu Zeit wehte ein Windstoß die Blätter von den Bäumen am Ufer auf den See. Ryan beobachtete, wie sie sanft auf den Wellen tanzten. Seltsamerweise fühlte er sich zum ersten Mal, seit er hier angekommen war, ruhiger. In den letzten Tagen hatte er nur an Kelly denken können. Er hatte sich mit jeder Faser seines Körpers nach Northumberland gewünscht, aber das Gespräch mit Emily hatte ihn irgendwie beruhigt. Es laut auszusprechen, half, und eigenartigerweise tat es auch gut, zu wissen, dass er nicht der Einzige war, der eine solche Last mit sich herumtrug. Das Schicksal hatte es nicht auf ihn allein abgesehen.

Wenig später setzten sie sich wieder in Bewegung und verließen durch ein niedriges Holztor das Gelände von Kendal House. Der öffentliche Weg, der neben dem Seeufer an den Hochhäusern vorbeiführte, war breit und mit buntem Herbstlaub bedeckt.

»Wie alt ist deine Tochter?«, wollte Emily wissen, während sie fröstelnd ihre Hände aneinanderrieb.

»Drei.« Er betrachtete sie von der Seite. »Ist dir kalt?«

Sie schüttelte den Kopf. »Nur meine Hände sind ein wenig eingefroren. Ich habe vergessen, Handschuhe mitzunehmen.«

»Vermutlich sind im Haus welche«, sagte Ryan lächelnd. »Sollte mich wundern, wenn nicht eine ganze Wintergarderobe dort vorhanden wäre.«

Eine Weile gingen sie schweigend am Ufer entlang. Ryans Gedanken wanderten von Kelly zu Emilys Freund. Wie es wohl dazu kam, dass man so starke Depressionen erlitt? Ryan hatte sich bisher noch nie mit diesem Thema auseinandergesetzt, weil es ihn nicht betroffen hatte. Er hatte auch kaum etwas über Leukämie gewusst, bevor Kelly daran erkrankt war.

Nein, er wollte nicht wieder über seine Tochter nachgrübeln. Also fragte er stattdessen: »Wie ist das bei deinem Freund passiert? Diese Depression, meine ich. Hat er die schon lange?«

Emily nickte. Ihre Stimme stockte immer wieder, als sie von Luca erzählte. Ryan erfuhr, dass sie schon seit über zehn Jahren mit ihm zusammen war. Dass sie anfangs nichts bemerkt hatte, dass er aber vermutlich schon wenig später unter diesen Depressionen litt. Es fiel ihr schwer, davon zu berichten.

»Es hört sich fast so an, als fühltest du dich für Lucas Krankheit verantwortlich«, sagte er, als sie geendet hatte. Neben ihnen schnatterten ein paar Enten fröhlich vor sich hin. Den Tieren schien die Kälte nichts auszumachen.

»Nein.« Emily seufzte. »Ich weiß, dass es nicht meine Schuld ist. Aber gestern Abend … Der Arzt hatte uns gewarnt. Luca braucht ein ruhiges, stabiles Umfeld. Wir wohnen seit ein paar Jahren zusammen, und natürlich ist unser kleines Haus seine vertraute Umgebung. Sein Zuhause. Ich hätte nicht wegfahren dürfen. Er konnte nicht allein bleiben, also ist er zu seinen Eltern gezogen. Und auch wenn er jetzt in seinem alten Kinderzimmer wohnt, ist es nicht mehr sein Zuhause. Es verunsichert ihn. Das wusste ich alles, und doch bin ich hergekommen.«

Ein älteres Ehepaar kam ihnen auf dem Uferweg entgegen, und Ryan wartete, bis sie an ihnen vorbei waren. Dann sagte er vorsichtig: »Du hast dir aber auch eine Menge Verantwortung auferlegt. Egal, was du denkst –

niemand kann etwas für das, was geschehen ist. Luca ist krank, und du kannst diese Krankheit nicht heilen.«

»Aber ich sollte ihn beschützen«, stieß Emily hervor. Sie blieb stehen und sah Ryan verzweifelt an. »Ich muss ihn beschützen, wenn er es selbst nicht kann.«

»Aber wie willst du jemanden vor sich selbst schützen? Auch wenn du in Cambridge geblieben wärst, es hätte doch trotzdem passieren können. Du kannst nicht vierundzwanzig Stunden an seiner Seite verbringen.«

Sie gingen weiter, während Emily stumm vor sich hin starrte.

»Ich denke auch viel darüber nach, was wir falsch gemacht haben«, fuhr Ryan fort. »Ob wir Kelly anders hätten ernähren sollen und ob wir es zu spät bemerkt haben.« Sein Magen zog sich schmerzhaft zusammen, als er sich wieder daran erinnerte. »Aber letztendlich ist es eine Krankheit, die jeden zu jedem Zeitpunkt treffen kann. Man lässt sie behandeln, und man weiß nicht, ob die Therapien am Ende erfolgreich sind.« Er deutete auf eine Parkbank, die in der Sonne am Seeufer stand.

Emily ließ sich auf das angewärmte Holz fallen. Ryan betrachtete sie, während sie mit der Fußspitze ein undefinierbares Muster ins Laub malte.

Leise fuhr er fort: »Ich fühle mich ebenfalls schuldig an Kellys Krankheit, obwohl ich genau weiß, dass ich nichts dafürkann. Als sie auf die Welt kam, habe ich ihr versprochen, auf sie aufzupassen. Aber ich konnte es nicht. Die Leukämie war stärker als ich. Jetzt bleibt mir nichts anderes, als das Leben meiner Tochter den Ärzten zu überlassen. Ich muss ihnen vertrauen, dass sie das Richtige tun. Und das ist verdammt schwer.«

Emily hob den Blick, der die ganze Zeit auf das Laub gerichtet war, und sah Ryan an. »Es tut mir leid, das muss sehr schwer für dich und deine Frau sein.«

Ryan nickte. »Emma fällt es noch schwerer, den Ärzten zu vertrauen. Sie liest alles, was sie zu dem Thema finden kann, und hat sich so sehr hineingesteigert, dass sie den herkömmlichen Therapien hier bei uns kaum eine Chance gibt. Vor Kurzem hat sie von einer besonderen Therapie in Atlanta gehört, die sie für unsere einzige Chance hält und für die wir viel Geld brauchen.«

Auf Emilys Stirn hatten sich kleine Falten gebildet. »Vielleicht hat sie auf diese Weise das Gefühl, ein wenig Macht zu haben in dieser machtlosen Situation.«

»Ja, das könnte durchaus sein«, stimmte Ryan ihr zu.

»Mir wird kalt«, sagte Emily und stand auf. »Lass uns weitergehen.«

Den zweiten Teil ihrer Runde um den See legten sie größtenteils schweigend zurück. Aber Emilys angespannter Gesichtsausdruck hatte sich gelockert, und sie wirkte ruhiger. Ryan musste zugeben, dass er nicht nur wegen ihres Drehbuchs hoffte, dass sie in Kendal House blieb. Nein, zum ersten Mal seit sie hier angekommen waren, genoss er ihre Gesellschaft. Sein Wissen um ihr Schicksal hatte sie in seinen Augen verändert. Auch wenn er erst einen kleinen Teil von ihr kennengelernt hatte.

Als sie zwanzig Minuten später wieder den Garten von Kendal House erreicht hatten, kam es Ryan vor, als wären sie Tage, und nicht nur eine Stunde, fort gewesen. Alles war mit einem Mal anders: Sein Gefühl des Gehetztseins war verflogen, ebenso sein Unmut, hier festzusitzen, und die ungerechte Aggression Emily gegenüber.

»Sie sind zurück!«, stellte Mary fest, als sie die Eingangshalle betraten. »Und Sie sehen aus, als könnten Sie eine Suppe vertragen.«

»Oh ja, bitte«, sagte Emily mit einem schwachen Lächeln. Ihre Wangen hatten von dem Spaziergang an der frischen Luft Farbe bekommen.

Eine Viertelstunde später saßen sie am Tisch und ließen sich die Gemüsesuppe schmecken, die Mary ihnen mit ein paar Scheiben herrlich knusprigem Brot serviert hatte.

»Was hast du jetzt vor?«, fragte Ryan Emily, während er seinen leeren Teller zufrieden zur Seite schob.

Emily lehnte sich zurück und sah ihn einen Moment lang nachdenklich an. Dann lächelte sie. »Ich denke, du hast recht. Es bringt nichts, wenn ich nach Cambridge fahre, wo ich ja doch nichts tun kann. Ich würde vom Warten nur verrückt werden. Hier kann ich mich wenigstens mit Arbeit ablenken.«

Ryans Herz schlug schneller. Was war nur los mit ihm? Wieso freute er sich so sehr darüber, dass Emily hierblieb? Eigentlich sollte er keine Freude empfinden, in einer Zeit, in der seine kleine Tochter um ihr Leben kämpfte.

Er stand auf. »Ich mache mir nur schnell einen Kaffee, dann legen wir los. Möchtest du auch einen?«

Am Nachmittag gingen sie alle Szenen, die sie bereits angelegt hatten, noch einmal gemeinsam durch. Ryan machte einige Vorschläge, die Emily ins Drehbuch einarbeitete. Als sie einen Anruf von ihrer Schwiegermutter erhielt, legten sie eine halbe Stunde Pause ein. Hinterher berichtete Emily Ryan, dass Luca nun einige Wochen in der psychiatrischen Klinik bleiben und danach eine Reha antreten müsse. Er würde vermutlich einige Monate lang von zu Hause fort sein.

»Wie fühlst du dich damit?«, fragte Ryan sie vorsichtig.

Emily ließ sich in den Korbstuhl fallen. »Ich muss das erst einmal sacken lassen, glaube ich. Ich meine, ich bin hier, in London, und es ist wie ein Urlaub, Cambridge kommt mir weit entfernt vor. Und dann passieren zu Hause schreckliche Dinge, aber ich bin außen vor, weil Stephanie und Matthew die nächsten Angehörigen sind. Luca und ich sind ja noch nicht verheiratet. Das heißt, ich darf sowieso nichts entscheiden. Ich fühle mich hilflos und erleichtert zugleich.« Sie machte eine Pause und stellte dann fest: »Das hört sich schräg an, nicht wahr?«

»Nein, ich kann das gut nachvollziehen. Die Verantwortung liegt bei seinen Eltern, obwohl du in den letzten Jahren Lucas wichtigste Kontaktperson warst. Das ist schlimm, aber auch beruhigend, weil du endlich die Verantwortung abgeben kannst.«

Emily schloss einen Moment lang die Augen. Dann richtete sie sich auf. »Du hast recht – lass uns weitermachen.«

»Einverstanden.« Ryan rutschte mit seinem Stuhl näher heran, um auf den Bildschirm von Emilys Laptop schauen zu können. »Lass uns die Szene noch mal von Anfang an durchgehen.«

Sie vertieften sich so in die Arbeit, dass sie ganz vergaßen, zwischendurch eine Pause zu machen. Und erst als Mary sie zum Dinner rief, standen sie widerstrebend auf.

»Das hat richtig Spaß gemacht«, stellte Ryan fest, als sie am Tisch saßen und Mary ihnen den Salat mit Lachs servierte.

»Stimmt.« Emily spießte eine Cherrytomatenhälfte auf ihre Gabel. »Und ich hätte das niemals vermutet, nachdem der Tag so schrecklich begonnen hat.«

An diesem Abend verzichteten sie beide auf den Sport und beschlossen, sich gemeinsam einen Film anzuschauen. Aber vorher rief Ryan noch wie jeden Abend bei Emma an. Kelly hatte sich inzwischen von der Chemotherapie erholt und würde morgen von der Intensivstation auf die Kinderonkologie zurückverlegt werden. Emma war erleichtert, weil sie dann endlich wieder bei ihrer Tochter im Krankenhaus übernachten durfte.

Als Ryan zu Emily in den Kinosaal kam, stand sie vor dem großen Regal und starrte auf die riesige Auswahl an Filmen, Serien und Dokumentationen.

»Ich kannte früher fast jeden Film, der in die Kinos kam«, seufzte Emily. »Aber von diesen hier kommt mir kaum einer bekannt vor. Dabei sind die alle recht neu.«

Ryan musste grinsen. »Früher? Das hört sich an, als wärst du steinalt.«

Emily lächelte traurig. »So komme ich mir auch vor.« Sie ließ sich in einen der weichen Sessel fallen. »Ich meine die Zeit, als wir noch auf dem College waren. Luca und ich haben uns in einer Film-AG kennengelernt. Wir brannten für das Thema und gingen in jeder freien Minute ins Kino. Die Filme, die uns am besten gefielen, haben wir uns als DVD gekauft und immer wieder angesehen.«

»Und was hat sich geändert?«, fragte Ryan, während er seinen Blick über die DVD-Sammlung gleiten ließ.

»Keine Ahnung«, sagte Emily mit nachdenklicher Miene. »Ich schätze, es war Lucas Krankheit.«

Ryan setzte sich schweigend neben Emily. Es musste schwer für die junge Frau gewesen sein, mit einem depressiven Freund zu leben.

»Nachdem wir zusammengezogen sind, mussten wir natürlich sparsam mit unserem Geld umgehen. Wir haben beide nur wenig verdient, ich musste jeden Tag nach London pendeln. Und weder meine Mutter noch Lucas Eltern konnten uns unterstützen.« Sie machte eine Pause.

»Ihr konntet also nicht mehr ins Kino gehen«, stellte Ryan fest.

Emily nickte. »Wir mussten warten, bis die Filme im Fernsehen kamen. Aber das wäre ja eigentlich nicht das Problem gewesen. Nein, es war Lucas Krankheit. Es war ein schleichender Prozess, ich habe es zuerst gar nicht bemerkt.«

»Was meinst du?«, fragte Ryan, als Emily wieder schwieg.

»Er hat sich immer mehr von der Welt zurückgezogen. Wie gesagt, wir hatten kaum Geld und konnten sowieso nicht viel ausgehen. Und er hatte mit seiner Arbeit in der Bank genug zu tun.« Emily zögerte.

»Arbeitet er denn immer noch dort?«, wollte Ryan wissen, während er sie betrachtete. Noch nie hatte er einen Menschen getroffen, der so anders war, als sein Äußeres vermuten ließ. Anfangs hatte er sie für eins dieser reichen Modepüppchen gehalten, die sich in teure Klamotten kleideten. Dabei trug sie tatsächlich keine Designermarken. Es waren nur ihre elegante Erscheinung und nicht zuletzt ihre auffallende Schönheit gewesen, die ihn zu dieser falschen Einschätzung verleitet hatten.

»Nein, er hat seinen Job aufgegeben«, antwortete sie

jetzt auf seine Frage. »Und eigentlich ist es mir da erst richtig aufgefallen. Er hat es einfach nicht mehr fertiggebracht, unter Leute zu gehen. Schon zwei Jahre zuvor hat er aufgehört, sich mit Freunden zu treffen oder mit mir auszugehen. Aber ich war mit meinem Studium ja sowieso viel unterwegs, sodass es mich nicht gestört hat, an den wenigen Abenden, an denen ich keine Termine hatte und nicht für irgendeine Prüfung lernen musste, zu Hause zu bleiben.«

»Er hat das Haus dann gar nicht mehr verlassen?«, fragte Ryan, während er die Beine auf den gemütlichen Hocker legte, der vor seinem Sessel stand.

»Nicht nur das«, erwiderte Emily. »Er hat auch zu Hause nichts mehr getan. Wenn ich abends zu ihm zurückkam, stand das Frühstück unangetastet auf dem Tisch, und Luca trug noch immer seinen Schlafanzug. Es hört sich vielleicht merkwürdig an, aber Luca hat es nicht einmal geschafft fernzusehen. Er hat wohl den ganzen Tag nur auf dem Sofa gesessen und an die Wand gestarrt. Anfangs habe ich gedacht, er ist einfach nur faul. Ich wurde wütend, aber es schien ihn gar nicht zu berühren.«

»Und dann ist dir aufgefallen, dass etwas nicht stimmt?«, fragte Ryan.

Emily schüttelte den Kopf. »Stephanie ist es aufgefallen. Sie hat die Veränderung gesehen und mich auf seine Depression hingewiesen. Und dann passte plötzlich alles zusammen.«

»Ihr habt ihn in eine Therapie geschickt?«, fragte Ryan.

»Wenn es nur so einfach gewesen wäre«, seufzte Emily und lehnte ihren Kopf gegen die weiche Rückenlehne des Kinosessels. »Man kann einen Menschen nicht zu einer

Therapie zwingen. Ich habe wirklich alles Mögliche versucht, bis er es endlich eingesehen hat und sich in eine Klinik einweisen ließ. Stephanie und ich haben ihn zusammen dorthin gebracht. Es war ein Kampf, bis wir ihn so weit hatten.«

»Oh, Mann«, stöhnte Ryan. »Das muss heftig gewesen sein. Für ihn, aber auch für dich.«

Emily zuckte mit den Schultern. »Ich liebe ihn, und aus Liebe tut man viel.«

»Ja«, antwortete Ryan nachdenklich und starrte auf die schwarze Leinwand. »Aber er ist jetzt ein anderer Mensch als der, in den du dich verliebt hast, nicht wahr? Ist das nicht schwer für dich?«

Eine Weile schwieg Emily. Dann sagte sie mit leiser Stimme: »Doch. Der Luca, den ich kannte, ist im Moment verschwunden. Aber ich hoffe, er kommt bald zu mir zurück.«

Ryan nickte. Seine Gedanken wanderten zu seiner eigenen Ehe. »Seit Kelly krank wurde, hat Emma sich auch verändert. Vermutlich haben wir uns beide verändert.«

Emily drehte sich zu ihm.

»Es sind sicher die Sorgen, die wir uns um Kelly machen. Aber seit wir die Diagnose kennen, kommt es mir vor, als würde Emma mich … von der ganzen Sache fernhalten wollen. Als wäre Kelly nur ihre Tochter.«

Emily sah ihn beinahe erschrocken an. »Wie meinst du das?«

Ryan dachte einen Moment lang nach. Es war das erste Mal, dass er diesen Gedanken in Worte fasste. »Na ja, sie will immer bei Kelly übernachten, dabei habe ich ihr angeboten, sie mal abzulösen, aber das wehrt sie vehement ab. Bei den Gesprächen mit den Ärzten bin ich fast nie dabei, weil Emma mich immer wegschickt. Und wenn ich darauf bestehe, sagt sie, dass ich in der Zwischenzeit lieber bei Kelly bleiben soll. Und sie hat ja auch recht, aber trotzdem fühle ich mich oft übergangen. Vielleicht bin ich nur zu empfindlich.«

»Das glaube ich nicht. Ihr solltet euch gemeinsam die Vorschläge der Ärzte anhören.« Emily überlegte. »Aber warum tut deine Frau das eigentlich? Wieso schließt sie dich aus?«

Ryan atmete tief aus. Das Gefühl der Ohnmacht stieg wieder in ihm auf, das ihn in den letzten Wochen ständig begleitet hatte. Heute konnte er es ein paar Stunden lang verdrängen, während er sich mit Emilys Problemen beschäftigt hatte. »Ich weiß es nicht. Es ist, als wollte sie Kelly … ach, keine Ahnung.«

»Seltsam«, murmelte Emily.

Ryan nickte. »Sie spricht nur noch von *ihrer* Tochter. Früher war Kelly unser gemeinsames Kind, jetzt nicht mehr – wenn man Emma zuhört.«

»Jeder geht anders mit einem solchen Schicksalsschlag um. Vielleicht ist es für deine Frau wichtig, ganz allein über die Therapien entscheiden zu können«, erwiderte Emily.

Ryan zuckte resigniert mit den Schultern. »Aber das Geld, das ich mit meinem Buch und jetzt auch mit dem Drehbuch verdiene, nimmt sie gern.«

»Hast du sie mal darauf angesprochen?«, fragte Emily und stützte ihren Ellbogen auf der Armlehne auf.

Ryan schüttelte den Kopf. »Das geht gar nicht. Für Emma gibt es im Augenblick nur ein Thema: Kellys Krankheit, und wie wir ihr die Therapie in Atlanta ermöglichen können. Sobald ich darauf bestehe, mehr mitzubestimmen, wird Emma wütend. Und ich möchte meiner Tochter momentan nicht auch noch zumuten, ihren Eltern beim Streiten zusehen zu müssen. Deshalb gebe ich meistens nach.«

»Glaubst du, dass die Therapie in Amerika wirklich gut ist?«

»Ja, sicher«, antwortete Ryan. Dann fügte er zögernd hinzu: »Das heißt, eigentlich weiß ich es nicht. Ich vertraue da auf Emma, sie hat viel zu diesem Thema recherchiert.«

»Ich frage mich nur, warum ihr diese Therapie dann nicht bezahlt bekommt. Ich meine, es geht um ein kleines Kind. Warum kümmern sich die Gesundheitsbehörden nicht darum?« Emily stand auf. »Möchtest du auch etwas trinken?«

Ryan nickte gedankenverloren. Eigentlich hatte er sich nie wirklich mit dieser Stammzellentherapie auseinandergesetzt. Er nahm sich vor, Emma bei ihrem nächsten Telefonat genauer danach zu befragen.

Ryan folgte Emily in den hinteren Teil des Raumes zu der Bar, die in einen großen Weinkeller überging. In dem Kühlschrank dort waren zahlreiche Säfte, Limonaden und Biersorten kalt gestellt. Eine Auswahl an Spirituosen stand in einem neonblau beleuchteten Regal aufgereiht. Laminierte Karten mit Rezepten für diverse Cocktails lagen auf dem Tresen bereit. Nachdem sie sich beide ein Bier ausgesucht hatten, nahmen sie auf zwei Barhockern Platz.

»Wie bist du eigentlich auf die Geschichte von ›Sterne am Nachthimmel‹ gekommen?«, fragte Emily, nachdem sie den ersten Schluck getrunken hatte.

»Ich habe sie während meines Creative-Writing-Studiums entwickelt.« Ryan drehte die Bierflasche auf dem Tresen und betrachtete den feuchten Kringel, den sie auf der glänzenden Oberfläche hinterließ. Er begann, Emily von seiner Kindheit zu erzählen und von den Geschichten, die er sich damals schon ausgedacht hatte, bis seine Mutter ihn irgendwann aufforderte, das alles doch einmal aufzuschreiben. Ryan berichtete Emily von seinem Studium und wie er schließlich mit der Arbeit an »Sterne am Nachthimmel« begann.

»Planst du ein zweites Buch?«, fragte ihn Emily.

»Ich habe sogar schon angefangen. Es geht um einen Mann, der alles hinter sich lassen will und auf eine einsame Insel in Kanada zieht. Aber nach einigen Wochen merkt er, dass er gar nicht allein auf der Insel ist.«

»Das hört sich unheimlich an«, stellte Emily fest und trank noch einen Schluck Bier aus ihrer Flasche.

»Ist es auch.« Ryan grinste.

»Kommst du gut voran?«

Er zog die Augenbrauen zusammen. »Seit Kelly krank wurde, kann ich mich nicht mehr darauf konzentrieren. Deshalb war ich froh, als ich diesen Drehbuchauftrag bekam. Eine gute Ausrede, mich nicht mit meinem Manuskript herumquälen zu müssen.«

»Verstehe.« Emily lächelte. Dann warf sie einen Blick auf die Uhr. »Herrje, es ist schon nach elf. Wir sind gar nicht dazu gekommen, einen Film anzuschauen.«

»Was ich wirklich nicht bereue«, erwiderte Ryan. Er lächelte Emily an, und eine Sekunde lang hielten sich ihre Augen fest.

Als Ryan eine halbe Stunde später im Bett lag, dachte er

über diesen kurzen Moment nach. Da war etwas gewesen, was er schon lange nicht mehr gespürt hatte. Es war dieser Funke, den er damals auch bei Emma gespürt hatte und von dem er dachte, dass er ihn niemals wiederfinden würde.

Kapitel 4

Helford River, Frenchman's Creek,
Juni 1791

Aurelie betrachtete die zarten Spitzen der Bohnenpflanzen, die aus der Erde ragten. Sie hatte sie im Mai gesät, als Katherine ihr die Samen mitgebracht hatte. Aurelie war zufrieden mit dem Wachstum, in wenigen Wochen würden die Pflanzen stark genug sein, dass sie sie anhäufeln konnte. Als sie gestern – wie jeden Tag – durch die Gegend gezogen war, um nach brauchbaren Trieben Ausschau zu halten, hatte sie Rote Rüben gefunden, die sie heute Morgen in die feuchte Erde gepflanzt hatte. Nun hoffte sie, dass sie gedeihen würden. Seit sie im April hierhergekommen war, hatte sie am Abhang rund um das Haus einen kleinen Garten angelegt. Sie war überrascht gewesen, wie viele Heilkräuter hier wuchsen. Und in der näheren Umgebung hatte sie noch verschiedenc andere Kräuter ausgraben können. Der Boden war fruchtbar, und beinahe jede der Pflanzen hatte sich gut entwickelt. Aurelie hatte einen Kräutergarten geschaffen, um den sie eine kleine Steinmauer errichtet hatte. Hier wuchsen unter anderem Fenchel und Rosmarin, Dill, Liebstöckel, Wermut und Salbei, weiter unten am Fluss hatte sie Brunnenkresse, Sauerampfer, Minze und Ringelblumen angepflanzt. Baldrian und Löffelkraut suchte sie noch, aber Aurelie war sich sicher, dass sie in dieser Gegend ebenfalls zu finden sein würden.

Nun betrachtete sie ihr heutiges Werk. Nachdem der Kräutergarten schon weit fortgeschritten war, hatte Aurelie auch diesen Küchengarten angelegt. Hierfür hatte Katherine ihr Bohnen- und Kartoffelsamen mitgebracht. Für den Kohl war es jetzt schon zu spät, sie würde die Beete im Herbst vorbereiten, um sie im Frühjahr zu bepflanzen.

Aurelie stieg hinauf in den Kräutergarten und schnitt Dill, Salbei, Liebstöckel und Petersilie. Sie legte alles in den Korb und ging dann zurück zum Haus.

Ruth saß am Fenster, als Aurelie eintrat.

»Ich habe dir ein paar Kräuter mitgebracht fürs Abendessen.« Aurelie legte sie auf die Kommode neben dem Spülstein.

Ruth nickte wortlos. Sie sprach wenig, doch Aurelie hatte sich daran gewöhnt. Auch Ruths Ehemann Harry war eher schweigsam, aber immer freundlich und zuvorkommend. Aurelie sah ihn wenig, denn er arbeitete meist in den Höhlen oder war tagelang fort, um Waren auszuliefern oder Nachrichten zu überbringen. Aurelie lebte inzwischen schon über einen Monat hier, und in der letzten Woche waren wieder die Boote aus Frankreich gekommen. Zwei Tage lang hatte es im Haus und in den Höhlen vor Geschäftigkeit gebrummt, doch nun waren die französischen Schmuggler wieder fort.

»Ich frage mich, ob ich wohl das Boot nehmen darf, um zur anderen Flussseite zu rudern«, sagte Aurelie und sah zu Ruth hinüber. »Ich würde gern nach Pflanzentrieben suchen, die für meinen Garten geeignet sind.«

Die alte Frau blickte von ihrer Flickarbeit auf und zuckte mit den Schultern. »Kannst du denn rudern?«

Aurelie errötete. »Nein, aber so schwer wird es nicht sein, oder?«

Ruth lachte. »Frag Harry, er soll dich rüberbringen und später wieder abholen.« Sie stand auf, schlurfte zur Tür und verschwand in Richtung der Höhlen. Ein paar Minuten später kehrte sie mit dem alten Mann zurück.

»Das Wasser steht gerade hoch genug, dass wir ablegen können«, erklärte Harry.

»Wie viel Zeit bleibt uns?«, fragte Aurelie.

»Die Ebbe kommt erst heute Nacht wieder.« Er bedeutete ihr, ihm zu folgen.

Aurelie warf schnell ihre Gartenwerkzeuge in den Korb und eilte hinter ihm her. Bald hatten sie das Flussufer erreicht. Harry machte das Boot los, das auf dem Felsen lag. Vorsichtig stieß er es ins Wasser. Dann streckte er Aurelie seine Hand entgegen, um ihr ins Boot zu helfen.

Wenig später ruderten sie vom Frenchman's Creek auf den Helford River hinaus. Aurelie blinzelte in die Sonne. Es roch salzig, ein wenig nach Fisch, aber auch nach dem süßlichen Ginster und dem stechenden Wasserschierling, der hier das Ufer säumte. Es war warm, die Oberfläche des Helford River funkelte, und die Rufe der Möwen vermischten sich mit dem leisen Plätschern des Wassers, wenn Harry die Ruder hineintauchte.

»Vielleicht kannst du es mir auch mal zeigen, das Rudern?«, fragte Aurelie. »Morgen zum Beispiel? Dann musst du nicht immer mitkommen, wenn ich zur anderen Uferseite möchte, um Pflanzen zu suchen.«

Harry nickte und brummte etwas Unverständliches.

Ein paar Minuten später hatten sie das Ufer erreicht, an dem ein paar einfache Hütten standen. Einige Fischerboote lagen an dem Steinstrand davor.

»Ich hole dich bei Sonnenuntergang hier ab«, sagte Harry, der wieder zu den Rudern griff.

»Danke«, rief Aurelie und wandte sich um. Saftig grüne Wiesen erstreckten sich hinter den Felsen am Ufer. Aurelie kletterte den Strand hinauf und ging zwischen den Häusern entlang. Sie folgte einem Weg, der von Pinien und Palmen gesäumt war. Diese exotischen Bäume kannte Aurelie aus Frankreich, dort hatte der König sie in seinen Gärten anpflanzen lassen, und einige Adlige hatten es ihm gleichgetan. Auch hier am Helford River schien das Klima günstig für Palmen zu sein.

Aurelie zwängte sich an den Ginstersträuchern vorbei und sah sich um. Rechts neben ihr floss der Helford River, auf der anderen Seite gab es nur weites wildes Land. Hier erhoffte sie sich, neue Kräuter oder Gemüse zu finden, die sie ausstechen und mitnehmen konnte, um ihren kleinen Garten zu bereichern.

Sie fand einen Trampelpfad, der ins Landesinnere führte. Heidekraut und Ginster wuchsen zu beiden Seiten, bis sie zurückwichen und einer Wiese Platz machten. Das Gras stand hoch, es reichte Aurelie fast bis zu den Knien. Sie blieb stehen, als sie die grünen Blätter eines Sauerampfers entdeckte. Der würde sich wunderbar für eine Suppe eignen. Also begann sie, die Blätter zu pflücken und in ihren Korb zu werfen.

Eine halbe Stunde später hatte sie genug geerntet, um einen großen Kessel Suppe daraus zubereiten zu können. Sie würde Rahm von der Milch dafür abschöpfen. Inzwischen hatte Aurelie auch melken gelernt, sie war morgens die Erste bei den Kühen auf der Wiese.

In diesem Moment ließ ein Geräusch sie zusammenzucken. Sie drehte sich um. Ein schwarzes Pferd kam auf sie zugeschossen. Erschrocken sprang sie zur Seite, strauchelte und landete im Gras.

Schnell rappelte sie sich auf und tastete nach ihrem Korb. Der Sauerampfer war herausgefallen, sie selbst schien sich nicht verletzt zu haben.

Das Pferd war noch einige Meter weitergelaufen, dann aber stehen geblieben. Jetzt trabte es langsam zu ihr zurück. Ein Mann, ohne Hut und Perücke, sprang aus dem Sattel und betrachtete sie mit besorgtem Gesicht.

Er fragte sie etwas, das sie in der Aufregung aber nicht verstand, obwohl sie inzwischen schon einige Brocken Englisch gelernt hatte.

»Es tut mir leid, können Sie etwas langsamer sprechen?«, antwortete sie auf Französisch.

»Oh, Verzeihung, ich wusste nicht, dass Sie Französin sind.« Er redete beinahe ohne Akzent. »Geht es Ihnen gut? Haben Sie sich verletzt? Ich hatte nicht damit gerechnet, hier jemanden anzutreffen. Diese Wiese gehört zu meinem Besitz …«

»Entschuldigung, dann dürfte ich wohl gar nicht hier sein.« Aurelie stand auf und strich über ihr zerschlissenes Kleid. »Ich habe nur nach Kräutern gesucht, die ich in meinem Garten anpflanzen kann.«

»Sie wohnen hier?«, fragte er und legte die Stirn in Falten. Das dunkelbraune Haar trug er nach neuster Mode, in Locken gedreht und in der Mitte gescheitelt. Seine Augen waren dunkel, die Nase lang und gerade.

Aurelie nickte. »Auf der anderen Flussseite.«

»Es kommt nicht häufig vor, dass es eine Französin hier in unsere abgelegene Gegend verschlägt.«

Aurelie biss sich auf die Unterlippe. Sie musste aufpassen, was sie sagte. Die Engländer mochten keine Franzosen. Außerdem durfte sie die Schmuggler nicht in Gefahr bringen.

»Ich lebe bei den englischen Verwandten meiner Mutter«, log sie.

»Welche Pflanzen suchen Sie denn?«, wollte er nun wissen. Er bückte sich und warf den geernteten Sauerampfer wieder in Aurelies Korb. Erneut fiel ihr auf, dass sein Französisch fast fließend war. Nur der leichte Akzent verriet, dass es nicht seine Muttersprache war.

Aurelie zuckte mit den Schultern. »Ich habe erst in diesem Jahr angefangen, den Garten anzulegen. Bislang habe ich nur einige Heil- und Küchenkräuter, Bohnen und Rote Rüben angepflanzt. Ich nehme alles, was ich finden kann.«

»Kommen Sie mit, ich zeige Ihnen etwas.« Er machte eine Kopfbewegung in Richtung Wiese und schnalzte mit der Zunge. Sofort setzte sich sein Pferd in Bewegung, er führte es am Zügel und ging neben ihm her.

Aurelie griff zögernd nach ihrem Korb. Ob sie dem jungen Mann trauen konnte? Sie wusste nicht, wohin er sie bringen wollte. Ob sie lieber weglaufen sollte? Nein, das hätte keinen Zweck. Er hatte ein Pferd und würde sie schnell eingeholt haben. Ihr blieb nichts anderes übrig, als ihm zu folgen.

Das Gras kitzelte an ihren nackten Beinen. Sie trug ihre einzigen Schuhe, die noch aus dem Kloster stammten. Wann immer es möglich war, lief sie barfuß, doch die spitzen Steinchen am Flussufer waren unangenehm.

»Hier entlang.« Der Mann öffnete ein Gatter am Ende der Wiese, und Aurelie fand sich am Fuß eines Hügels wieder. Über ihnen thronte ein palastähnliches Herrenhaus mit vielen Türmchen, einer glatten grauen Fassade und unzähligen Fenstern und Zinnen. Davor erstreckte sich ein wunderschöner Garten, wie Aurelie noch nie in ihrem Leben einen gesehen hatte. Neben Palmen und exotischen Farnen wuchsen hier Pflanzen, die sie gar nicht kannte.

»Oh!«, stieß sie aus und starrte mit offenem Mund auf die bunte Pracht. Neben blühendem Weißdorn, Rosenbäumen, Agaven und Magnolien entdeckte sie Gräser, deren zarte Blütenstängel wie Federn wirkten, außerdem Blumen, die kugelförmige bunte Blüten trugen, gewaltige Bäume mit seltsam stacheligen Blättern und Stauden in allerlei Farben.

»Kommen Sie, wir bringen Betty in den Stall, danach führe ich Sie herum«, sagte der Fremde und deutete auf den breiten Hauptweg, der in der Mitte des Gartens zum Haus führte.

»Ich wünschte, ich hätte Papier und Farben dabei«, murmelte Aurelie. In ihrer Ausbildung war immer viel Wert auf die schönen Künste gelegt worden, besonders während ihres Noviziats, sodass sie gut malen und zeichnen konnte. Doch bei ihrer Flucht aus dem Kloster, als sie nichts anderes vorhatte, als sich das Leben zu nehmen, hatte sie alles zurückgelassen. Und im Haus der Schmuggler hatte sie weder Papier noch Tinte gesehen.

Immer wieder blieb sie stehen und bestaunte die Pflanzen aus der Nähe. Sie roch an einem Busch mit dunkelgrünen Blättern und wunderschönen violetten Blüten.

»Was ist das?«, wollte sie wissen.

Der Mann blieb neben ihr stehen. »Mein Vater hat diese Pflanze aus Asien mitgebracht. Linné, der gerade an einer umfangreichen Klassifikation arbeitet, hat sie Rhododendron genannt.«

»Oh, das klingt kompliziert«, erwiderte Aurelie lächelnd und folgte ihrem Gastgeber weiter den leicht ansteigenden Pfad hinauf. Sie kamen an kunstvoll geschnittenen Buchsbäumen vorbei und an einem Teich, auf dem schwimmende Rosen wuchsen. Aurelie konnte sich gar nicht sattsehen. Noch nie hatte sie etwas so Aufregendes erlebt, noch nie so viel Schönheit an einem Ort gesehen.

Als sie den Stall erreicht hatten, übergab der Mann sein Pferd an den Stallburschen. Aurelie war am Rand des Kutschhofs stehen geblieben. Von hier aus hatte man einen atemberaubenden Blick hinunter zum Fluss. Was für ein wunderschöner Ort zum Leben!

»Verraten Sie mir Ihren Namen?« Der junge Mann trat neben sie.

»Aurelie«, antwortete sie, ohne den Blick von der Landschaft vor ihr abzuwenden.

»Einen Nachnamen haben Sie nicht?«, fragte er mit einem Grinsen.

Aurelie sah verlegen zu Boden. Nein, seit ihrem Eintritt ins Kloster hatte sie keinen Familiennamen mehr. Der Ordensname hatte ihn ersetzt.

Ehe sie antworten konnte, sagte der Fremde: »Mein Name ist Edmund Thorn, der künftige achte Earl of Sutterwood.«

***

Edmund sah, wie sie schluckte. Ein zartroter Schimmer legte sich auf ihre Wangen. Diese Frau faszinierte ihn. Sie vereinte so viele Gegensätze in sich. Als er und sein Pferd Betty auf der Südwiese beinahe mit ihr zusammengestoßen waren, war er einen Moment lang von ihrer Schönheit geblendet gewesen. Sie hatte im hohen Gras gelegen, erschrocken zwar, aber nicht verängstigt, und ihr langes mahagonifarbenes Haar schimmerte in der Sonne. Sie trug ein altes, zerschlissenes Kleid, keinen Hut und seltsam klobige Schuhe. Sie war nicht frisiert, hatte sich nicht hübsch gemacht, und doch erschien sie ihm schöner als alle Frauen, denen er bislang begegnet war. Ihre leuchtenden graublauen Augen blickten neugierig in die Welt, die Nase war weder zu groß noch zu klein, die Lippen voll und sinnlich. Ihre Figur wirkte zart, beinahe zerbrechlich. Und sie schien weder stolz noch arrogant zu sein. Die Schlichtheit ihres Wesens betonte ihre natürliche Eleganz. Diese Frau erschien ihm sinnlicher, verlockender als sämtliche Damen der Gesellschaft, denen er in den nächsten Wochen wieder unbarmherzig ausgesetzt sein würde.

»Kommen Sie, ich zeige Ihnen den Garten«, rief er, streckte den linken Arm aus und deutete eine leichte Verbeugung an.

Aurelie nickte, ohne etwas zu erwidern. Ihre Haut war sonnengebräunt, und Edmund hörte in Gedanken die Stimme seiner Mutter, die sich über diese dunkle Färbung sicher entsetzt gezeigt hätte. Er betrachtete Aurelies Hände, die zwar schmutzig, jedoch frei von Schwielen waren. Diese junge Frau musste offenbar hart arbeiten, hatte das aber nicht immer getan. Zu gern hätte er mehr über sie erfahren, gewusst, was für ein Leben sie führte – aus dem

Fischerdorf kam sie sicher nicht, denn die Menschen dort kannte er alle –, wo ihre Heimat war und wie sie hierhergekommen war. Aber er spürte, dass er sie einschüchtern würde, wenn er sie zu sehr mit Fragen bedrängte. Sie schien aus einer anderen Welt zu stammen, so viel war klar. Das konnte er ihren staunenden Blicken entnehmen, die nicht nur ihn gemustert hatten, sondern auch den Garten, das Haus und die Stallungen.

»Mein Vater ist ein Pflanzenjäger«, erklärte er, als er sah, dass sie stehen blieb. »Das hier ist ein Paradiesfeigenbaum, den er aus Asien mitgebracht hat. Dieser Garten ist seine große Leidenschaft, sehr zum Kummer meiner Mutter, die es lieber hätte, wenn er stattdessen seinen repräsentativen Pflichten in London nachginge und sie bei gesellschaftlichen Ereignissen nicht immer allein lassen würde.«

Aurelie wich einen Schritt zurück und legte ihren Kopf in den Nacken, um an den Bäumen hinaufsehen zu können. Dann wanderte ihr Blick zu Edmund, und sie betrachtete ihn nachdenklich.

Edmund lächelte. »Ich komme eher nach meinem Vater. Mir ist der ganze Londoner Trubel ebenfalls zuwider. Meine Mutter drängt mich, dass ich nächste Woche nach London reise, zur Saison. Aber mir graut davor.«

»Welche Saison?«, fragte Aurelie und blinzelte gegen die Sonne an. Auf ihrer Nase bildeten sich entzückende kleine Fältchen.

»Die Ballsaison, eine Jahreszeit, zu der besonders viele Feste und Bälle veranstaltet werden. Sämtliche Familien von Rang und Namen kommen dann zusammen.« Er zögerte. Sollte er ihr sagen, dass in diesem Jahr seine Verlobung mit einer jungen Dame aus einem der großen Adelshäuser bevorstand? Edmund galt als eine gute Partie, und seine Mutter wollte, dass er die Earls of Sutterwood durch eine geschickte Heirat verwandtschaftlich näher ans Königshaus heranbrachte. Selbstverständlich konnte er keine der Töchter von George III. heiraten, da er nicht aus einem europäischen Königshaus stammte, doch seine Mutter arbeitete daran, dass er womöglich eine der Nichten des Königs zur Frau nehmen konnte.

Edmund selbst fühlte sich noch nicht dazu bereit zu heiraten. Er war inzwischen vierundzwanzig und somit durchaus im heiratsfähigen Alter, doch als Mann konnte er sich noch viel Zeit lassen. Seine drei Schwestern hofften auf seine baldige Vermählung, und je besser er sich verheiratete, umso günstiger wären auch die Aussichten seiner Geschwister auf eine vorteilhafte Partie. Nur Edmund selbst hatte die Ehe bislang nicht als erstrebenswerten Zustand angesehen. Wenn er sich seine Eltern anschaute, wünschte er sich, er könnte auf eine solche Bindung verzichten. Doch als Erbe des Adelstitels der Familie war das natürlich unmöglich.

»Oh«, stieß Aurelie jetzt aus und riss ihn damit aus seinen Gedanken. »Was ist das für ein Baum?«

»Ein Tulpenbaum, auch aus Asien.« Edmund betrachtete das Gewächs, das fast zwanzig Jahre alt war. Er konnte sich noch gut daran erinnern, wie sein Vater diesen Baum nach England gebracht hatte. »Als Kind gab es nichts Aufregenderes für mich, als hierher nach Helford House zu fahren, wenn mein Vater von einer seiner Reisen zurückgekehrt war. Dann herrschte hier immer eine eifrige Betriebsamkeit. Er hatte eine ganze Armee von Gärtnern, die alle mitgebrachten Pflanzen nach seinen Plänen in die

Erde setzten, Saaten ausstreuten und Blumen katalogisierten.«

»Das muss unglaublich spannend gewesen sein.« Aurelie betrachtete ihn neugierig. »Lebt Ihr Vater noch?«

»Oh, ja«, Edmund lächelte, »er ist gerade im Auftrag eines guten Freundes und bekannten Botanikers, Joseph Banks, unterwegs in die Südsee.«

»Das muss ein aufregendes Leben sein«, sagte Aurelie, während sie langsam weiterging. »Oh mein Gott! Das ist eine *Agave Americana*, nicht wahr?«

»Genau«, bestätigte Edmund und freute sich über ihre Begeisterung. »Mein Vater hat sie von seiner ersten Amerikareise mitgebracht.«

»Ihr wird eine heilende Wirkung zugesprochen.«

Edmund sah sie überrascht von der Seite an. Woher wusste sie das? Ihrer ärmlichen Kleidung und der gebräunten Haut nach zu urteilen, hatte sie sicher keine Schulbildung genossen. Edmund bückte sich und zog vorsichtig einen der Sprösslinge heraus, die neben den hohen Bäumen aus der lockeren Erde ragten. »Bitte schön.«

»Oh.« Sie errötete und hielt ihm den Korb hin. »Das ist sehr freundlich von Ihnen. Danke.«

Während sie weitergingen, deutete Edmund auf einige Ingwerpflanzen und Hanfpalmen. »Diese hier gedeihen im warmen Klima am Helford River sehr gut.«

Aurelie lächelte ihn an, bevor sie ihren Blick wieder über die vielfältigen Pflanzen wandern ließ. In seinem Inneren breitete sich eine unbekannte Wärme aus. Er war nicht in der Lage, sich von dieser jungen Frau abzuwenden. Eine ganze Weile beobachtete er sie schweigend. Sie stand nur da und nahm die Bilder in sich auf. Es war, als wollte sie sich alles genau einprägen. Und in diesem Moment überfiel ihn der Gedanke, dass er sie nicht wieder verlieren wollte. Er wusste nichts über sie, kannte nur ihren Vornamen, aber sie berührte ihn mehr als jeder andere Mensch zuvor. Doch wie konnte er sie festhalten?

»Sind Sie hier zu Besuch?«, fragte er, nur um irgendetwas zu sagen.

Sie riss sich vom Anblick des Gartens los und betrachtete ihn nachdenklich. Niemals würde eine Dame der Gesellschaft sich erlauben, einen fremden Mann so eingehend zu studieren.

Schließlich schüttelte sie den Kopf. »Nein, ich lebe hier.«

»Wie kommt es, dass ich Sie noch nie gesehen habe?«

Sie zuckte mit den Schultern und sah ihn wieder unverwandt an. »Und Sie sind in diesem Haus hier aufgewachsen?« Sie machte eine Kopfbewegung in Richtung Helford House.

»Unter anderem.« Er hielt ihrem Blick stand und versank in den blaugrauen Augen, die wie Saphire funkelten. »Helford House ist nur eines von mehreren Besitztümern der Earls of Sutterwood. Ich war häufig hier, weil ich die Gegend liebe, vor allem aber den Garten. Und wenn mein Vater in England ist, was selten zutrifft, dann wohnt er ebenfalls in Helford House. Aber leider habe ich viel zu viel Zeit in Eaton und Cambridge verbracht, und auch in unserem Londoner Stadthaus und den anderen Anwesen, die unsere Familie in ganz England besitzt.«

»So viele Häuser«, erwiderte sie nachdenklich.

Er nickte. Edmund hätte den Luxus nicht gebraucht, den die großen Häuser ihm boten, in denen so viele Menschen beschäftigt waren. Seine Familie beschäftigte über einhundert Dienstboten, auf vier Landsitze verteilt. Die meiste Zeit im Jahr standen diese Anwesen leer, aber die Diener mussten sie heizen und pflegen. Sie mussten jederzeit damit rechnen, dass die Familie zurückkam. Edmund kannte es nicht anders, aber jetzt, als er Aurelies Verwunderung bemerkte, dachte er zum ersten Mal über die Verschwendung nach.

»Ich muss gehen, die Sonne steht schon tief am Horizont«, unterbrach sie seine Gedanken und machte sich auf den Weg, den Abhang hinunter.

»Oh«, stieß er hervor. Er beeilte sich, ihr zu folgen, und während er neben ihr herlief, überlegte er fieberhaft, wie er sie zu einem Wiedersehen überreden konnte. »Kommen Sie morgen noch einmal hierher? Der Garten ist groß, ich muss Ihnen hier noch so vieles zeigen.«

»Ich weiß nicht«, antwortete sie ausweichend. »Ich muss erst mit … meiner Tante sprechen.«

»Und ich habe auch Papier und Farben für Sie, wenn Sie die Pflanzen festhalten wollen«, rief er hastig.

»Ich würde gern wiederkommen«, sagte sie, blieb stehen und sah ihn forschend an. »Aber störe ich Sie denn gar nicht?«

»Nein«, versicherte er schnell. »Ganz und gar nicht.«

Aurelie nickte und ging weiter den Berg hinunter zum Fluss. »Ich bin neugierig und würde tatsächlich gern noch mehr sehen.«

»Abgemacht, dann erwarte ich Sie morgen«, sagte er lächelnd.

»Ich weiß es noch nicht, denn ich kann nicht frei darüber entscheiden.« Sie öffnete das Gartentor und drehte sich noch einmal zu ihm um. »Ich werde nun allein weitergehen. Haben Sie vielen Dank für Ihre Gastfreundschaft. Und für die Agave.«

Er nickte ihr zu und sah ihr noch lange hinterher, bis sie aus seinem Blickfeld verschwunden war.

Den ganzen Abend blieben seine Gedanken bei der rätselhaften Aurelie. Was für ein ungewöhnliches französisches Mädchen sie doch war. Und warum es sie wohl hierher verschlagen hatte? Es war nicht gerade die beste Zeit für französische Bürger, nach England zu reisen. Die Beziehungen zwischen den beiden Ländern waren angespannt. Der Siebenjährige Krieg, bei dem Frankreich an der Seite der nordamerikanischen Kolonien gegen England gekämpft hatte, war noch keine dreißig Jahre vorbei. Und auch zuvor schon hatte es immer wieder Kämpfe um die koloniale Vorherrschaft zwischen Frankreich und England gegeben. Die beiden Länder standen seit Jahrhunderten in Konkurrenz, auch wenn man in englischen Salons gern die französische Lebensart und Mode imitierte. Und die aktuellen Unruhen auf dem französischen Festland hatten nun auch die englische Aristokratie in Aufruhr versetzt. Alle hatten die Befürchtung, dass der aufrührerische Geist aus Frankreich auch auf England übergreifen könnte. Sollte Louis XVI. von den Revolutionären getötet werden, würde sich England mit Sicherheit nicht mehr aus dem Konflikt heraushalten. Wieso kam Aurelie also gerade jetzt hierher, wo es jederzeit passieren konnte, dass England gegen die aufständischen Franzosen in einen Krieg verwickelt wurde? Sie behauptete, hier zu leben, sprach gleichzeitig jedoch kein einziges Wort Englisch. Wenn sie aus dem französischen Adel stammte und auf der Flucht war, ließe es sich erklären, doch das war nicht der Fall, wie er eindeutig an ihrer Kleidung, ihrer Haltung und der gebräunten Haut erkennen konnte.

Am nächsten Tag befahl Edmund einem seiner Diener, Leinwände, Zeichenpapier, Tusche, Bleiminen und Ölfarben zu besorgen und eine Staffelei vor dem kleinen Sommerhaus aufzubauen, das oben am Hang stand. Er setzte sich auf eine Bank nahe dem Tor zum Fluss und wartete. Doch der Tag verging, und Aurelie kam nicht. Besorgt ließ er die Malutensilien wieder wegräumen, nur um sie am nächsten Morgen erneut hervorzuholen. Er schlief kaum in dieser Nacht und fragte sich, ob sie jemals zurückkommen würde. Wenn er nur wüsste, wo sie wohnte! Aber er hatte es nicht gewagt, sie zu fragen, aus Angst, sie zu verschrecken.

Unruhig nahm er nach dem Frühstück wieder seinen Platz im Garten ein. Gegen Mittag hielt er es nicht mehr aus und ging durch das Tor zu der Wiese, wo sie sich getroffen hatten. Er wollte gerade umkehren und sich einen Lunch bringen lassen, als jemand vom Küstenpfad her durch den Ginster auf die Wiese schlüpfte. Sie war es! Aurelie war zurückgekommen

Er lief ihr entgegen. »Ich freue mich, dass Sie hier sind.«

»Haben Sie auf mich gewartet?«, fragte sie erstaunt und sah an ihm vorbei, als suchte sie eine zweite Person, die seine Anwesenheit hier auf der Wiese rechtfertigte.

Einen Moment lang erwog er zu lügen, doch dann antwortete er: »Ja, ich habe von dem Moment an auf Sie gewartet, als Sie fortgegangen sind.«

Aurelie lächelte ihn an, und dieses Lächeln traf ihn tief in seinem Herzen. Es schien dort ein Feuer zu entfachen, das seine Wärme mit unzähligen kleinen Funken in seinem ganzen Körper verbreitete. Unfähig, den Blick von ihr abzuwenden, hielt er ihr das Tor zum Garten auf, und ihr langes Haar streifte seine Hand. Ein Schauer überlief ihn, und er hätte seine Finger am liebsten durch die schimmernden braunen Strähnen gleiten lassen.

Dieses Mal führte er sie hinauf bis zum Labyrinth, das sich über die gesamte rechte Seite des Gartens erstreckte.

Sie blieb staunend davor stehen.

»Mein Vater hat es nach Plänen eines chinesischen Irrgartens anlegen lassen«, erklärte er ihr. »Es sind …«

»Lorbeerhecken«, vollendete sie seinen Satz.

»Genau«, sagte er lächelnd.

»Dieser Garten macht bestimmt viel Arbeit«, stellte sie fest, während sie näher an das Labyrinth herantrat und mit den Fingern über die Lorbeerhecke fuhr.

»Oh, ja«, bestätigte er. »Mein Vater beschäftigt hier acht Gärtner, sie wohnen unten im Fischerdorf.«

»Dieser Garten ist wunderschön«, sagte sie.

»Schauen Sie, ich habe Ihnen dort drüben vor dem Sommerhaus einen Platz zum Malen herrichten lassen.« Er deutete zu dem strohgedeckten Gebäude, das über dem Irrgarten thronte.

Aurelie war begeistert von den Malutensilien. Sofort begann sie, Pflanzen zu zeichnen und ganze Landschaften zu malen. Sie vertiefte sich so in ihre Arbeit, dass sie Edmund kaum wahrzunehmen schien. Er ging zwischenzeitlich zum Haus hinauf, um Tee, Kuchen und Sandwiches zu bestellen. Nach dem Tee nahm Aurelie ihren Zeichenblock und wanderte im Garten umher, um weitere seltene Pflanzen zu skizzieren. Edmund begleitete sie und genoss es, ihr bei der Arbeit zuzusehen. Sie war eine großartige Künstlerin. Diese Frau betörte ihn jede Minute, die er mit ihr verbringen durfte, immer mehr. Viel zu schnell kam der Abend, und als die Sonne unterging, hielt Aurelie inne.

»Ich sollte aufbrechen, denn ich habe erst gestern gelernt zu rudern. Im Dunkeln möchte ich lieber nicht auf dem Fluss unterwegs sein.« Sie schenkte ihm ein Lächeln, das sein Inneres in Aufruhr brachte.

»Kommen Sie morgen wieder«, sagte er. »Bitte, malen Sie weiter.«

»Ich muss es erst mit meiner Tante und meinem Onkel klären«, erwiderte sie, winkte ihm zu und lief davon.

Am nächsten Tag kam sie wieder und auch am folgenden. Edmund fieberte den Stunden mit ihr entgegen, und wenn sie nicht bei ihm war, dachte er fortwährend an sie. In den Stunden in Edmunds Garten malte und zeichnete sie, doch oft saßen sie nur nebeneinander und betrachteten die Blumen und Sträucher um sie herum. Bald kam der Tag, an dem Edmund von seiner Mutter in London erwartet wurde, aber es war ihm unmöglich, abzureisen und Aurelie hier allein zurückzulassen. Sie war wie ein Schmetterling im Sommerwind, den er nicht einfangen konnte und an dessen Schönheit er sich nur erfreuen konnte, solange er bei ihr war.

Also schrieb er einen Brief an seine Mutter, dass er noch ein paar Tage länger in Helford House bleiben und das warme Wetter genießen wolle. Natürlich antwortete sie ihm umgehend und befahl ihm, sofort nach London aufzubrechen. Edmund warf den Brief fort. Aber ewig würde er seine Mutter nicht hinhalten können. Nur brachte er es einfach nicht fertig, sich von Aurelie zu trennen.

Dieses Mädchen weckte neue Gedanken und ungeahnte

Gefühle in ihm. Manchmal, wenn ihre Blicke sich begegneten, hielten sie einander fest, und er hatte den Eindruck, dass auch in ihren Augen Zärtlichkeit und Sehnsucht lagen. Er wollte sie am liebsten in seine Arme ziehen und an ihren seidigen, windzerzausten Haaren riechen, er wollte mit seinen Lippen über ihre sonnengebräunte Haut streichen, sie küssen und ihren Körper erkunden.

»Wo leben Sie?«, fragte er sie vorsichtig, als sie eines Nachmittags unter den Kirschbäumen auf der Wiese saßen.

Er dachte schon, sie würde ihm nicht antworten, doch nach einer Weile sagte sie: »Auf der anderen Flussseite.«

»Wo sind Ihre Eltern?«

Aurelie presste die Lippen zusammen, und als sie sich abwandte, wusste er, dass er zu viel gefragt hatte. Sie sah den Weg hinunter in Richtung des Flusses.

»Entschuldigen Sie«, er griff zaghaft nach ihrem Arm, »Aurelie, ich will Sie nicht verschrecken.«

Mit fester Stimme erwiderte sie: »Das haben Sie nicht.«

Er drehte sie sanft zu sich um, sodass sie ihn ansehen musste. Dann fasste er die zarten schmutzigen Finger und hielt sie fest. Leise sagte er: »Ich will, dass Sie bei mir bleiben.«

»Warum?« Ihre blauen Augen betrachteten ihn. Das dunkle Haar wehte im Wind.

»Ich habe mich in Sie verliebt«, bekannte er und wunderte sich selbst über diese Worte. »Schon als ich Sie das erste Mal gesehen habe.«

Auf ihrem Gesicht zeigte sich Verwirrung.

Er hielt den Atem an, denn er befürchtete, ihr mit seinem Geständnis zu nahegetreten zu sein. Aber ihm blieb nicht viel Zeit, seine Mutter würde nicht mehr lange geduldig sein. Im schlimmsten Fall würde sie hierherkommen, um ihn zu holen.

Eine kleine Falte bildete sich zwischen Aurelies Augen, während sie ihn betrachtete. »Machen Sie sich etwa über mich lustig?«

»Nein«, erklärte er schnell. »Ich weiß, dass das sonderbar klingt, und es ist auch vollkommen verrückt. Seit Jahren stellt mir meine Mutter jede junge Dame der Gesellschaft vor, in der Hoffnung, ich würde eine von ihnen zur Ehefrau wählen. Aber sie langweilen mich alle, und selbst wenn ich keine Heirat aus Liebe erwarte, muss ich meine Frau doch wenigstens ertragen und respektieren können.«

»Wenn Sie mich besser kennen würden, könnten Sie mich nicht respektieren«, sagte sie leise, und ihr Blick wanderte wieder zum Fluss. »Ich trage so viel Sünde in mir, dass Sie mich nicht einmal mehr ansehen wollten, wenn Sie davon wüssten.« Ihre Stimme war jetzt nur noch ein Flüstern.

Edmund, der noch immer ihre Hände hielt, streichelte sanft über ihre rissige Haut. Tränen standen in Aurelies Augen.

Mit Zärtlichkeit in der Stimme sagte er: »Das glaube ich nicht. Oder … sind Sie etwa … eine Mörderin?«

»Nein«, rief sie und sah ihn erschrocken an. »Natürlich nicht.«

»Aber was ist es dann?« Nichts würde ihn abschrecken. Er hatte sich verliebt, zum ersten Mal in seinem Leben. Vollkommen unerwartet und unpassend. In eine Frau, die niemals als seine Gemahlin infrage käme.

»Ich muss gehen«, sagte sie, blieb jedoch sitzen.

Ohne darüber nachzudenken, zog er sie in seine Arme. Sie versteifte sich, wehrte sich aber nicht, als seine Lippen sanft über ihre Wange fuhren. Sie roch nach Sonne und Meersalz, nach Arbeit und Erde. Er spürte ihren Herzschlag an seiner Brust, hörte ihre Atemzüge an seinem Ohr. Seinen Körper erfasste eine seltsame Spannung, die ein neues, aufregendes Kribbeln hervorrief. Zärtlich küsste er ihre Stirn. Er unterdrückte ein Stöhnen und sprang schnell auf, als ihn Erregung überkam. Nein, er durfte sie nicht bedrängen, sie nicht in Verlegenheit bringen.

»Oh, Gott … ich … Das war falsch … es tut mir leid«, stammelte er.

»Was wollen Sie von mir?«, fragte sie ihn, ohne auf seine Entschuldigung einzugehen. Noch immer saß sie auf der Bank unter dem Kirschbaum.

»Ich weiß es nicht«, stieß er hervor. »Es hat mich übermannt, so etwas habe ich noch nie getan, und ich habe auch noch nie so etwas empfunden.«

»Wie können Sie sich in mich verlieben, obwohl Sie mich gar nicht kennen?« Ihr Blick war jetzt zu Boden gerichtet.

»Ich weiß genug über Sie«, erwiderte er. Wieso hatte er die Kontrolle verloren? Was hatte er bloß getan? Er hatte sich ihr gegenüber respektlos verhalten, hatte ihr das Gefühl gegeben, er nähme sie nicht ernst. Dabei war es ganz anders: Er wollte diese Frau nie wieder gehen lassen.

»Und was bedeutet das? Sie wollen mich küssen und vermutlich noch ganz andere Dinge tun, während Ihre Mutter in London nach einer Ehefrau für Sie sucht?« In ihrer Stimme lag keine Verachtung, es war lediglich eine Feststellung, die ihm die Aussichtslosigkeit seiner Situation nur umso deutlicher vor Augen führte.

»Nein … das heißt, ja«, stammelte er. »Natürlich möchte

meine Mutter mich mit einer Dame der Gesellschaft verheiraten. Aber ich kann das nicht, ich werde es nicht tun.« Er trat einen Schritt auf sie zu und ging vor ihr in die Knie, sodass er ihr in die Augen sehen konnte. Dann streckte er eine Hand nach ihr aus und streichelte ihr zärtlich über die Wange. Aurelie ließ es reglos geschehen. »Wenn Sie mir nur ein wenig Hoffnung machten, dann …«

Sie sah ihn fragend an.

Ja, sie hatte recht, er würde sie niemals heiraten können. Denn damit würde er nicht nur sich selbst, sondern auch seine ganze Familie diskreditieren.

»Bitte«, sagte er und hörte den flehenden Ton in seiner Stimme.

Sie lächelte traurig und streckte nun ihrerseits die Hand aus, um sein Gesicht zu berühren. Ihm stockte der Atem. Er schloss die Augen, als er ihre warme Hand an seinem Kinn spürte.

»Ich kann Sie nicht heiraten, denn ich bin bereits vergeben«, hörte er sie leise sagen.

Erschrocken öffnete er seine Augen wieder. »Sie sind verheiratet?«

Sie fasste seine Hände und zog ihn zurück auf die Bank.

»Ja – mit Gott«, erwiderte sie. »Meine Eltern bekamen nur Töchter und keine Söhne. Eine Aussteuer für uns alle wäre zu teuer gewesen, und so wurden nur die ersten beiden verheiratet, und die jüngeren hat man ins Kloster gegeben. Ich hätte eigentlich heiraten sollen, doch meiner Schwester, die für das Klosterleben vorgesehen war, wurde ein Antrag gemacht. So wurde ich an ihrer Stelle zu den Zisterzienserinnen geschickt.«

Er hörte ihr atemlos zu. Sie war eine Nonne? Das konnte er nicht glauben.

»Das Leben im Kloster wäre eigentlich gut gewesen, wir durften dort lernen, was vielen Frauen versagt bleibt, wir malten und musizierten, beschäftigten uns mit den Wissenschaften und arbeiteten im Klostergarten.« Sie sah ihn eindringlich an. »Aber dann passierten schlimme Dinge, die ich bald nicht mehr ertragen konnte.«

»Was ist geschehen?«, stieß er hervor.

Sie schüttelte stumm den Kopf. Wieder rollten Tränen über ihre Wangen.

»Schon gut, Sie brauchen es mir nicht zu erzählen«, beruhigte er sie schnell.

»Doch, ich muss«, widersprach sie ihm. »Damit Sie begreifen, dass ich Ihrer nicht würdig bin.«

Er fasste ihre Hand und streichelte sie zärtlich. Sie blickten über die Blütenpracht hinunter zum Fluss. Edmund schwieg und wartete ab, ob sie den Faden ihrer Erzählung wieder aufgreifen würde.

Und tatsächlich sprach sie nach einer Weile leise weiter. Er musste sich zu ihr hinüberbeugen, um die Worte zu verstehen.

»Schlimme Dinge sind passiert«, wiederholte sie. »Die Beichtväter haben mich gezwungen … Dinge zu tun … mit ihnen … um meine Gedanken zu reinigen.«

Edmund sah sie erschrocken an. »Sie meinen, diese Männer haben Ihnen Gewalt angetan? Sie haben …« Er brach ab.

Aurelie nickte und sog heftig die Luft ein. »Jetzt wissen Sie es. Ich hatte Angst, es Ihnen zu sagen. Ich habe Sie in so vielerlei Hinsicht nicht verdient.«

»Nein«, er drehte sich zu ihr um, »sagen Sie das nicht. Nur weil Sie von diesen Männern Ihrer Keuschheit beraubt wurden, heißt das nicht, dass Sie selbst sich etwas zuschulden kommen ließen.«

Sie sah ihn ungläubig an.

»Wie lange ging das so?«, fragte Edmund.

Aurelie zuckte die Schultern. »Eine Weile, bis ich eine Möglichkeit zur Flucht gefunden habe. Ich versteckte mich im Wäschewagen zwischen alten Stoffen, die ins Asyl gebracht werden sollten. So bin ich durch das Tor gekommen. Ich habe es lange im Voraus geplant.«

»Das geschah alles in Frankreich, nicht wahr? Und wie sind Sie über den Ärmelkanal gelangt?«

Aurelie schüttelte den Kopf. »Ich wollte ins Wasser gehen, es erschien mir der einzige Weg, wieder frei zu sein. Doch dann wurde ich gerettet und fuhr mit den Schmugglern hierher.«

Edmund stieß einen leisen Pfiff aus. »Dann sind Ihr Onkel und Ihre Tante …«

»Sie sind gar nicht meine Verwandten«, erklärte sie und sah ihn verlegen an. »Es sind Schmuggler. Bitte, verraten Sie sie nicht. Diese Menschen haben mir nicht nur das Leben gerettet, sie haben mir auch ein neues geschenkt.«

»Niemals würde ich Sie oder Ihre Freunde verraten«, sagte Edmund und rutschte auf der Bank ein Stück näher zu ihr. »Ich liebe Sie.«

»Ich muss gehen.« Sie stand hastig auf.

»Nein.« Er hielt sie an ihrem Arm fest. »Bitte, bleib bei mir.«

»Oh, Edmund.« Sie ließ sich wieder neben ihn auf die Bank sinken. Es war das erste Mal, dass sie ihn bei seinem

Vornamen nannte. »Wo soll ich bleiben? Hier bei dir als deine Dienerin? Womöglich als französische Zofe deiner künftigen Ehefrau? Oder als deine Mätresse, irgendwo in einem versteckten Cottage? Nein, ich dachte damals, mein Glück läge im Tod, ich wollte nichts weiter, als den Qualen durch die Beichtväter zu entkommen. Dass ich gerettet wurde, ist ein Wunder, und mein bescheidenes Leben auf der anderen Seite des Flusses ist für mich wie das Paradies. Ich habe mir einen kleinen Garten angelegt und habe liebe Freunde gewonnen. Und auch wenn ich deine Gefühle erwidere, sehe ich nicht die geringste Chance für ein gemeinsames Leben mit dir.«

»Du erwiderst meine Gefühle?«, fragte Edmund und sah sie liebevoll an.

Sie nickte mit Tränen in den Augen. »Aber wir haben keine …«

»Pst.« Er beugte sich zu ihr. Ihre Lippen schimmerten seidig. Er betrachtete sie sehnsüchtig, und sie rückte ein kleines Stück näher. Im nächsten Moment lagen ihre Lippen aufeinander, warm und weich und genau so, wie er es sich in den vergangenen Nächten immer wieder vorgestellt hatte. Er verlor sich in ihrer Wärme, in dem lieblichen Duft ihrer Haut nach Kamille und Maiglöckchen. Er hatte seine Arme um sie gelegt, und sie hatte ihre um ihn geschlungen. In diesem Augenblick wusste er, dass er eine Lösung finden musste, dass er nie mehr auf ihre Küsse, auf ihre Nähe und ihre Berührungen verzichten wollte.

Kapitel 5

London, Oktober 2010

In den nächsten Tagen arbeiteten Emily und Ryan konzentriert an ihrem Drehbuch. Endlich hatten sie zueinandergefunden. Sie diskutierten über einzelne Szenen, probierten verschiedene Versionen aus und entschieden sich hinterher für die, die ihnen am besten schien. Emily hatte den Schock über Lucas Suizidversuch zwar noch nicht überwunden, sie machte sich Vorwürfe und ärgerte sich, ihn in Cambridge allein gelassen zu haben, doch Ryan half ihr dabei, dass diese Schuldgefühle nicht überhandnahmen. Nur in den langen Stunden der Nacht, wenn sie allein in ihrem Bett im Turmzimmer lag, wanderten ihre Gedanken zu Luca, und sie hatte das Gefühl, an ihren Sorgen zu ersticken. Dann konnte sie den Morgen kaum erwarten und freute sich auf die lebhaften Diskussionen mit Ryan. Die Arbeit am Drehbuch machte ihr immer mehr Spaß, und manchmal vergaß sie darüber sogar Luca, seine Krankheit und ihr Leben in Cambridge. Sie freute sich schon auf die Dreharbeiten, bei denen sie und Ryan dabei sein würden.

Der Signalton einer Mail auf ihrem Computer riss sie aus ihren Gedanken. Sie saß wie jeden Tag neben Ryan an dem Tisch im Gartenzimmer.

»Oh.« Emily blickte von ihrem Laptop auf. Heute war Freitag, die ersten drei Wochen in Kendal House waren vorbei. »John hat für nächsten Dienstag ein Meeting einberufen. Er möchte einen Zwischenstand von uns haben.«

Ryan verschränkte die Arme hinter dem Kopf. »Können wir denn schon etwas vorzeigen?«

Emily scrollte durch das Dokument. »Ich denke, die ersten Kapitel haben wir mehr oder weniger fertig. Für die letzten muss uns noch etwas Gutes einfallen.«

»Was meinst du – wollen wir mit der Szene nach Mias Zusammenbruch weitermachen?« Ryan runzelte die Stirn, während er in seinem Buch nach dem entsprechenden Kapitel suchte.

Emily lehnte sich in dem Korbstuhl zurück und musterte ihn nachdenklich. »Ich glaube, wir sollten hier etwas von der Handlung des Buches abweichen und die Beziehung zwischen Mia und Manny schon ab dem ersten Kapitel anlegen.«

»Aber ich habe doch extra …«, wollte Ryan widersprechen.

Emily unterbrach ihn. »Ich weiß, was du sagen willst. Aber wir haben im Film nicht so viel Zeit, um ihre Geschichte zu erzählen. Die Liebesgeschichte muss viel früher beginnen.«

»Ich weiß nicht«, erwiderte Ryan skeptisch. Er stand auf und sah in den Garten hinaus. »Wird das nicht zu unruhig?«

»Ganz im Gegenteil.« Emily erhob sich ebenfalls und trat neben ihn. »Also, ich stelle mir die Szene so vor: Manny geht mit seinen Freunden ins Kino. Sie lachen und kaufen sich Popcorn. Die Farben sind satt und werden im Verlauf der Szene immer greller. Manny blinzelt, bleibt stehen und schließt die Augen. Dann ist es plötzlich still. Eigenartig still. Er lugt zwischen den Fingern hindurch, und man sieht ein leeres Kino. Unheimliche Atmosphäre. Schweiß bricht ihm aus. Dann ist eine Stimme zu hören, die immer lauter wird. Die Farben werden wieder normal, nach und nach verschwindet die Leere, und er sieht Mia, die einen Platz für ihn freigehalten hat. Sie küssen sich, und Manny greift nach Mias Hand, alles ganz selbstverständlich.«

Ryan schwieg einen Moment, nachdem Emily geendet hatte. Dann nickte er. »Könnte funktionieren. Und ein paar Sekunden später lässt Mia seine Hand los, aus irgendeinem Grund, vielleicht muss man das gar nicht genauer zeigen. Komm mal her«, er stand auf und winkte sie zu sich.

Emily folgte seiner Aufforderung.

»Die Terrasse ist das Kino.« Er nahm Emilys Hand. Seine Finger waren ganz warm.

Unwillkürlich breitete sich eine Gänsehaut auf Emilys Körper aus. Ihre Hand passte genau in seine. Sie verließen das Gartenzimmer und gingen über die Terrasse. Ihr Atem bildete kleine Wölkchen in der kühlen Herbstluft. Kam es Emily nur so vor, oder spielte Ryan diese Szene unnötig lang aus? Und plötzlich hatte sie das Gefühl, als ginge etwas von dieser Berührung aus, eine Flut, Wellen, die von ihrer Hand aus in den gesamten Körper strömten. Was passierte da gerade mit ihr? In diesem Moment ließ Ryan ihre Hand los. Emily atmete auf – erleichtert und enttäuscht zugleich.

»Sie gehen ein paar Schritte, die Kamera kommt seinem Gesicht immer näher«, erklärte er. »Und dann verschwinden die Menschen im Kino wieder.«

»Okay.« Emily spürte noch immer die Berührung ihrer

Hände und ärgerte sich über sich selbst. Sie benahm sich wie ein verliebter Teenager. »Dann müssen wir das nur noch schriftlich festhalten.«

Ryans dunkle Augen betrachteten sie. »Gut, lass uns loslegen, damit wir das bis Dienstag haben.«

Als John, der Produktionsleiter Claus und der Co-Produzent Cliff zum vereinbarten Meeting nach Kendal House kamen, hatten Emily und Ryan tatsächlich die wichtigsten Szenen des Drehbuchs fertiggestellt. Nun versammelten sich alle im Besprechungszimmer in der ersten Etage, einem Raum, den Emily und Ryan noch nie genutzt hatten. Emily stellte erleichtert fest, dass auch hier eine angenehme Atmosphäre herrschte. Die bodentiefen Fenster gaben den Blick auf die Terrasse und den Garten frei. In der Mitte stand ein schlichter runder Tisch, der für Besprechungen gut geeignet war. Emily hatte sich neben Rose gesetzt, die sie seit einigen Tagen nicht mehr gesehen hatte. Vor Rose stand ein kleines Notebook, auf dem sie das Meeting protokollierte. John, Cliff und Ryan standen am Fenster und unterhielten sich, Claus war mit einem Telefonat beschäftigt.

»Und? Wie kommst du mit ihm klar? Ist es besser geworden?«, fragte Rose leise und deutete in Ryans Richtung.

Emily nickte. »Seit wir herausgefunden haben, dass wir erstaunlich viele Gemeinsamkeiten haben, kommen wir sehr gut miteinander aus.«

»So? Ist der Herr von seinem hohen Ross heruntergestiegen?« Rose hob skeptisch eine Augenbraue.

Emily grinste. »Vielleicht habe ich ihn auch ein bisschen falsch eingeschätzt.«

Rose griff nach einer kleinen Flasche Mineralwasser, die in der Mitte des Tisches stand.

»Er ist eigentlich ganz nett und viel sensibler, als ich dachte«, gab Emily zu und spürte, wie sie errötete. Sie ärgerte sich sofort über sich selbst. »Jedenfalls lenkt mich die Arbeit mit ihm von meinen Grübeleien ab. Meinem Freund geht es nämlich gerade nicht besonders gut, er ist im Krankenhaus.«

Rose sah sie erschrocken an. »Was ist passiert?«

Doch bevor Emily antworten konnte, kamen auch die anderen zum Tisch und nahmen Platz.

John ließ seinen Blick durch die Runde schweifen. »Ich bin gespannt, was Emily und Ryan uns zu berichten haben. Wer von euch möchte beginnen?«

Emily sah zu Ryan, der neben ihr saß. Sein Lächeln wärmte sie innerlich.

»Emily?«, fragte John mit sanfter Stimme.

Sie nickte und atmete tief ein, um den Gedanken an ihren Tischnachbarn zu verdrängen. Ihr ganzer Körper schien plötzlich auf Ryans Nähe zu reagieren.

»Okay«, sie räusperte sich, »wir sind gut vorangekommen, würde ich sagen. Der Anfang der Geschichte steht, und wir sind sehr zufrieden damit. Jetzt sind wir gespannt, wie ihr es findet.« Dann erklärte sie dem Produktionsteam ihre Gedanken zu den einzelnen Szenen. Ryan warf hin und wieder ein paar Worte ein.

Die anderen hörten schweigend zu. Als Emily und Ryan fertig waren, wandte John sich an seinen Co-Produzenten und den Produktionsleiter. »Was sagt ihr?«

»Ich finde es gut. Sehr gut.« Claus verschränkte seine Arme und nickte zufrieden.

»Cliff?«, fragte John seinen Kollegen.

»Ich schließe mich an. Ich denke, wir sind auf einem guten Weg, oder?«

John lächelte zufrieden und drehte sich zu Emily. »Und jetzt verstehst du auch, warum ich darauf bestanden habe, dass ihr beide euch in Klausur begebt, oder? Ihr wärt niemals so weit, wenn ihr immer wieder nach Hause gefahren wärt. Es ist besser, wenn ihr euch voll und ganz auf dieses Projekt konzentrieren könnt.«

»Und wer hätte gedacht, dass ihr so gut miteinander zurechtkommt?«, warf Cliff ein. »Anfangs sah es ja nicht danach aus. Aber John meinte, ihr würdet euch schon zusammenraufen.«

»Ja, da hatte ich wohl recht.« John betrachtete Emily und Ryan stolz.

Nach der Präsentation weiterer Drehbuchszenen diskutierten sie noch ein paar organisatorische Fragen, bis John sich schließlich von seinem Stuhl erhob.

»Mary hat uns einen Lunch gezaubert«, verkündete er. »Ich habe, ehrlich gesagt, nicht gedacht, dass wir so schnell fertig sein würden. Wir sehen uns in einer Stunde im Esszimmer.«

»Ich will dir echt nicht zu nahetreten«, sagte Rose leise zu Emily, während sie ihr Notebook herunterfuhr. Sie sah Ryan und John nach, die hinter den anderen den Raum verließen. »Aber man könnte fast glauben, dass da irgendwas läuft zwischen dir und dem attraktiven Schriftsteller.« Rose grinste verlegen.

»Nein.« Emily zog erschrocken die Augenbrauen zusammen. »Wie kommst du denn darauf?«

Rose zuckte mit den Schultern. »Die Blicke, die ihr

euch zuwerft … Und auch euer Umgang wirkt sehr … intim.«

Emily trat ans Fenster, um Roses forschendem Blick zu entkommen. »Wir haben uns unsere privaten Sorgen anvertraut, und dabei sind wir uns ein Stück nähergekommen. Aber wir sind beide in festen Beziehungen und würden niemals …« Sie ließ den Satz unvollendet und fragte sich, ob es stimmte, was sie da gerade sagte. Denn seit jenem Moment auf der Terrasse hatte sich tatsächlich etwas zwischen ihr und Ryan geändert. Doch dann wiederholte sie vehement: »Niemals!«

»Okay«, antwortete Rose leichthin.

Emily biss sich auf die Unterlippe. Natürlich würde sie Luca niemals betrügen, aber in ihrem Inneren herrschte zurzeit ein seltsames Gefühlschaos.

»Was ist?«, fragte Rose sanft und stellte sich neben sie. »Irgendetwas beschäftigt dich, nicht wahr?«

»Ich weiß nicht.« Emily seufzte leise, während sie in den Garten hinuntersah.

Rose legte ihre Hand sanft auf Emilys Unterarm. »Ich habe ein gutes Gespür für so was, und es war offensichtlich, dass Ryan dich zumindest attraktiv findet. Ich glaube, er ist ein bisschen verschossen in dich, auch wenn er verheiratet ist.«

Emily schluckte. Hatte Rose etwa recht? Aber vielleicht hatte sie ja nur die Freundschaft, die zwischen ihnen entstanden war, falsch interpretiert.

»Und dass du für ihn ebenfalls etwas empfindest, habe ich auch gemerkt«, fuhr Rose mit einem verschmitzten Lächeln fort.

»Oh, Mann«, Emily ließ sich in einen der Sitzsäcke fallen, die vor dem Fenster lagen, »ich weiß wirklich nicht, was gerade mit mir los ist.«

Rose setzte sich auf den anderen Sitzsack. Es raschelte, als sie in dem weichen Stoff versank. »Du fühlst dich vermutlich schlecht wegen Luca, oder?«

Emily nickte betreten. »Ich betrachte Ryan plötzlich mit ganz anderen Augen. Anfangs ist mir gar nicht aufgefallen, wie leidenschaftlich er sein kann, wenn er sich für eine Sache begeistert. Zum Beispiel für seinen Roman. Er kämpft für seine Idee, das finde ich faszinierend. Da ist ein Feuer, das in ihm brennt, und das ist ziemlich beeindruckend.«

»Und er ist wirklich verdammt attraktiv«, stellte Rose fest.

»Ja, das auch.« Emily zögerte. »Aber das allein ist es nicht, was mich so durcheinanderbringt.«

Sie runzelte die Stirn. Während ihrer gemeinsamen Stunden hatte sie immer wieder den Eindruck gehabt, Ryans Blick läge intensiver auf ihr als zuvor. Ihre Gedanken wanderten ständig zu ihm, und manchmal dauerte es eine Weile, bis sie merkte, dass sie schon wieder an ihn dachte. War sie wirklich so schwach, dass sie sich in den erstbesten Mann verliebte, der ihr über den Weg lief? Hatte sie sich überhaupt in ihn verliebt, oder projizierte sie nur ihre Gefühle für Luca auf Ryan?

»Natürlich bringt es dich durcheinander«, sagte Rose, »weil es keine kleine Schwärmerei ist. Du bist dabei, dich ernsthaft in ihn zu verlieben, glaub mir. Und ihm geht es ähnlich.«

»Ach was, rede keinen Unsinn.« Wieder dachte Emily an die letzten Tage. Abends hatten sie es sich zur Gewohnheit gemacht, einen Film anzusehen, der für ihre Arbeit interessant war. Meistens bekamen sie jedoch von diesem Film nicht viel mit, weil sie sich dabei intensiv unterhielten.

»Ich glaube, ich habe einen Freund in ihm gefunden, mit dem ich über Dinge reden kann wie mit sonst niemandem. Wir sind uns sehr ähnlich und verstehen einander. Ich erinnere mich mit ihm an Details aus meiner Kindheit, an die ich seit Jahren nicht mehr gedacht habe. Und Ryan weiß so viel über Pflanzen. Er muss zu Hause einen wunderschönen Garten haben.«

Emily stellte immer wieder erstaunt fest, wie sehr ihn die Gärtnerei begeisterte. Noch eine Facette, die sie niemals bei ihm erwartet hätte. Wenn sie über Filme sprachen, fühlte sie sich in ihre ersten Jahre mit Luca zurückversetzt. Aber das hier mit Ryan war anders. Leidenschaftlicher. Verdammt, was war nur mit ihr los?

»Wahrscheinlich passiert das alles nur, weil ich im Moment nicht mit Luca reden kann. Ryan hat Lucas Rolle für mich übernommen.« Sie machte eine Pause und fuhr dann leise fort: »Und das Schlimmste ist, dass Luca immer mehr in den Hintergrund rückt. Die Krankheit hat ihn verändert.«

Rose fasste nach Emilys Händen und hielt sie fest.

»Als ihr zusammengekommen seid, wart ihr beide noch sehr jung. Man verändert sich in dieser Phase des Lebens, vielleicht so sehr wie später nie mehr«, erklärte Rose.

»Was willst du damit sagen?«, fragte Emily.

Rose zuckte mit den Schultern. »Dass es möglicherweise nicht an seiner Krankheit liegt. Wir hatten uns doch darüber unterhalten – vielleicht gibt es im Leben ja nicht nur eine einzige große Liebe. Vielleicht hast du gerade deine zweite gefunden.«

»Nein«, Emily zog erschrocken ihre Hände aus Roses Griff, »auf keinen Fall.«

»Okay, okay.« Rose stand von ihrem Sitzsack auf. »Ich wollte dir ja nur meine Eindrücke mitteilen. Irgendetwas ist da zwischen euch, auch wenn ihr es selbst nicht wahrhaben wollt.«

Emily lächelte versöhnlich. Sie hatte gerade ein wenig harsch reagiert. »Aber ich bin mir sicher, dass das nur der Situation geschuldet ist.«

»Wenn du meinst …« Rose klang wenig überzeugt. »Aber wenn du reden willst, weißt du ja, wo du mich findest.«

Emily beobachtete sich in den nächsten Tagen ganz genau und versuchte, sich nach besten Kräften zu beherrschen. Doch sobald Ryans Blick auf ihr lag, stieg eine Wärme in ihr auf, die sie nicht unterdrücken konnte.

Während der Arbeit vergaß sie alles um sich herum, sie lebte in Mannys Geschichte, und die Diskussionen mit Ryan waren ergiebig, sodass sie gut vorankamen. Nach einer weiteren Woche hatten sie die Hälfte des Drehbuchs fertiggestellt. Emily wusste, dass noch etliche Überarbeitungen auf sie zukommen würden, aber sie war mit ihrem Fortschritt mehr als zufrieden.

Als sie an einem Montagnachmittag zu einem kleinen Spaziergang im Garten aufbrechen wollten, um das schöne Herbstwetter auszunutzen, klingelte Ryans Telefon. Emily ging schon einmal voraus auf die Terrasse und ließ ihren Blick zum See hinunterschweifen. Sie hatte erst gestern mit Stephanie telefoniert, die ihr jedoch nicht viel Neues über Luca berichten konnte. Lucas Therapie würde noch einige Wochen dauern, und bis dahin durfte er keinen Kontakt nach außen haben. Es gehe ihm den Umständen entsprechend gut. Emily hatte akzeptiert, dass sie nichts weiter tun konnte als abwarten. Und auf eine merkwürdige Weise, die gleichzeitig ein schlechtes Gewissen in ihr hervorrief, verspürte sie Erleichterung. Es tat gut, die Verantwortung, die in den letzten Monaten auf ihr gelastet hatte, abgeben zu können.

Emily sah sich um. Von Ryan war nichts zu sehen. Da es ihr allmählich kalt wurde, stieg sie die Stufen in den Garten hinunter und lief über die Wiese. Sie betrachtete die Blumen, die inzwischen fast alle verblüht waren. Der Gärtner hatte das Laub zusammengerecht und die Sträucher zurückgeschnitten. Emily sah auf die Uhr. Inzwischen war beinahe eine halbe Stunde vergangen, seit Ryan sich zum Telefonieren zurückgezogen hatte. Den Spaziergang mussten sie wohl auf morgen verschieben, wenn sie heute noch weiterarbeiten wollten.

Sie strich sich fröstelnd über die Arme und kehrte ins Haus zurück.

Das Gartenzimmer war leer. Emily öffnete den Reißverschluss ihrer Jacke und ging in die Eingangshalle. Während sie ihre Jacke in den Garderobenschrank hängte, sah sie sich um. Wo steckte Ryan nur? Sie lauschte, doch alles war ruhig. Schließlich fand sie Ryan im Esszimmer. Er stand mit dem Rücken zu ihr und starrte aus dem Fenster.

»Ryan?«, fragte Emily vorsichtig.

Er zuckte zusammen und sagte mit leiser Stimme: »Kelly. Sie spricht nicht auf die Chemotherapie an.«

»Oh, nein«, erwiderte Emily. »Das ist schrecklich.«

»Ich weiß nicht, was jetzt werden soll.« Er drehte sich um und sah Emily hilflos an.

Sie ging zu ihm, und ohne lange darüber nachzudenken, nahm sie ihn in ihre Arme.

Ryan weinte an ihrer Schulter, während sie behutsam über seinen Rücken streichelte.

Dann atmete er tief durch und löste sich von ihr. »Es tut mir leid.« Er wischte sich verlegen über die feuchten Wangen. »Du musst mich für ein echtes Weichei halten.«

»Dich?«, fragte Emily ungläubig. »Absolut nicht. Du erlebst gerade das Schlimmste, was man erleben kann.«

»Ich fühle mich so hilflos.« Ryan holte ein Taschentuch aus seiner Jeans und schnäuzte sich.

»Fahr doch zu ihr, ich komme eine Zeit lang sicher gut allein zurecht«, erklärte Emily. »Oder wir legen eine Pause ein, wenn du nichts verpassen willst.«

»Wäre das wirklich okay für dich?« Er zog sein Handy aus der Tasche. »Es wäre nur für ein oder zwei Tage. Emma will so schnell wie möglich mit Kelly nach Atlanta fliegen, sie hat schon mit der Klinik dort Kontakt aufgenommen. Ich möchte Kelly vorher noch einmal sehen.«

»Das ist doch selbstverständlich, natürlich musst du fahren. Am besten heute noch.«

Ryan hatte den Zugfahrplan in seinem Handy schon geöffnet. »In zwei Stunden geht ein Zug von London nach Carlisle. Dort kann ich umsteigen und wäre gegen Mitternacht zu Hause.«

»Na dann los, pack deine Sachen«, sagte Emily und deutete zur Tür.

Ryan zögerte. »Und das ist wirklich in Ordnung für dich?«

»Mach dir keine Gedanken um mich, ich werde alles, was wir bisher geschrieben haben, noch einmal überarbeiten. Und dann bereite ich die nächsten Szenen vor, sodass wir gleich weitermachen können, wenn du wieder hier bist.« Emily fasste nach seiner Hand und zog ihn in die Eingangshalle. »Während du packst, frage ich Martin, ob er dich zum Bahnhof bringen kann, okay?«

Ryan nickte dankbar.

Wenige Minuten später kam Ryan mit seiner Reisetasche die Treppe herunter und umarmte Emily zum Abschied.

»Ich halte dich auf dem Laufenden. Es wird bestimmt nicht lange dauern.«

»Nimm dir die Zeit, die du brauchst.« Emily drückte ihn fest an sich. Er duftete nach Lavendel, Melisse und Meerwasser. »Ich hoffe sehr, dass ihr eine Therapie findet, die Kelly hilft, gesund zu werden.«

Einen Moment lang verharrten sie. Emily hörte Ryans leise Atemzüge.

»Danke«, sagte er schließlich, löste sich aus ihrer Umarmung und hielt Emily ein Stück von sich entfernt, sodass er sie ansehen konnte. Seine warmen Hände lagen auf ihren Oberarmen. »Das Ganze ist wie ein Albtraum.«

Emily nickte. »Ich denke an euch.«

Dann griff Ryan nach seiner Tasche, warf Emily ein letztes, trauriges Lächeln zu und verließ Kendal House.

In den nächsten Tagen ertappte sich Emily immer wieder dabei, dass ihre Gedanken zu Ryan wanderten. Sie hatte seinen Duft in der Nase, starrte den Stuhl an, auf dem er immer gesessen hatte, und spürte wieder die Wärme seiner Umarmung. Sie stellte sich vor, wie es wäre, ihn zu küssen und sich seinen Berührungen hinzugeben. Irgendwann schrak sie mit schlechtem Gewissen aus diesen Tagträumen hoch und nahm sich vor, ihnen nie wieder nachzuhängen. Doch allein der Anblick der Pflanzen im Garten, die er ihr gezeigt hatte, oder sein Buch auf dem Tisch ließen sie in ihre Fantasien zurückkehren. Er schrieb ihr immer wieder kurze Textnachrichten, die Emily ebenso knapp beantwortete, weil sie ihn nicht von seiner Familie ablenken wollte.

Emily seufzte und versuchte, sich wieder auf die Arbeit zu konzentrieren. Seit Ryan abgereist war, hatte sie kaum etwas geschafft. Aber vielleicht war diese Pause ja auch für sie sinnvoll. Sie hatten in den letzten Wochen ununterbrochen gearbeitet, und ein wenig Abstand zu ihrem Projekt würde ihr sicher guttun.

»Alles in Ordnung?«, holte sie in diesem Moment Roses Stimme aus ihren Gedanken. Die Assistentin betrat das Gartenzimmer und ließ sich auf Ryans Stuhl fallen.

»Oh, hi.« sagte Emily. »Ja, alles okay.«

»Kommst du klar?«, fragte Rose und lehnte sich nach vorn.

Emily nickte. »Es geht so. Irgendwie fehlt mir die Motivation.«

»Möglich«, sagte Rose und betrachtete sie nachdenklich.

Kapitel 6

London, Oktober bis November 2010

Ein seltsames Kribbeln breitete sich in Ryans Magen aus, als er Kendal House endlich wieder vor sich auftauchen sah. Vor fünf Tagen hatte er London verlassen, und seitdem war viel passiert. Er hatte zu Hause in Northumberland noch vier wertvolle Tage mit Kelly verbringen können, bevor sie gestern alle zusammen nach London gefahren waren, wo er sich am Flughafen Heathrow von Kelly und Emma verabschiedet hatte. Die beiden waren inzwischen in Atlanta gelandet.

Anfangs war Emma wenig begeistert darüber gewesen, dass Ryan seine Arbeit unterbrochen hatte, um Kelly zu sehen. Dieser seltsame Eindruck, dass sie ihre Tochter seit deren Erkrankung für sich haben wollte, verstärkte sich. Aber dann war sie doch dankbar für die Hilfe gewesen, die Ryan ihr in dieser Situation angeboten hatte. Es war eigenartig, Emma behandelte ihn wie einen Außenstehenden, bedankte sich bei ihm, wenn er bei Kelly blieb, während sie Besorgungen erledigte, und betonte immer wieder, dass er gern nach Kendal House zurückfahren könne. Doch Ryan hatte sich Tag und Nacht um Kelly gekümmert, während seine Frau mit den Reisevorbereitungen beschäftigt gewesen war. Ryan hatte Emma genauer nach der Behandlung befragt, aber sie konnte ihm keine weiteren Einzelheiten nennen.

Martin hielt vor dem Haus, und Ryan stieg aus. Mary kam aus der Tür, dicht gefolgt von Emily. Ryans Herz machte einen Sprung, als er sie sah.

»Genau rechtzeitig zum Tee«, sagte Mary und lächelte.

»Schön, dass du wieder hier bist«, rief Emily.

Ryan zog sie in seine Arme und drückte sie fest an sich. Es tat so gut, wieder bei ihr zu sein. Eine Weile lang hielten sie sich fest umschlungen, und Ryan hätte sie am liebsten gar nicht mehr losgelassen. Emilys Nähe war berauschend und gefährlich zugleich. Nur mit Mühe konnte er sich davon abhalten, sie zärtlich zu küssen.

Seufzend ließ er sie wieder los und folgte ihr in die Eingangshalle, während Mary seine Tasche nach oben brachte.

»Wollen wir gleich in den Salon und einen Tee trinken?« Emily sah ihn fragend an.

»Gern«, entschied er und bemerkte, dass er zum ersten Mal seit Tagen wieder lächelte.

Der Tisch war mit allem gedeckt, was zu einem ordentlichen englischen Nachmittagstee gehörte. Und auch wenn Ryan es als leicht übertrieben ansah, tröstete ihn der Anblick des gemütlichen Salons und der Leckereien.

Emily schenkte ihnen Tee ein, dann ließ sie sich in das weiche Sofa sinken. Ryan setzte sich neben sie.

»Wie geht es dir?«, fragte Emily und lächelte ihm über die Rauchschwaden des Tees hinweg zu.

Er überlegte einen Moment, ehe er mit den Schultern zuckte. »Nicht gut, glaube ich. Es war … eigenartig. Emma hat mich behandelt, als ob ich ein Fremder wäre.«

Emily sah ihn erschrocken an.

»Ich habe dir ja schon erzählt, dass Emma sich verändert hat, seit wir von Kellys Krankheit wissen. Aber jetzt hatte ich den Eindruck, dass sie mich eigentlich gar nicht bei sich haben wollte.« Er schwieg einen Moment. »Ich weiß, das klingt alles merkwürdig.«

Emily nickte nachdenklich. »Was, glaubst du, steckt dahinter?«

»Keine Ahnung.« Ryan schüttelte hilflos den Kopf. »Ich habe kein gutes Gefühl dabei, dass sie mit Kelly nach Atlanta geflogen ist.« Er griff nach einem Scone, den er auf seinem Teller zerbröselte, während er weitersprach. »Wir haben uns erkundigt, alles gelesen, was es zu diesem Thema gibt, und tatsächlich halten viele der führenden Onkologen weltweit diese Therapie für eine bahnbrechende Entdeckung.«

Emily hielt ihre Teetasse mit beiden Händen umklammert. »Und warum wird das nicht hier in Großbritannien angeboten?«

»Es ist wohl noch nicht genug erforscht, es liegen nur wenige Studien vor, und niemand weiß, wie die Patienten diese Behandlung längerfristig vertragen.« Er atmete tief durch.

»Und jetzt, wo Kelly mit dieser Therapie behandelt wird, bist du unsicher«, stellte Emily fest.

Ryan schloss die Augen und sah das Bild seiner blassen Tochter vor sich, wie sie ihm am Gate des Flughafens ein letztes Mal zugewunken hatte.

»Gibt es denn keine Alternative?«, fragte Emily, während sie sich neuen Tee eingoss. Ryan hatte seine Tasse noch nicht angerührt.

Stockend erklärte er: »Sie sagen, man könnte noch eine

andere Chemo ausprobieren, die weniger aggressiv ist, aber die Chance, dass sie gegen den Krebs ankommen, ist sehr gering.«

Emily strich sanft über Ryans Unterarm.

»Sie sagen, wir sollen uns … wir sollen uns nicht allzu große Hoffnungen machen.« Tränen brannten hinter seinen Augen.

Emily fasste nach seinen Fingern und drückte sie. Noch immer sagte sie kein Wort.

Nach einer Weile flüsterte Ryan: »Es ist Kellys letzte Chance, sich in Atlanta behandeln zu lassen.«

»Dann akzeptiere es«, erwiderte Emily. »Ich verstehe deine Angst und Unsicherheit, aber es scheint wirklich keine sinnvolle Alternative zu geben.«

Ryan nickte. »Ich hasse es, dass ich nicht dabei sein kann.«

»Warum eigentlich nicht?« Emily sah ihn fragend an.

»Wegen diesem Drehbuch hier.« Ryan machte eine unbestimmte Kopfbewegung.

»Aber ich kann den Rest doch allein schreiben, und du kommst einfach in ein paar Wochen wieder dazu«, schlug Emily vor. »Dann könntest du alles noch einmal überarbeiten.«

Ryan schüttelte den Kopf. »Diese Stammzellentherapie ist sehr teuer. Wir können es uns nicht leisten, noch einen zusätzlichen Flug und ein Hotelzimmer für mich zu bezahlen. Ich muss hierbleiben und arbeiten. Außerdem will Emma mich auf gar keinen Fall dabeihaben.«

»Sie will nicht, dass du Kelly in die USA begleitest?«, fragte Emily und sah ihn mit großen Augen an. »Das finde ich aber seltsam.«

Ryan streckte die Beine aus und atmete tief durch. »Im Grunde hat sie ja recht. Wir haben all unser Geld an die Klinik in Atlanta überwiesen. Und es kann sehr gut sein, dass Kelly noch eine zweite Behandlung braucht. Das heißt, ich muss dieses Drehbuch und auch meinen zweiten Roman möglichst rasch schreiben, damit ich genügend Geld für Kelly zusammenbekomme.«

Emily trank einen Moment lang schweigend ihren Tee. Dann sagte sie: »Wie weit bist du denn mit deinem Roman?«

Ryan stöhnte auf. Eine leichte Übelkeit überfiel ihn. »Ich habe noch kaum ein Wort geschrieben. Ich hatte gerade den groben Handlungsverlauf mit meinem Lektor besprochen, als Kelly plötzlich erkrankte. Die Diagnose hat mir den Boden unter den Füßen weggerissen.«

Emily hob eine Augenbraue. »Dann stehst du also noch ganz am Anfang.«

Ryan nickte. »Im Verlag haben natürlich alle Verständnis. Da macht mir niemand Druck. Ich denke nur, wenn ich allzu lange warte, wird es nicht unbedingt leichter werden. Aber ich kann mich einfach nicht auf den Text konzentrieren. Und ich weiß auch nicht, ob ich das noch einmal so gut hinbekomme.«

Emily, die gerade nach der Teekanne gegriffen hatte, hielt inne. »Was meinst du? Einen Roman zu schreiben?«

Ryan nickte. Erstaunt stellte er fest, dass er diesen Gedanken zum ersten Mal zugelassen hatte.

»Als ich an meinem Debüt geschrieben habe, gab es noch keine großen Erwartungen. Ich hatte zwar im Vorfeld den ein oder anderen Literaturpreis mit meinen Kurzgeschichten gewonnen, aber ein Roman war etwas Neues.

Sobald er veröffentlicht war, gingen die Verkaufszahlen durch die Decke, es gab Übersetzungen in fremde Sprachen, Talkshows, das Filmangebot … Ich glaube, das allein hätte schon ausgereicht, um mich massiv zu stressen. Aber durch Kellys Krankheit wird das Geld für meinen zweiten Roman plötzlich überlebenswichtig.«

Emily schenkte Ryan heißen Tee nach. Dann erklärte sie: »Das ist sicher kaum auszuhalten. Man kann nicht kreativ sein, wenn man eine so große Verantwortung trägt.«

Ryan nickte. Mit einem Mal fühlte er sich erleichtert. Es tat gut, diese Gedanken endlich einmal laut auszusprechen.

»Erzähl mir von deiner Idee«, sagte Emily plötzlich.

»Für den Roman?« Ryan sah sie überrascht an. »Viel habe ich noch nicht.«

»Egal – worum soll es gehen?« Emily griff nach dem Teller mit den Sandwiches, der auf dem Tisch stand. »Es geht um einen Mann auf einer einsamen Insel, richtig?«

»Richtig, aber ich weiß nicht, ob das Thema funktioniert«, sagte Ryan unsicher. »Es soll um einen Jungen gehen, der nur noch in der Welt seiner Computerspiele lebt, und um einen alten Mann, der einsam ist. Beide wohnen in einem Londoner Hochhaus, haben sich aber noch nie gesehen. Als sie aufeinandertreffen, entsteht eine zarte Freundschaft – der Junge lernt seine Emotionen kennen, und der Alte verlässt seine Isolation.«

Emily nickte und dachte ein paar Sekunden darüber nach. »Das hört sich gut an. Ist der alte Mann gefährlich?«

Ryan schüttelte den Kopf. »Es soll kein Thriller werden. Ich möchte eher einen psychologischen Roman schreiben, der Einsamkeit und Verbitterung darstellt. Er will irgendwann aussteigen, geht auf eine einsame kanadische Insel und stellt fest, dass diese Insel gar nicht so einsam ist. Denn der Junge ist auch dort. Diese Szene ist allerdings die Einstiegsszene, nach und nach erfährt der Leser, wie die beiden Männer dorthin gekommen sind.«

Emily biss in ihr Sandwich. Nach einer Weile fügte sie hinzu: »Was für ein spannendes Thema.«

»Das dachte ich anfangs auch, aber inzwischen …«

Sie schwiegen für einen Moment. Dann legte Emily den Rest des Sandwichs auf ihren Teller und stand auf. »Du schreibst jetzt das Exposé für deinen Roman, und ich mache mit dem Drehbuch weiter. Morgen früh liest jeder das, was der andere aufgeschrieben hat. Egal, wie weit wir gekommen sind.«

Ryan zog die Augenbrauen zusammen und stand ebenfalls auf. »Du willst morgen mein Exposé lesen?«

»Ja. Und du liest die Passagen, die ich heute in unser Drehbuch einfüge. Wir schreiben Anmerkungen dazu, und dann tauschen wir die Texte wieder und arbeiten weiter.« Emily hakte sich bei ihm ein und zog ihn in die Eingangshalle. »Am besten, du holst gleich deinen Computer von oben.«

Ryan lächelte. Er glaubte zwar nicht, dass er viel schaffen würde, aber Emily schien es wichtig zu sein.

Eine Viertelstunde später saßen sie im Gartenzimmer. Ryan suchte die Romanfragmente auf seiner Festplatte, die er gleich nach »Sterne am Nachthimmel« geschrieben hatte, und stellte fest, dass für sein zweites Buch schon viel mehr Text vorhanden war, als er zunächst vermutet hatte – und der las sich gar nicht so schlecht. Ryan kam schnell wieder in die Geschichte hinein. Und ehe er sichs versah, flogen seine Finger nur so über die Tastatur. Neben ihm hörte er Emily, die beim Schreiben immer wieder mit ihrer Computermaus klickte und leise vor sich hin murmelte.

Als Mary kam und verkündete, dass das Dinner fertig sei, sahen beide überrascht auf. Ryan hatte nicht bemerkt, wie schnell die Zeit verflogen war.

Nach dem Abendessen hätte er sich am liebsten noch einmal an den Laptop gesetzt, doch Emily bestand darauf, dass sie die Arbeit ruhen ließen und den Abend mit einem Film im Kinosaal verbrachten. Als Ryan dann irgendwann im Bett lag, schlief er sofort erschöpft ein.

Am nächsten Morgen fühlte er sich erholt und ausgeruht. Nach dem Frühstück tauschten sie, wie gestern abgemacht, ihre Dokumente aus und vertieften sich in die Arbeit. Am Mittag waren sie mit dem Text des jeweils anderen fertig, sodass sie sich nach dem Essen wieder an ihre eigenen Projekte setzen konnten. Ryan wunderte sich, wie gut er vorankam. Er war hoch konzentriert, und zum ersten Mal seit langer Zeit vergaß er alles um sich herum, während er an seinem Exposé und den ersten Kapiteln seiner Geschichte schrieb. Erst als sein Telefon irgendwann klingelte, wurde er unsanft in die Wirklichkeit zurückgeholt.

Er zog sein Handy aus der Hosentasche, und sein Herz krampfte sich zusammen, als er Emmas Namen auf dem Display las. Heute hatte Kellys Therapie in Atlanta begonnen. Er stand auf und nahm den Anruf entgegen. »Emma? Hi! Alles in Ordnung?«

»Ja, alles gut so weit. Kelly wird heute von einigen Ärzten untersucht.« Emma zögerte kurz. »Ich habe gerade mit dem Chefarzt der Klinik gesprochen und erfahren, dass es teurer wird, als wir gedacht haben.«

Ryan schluckte und ging auf die Terrasse hinaus. »Was soll das bedeuten? Du weißt, dass wir ihnen alles, was wir haben, schon überwiesen haben.«

»Ja, das ist mir klar«, zischte seine Frau. »Aber weil Kelly die Chemo nicht vertragen hat, muss sie hier noch mal eine bekommen. Das kostet zwanzigtausend Dollar.«

Ryan verdrehte die Augen. Das lief alles schrecklich aus dem Ruder. »Ich würde mein eigenes Leben für sie geben, das weißt du doch. Aber ich kann so viel Geld nicht beschaffen.«

»Willst du, dass deine Tochter stirbt?«, fauchte Emma. »Wir sind ihre Eltern, und sie verlässt sich auf uns.«

»Oh, Gott«, Ryan drückte Daumen und Zeigefinger fest gegen die Nasenwurzel und schloss die Augen, »wie soll ich das denn machen?«

»Geh meinetwegen zur Bank und lass dir einen Kredit geben. Oder schreib deinen Roman, was auch immer. Aber ich brauche das Geld, und zwar schnell, sonst bist du für Kellys Tod verantwortlich.« Es knackte, und dann war es still in der Leitung. Emma hatte einfach aufgelegt.

Einen Moment lang starrte Ryan auf das schwarze Display. Wie benommen steckte er das Handy in seine Tasche und trat an das vom Nieselregen feuchte Geländer der Terrasse. Er musste das Geld irgendwie auftreiben, aber wie? Selbst wenn er seinem Lektor das Exposé heute noch schicken würde, würde es Wochen, wenn nicht sogar Monate dauern, bis man im Verlag eine Entscheidung getroffen hätte und der Vertrag aufgesetzt werden würde. Und zur Bank brauchte er gar nicht erst zu gehen. Denn wer gab schon einem freiberuflichen Schriftsteller einen Kredit, der kaum das Darlehen für sein Haus abbezahlen konnte?

»Alles in Ordnung?«

Er fuhr herum. Emily stand in der Terrassentür.

Ryan atmete tief durch. Erst jetzt fiel ihm auf, wie kalt es hier draußen war. Er ging zurück ins Gartenzimmer. Sein Pulli war feucht von dem leichten Regen, der in der Luft lag.

»Nein, es ist alles eine Katastrophe.« Er berichtete Emily von seinem Telefonat.

»Wäre es nicht am einfachsten, wenn Emma und Kelly nach England zurückkämen, die Chemo hier machen ließen und dann nach Atlanta zurückfliegen würden? Eine Chemotherapie wäre für Kelly in England doch sicher kostenlos«, sagte Emily, nachdem er geendet hatte.

Ryan dachte einen Moment lang über Emilys Vorschlag nach. Ja, sie hatte vermutlich recht, auch wenn sie die Flüge dann noch einmal bezahlen müssten. Aber im Vergleich zu den Kosten für die Chemo in Amerika war das geschenkt.

Er nickte und zog sein Handy wieder aus der Tasche. »Ich werde gleich mal versuchen, jemanden in der Klinik in Newcastle zu erreichen.«

»Gut, und ich mache uns einen Kaffee. Den können wir jetzt beide gebrauchen.« Emily verschwand in der Küche, während Ryan nach der entsprechenden Nummer suchte.

Nach dem zweiten Freizeichen meldete sich jemand, aber bis er auf der richtigen Station gelandet war, dauerte es eine Weile. Als er endlich den Assistenzarzt am Telefon hatte, der Kelly behandelt hatte, erläuterte er ihm sein Anliegen.

Der Arzt zögerte. »Nun, ich weiß nicht, ob ich Ihnen am Telefon überhaupt Auskunft geben darf. Aber ich werde mit dem Chefarzt sprechen und mich dann wieder bei Ihnen melden.«

»Danke.« Ryan schloss die Augen und fügte hinzu: »Bitte rufen Sie mich am besten noch heute zurück, damit ich planen kann.«

Nachdem er aufgelegt hatte, stieg ein winziger Funken Hoffnung in ihm auf. Vielleicht wäre es ja doch so einfach, vielleicht mussten Kelly und Emma nur hierher zurückkommen. Und am Ende würde die Chemotherapie dann ja doch helfen, und diese Stammzellenbehandlung wäre gar nicht mehr notwendig.

In den folgenden Stunden konnte Ryan sich nicht auf seinen Text konzentrieren. Immer wieder wanderten seine Gedanken zu der Geldsumme, die ihm unvorstellbar hoch erschien. Emily arbeitete schweigend neben ihm. Als gegen Abend sein Handy klingelte, schlug sein Herz schneller. Es war die Nummer aus Newcastle.

Er warf Emily einen nervösen Blick zu. »Jetzt drück mir die Daumen.«

Emily nickte.

»Hallo?«, meldete er sich. »Ryan Scott.«

»Mr Scott, hier spricht Doktor Trenton von der Klinik in Newcastle. Sie baten um eine Auskunft bezüglich Ihrer Tochter.«

»Das ist richtig.« Ryans Stimme klang plötzlich belegt.

»Ich bin ein wenig erstaunt über Ihren Anruf, nachdem Sie die Behandlung auf eigenen Wunsch abgebrochen haben«, sagte der Arzt.

Ryan runzelte die Stirn. Er versuchte, die Worte des

Mannes zu verstehen, die keinen Sinn zu ergeben schienen. »Auf eigenen … Was meinen Sie damit?«

»Ich habe lange mit Ihrer Frau gesprochen. Kelly braucht selbstverständlich weitere Chemotherapien. Aber Ihre Frau hat das rigoros abgelehnt«, sagte Trenton.

»Ja, weil Kelly das nicht vertragen hat. So hat es meine Frau mir jedenfalls erzählt.« Ryan beugte sich vor und kritzelte unruhig mit einem Stift auf einem Stück Papier herum.

»Aber das ist doch völliger Unsinn!«, rief der Arzt ins Telefon. »Ich habe es Ihrer Frau genau erklärt und war über Ihre Entscheidung ziemlich überrascht, um nicht zu sagen, verstört. Es geht immerhin um das Leben Ihrer Tochter.«

Ryan wurde eiskalt. Er stand auf und starrte in den Garten, ohne etwas wahrzunehmen. »Das … ich verstehe das alles nicht.«

»Es ist ganz einfach«, fuhr Doktor Trenton fort. »Wenn Sie Ihre Tochter nicht behandeln lassen, wird sie sterben. Aber mit einer Chemotherapie hat sie eine gute Chance zu überleben.«

»Danke, Doktor.« Ryan legte auf und ließ sich wieder in den Korbsessel fallen, als Emily den Kopf durch die Tür steckte.

»Bist du fertig?«, fragte sie.

»Ich … Oh, Mann, das ist alles mehr als seltsam.« Sein Kopf fühlte sich leer an. Er wusste nicht, was er glauben sollte. Hatte der Arzt die Wahrheit gesagt? War es möglich, dass Emma ihn belogen hatte? Aber warum? Das ergab überhaupt keinen Sinn. Sie wollten doch beide nur das Beste für Kelly.

»Was hat der Arzt gesagt?«, fragte Emily, während sie einen Becher Tee vor ihm auf den Tisch stellte.

Ryan überlegte. »Entweder der Arzt oder Emma hat mich belogen.«

Emily sah ihn irritiert an.

»Der Doktor sagt, dass sie Kelly tatsächlich helfen können. Eine Chemotherapie kann definitiv zur Heilung führen. Ich frage mich, warum Emma das bestritten hat.«

Emily stutzte. Sie setzte sich in den anderen Korbsessel. »Vielleicht hat sie die Ärzte falsch verstanden?«

»In so einer wichtigen Sache?« Ryan schüttelte den Kopf. »Dabei fällt mir jetzt auf, dass sie immer allein mit den Ärzten sprechen wollte. Ich hab dir ja erzählt, dass ich mich irgendwie ausgeschlossen fühlte.«

Emily zog die Augenbrauen zusammen. »Aber warum sollte sie dich anlügen? Hat das vielleicht mit dieser Yogalehrerin zu tun, die ihr von der Stammzellentherapie erzählt hat? Kennst du die?«

»Nein«, gab Ryan zu. Dann musterte er Emily nachdenklich. »Glaubst du, dass sie Emma auf irgendeine Weise beeinflusst hat?«

»Keine Ahnung, das ist alles mysteriös«, erwiderte Emily. »Ich denke, du musst mit deiner Frau sprechen. Vielleicht gibt es eine ganz einfache Erklärung dafür.«

Ryan nickte gedankenverloren. Es erschien ihm alles unwirklich und verwirrend.

»Du hast recht«, murmelte er. »Ich muss es so schnell wie möglich herausfinden.«

Er nahm sein Handy und ging in den Garten hinaus. Es war kalt und feucht, aber er bemerkte es kaum.

Emma meldete sich nach dem dritten Klingeln. In Atlanta war es gerade früher Morgen. »Hallo, Ryan! Wie sieht es aus? Kannst du das Geld auftreiben?«

»Das ist utopisch, Emma«, erwiderte er und erzählte seiner Frau von dem merkwürdigen Telefonat mit dem Arzt in Newcastle.

Einen Moment lang blieb es still, dann sagte Emma mit eigenartig ruhiger Stimme: »Wem glaubst du, deiner Frau oder einem Arzt, der es nicht einmal fertigbringt, deine Tochter vernünftig zu behandeln?«

Ryan atmete tief durch. Wut stieg in ihm auf.

»Emma! Es geht nicht um ein paar Pfund. Zwanzigtausend Dollar sind viel Geld, viel zu viel Geld. Hier stimmt doch was nicht. Du hast mich angelogen! Der Arzt in Newcastle sagt, dass sie Kelly hier helfen können und dass der englische Gesundheitsdienst alle Kosten übernimmt. Warum bist du mit ihr nach Atlanta gegangen?«

»Das verstehst du nicht«, zischte Emma, und dann legte sie auf, noch bevor Ryan etwas erwidern konnte.

Ungläubig und wütend starrte er auf sein Handy. Lange Zeit blieb er so stehen, versuchte zu begreifen, was in seiner Frau vorging und was all das zu bedeuten hatte. Aber nichts ergab einen Sinn. Als er vor Kälte zitterte, ging er zurück ins Gartenzimmer und berichtete Emily von seinem Telefonat mit Emma.

»Jetzt wissen wir genauso wenig wie zuvor«, stellte Emily fest.

Ryan nickte grimmig.

»Was hat sie vor? Wird sie mit Kelly nach Hause kommen?«, fragte Emily und stand auf, um die Tür zum Garten zu schließen.

»Das nehme ich an, denn sie hat ja kein Geld, um die

Chemo in Atlanta zu bezahlen.« Ryan klappte seinen Laptop auf, um nach dem Krankenhaus zu suchen, von dem Emma ihm erzählt hatte. Wenn er sich nur an den Namen erinnern könnte …

Es dauerte eine ganze Weile, bis Ryan die Seite der Klinik gefunden hatte.

»Die sieht nicht gerade seriös aus«, stellte Emily mit zusammengezogenen Augenbrauen fest. »Was tragen die Ärzte denn da für Gewänder?«

Emily war dicht neben Ryan gerutscht. Er konnte ihren Duft nach Rosen und Vanille riechen.

»Das sieht aus, als wäre es irgendeine Glaubensgemeinschaft, die mit dubiosen Heilern arbeitet«, stellte sie überrascht fest. »Würde mich nicht wundern, wenn diese Leute gar keine richtigen Ärzte wären.«

»Das kann ich mir nicht vorstellen.« Ryan klickte sich durch die Website.

Aber Emily schien recht zu haben, neben einigen diffusen Sinnsprüchen wie »Finde deine Mitte und folge ihr« oder »Der Meister wird dich führen« war sogar noch eine Art Tempel abgebildet, der direkt neben der sogenannten Klinik stand. Ein unangenehmes Gefühl breitete sich in Ryans Bauch aus, das sich in Panik verwandelte, je mehr er las.

»Meinst du, Emma ist in die Fänge dieser Sekte geraten?«

Emily zuckte mit den Schultern. »Es könnte sein. Warum sonst hat sie die Therapie in Newcastle abgebrochen und sich an diese obskure Einrichtung gewendet? Außerdem habe ich noch nie gehört, dass sich ein Krankenhaus die Behandlung im Voraus bezahlen lässt.«

»Oh, mein Gott!« Ryan verbarg sein Gesicht in den Händen. »Ich hätte mir die Sache von Anfang an genauer ansehen sollen. Jetzt ist mir auch klar, warum sie immer allein mit den Ärzten sprechen wollte. Sie hat mich manipuliert, indem sie mir nur die Informationen gegeben hat, die zu ihrem Plan passten.«

»Du hattest keinen Grund, deiner Frau zu misstrauen«, sagte Emily leise. »Was auch immer bei ihr schiefgelaufen ist – eine Ehe basiert auf Vertrauen, und du hast dir natürlich vor allem um deine Tochter Sorgen gemacht.«

»Ich verstehe das einfach nicht. Kelly könnte hier in England geheilt werden, aber sie hat sie nach Atlanta zu dieser Sekte gebracht«, sagte Ryan und lehnte sich in dem Korbsessel zurück. Ein Gefühl der Ohnmacht breitete sich in ihm aus. Was hatte er nur getan? Wieso hatte er sich auf Emmas Aussagen verlassen?

Er stand so abrupt auf, dass der Korbstuhl umkippte. Emily sprang erschrocken hoch.

»Sorry«, murmelte er und stürzte durch die Terrassentür in den Garten. Am liebsten hätte er laut geschrien. Er rannte über die Wiese hinunter zum See und starrte einen Moment lang über das Wasser. Die Hochhäuser am anderen Ufer spiegelten sich auf der Oberfläche. Laub schaukelte auf den sanften Wellen. Mit wütenden und verzweifelten Schritten eilte Ryan durch das Gartentor und rund um den See herum. Er verfluchte sich selbst. Wie hatte er so dumm sein können, sich nicht früher über diese Klinik zu informieren? Er hatte sich nach dieser neuartigen Therapie erkundigt, die von führenden Wissenschaftlern weltweit anerkannt wurde, nicht aber nach diesem speziellen Krankenhaus, wohin Emma Kelly bringen wollte. Und wenn

Emma tatsächlich in die Fänge dieser Sekte geraten war, warum hatte er das nicht bemerkt? Allerdings hatte Ryan seit Kellys Krebsdiagnose nicht mehr viel anderes wahrgenommen. Er hatte seine Aufmerksamkeit ganz auf seine Tochter gerichtet.

Ein paar Minuten später war Ryan wieder bei Kendal House angelangt. Atemlos stürmte er ins Gartenzimmer, wo Emily an ihrem Laptop saß.

Sie sah auf. »Und? Was hast du jetzt vor?«

Darüber hatte er noch gar nicht nachgedacht. Sollte er nach Atlanta fliegen und Emma und Kelly suchen? Aber für den teuren Überseeflug hatte er nun tatsächlich kein Geld mehr.

»Ich weiß es nicht«, gab er zu und setzte sich neben Emily. »Jetzt bleibt mir wirklich nichts anderes mehr übrig, als möglichst schnell Geld zu verdienen. Sonst kann ich die beiden nicht zurückholen.« Wie dumm von ihm! Er war vollkommen blauäugig gewesen.

»Ich denke, du hast recht. Lass uns weitermachen. Du schreibst an deinem Roman und ich am Drehbuch, einverstanden?«

Ryan seufzte.

Erstaunlicherweise kam er trotz der schwierigen Situation, in der er steckte, besser voran, als er geglaubt hatte. Und am Ende der Woche hatten sie tatsächlich in gemeinsamer Arbeit die erste Fassung des Drehbuchs und vierzig Seiten von Ryans Romanmanuskript fertiggestellt. Sie schickten das Drehbuch an John, der für Montag ein Meeting einberief. Ryan versuchte immer wieder, Emma zu erreichen, aber ihr Telefon war permanent ausgeschaltet.

Je länger er nichts von ihr und Kelly hörte, umso unruhiger wurde er.

Inzwischen war es Mitte November geworden, und die Bäume im Garten hatten die letzten Blätter verloren. An einem Samstagnachmittag saßen Ryan und Emily im Salon vor ihren dampfenden Teebechern. Draußen regnete es, die Tropfen klopften monoton gegen die Scheiben. Im Kamin prasselte ein Feuer, das eine behagliche Wärme ausstrahlte und sich in Emilys grünen Augen spiegelte. Sie wirkte so viel entspannter als zu Beginn ihrer gemeinsamen Zeit in Kendal House.

»Danke«, sagte Ryan plötzlich und streckte seine Hand nach ihr aus. Eine Welle der Zuneigung überkam ihn.

Emily sah ihn überrascht an und nahm seine Hand. »Wofür?«

»Dass du immer für mich da warst. Du hattest die ganze Zeit so viel Geduld und Verständnis.« Er streichelte sanft ihre Finger.

Emily schenkte ihm ein zaghaftes Lächeln. »Das kann ich nur so zurückgeben. Du warst auch für mich da, als Luca versucht hat … Du hast mir so viel Kraft gegeben in dieser schweren Zeit.«

Ryan traten Tränen in die Augen. Normalerweise war er nicht so sentimental, aber momentan waren seine Nerven überreizt. Er breitete die Arme aus, und Emily rückte näher an ihn heran. Im nächsten Moment hielten sie sich fest umschlungen. Ryan kam es vor, als würde er in ihrem zarten Duft nach Rosen und Vanille geradezu ertrinken. Er spürte ihren Herzschlag an seiner Brust und die Wärme ihrer weichen Haut an seiner Wange. Sie schmiegte sich an ihn, und in diesem Moment war es, als wären sie zwei

Hälften, die zusammengehörten und sich ergänzten, die einander anzogen.

Ohne nachzudenken, küsste er ganz zart ihre weiche, duftende Wange. Emilys Hände strichen behutsam über seinen Rücken, und ein Kribbeln breitete sich in ihm aus, sein Atem beschleunigte sich. Ihre Münder näherten sich.

Ryan hielt inne. Was tat er denn da?

Im selben Moment fuhr Emily zurück. »Oh, Gott«, stieß sie aus.

»Entschuldige … ich … das …«, stotterte Ryan. Wie konnte er sich nur so gehen lassen? Doch in diesem Augenblick erkannte er, was er die ganze Zeit nicht bemerkt hatte: In den letzten Wochen war ihm Emily nicht nur eine liebe Freundin geworden, mit der er all seine Sorgen besprechen konnte, er hatte sich auch in sie verliebt.

»Nein, du brauchst dich nicht zu entschuldigen, das ging ja auch von mir aus.« Emily rutschte ein Stück zurück, um etwas Abstand zu gewinnen. »Wir …« Sie brach ab und zuckte mit den Schultern. »In einer anderen Situation vielleicht? Wenn wir nicht gebunden wären, in einem anderen Leben …«

Ryan nickte. In einem anderen Leben. Doch er wusste, dass der Gedanke an Emily ihn nie wieder loslassen würde.

Kapitel 7

Helford River, Frenchman's Creek,
Mai 1792

In den letzten Monaten hatten sie sich fast jeden Tag gesehen. Aurelie hatte Ruth von Edmund erzählt, weil sie vor ihren Freunden kein Geheimnis haben wollte. Die alte Frau hatte ihr zur Vorsicht geraten, sie hatte ihr die Treffen mit dem jungen Mann jedoch nicht verboten. Hier am Frenchman's Creek war Aurelie ein freier Mensch und durfte tun, was immer sie wollte. Sie arbeitete in den Stunden, die sie bei Ruth und Harry verbrachte, hart und fleißig, sodass sie danach mit gutem Gewissen ein wenig Zeit mit Edmund verbringen konnte. Er holte sie meist am Ufer des Flusses ab, und von dort aus gingen sie gemeinsam hinauf in den Garten. Immer gab er ihr Ableger der exotischen Pflanzen aus dem Garten seines Vaters mit, manchmal sogar kleine Bäume oder Palmen. Inzwischen hatte Aurelie auf dieser Seite des Flusses einen ganz ähnlichen Garten angelegt wie der bei Helford House, nur dass er wilder und nicht so gepflegt war – Aurelie liebte diese Ursprünglichkeit.

Das Wetter war in den letzten Tagen angenehm gewesen, warm mit einer leichten Brise. Jetzt saß sie mit Edmund inmitten des Heckenlabyrinths, in einem kleinen

Unterstand auf einer Bank im Schatten. Um sie herum tauchte die Sonne die Lorbeerhecken in ihr schönstes, saftigstes Grün. In der Ferne hörten sie das Scherenklappern der Gärtner und das leise Meeresrauschen. Die Blüten um sie herum erfüllten den gesamten Garten mit betörenden Düften.

»Mein Liebling, ich muss bald nach London.« Auf Edmunds Gesicht lag ein Ausdruck von Verzweiflung und Schmerz. »Ich werde so schnell wie möglich zurückkommen.«

»Ich werde dich schrecklich vermissen«, erwiderte Aurelie und strich zärtlich über seinen Arm.

»Und ich werde sterben ohne dich.« Er zog sie an sich. »Ich will jede Minute meines Lebens mit dir verbringen.«

»Aber deine Mutter hat sicher längst eine Ehefrau für dich gefunden«, warf Aurelie ein, während sie ihren Kopf in seine Halsbeuge schmiegte.

Edmund küsste zärtlich ihr Haar. »Ich werde mich mit keiner anderen Frau verloben.« Er beugte sich zurück, sodass er ihr in die Augen schauen konnte. »Aber natürlich ist es unmöglich, dass ich, als zukünftiger Earl of Sutterwood, eine entflohene Nonne heirate.«

»Ich weiß«, sagte Aurelie leise.

»Deshalb habe ich mir eine Geschichte ausgedacht.« Er wedelte eine Biene fort, die aus den nahe gelegenen Bienenstöcken herbeigeflogen war. »Ich habe einen guten Freund, mit dem ich zur Schule gegangen bin. Er hat Verwandte in Frankreich, die wie alle Adligen dort zurzeit um ihr Leben fürchten. Die Revolution wütet, niemand scheint dort mehr sicher zu sein.«

Aurelie fröstelte plötzlich. Auch wenn sie im Kloster

nicht allzu viel mitbekommen hatte, war ihr nicht entgangen, dass es beim Sturm auf die Bastille viele Tote gegeben hatte. Die Situation in Frankreich hatte sich in den letzten Monaten zugespitzt, nachdem die Bauern jahrelang hohe Abgaben ihren Grundherren gegenüber leisten mussten und die Monarchie verschwenderisch mit den Staatseinnahmen umgegangen war. Das Land war nun hoch verschuldet, und die Missernten von 1787 und 1788 hatten zu großen Hungersnöten geführt. Auch im Kloster hatten sie das zu spüren bekommen. Mehl war Mangelware gewesen, und manchmal hatten sie wochenlang nur Gemüse und Obst aus dem Klostergarten essen können, weil sie kein Brot backen konnten. Am Ende hatten sich die Bauern gegen ihre Grundherren aufgelehnt, Schlösser waren angezündet worden und bis auf die Grundmauern niedergebrannt. Danach hatte sich die Lage etwas beruhigt, aber der König trieb ein doppeltes Spiel, unterschwellig brodelte es. Aurelie war zwar der Meinung, dass die Ungerechtigkeit und Verschwendungssucht möglichst bald ein Ende haben sollten, aber sie schrak vor der Gewalt zurück, mit der man auf beiden Seiten vorging.

Sie strich sich über die Arme. Trotz des warmen Seewindes überlief sie ein kalter Schauer. Ihr Heimatland schien gerade auseinanderzubrechen. Sie musste an die Menschen denken, die sie dort zurückgelassen hatte. Sie sorgte sich um ihre Eltern und ihre Schwestern, auch wenn sie Aurelie einst verraten hatten. Hoffentlich waren sie alle in Sicherheit.

»Es sind schon etliche französische Adlige ins Ausland geflohen«, fuhr Edmund fort. »Wenn wir nun behaupten würden, du stammtest aus der Familie meines Freundes, wer könnte das im Moment, bei all den Unruhen nachvollziehen? Er wird uns bestimmt helfen, er kann uns einen Namen nennen, den wir verwenden können.«

Aurelie musste lachen. »Aber wer sollte schon glauben, dass ich eine Adlige bin? Sieh mich an, ich wirke wie eine Bettlerin, die ich ja eigentlich auch bin. Ich bin nur aufgrund der Güte anderer Menschen noch am Leben.«

»Nein, liebste Aurelie, deine Umgangsformen sind ausgezeichnet, du hast in der Klosterschule und im Orden alles erlernt, was auch eine Tochter aus gutem Hause wissen muss. Du weißt, welches Besteck du an einer festlichen Tafel benutzen musst, und bist auch geschickt in vielen anderen Dingen. So bist du zum Beispiel eine großartige Malerin.«

»Das stimmt, aber tanzen kann ich nicht. Außerdem kenne ich die korrekten Anreden für die verschiedenen Adelsgrade nicht«, warf Aurelie ein.

»Aber das macht doch nichts. Das können wir alles auf deine mangelnden Kenntnisse der englischen Sprache schieben.« Er streichelte sanft über ihre Wange. »Du brauchst nur andere Kleidung. Vielleicht können deine Schmugglerfreunde uns ja feine französische Stoffe besorgen? Ich bezahle sie natürlich dafür. Nur kann ich sie nicht bei den üblichen Geschäften kaufen, weil das meiner Mutter oder meinen Schwestern sicher zugetragen würde …«

»Am besten sprichst du selbst mit ihnen.« Aurelie überlegte. Bislang war Edmund noch nicht mit ihr am Frenchman's Creek gewesen, sie hatte ihn absichtlich nicht mit in ihr Schmugglerversteck genommen. Denn natürlich würden Ruth und Harry diesem unbekannten Mann nicht vertrauen. Doch wenn er Waren bestellte, wäre das wohl ein Beweis dafür, dass er sie nicht verraten würde.

»Ich werde dich in eine edle Dame verwandeln«, fuhr Edmund begeistert fort. »Du bist sowieso schöner als jede andere Frau, und wenn du auch noch angemessen gekleidet bist, wird niemand mehr die Augen von dir abwenden können.« Er küsste ihre Hände.

»Das will ich gar nicht«, rief sie erschrocken. »Mein hübsches Aussehen hat mir schon genug Probleme eingebracht. Wenn du mich schön findest, dann reicht mir das.«

»Ich habe keine Worte, um zu beschreiben, wie entzückend du bist und wie viel du mir bedeutest«, sagte Edmund lächelnd und stand auf. »Komm, lass uns sofort zu deinen Freunden gehen.«

Aurelie erhob sich ebenfalls. »Ich weiß nicht, vielleicht wäre es besser, wenn ich sie zuerst auf deinen Besuch vorbereite. Ich möchte sie nicht erschrecken.«

»Mein Liebling, wir haben leider nicht mehr genug Zeit. Ich muss morgen nach London.« Er griff nach ihrer Hand und führte sie aus dem Irrgarten heraus. »Ich werde sie ganz sicher nicht verraten. Aber wir brauchen ihre Hilfe, wenn mein Plan funktionieren soll.«

Während Aurelie ihm folgte, tanzten ein paar Schmetterlinge im Frühlingswind um sie herum. »Wie genau sieht denn dein Plan aus?«

Edmund drehte sich lächelnd zu ihr um. »Während ich in London bin, sollen die Schmuggler die Stoffe für dich besorgen. Ich werde mich nach einem Schneider erkundigen, der sich mit der französischen Mode auskennt.« Edmund blieb stehen. »Ich wünschte nur, ich bräuchte dich nicht allein zurückzulassen.«

»Ich habe doch meine Freunde«, sagte Aurelie lächelnd, obwohl auch sie es sich kaum vorstellen konnte, dass er morgen nach London aufbrechen würde.

»Ich werde jede Minute an dich denken.« Edmund streckte seine Hand nach ihr aus und strich ihr eine Haarsträhne aus dem Gesicht.

Aurelie sah die Zärtlichkeit in seinem Blick. Die Wärme in seinen Augen ließ ihr Innerstes erbeben. Sie wagte jedoch nicht, sich diesem Glück hinzugeben, weil sie wusste, dass es nicht von Dauer sein konnte. Sosehr Edmund ihr auch versicherte, dass er sie nie wieder gehen lassen wolle, sosehr er sie auch liebte – sie wusste, dass ihre Beziehung die gesellschaftlichen Schranken nie überwinden würde. Und auch wenn er in diesem Moment glaubte, eine Möglichkeit gefunden zu haben, dass sie ihr Leben miteinander verbringen durften, würde die Wirklichkeit sie doch irgendwann einholen.

Hand in Hand schlenderten sie über die Wiese, hinunter zum Küstenweg. Am einsamen Ufer des Helford River brauchten sie keine Blicke von fremden Menschen zu fürchten, die an ihrem vertraulichen Umgang Anstoß nehmen könnten. Erst als sie das Fischerdorf erreicht hatten, ließen sie sich los. Aurelie ging zu ihrem Boot hinüber, und Edmund half ihr, es zum Wasser hinunterzubringen.

»Lass mich.« Edmund griff nach den Rudern.

Aurelie gehorchte ihm gerne, denn obwohl Harry ihr das Rudern beigebracht hatte, bereitete es ihr doch einige Mühe. Sie brauchte immer lange, bis sie den Fluss überquert hatte.

Edmund hingegen schien sehr geübt. Er tauchte die

Ruder ins Wasser, und innerhalb kürzester Zeit hatten sie schon die Mitte des Flusses erreicht.

»Wo hast du gelernt, so gut zu rudern?«, fragte Aurelie ihn und betrachtete seine Muskeln, die sich deutlich unter dem weißen Hemd abzeichneten. Dieser Mann war nicht nur herzensgut und liebevoll, sondern ausgesprochen attraktiv. Plötzlich sehnte sie sich danach, in seinen Armen zu liegen. Doch schon im nächsten Moment stiegen Bilder der Beichtväter vor ihrem inneren Auge auf, die sich zu ihr gelegt hatten. Würde sie je wieder die Berührungen eines Mannes ertragen können? Manchmal, wie in diesem kurzen Moment auf dem Boot, sehnte sie sich danach, doch dann bekam sie Angst davor. Sie wusste, dass er sie nie zu etwas drängen würde, wozu sie nicht bereit war, und doch fragte sie sich, wie lange er ihre Keuschheit hinnehmen würde.

»Das habe ich in Cambridge gelernt«, unterbrach er ihre Gedanken. »Ich bin viel auf der Cam gerudert. Wir hatten ein festes Ruderteam und sind regelmäßig gegen die Sportler aus Oxford angetreten.«

»Das hat bestimmt Spaß gemacht«, stellte Aurelie fest.

Edmund nickte. »Es war eine der wenigen Aktivitäten, die mir in Cambridge Freude bereitet haben.«

»Hat es dir denn dort nicht gefallen?« Aurelie zog überrascht die Augenbrauen zusammen und blinzelte in die Sonne.

»Nicht besonders. Ich habe mich nie wohlgefühlt unter meinesgleichen.« Edmund seufzte. »Das habe ich wohl mit meinem Vater gemeinsam. Auch er zog stets die Einsamkeit vor. Manchmal wünsche ich mir, ich könnte mich von der Welt zurückziehen, genau wie er. Er ist monatelang, manchmal sogar Jahre, unterwegs, um Pflanzen zu suchen und zu katalogisieren.«

Aurelie schirmte ihre Augen vor der Sonne ab. »Ich kann dich gut verstehen. Ich brauche auch nicht mehr als die Ruhe hier am Helford River.«

»Oh, mein Liebling, ich fürchte, ich werde dir noch einige Unannehmlichkeiten zumuten müssen. Wir werden uns auf verschiedenen Bällen zeigen und ein Fest zu unserer Verlobung geben müssen.« Er hörte einen Augenblick auf zu rudern und betrachtete sie liebevoll. »Aber danach werden wir uns von der Gesellschaft zurückziehen, das verspreche ich dir. Ich möchte nur mit dir zusammen sein, mit sonst niemandem.«

Sie hatten den Anlegesteg der Schmuggler beim Frenchman's Creek erreicht und zogen das Boot auf die Felsen. Edmund reichte Aurelie seine Hand und half ihr die glitschigen Steine zum Uferweg hinauf. Dann führte sie ihn zum Schmugglerhaus. Von Ruth und Harry war nichts zu sehen. Aurelie befürchtete, dass die beiden sie bereits auf dem Wasser entdeckt und sich vorsichtshalber versteckt hatten.

»Warte hier, ich werde sie suchen«, sagte sie leise zu Edmund.

Er nickte und sah sich verstohlen um.

»Ruth!«, rief Aurelie, als sie ins Haus trat. »Ich bin es. Ihr braucht keine Angst …« Doch sie brach erschrocken ab, als sie Harry mit einer Muskete in der Hand erblickte.

»Was will er? Hast du ihn mitgebracht?«, fragte Harry schroff und zielte mit der Waffe auf Aurelie.

Sie sog scharf die Luft ein. »Er hat einen Auftrag für euch. Ihr könnt ihm vertrauen«, versicherte sie schnell.

»Wir bringen nie einen Fremden hierher«, brummte Harry. »Er hat hier nichts zu suchen.«

»Das ist kein Fremder«, erwiderte Aurelie. »Das ist Edmund, er liebt mich.«

»Oh, Mädchen.« Jetzt kam Ruth aus dem benachbarten Raum. »Glaube nie einem Mann, der das behauptet.«

Harry schnaubte. »Natürlich versichert er dir, dass er dich liebt. Er will dich doch nur dazu überreden, dass du dein Lager mit ihm teilst.«

»Nein«, rief Aurelie. »So ist er nicht.«

»Mädchen«, seufzte Ruth. »Dieser Ort ist unser Geheimversteck. Wir treffen uns auch mit keinem der Händler hier. Ich hätte dich nie zu ihm gehen lassen dürfen … Es ist meine Schuld.«

»Nein«, wiederholte Aurelie. »Ich schwöre bei Gott und allen Heiligen, dass er euch niemals verraten wird. Aber wir brauchen eure Hilfe.«

»Du bist von Gott verraten worden, dein Schwur ist nicht viel wert.« Ruth zog spöttisch eine Augenbraue hoch. Dann nahm sie Harry die Muskete ab. »Lass schon, die ist doch sowieso nicht geladen. Mädchen, bring diesen Mann herein, jetzt können wir es ohnehin nicht mehr ändern. Aber kein Wort über unsere Höhlen.«

Aurelie schüttelte schnell den Kopf. Sie war selbst nur wenige Male in diesen Höhlen gewesen, deren Eingang direkt hinter dem Haus lag. »Danke.«

Dann beeilte sie sich, wieder nach draußen zu kommen.

Edmund stand am Rand der kleinen Terrasse, die sich am Saum der Klippe befand, auf der das Haus erbaut war, und sah hinunter auf den Frenchman's Creek. »Dieser Ort ist zauberhaft.«

»Oh, ja«, stimmte Aurelie ihm zu. »Manchmal kann ich mein Glück kaum fassen, dass ich ausgerechnet hier gelandet bin.« Sie griff nach seiner Hand und zog ihn zum Haus hin. »Sie wollen dich sehen.«

Sie öffnete die Tür und ließ Edmund den Vortritt.

Er nickte den beiden Schmugglern zu und kam ohne Umschweife zum Thema: »Ich weiß, dass Sie mir nicht vertrauen. Aber Aurelie bedeutet mir mehr als mein Leben, und ich werde alles dafür tun, dass sie glücklich ist. Momentan suche ich nach einer Möglichkeit, mein Leben mit ihr gemeinsam verbringen zu können.«

Unwillkürlich erfasste Aurelie eine Welle der Zuneigung. Solche lieben Worte hatte kein Mensch jemals über sie gesagt. Sie hatte bisher wenig Liebe erfahren, und dass sie sie gefunden hatte, als sie ihr Leben schon längst aufgegeben hatte, war überraschend und wunderschön.

»Junger Mann, Sir …«, begann Harry, doch Ruth unterbrach ihn

»Eure Lordschaft, oder nicht?«

Edmund machte eine wegwerfende Handbewegung. »Nennen Sie mich einfach Edmund.«

»Mein Mann will sagen – und ich kann ihm da nur zustimmen –, dass Sie sicher niemals mit Aurelie zusammenleben werden. Wir stammen aus unterschiedlichen Schichten, die so weit voneinander entfernt sind wie die Fischer hier von unserem König. Sie beide, das kann nicht gut gehen.« Ruth sah ihn an, und ihr Blick war voller Mitleid.

Aurelie schluckte bei den harten Worten der alten Frau. Und doch teilte sie ihre Meinung. Nur hatte sie es nicht fertiggebracht, diese auszusprechen und Edmunds Hoffnungen zu zerstören.

Doch Edmund schien sich nicht entmutigen zu lassen. »Ich danke Ihnen für Ihre Ehrlichkeit, aber ich habe einen Plan, und Sie sollen mir dabei helfen.«

Ruth deutete auf den langen Holztisch neben der Eingangstür, und Edmund setzte sich, ehe auch die anderen drei Platz nahmen.

»Ich brauche die feinsten französischen Stoffe, können Sie mir die besorgen?« Edmund sah fragend zwischen Ruth und Harry hin und her.

»Wir können alles besorgen«, erwiderte Ruth und verschränkte die Arme vor der Brust. »Es kommt nur darauf an, was Sie zahlen können.«

Ein Lächeln legte sich auf Edmunds Lippen. »Nun, das ist wenigstens ein Vorteil, den meine Abstammung mit sich bringt. Um Geld brauchen Sie sich nicht zu sorgen, ich kann jeden Preis zahlen. Ich benötige Stoffe, wie sie in Paris gerade Mode sind.«

»Für wie viele Kleider?«, fragte Ruth.

»Eine komplette Damengarderobe. Für Aurelie.« Er sah sie kurz von der Seite an, und sein liebevoller Blick ließ ihr Herz schneller schlagen. »Außerdem brauchen wir Leder und allerlei Zierrat wie Knöpfe, Bänder und Federn für Schuhe und Hüte.«

Ruth nickte. »Wir können Ihnen alles besorgen. Gegen eine Anzahlung.«

»Das sollte kein Problem sein.« Edmund zog eine Handvoll Goldmünzen aus der Tasche und warf sie auf den Tisch. »Und natürlich Perücken, Seidenstrümpfe, Unterkleider. Alles, was eine Dame trägt.«

Ruth griff nach dem Geld und betrachtete es prüfend. Was sie sah, schien sie zufriedenzustellen. Sie ließ die

Münzen in ihre Tasche gleiten. »Wir kümmern uns darum. Ein paar Wochen wird es jedoch dauern. Vielleicht auch länger, wegen der Zustände drüben.«

»Ich danke Ihnen.« Edmund stand auf, und Aurelie folgte ihm aus dem Cottage hinaus in die Sonne.

»Ist das dein Garten?« Er deutete auf Aurelies Kräuter und Küchenpflanzen.

»Ja.« Sie errötete. »Er lässt sich zwar kaum mit eurem prachtvollen Grundstück vergleichen, aber da oben geht es noch weiter. Da habe ich mir auch einen kleinen Teich angelegt mit den schwimmenden Rosen, die du mir geschenkt hast. Und deine Palmen und die anderen Pflanzen machen den Garten einigermaßen eindrucksvoll.«

»Du hast anscheinend ein gutes Händchen für all die Blumen und Kräuter«, sagte Edmund lächelnd, während er durch Aurelies kleinen Garten schlenderte. »Das hier ist ein wunderschöner Ort.«

»Ich werde ihn immer wieder erweitern. Bald werde ich noch Gemüse und Obst anbauen, das wir nächstes Jahr ernten können. Und auf die Heilkräuter bin ich stolz, die hier alle wachsen. Damit kann ich viele Krankheiten behandeln, denn einen Arzt können wir uns nicht leisten.«

»Es wird hier wohl kaum einen geben. Der nächste müsste aus Falmouth herkommen, und das würde zu Pferd eine ganze Weile dauern, es sei denn, er hätte ein Boot und könnte über den Fluss fahren.« Edmund betrachtete sie nachdenklich. »Pass gut auf dich auf, während ich weg bin.«

Aurelie lächelte traurig. »Wie lange wirst du in London bleiben?«

»Ich weiß es nicht. Ein paar Wochen werde ich sicherlich ausharren müssen, um meine Mutter nicht vor den Kopf zu stoßen. Aber ich werde auch meinen Schulfreund Charles treffen und meinen Plan mit ihm besprechen.« Er fasste nach Aurelies Händen. »Und nun fürchte ich, dass die Zeit des Abschieds gekommen ist.«

***

Edmund erreichte London am nächsten Abend. Es war spät, und er ging gleich zu Bett. Erst am nächsten Morgen traf er auf seine Mutter.

Als er das Morgenzimmer von Sutterwood Hall betrat, dem Londoner Anwesen seiner Familie am Berkeley Square, sah die Countess of Sutterwood von ihrer Korrespondenz auf. Sie trug ein hellblaues Morgengewand aus Seide mit spitzenbesetzten Bändern und Troddeln. Die graue Perücke saß wie immer perfekt, ihr Gesicht war mit Puder blass geschminkt. Unwillkürlich musste Edmund an Aurelies sonnengebräunte Haut denken. Er musste unbedingt helles Puder besorgen, damit sie die Färbung überdecken konnten.

Seine Mutter betrachtete ihn mit forschendem Blick. »Da bist du ja. Die Saison hat schon vor Wochen begonnen, warum kommst du so spät?«

»Entschuldigen Sie, Mutter«, Edmund deutete eine Verbeugung an, »ich wollte die Ruhe am Helford River und das schöne Wetter dort noch etwas länger genießen.«

»Es ist nicht deine Aufgabe zu genießen«, tadelte ihn seine Mutter mit scharfer Stimme, sie stand von ihrem Schreibtisch aus Nussbaumholz auf. »Du solltest dich in der Gesellschaft nach einer Ehefrau umsehen.«

»Mutter, ich habe noch nicht vor, mich zu vermählen.« Edmund hob abwehrend die Hand.

Einen Moment musterte seine Mutter ihn nachdenklich. Rote Flecken bildeten sich unter dem weißen Puder an ihrem Hals und den Wangen. Es war ein untrügliches Zeichen dafür, dass er sie wütend gemacht hatte.

»Bitte, ich kann dir keine Befehle erteilen. Ich möchte dich nur darauf hinweisen, dass von deinem Verhalten auch das Wohl deiner Geschwister abhängt. Du weißt, dass deine Schwestern eine bessere Partie machen können, wenn du dich vorteilhaft verheiratet hast. Und es schickt sich für deine Brüder nicht, wenn sie sich vor dir als Ältesten vermählen.«

»Nun, ich habe nicht den Eindruck, dass Alfred es in dieser Hinsicht eilig hat«, antwortete Edmund sarkastisch und dachte an seinen jüngsten Bruder, der seine Zeit gern in den Freudenhäusern der Stadt verbrachte.

»Hast du etwas von Vater gehört?«, wechselte er rasch das Thema.

»Vor drei Wochen erreichte mich ein Brief aus Polynesien«, erwiderte sie achselzuckend. »Dein Vater teilte mir darin mit, dass seine Expedition erfolgreich ist und dass er voraussichtlich an Weihnachten wieder in England sein wird.«

Edmund nickte zufrieden. Er freute sich darauf, seinen Vater wiederzusehen, und war gespannt auf die neuen Pflanzen, die er mitbringen würde.

»Die Abwesenheit deines Vaters erfordert es, dass du als sein Erbe und Nachfolger die repräsentativen Pflichten der Familie übernimmst.« Seine Mutter warf ihm einen strengen Blick zu, bevor sie an das bodentiefe Fenster trat und in den Garten hinaussah. Die Sonne schien von einem wolkenlosen Himmel, und Edmund stellte sich vor, wie schön es wäre, jetzt mit Aurelie im Garten am Helford River zu sitzen. Sie würden den zwitschernden Vögeln und dem Geräusch der Wellen lauschen, die ans Ufer schlugen, sie würden die wärmende Sonne auf der Haut spüren und die Schönheit des Sommers genießen. Seine Mutter würde bei Sonnenschein niemals ungeschützt im Garten spazieren, um ihre helle Haut nicht zu gefährden. Sie hielt sich wie die meisten Damen der Gesellschaft im Sommer größtenteils im Haus auf.

»Ab heute wirst du mich zu sämtlichen gesellschaftlichen Ereignissen begleiten«, verkündete sie.

Seine Mutter schien vergessen zu haben, dass er inzwischen erwachsen war. Aber er wusste, dass es sinnlos war, ihr zu widersprechen, weil sie dann so lange insistieren würde, bis sie ihren Willen bekam. Daher nickte er nur.

»Heute sind wir zum Dinner bei Lord und Lady Berkshire eingeladen, danach bei einem Ball, den der Earl of Hampshire für seine Tochter gibt. Ich werde einen Boten schicken, um Lady Berkshire zu benachrichtigen, dass ich nun doch nicht allein erscheinen werde.«

»Meinen Sie nicht, dass wir Lady Berkshire damit kompromittieren könnten? Sie wird sicher längst einen anderen Tischherrn für Sie eingeladen haben«, warf Edmund ein und betrachtete die Porträts seiner Ahnen, die an den Wänden des Morgenzimmers hingen. »Vielleicht sollte ich heute noch einmal zu Hause bleiben …«

»Auf gar keinen Fall«, entgegnete seine Mutter und setzte sich wieder an den Schreibtisch. Sie griff zu Papier und Feder, um ihre Nachricht zu verfassen.

»Wie Sie meinen, Mutter.« Edmund wandte sich zur Tür. »Ich werde jetzt ausgehen.«

Sie sah auf. »Wirst du zum Lunch zurück sein?«

Edmund schüttelte den Kopf. »Ich treffe einen Schulfreund zum Essen. Aber ich denke, zum Tee bin ich wieder hier.«

Der Diener öffnete ihm die Tür. Edmund ließ sich in seinen Sommermantel helfen, der aus dem gleichen dunkelgrünen Seidenstoff genäht war wie seine Weste und die Hose. Schließlich setzte er seinen Dreispitz auf und verließ Sutterwood House. Er hatte seinem Schulfreund Jack Dalton heute Morgen eine Nachricht zukommen lassen, dass er ihn besuchen werde. Das Haus der Dukes of Northumberland lag am Hyde Park, und Edmund beschloss, bei dem guten Wetter keine Droschke zu bestellen und zu Fuß dorthin zu gehen. Als er das große Anwesen erreicht hatte, führte ihn ein Diener in Jacks Arbeitszimmer, wo sein Freund ihm mit ausgebreiteten Armen entgegenkam.

»Edmund! Da bist du ja endlich, ich hatte dich schon vermisst.« Er deutete auf die beiden Ledersessel am Fenster. »Nimm Platz. Möchtest du einen Brandy? Oder lieber Kaffee?«

»Gerne einen Kaffee.« Edmund setzte sich. »Wie geht es dir?«

»Ach«, Jack hob die Schultern, »in diesen Zeiten muss man schon froh sein, am Leben zu sein. Das, was gerade in Frankreich passiert, kann ganz schnell über den Ärmelkanal schwappen. Täglich höre ich von Adligen oder Gegnern der Revolution, die ins Gefängnis geworfen wurden.«

Edmund seufzte. Auch ihm machte die Entwicklung in Europa Kopfzerbrechen, aber in den letzten Wochen hatten ihn seine Gefühle für Aurelie davon abgelenkt.

Nachdem Jack bei einem Diener den Kaffee bestellt hatte, setzte er sich neben seinen Freund. Edmund hatte ihn ein paar Monate nicht mehr gesehen, sie führten jedoch einen intensiven Briefwechsel. Jack war etwas rundlicher geworden, trug eine weiße Perücke und einen altrosa Anzug. Nachdem die Freunde sich über die Revolution, das Wetter und die Londoner Ballsaison ausgetauscht hatten, kam Edmund auf sein Anliegen zu sprechen.

»Ich habe dir ja bereits von Aurelie geschrieben«, begann er.

Jack nickte. »Die junge Dame scheint großen Eindruck auf dich gemacht zu haben.«

»Mehr als das«, erwiderte Edmund. »Ich werde keine andere Frau je an meiner Seite akzeptieren können. Und aus diesem Grund brauche ich deine Hilfe.«

Jack griff zu den Zigarren, die in einer Ebenholzschachtel auf dem Tisch lagen. Er reichte Edmund die Dose, der jedoch ablehnte. Jack nahm eine Zigarre heraus und schnitt sie an. »Sie ist Französin, sagst du?«

Edmund nickte. »Sie gehört jedoch nicht dem Adel an.«

»Was ihr im Moment vermutlich das Überleben sichern würde, wenn sie noch in Frankreich wäre«, warf Jack ein und griff zu den Zündhölzern.

»Ja«, bestätigte Edmund. »Aber meine Mutter übt starken Druck auf mich aus. Sie will, dass ich mich um eine Ehefrau bemühe. Wenn sie die Wahrheit über Aurelie wüsste, würde sie vermutlich in Ohnmacht fallen.«

»Welche Wahrheit denn?«, fragte Jack, während er an der Zigarre paffte, um sie zum Brennen zu bringen.

Edmund zögerte. »Aus Respekt ihr gegenüber kann ich

es dir nicht anvertrauen. Aber es ist genug, um einen handfesten Skandal auszulösen.«

»Verstehe.« Jack lehnte sich in seinem Sessel zurück und betrachtete zufrieden seine qualmende Zigarre. »Ich denke, die gegenwärtigen politischen Umstände könnten uns tatsächlich helfen.«

»Solange Großbritannien sich nicht in den Krieg einmischt …«, sagte Edmund nachdenklich. »Die englische Krone hat das Vorgehen der Revolutionäre scharf kritisiert. Ich glaube nicht, dass wir uns noch lange aus dem Krieg heraushalten werden. Die Franzosen sind hierzulande seit jeher nicht gut gelitten, und wenn unsere Söhne auf dem Schlachtfeld dort fallen, wird das die Liebe zu Frankreich nicht gerade befördern.«

»Nein, aber einer Adligen, die vor diesen Barbaren flüchten musste, weil sie in Frankreich die Anwesen des Adels in Flammen setzen und Mitglieder der Aristokratie kaltblütig ermorden, wird man bestimmt Sympathie entgegenbringen«, erklärte Jack und zog an seiner Zigarre.

»Es bleibt mir sowieso keine andere Möglichkeit. Denn dass Aurelie Französin ist, kann sie nicht verbergen. Sie spricht zwar inzwischen Englisch, aber noch immer mit starkem Akzent.« Edmund griff nach seiner Kaffeetasse und löffelte Zucker hinein. »Wenn du mir also über deine französische Verwandtschaft eine hohe adlige Abstammung für Aurelie erdichten könntest, am besten eine bis ganz weit nach oben ins Königshaus, dann hätte meine Mutter sicher keine Einwände mehr. Auch wenn sie sich eine Ehe erhofft, die unsere Familie besserstellt, was natürlich mit einer französischen Adligen nicht funktioniert.«

»Zumindest würde es auf diese Weise keinen Skandal

geben«, erwiderte Jack, während er die Asche seiner Zigarre abklopfte.

»Genau, und mehr verlange ich ja nicht«, seufzte Edmund und trank einen Schluck Kaffee. Am liebsten hätte er ein Fenster geöffnet, um den Zigarrenqualm zu vertreiben. Aber damit hätte er Jack brüskiert. »Ich habe bereits edle französische Stoffe bestellt, jetzt bin ich auf der Suche nach einem guten Schneider.«

»Nun, von denen gibt es in London genügend.« Jack lächelte.

»Ich brauche einen, der mit mir nach Helford kommt, um an Aurelie Maß zu nehmen.« Edmund seufzte, als ihm bewusst wurde, wie schwierig dieses Unterfangen war. Warum sollte sich einer der angesagten Londoner Schneider mit ihm auf den beschwerlichen Weg nach Cornwall machen? So viel Geld konnte Edmund ihm gar nicht bezahlen, dass es attraktiv für einen der Männer war. »Und verschwiegen muss er auch sein.«

»Ich glaube, ich kann dir da weiterhelfen«, sagte Jack und lächelte hintersinnig. »Mein Schneider in der Saville Row hat eine Frau, die für ihn näht. Er sagt, sie sei sehr begabt und es sei schade, dass sie nicht von den Damen der Gesellschaft als Schneiderin akzeptiert werde, weil sie es als unschicklich ansähen, ihre Kleider von einer Frau anfertigen zu lassen. Sie kennt sich angeblich sehr gut aus mit Damenmoden und wird bestimmt nach französischer Mode schneidern können. Ich kann mir vorstellen, dass sie für eine gute Bezahlung gern ein paar Wochen lang verreist. Wenn du möchtest, spreche ich sie einmal darauf an, wenn ich das nächste Mal dort bin.«

»Sehr gern.« Edmund trank einen Schluck Kaffee.

»Bleibt nur noch die Frage, wie du die junge Dame deiner Mutter vorstellen willst. Mal angenommen, ich finde eine hohe Abstammung für sie, wie willst du sie kennengelernt haben?« Jack schlug die Beine übereinander und sah Edmund interessiert an.

»An diesem Punkt kommst du noch einmal ins Spiel«, erwiderte Edmund und begann, seinen Plan genauer zu erklären. »Im Oktober beharrt meine Mutter doch immer auf unsere traditionellen Jagdgesellschaften«, sagte er.

»Um die sich dein Vater immer bestens zu drücken versteht, indem er auf Reisen geht, und die am Ende immer an dir hängen bleiben?«, sagte Jack und lachte.

Edmund musste grinsen, als er an die Jagd im letzten Jahr dachte. Damals war die halbe Londoner Gesellschaft auf ihrem Familienanwesen in Kent zu Gast gewesen, und Edmund musste den perfekten Gastgeber spielen, was ihm nur mittelmäßig gelungen war. Die Gäste waren teilweise so ungeschickte Jäger gewesen, dass Edmund sich das ein oder andere Lachen nicht hatte verkneifen können. Jetzt riss er sich von der Erinnerung los und fuhr fort: »Ich plane, die Jagd dieses Mal am Helford River zu veranstalten. Dort gibt es eine Menge Niederwild, das geschossen werden kann. Und ich lade dich ebenfalls zum großen Ball danach ein.«

»Ich verstehe schon«, sagte Jack, und ein Lächeln spielte um seine Mundwinkel. »Ich komme in Begleitung meiner französischen Verwandten.«

»Ganz genau«, sagte Edmund, hob seine Tasse und prostete ihm zu. »Du stellst uns offiziell einander vor und bist für ihren einwandfreien Leumund zuständig.«

»Und noch bevor die Gesellschaft endet, wirst du ihr einen Antrag machen«, vollendete Jack Edmunds Satz.

Edmund grinste. »Ganz genau.«

Jack sah Edmund nachdenklich an. Schließlich sagte er: »Du weißt, dass dein Plan viele Schwachstellen aufweist? Deine Lügengeschichte wird keine zwei Ballsaisons überstehen, weil irgendjemand aus Frankreich auftauchen wird, der Aurelie kennen müsste und sie bloßstellt.«

»Wir werden nicht an der Saison teilnehmen«, erwiderte Edmund schnell. Sein Plan war perfekt, er war sich ganz sicher. »Ich brauche diesen Ball ja nur, um unsere erste Zusammenkunft zu inszenieren. Danach werden Aurelie und ich rasch heiraten und ein zurückgezogenes Leben am Helford River führen.«

»Ich wünsche dir von Herzen, dass alles so kommt, wie du es dir wünschst«, sagte Jack und legte Edmund die Hand auf den Arm. »Wirklich! Aber ich fürchte, dass das nie und nimmer gut geht.«

Kapitel 8

ZWÖLF JAHRE SPÄTER
Helford River, Frenchman's Creek,
April 2022

Emily verstaute ihren Koffer unter dem Bett und verließ das winzige Schlafzimmer ihres Holiday Cottages. Noch nie hatte sie in einem so kleinen Haus gewohnt wie in dieser National-Trust-Ferienwohnung. Das Häuschen stand im weitläufigen Park eines größeren Anwesens oberhalb des Helford River, und Emily schätzte, dass es nicht einmal vierzig Quadratmeter maß. Dennoch würde es für den Zweck ihrer Reise ausreichend sein. Sie war für ein paar Tage aus London geflohen, um über Paul und seinen Heiratsantrag nachzudenken.

Emily verschloss sorgfältig die Tür. Es war erst drei Uhr, der Nachmittag lag noch vor ihr. Sie beschloss, den Fluss zu erkunden und ihren Gedanken freien Lauf zu lassen. Sie hatte zwar ihren Laptop mitgenommen, wollte ihn aber nur im Notfall benutzen. Sie wollte Abstand gewinnen von ihrer Arbeit und ihrem Londoner Leben, ihren Freunden und Paul. Sie hatte das Cottage für zwei Wochen gemietet, auch wenn sie eventuell schon etwas früher nach London zurückkehren musste, da sie noch zwei Drehbuchaufträge bis zum Sommer zu erledigen hatte. Kurz hatte sie überlegt, ihre Mutter hierher mitzunehmen, die sich einen solchen Urlaub nie hatte leisten können. Sie hätte diese Cornwall-Reise sicher verdient, aber sie würde Emilys Entscheidung nur beeinflussen. Nein, diese Tage musste sie allein verbringen, nur so konnte sie sicher sein, die richtige Entscheidung zu treffen.

Emily schlenderte über die Obstbaumwiese, die vor dem kleinen Cottage lag, und beobachtete die Spatzen, die im Gras nach Würmern pickten. Sie sog den Geruch des Meeres ein und der Blüten, die den Garten um sie herum in bunte Farben tauchten. Vor ihr lag ein Weg, der zwischen den leuchtenden Rhododendren- und Rosensträuchern entlangführte. Jetzt, kurz nach Ostern, stand alles in voller Pracht. Die Natur war aus dem Winterschlaf erwacht und bereitete sich auf das neue Jahr vor. Emily beugte sich zu einer der üppigen Rosenblüten und roch daran. Sie ging langsam weiter, den leicht abfallenden Weg hinunter, vorbei an den letzten blühenden Narzissen, Hyazinthen und Krokussen, in Richtung des Flusses, der durch die Bäume und Sträucher schimmerte. Und plötzlich lag der Helford River direkt vor ihr, nur durch ein einfaches Holztor von dem Fußweg getrennt. Emily öffnete das Gatter und trat auf den Küstenpfad hinaus. Die Sonne brannte heiß vom Himmel, doch hier am Meer blies ein erfrischender Wind, sodass die Wärme angenehm war.

Emily blickte sich um. Das Grundstück, auf dem auch ihr Cottage lag, befand sich genau an der Einmündung des Helford River, und rechts von Emily lag der tiefblaue Ozean. Auf der anderen Seite floss der breite Helford River ins Landesinnere. Emily beschloss, in Richtung Meer zu wandern, und schon nach wenigen Metern hatte sie eine

Bank gefunden, die oberhalb des Küstenpfades stand. Emily setzte sich und sah auf das Meer hinaus. Ihre Gedanken flogen mit dem Wind bis nach London und blieben bei Paul hängen. Sie seufzte. Es wurde Zeit, dass sie ihm eine Antwort gab. Sie waren nun schon seit vier Jahren zusammen, mit zwei Unterbrechungen, als Emily sich kurzzeitig von ihm getrennt hatte.

An Weihnachten hatte er ihr im Beisein seiner Familie einen Heiratsantrag gemacht. Emily wäre am liebsten im Erdboden versunken. Warum waren Männer oft der Meinung, ihre Zuneigung öffentlich machen zu müssen? Sie hatte sich überrumpelt gefühlt, wollte aber die begeisterten Blicke seiner Eltern, seiner Schwester und der alten Großmutter nicht enttäuschen. Es war der Weihnachtsmorgen gewesen auf dem vornehmen Anwesen der Fitzgeralds in Derbyshire. Die Geschenke waren alle ausgepackt, als Paul das kleine Schmuckkästchen aus seinem Jackett gezogen hatte. Er war neben dem Tannenbaum vor ihr auf die Knie gefallen, unter dem entzückten Seufzen und den aufgeregten Rufen der anwesenden Damen des Hauses. Pauls blaue Augen lagen bittend und auch ein wenig siegesgewiss auf ihr, und auf seiner hohen Stirn unter dem in den letzten Jahren deutlich zurückweichenden Haaransatz standen ihm Schweißtropfen, die Emily auf das prasselnde Kaminfeuer und die brütende Hitze in der Halle zurückführte.

Natürlich hatte sie seinen Antrag in diesem Moment nicht ablehnen können. Aber sie wollte ihm auch keine Zusage geben, deshalb hatte sie zuerst gar nichts gesagt, was von der Familie offenbar als stumme Akzeptanz angesehen wurde. Der Champagner war schon vorbereitet gewesen, alle hatten auf das junge Glück angestoßen, und die Fitzgeralds hatten Emily gebeten, sie fortan mit ihrem Vornamen anzusprechen. Der Ring mit dem übergroßen Smaragd wurde bewundert, und Emily hatte sich sehr unwohl gefühlt. Erst Stunden später, als sie und Paul allein waren, hatte sie ihn darauf hingewiesen, dass sie ihm keine Antwort auf seinen Antrag gegeben hatte. Das war ihm angeblich gar nicht aufgefallen. Sie hatte sich eine Bedenkzeit erbeten, die er ihr auch gewährte, doch an Ostern hatte er eine Entscheidung von ihr gefordert. Deshalb hatte sie sich ein paar Tage freigenommen und dieses Cottage gebucht.

Emily beobachtete einen großen Tanker, der in weiter Ferne an der Küste vorbeifuhr. Eine Schar Möwen begleitete ihn. Emily hatte Paul vor vier Jahren bei der Produktion eines Filmes kennengelernt, für den sie das Drehbuch geschrieben hatte. Sie lächelte und streckte ihre Beine aus, um es sich auf der Bank etwas gemütlicher zu machen. Ja, sie hatte viel erreicht in den letzten Jahren. Seit sie damals für John gearbeitet hatte, waren unzählige Projekte hinzugekommen. Die BBC beauftragte sie regelmäßig, Drehbücher für Serien und Filme zu schreiben, aber auch Kinoproduktionen waren keine Seltenheit. Die Produzenten arbeiteten gern mit ihr zusammen, manchmal musste sie sogar Aufträge ablehnen, weil sie vollkommen ausgebucht war.

Paul war einer der ganz Großen im Filmgeschäft. Er verstand sein Handwerk und kam obendrein aus einer der alteingesessenen englischen Familien. Paul Fitzgerald hatte schon Filme mit sämtlichen großen englischen Schauspielern gedreht, und durch ihn hatte Emily jede Berühmtheit des Landes kennengelernt.

Ja, Paul hatte Emilys Leben aufregend und bunt gemacht. Sie schloss die Augen und genoss die wärmende Sonne auf ihrer Haut und den Wind, der durch ihre Haare strich. Auch wenn sie schon vor ihrer Beziehung mit Paul sehr erfolgreich gewesen war, hatte sie in den letzten vier Jahren eine steile Karriere hingelegt und war zu einer der gefragtesten Drehbuchautorinnen geworden. Und Paul war charmant und liebevoll, er holte ihr buchstäblich die Sterne vom Himmel. Es gab nichts, was Emily sich wünschte und er ihr nicht geben konnte. Sie hatte einmal erwähnt, dass sie noch nie in der Karibik gewesen sei – und schon am nächsten Tag hatte Paul ihr Flugtickets und eine Traumreise nach Bora Bora geschenkt. Er überhäufte sie mit Schmuck und wertvollen Kunstwerken, er sandte ihr Blumen nach Hause oder ins Hotelzimmer, wenn sie geschäftlich verreisen musste, und kümmerte sich rührend um Emilys Mutter. Er hatte seiner künftigen Schwiegermutter sogar ein kleines Haus in Cambridge finanziert. Emily musste lächeln, als sie daran dachte. Außerdem war Paul bereit, Emilys großen Traum zu unterstützen, eine eigene Filmschule zu gründen, die jungen Menschen ohne große finanzielle Mittel eine Ausbildung in dieser Branche ermöglichte. Es hatte Emily immer schon gestört, dass die meisten Studenten, die einen der wenigen Plätze an den Filmhochschulen ergatterten, aus reichen Familien stammten, weil sich die anderen die kostspielige Ausbildung nicht leisten konnten. Wie viele große Talente gingen auf diese Weise wohl verloren? Als sie mit Paul darüber gesprochen hatte, war er sofort von der Idee begeistert gewesen, eine eigene Filmschule zu eröffnen. Er wollte seine Kontakte nutzen, um bekannte Dozenten dafür zu gewinnen, und sich selbst um die Finanzierung kümmern. Emily würde die Leitung übernehmen und an dieser Schule unterrichten, und Paul wollte die besten Schüler für seine Filmproduktionen engagieren.

Zu ihrem einjährigen Jahrestag hatte er Emily gefragt, ob sie in sein schickes Haus in Mayfair einziehen wolle, das seit Generationen im Besitz der Familie Fitzgerald war. Seitdem lebten sie dort zusammen. Emilys Freundinnen und ihre Familie bezeichneten sie als Glückskind, sie beneideten Emily um ihren aufmerksamen, liebevollen Freund, auch wenn das nur die halbe Wahrheit war. Ja, Paul war ein vorbildlicher Liebhaber, er hatte ein Auge für die Schwächsten und unterstützte einige soziale Projekte, doch so einfühlsam er auch sein konnte, so erdrückend war seine Liebe, die allzu schnell in Misstrauen und Zweifel umschlug. Emily hatte manchmal das Gefühl, kaum atmen zu können. Seine Eifersucht, die sich in Jähzorn und cholerischen Wutausbrüchen äußerte, machte Emily Angst und brachte sie zweimal dazu, sich von ihm zu trennen. Doch Paul war jedes Mal reumütig zu ihr gekommen und hatte sie mit seinem Charme umgarnt, sodass Emily sich wieder auf ihn eingelassen hatte. Außerdem wusste sie, dass er, wenn es wirklich zum Bruch zwischen ihnen kommen sollte, seinen Einfluss in der Branche nutzen und dafür sorgen würde, dass sie nur noch wenige Aufträge erhielt. Sie würde ganz von vorn beginnen müssen. Und natürlich konnten sie ihr Projekt einer Filmschule nicht gemeinsam umsetzen, wenn sie ihm einen Korb gab. Es wäre dumm von ihr, einen Mann wie ihn gehen zu lassen. Ja, Paul war auch großherzig, tolerant und uneigennützig, diese Eigenschaften machten ihn liebenswert und hatten sie immer wieder in seine Arme getrieben. Aber leider entwickelte er auch eine fast schon krankhafte Anhänglichkeit, und wenn sie nun seine Frau würde, wäre eine Trennung nicht mehr so leicht möglich.

Sie ließ ihren Blick über die unendliche Weite des Meeres schweifen. Der Ginster neben ihr rauschte im Wind. Ein Segelboot fuhr vor einem großen Tanker vorbei und wirkte seltsam schutzlos gegen den Riesen. Genauso fühlte sich Emily auch manchmal in Pauls Gegenwart. Er war berühmt und mächtig und wusste immer, was zu sagen war, welche Anmerkung die richtige und welche Reaktion angemessen war. Emily kam sich im Vergleich zu ihm naiv und unerfahren vor. Aber Paul hatte sie in ein spannendes neues Umfeld gebracht.

Ein schmerzhafter Stich durchfuhr sie, als ihr plötzlich Luca einfiel. Er war ihre erste große Liebe gewesen, sie war so sicher gewesen, dass es für immer sein würde. Doch dann war er krank geworden, und Emily hatte Karriere gemacht, und als sie damals von Kendal House nach Hause zurückgekehrt war, hatte Luca nach seinem Klinikaufenthalt und der anschließenden Reha seine Sachen gepackt und war ausgezogen. Seine Gefühle für sie hätten sich verändert, hatte er ihr erklärt. Emily war es vorgekommen, als hätte er sie von einer Klippe gestoßen. Sie war tief gefallen, doch sie war auf den Füßen gelandet.

Heute war sie sicher, dass Luca sich von ihr getrennt hatte, um sie zu schonen. Er wusste, dass seine Krankheit ihre Beziehung belasten und Emilys Leben einschränken würde. Er hat nie wieder eine neue Freundin gefunden, wie Emily von ihren alten Schulfreunden erfuhr, die noch in Cambridge wohnten. Manchmal traf sie Stephanie auf einen Kaffee. Sie erzählte ihr, dass Luca seine Krankheit nie ganz überwinden konnte und sich regelmäßig in psychiatrischer Behandlung befand.

Emily seufzte und zwang sich, nicht an die längst vergangenen Zeiten zu denken und sich stattdessen mit ihrer anstehenden Entscheidung zu beschäftigen. Sicher würden die meisten sagen, sie sei vollkommen übergeschnappt, wenn sie Pauls Antrag ablehnte. Aber wenn sie Ja sagen würde, wusste sie nicht, was sie erwartete – *wer* sie erwartete.

Liebte sie ihn? Das war die Frage, die sie sich stellen musste und die gleichzeitig auch am schwersten zu beantworten war. Hätte Luca sie vor dreizehn Jahren um ihre Hand gebeten, sie hätte keine Sekunde lang gezögert. Warum fiel es ihr so schwer, ihre Gefühle Paul gegenüber zu benennen?

Emily stand auf und ging langsam den Küstenweg zurück zu dem Garten, in dem ihr Holiday Cottage lag. Vielleicht war es ja das Alter, sie war inzwischen siebenunddreißig. Mit sechzehn hatte sie noch an die große Liebe geglaubt, und dass ihre Beziehung mit Luca für immer andauern würde. Vermutlich war sie heute einfach realistischer, sie verliebte sich eben nicht mehr Hals über Kopf, und deshalb fiel ihr eine so wichtige Entscheidung schwer. Sie fragte sich sowieso, warum man überhaupt heiraten musste. War es nicht viel einfacher, unverbindlich zusammenzuleben? Paul wurde im Herbst fünfzig, er war noch nie verheiratet gewesen, auch wenn er sicherlich schon einige Affären gehabt hatte. Doch inzwischen war er ruhiger geworden, wollte nicht mehr jeden Abend auf einer Party sein und sehnte sich, wie er ihr erklärt hatte, nach Häuslichkeit. Das alles konnte Emily gut verstehen, aber sie überlegte, ob sie für seinen neuen Lebensabschnitt nicht vielleicht nur irgendein Requisit war, das zu diesem gemütlichen Ambiente gehörte wie der Labrador, den er sich bestimmt auch noch anschaffen würde, oder ob es ihm wirklich um Emily ging. Und ging es ihr tatsächlich um Paul oder um den erfolgreichen Produzenten, der ihre Karriere förderte?

Emily hatte das Holztor zum Garten erreicht. Sie ließ ihren Blick noch einmal über den Helford River wandern. Die hohen Pinien schwankten im Seewind, kleine Jachten schaukelten sanft auf dem Fluss, und das Wasser glitzerte in der Sonne. Emily war noch nie zuvor am Helford River gewesen. Erst in den letzten Jahren hatte sie genügend Geld zur Verfügung gehabt, um Urlaubsreisen zu unternehmen. Sie war mit Paul nach Italien, Spanien und Frankreich gefahren, sie hatten Hawaii, New York und San Francisco besucht. Aber im eigenen Land kannte Emily sich nicht besonders gut aus. Diese Gegend hier schien wunderschön zu sein, und sie nahm sich vor, in den nächsten Tagen die Landschaft zu erkunden. Jetzt sah sie auf die Uhr. Es war inzwischen halb fünf, und da noch Frühling war, würde es am Abend frisch werden.

Emily betrat den weitläufigen Garten, der einmal zur Parkanlage eines privaten Anwesens gehört hatte. Der National Trust hatte das Gelände gekauft und das große Haus in drei Ferienwohnungen aufgeteilt, ebenso hatte er auch das kleine Gartenhaus, das Emily jetzt gemietet hatte, in ein Holiday Cottage umgewandelt. Das Anwesen ragte hinter den Bäumen auf. Ihr Cottage lag zwischen den Obstbäumen versteckt, mit Blick auf den Fluss. Emily schlenderte an den hübschen Blumenbeeten vorbei, an Buchsbaumhecken, die kunstvoll geschnitten worden waren, und an Rosen, die von Bambusstöckchen gestützt wurden. Hinter den ordentlichen Beeten gab es eine Wildblumenwiese, die noch nicht blühte, aber Emily konnte sich gut vorstellen, wie bunt es aussehen würde, wenn die Blumen in wenigen Wochen ihre Knospen öffneten. Wenig später gelangte sie an eine alte, hüfthohe Backsteinmauer. Hier schien das Grundstück des National Trust zu enden. Emily spähte auf die andere Seite. Dort war ein kleiner Dschungel aus Efeu, Nussbäumen, Ginster und Heidekraut gewachsen. Das dichte Gebüsch versperrte Emily die Sicht. Sie folgte der baufälligen Mauer, die von Moos bewachsen und an einigen Stellen so eingestürzt war, dass Emily leicht hinüberklettern konnte.

Sie beschloss, sich jenseits der Mauer einmal umzusehen. Das Gelände hier schien kein angelegter privater Garten zu sein, vermutlich gehörte es zu dem öffentlichen Küstenbereich. Sie folgte einem Pfad durch die Büsche auf eine kleine Lichtung. Unter Pinien und Kiefern blühten hier Schlüsselblumen, Löwenzahn und Gänseblümchen. Es roch nach dem süßen Duft der Rosen und nach Moos und Feuchtigkeit. Irgendwie hatte Emily das Gefühl, in einer anderen Welt gelandet zu sein.

Überrascht bückte sie sich zu den Waldanemonen hinunter, die zwischen dem Gras aus dem Boden sprossen. Bislang hatte sie immer geglaubt, diese Windröschen kämen in England gar nicht vor, andererseits waren die Palmen und Agaven, die sie vorhin am Küstenweg gesehen hatte, auch keine typisch britischen Gewächse. Emily richtete sich auf und betrachtete die Umgebung. Es war ein friedlicher, geradezu verzauberter Ort. Das Sonnenlicht fiel durch die Baumkronen und warf Sprenkel auf das knöchelhohe Gras. Von weit entfernt war leise die Brandung zu vernehmen.

Vorsichtig, um die hübschen Waldanemonen und Irisse nicht zu zertreten, bahnte Emily sich einen Weg durch das hohe Gras und zwängte sich durch die Ginstersträucher am Rand der Lichtung, ehe sie sich auf einem Küstenstück mit einem dichten Pinienwald wiederfand, das zum Meer steil abfiel. Emily blieb staunend stehen und ließ den Anblick auf sich wirken. Die Nadelbäume tauchten die Klippen in einen merkwürdigen Schatten, an dessen unterem Ende der Helford River türkis schimmerte. Noch einen Moment lang genoss sie die Aussicht, dann riss sie sich los und erkundete die Gegend am oberen Ende des Abhangs.

Zunächst musste sie sich durch einige Büsche und Sträucher kämpfen, die glücklicherweise keine Dornen trugen, dann folgte sie einem schmalen Pfad zwischen verwilderten Buchsbäumen und Ginster, bis sie erneut innehielt. Vor ihr wich das Gestrüpp zurück und gab den Blick auf einen Teich frei, der vollkommen verwildert war, einst aber wunderschön gewesen sein musste. Der Teich war mit Seerosen bedeckt. Zwischen den Blättern konnte Emily zahllose Knospen sehen. In der Mitte befand sich auf einer steinernen Säule eine Marmorstatue, die ganz mit Moos bewachsen war. Emily sah sich um und bemerkte erst jetzt weitere Statuen am Rand des Teichs. Sie waren unter ihrer dicken Moosschicht kaum zu erkennen. Langsam ging Emily an der breiten Steinbalustrade entlang, die den Teich säumte. Die Steine waren alt und verwittert und ebenfalls mit Ranken und Moos überwuchert. Einst musste jemand viel Zeit und Arbeit in diesen Garten gesteckt haben, doch heute schien er verwildert und vergessen zu sein.

Emily setzte ihre Schritte mit Bedacht, denn auf dem Moos war es rutschig. Als sie das Ende des Teichs erreicht hatte, stellte sie fest, dass ein Bach in den See floss, der irgendwo aus der grünen, wilden Vegetation sprudelte. Sein Wasser war klar, und Emily konnte die runden großen Steine schimmern sehen, die am Grund lagen. Emily versuchte, dem Bachlauf zu folgen, kam aber bald nicht mehr weiter, weil die Steine an seinem Ufer zu schlüpfrig waren. Sie wandte sich zur Seite und gelangte kurz darauf in einen Bambushain, in dem ein Kiesweg nach unten führte. Neugierig folgte sie dem Pfad. Die Pflanzen zu beiden Seiten umschlossen Emily und bildeten ein Dach über ihrem Kopf. Nur hin und wieder konnte sie das Blau des Himmels hindurchblitzen sehen. Plötzlich machte der Pfad eine scharfe Kurve, der Hain lichtete sich, und eine alte, verrostete Eisenbrücke kam in Sicht. Sie führte über das Bächlein, das nun wieder aufgetaucht war. Emily sah sich um. Dieser Garten war offenbar liebevoll angelegt worden, aber jetzt eroberte sich die Natur Stück für Stück alles zurück.

Behutsam setzte sie einen Fuß auf die Brücke. Das Metallkonstrukt schien stabil zu sein. Die Kletterpflanzen, die sich auf den alten Streben ausgebreitet hatten, erschwerten ihre Schritte, doch Emily konnte sich an dem Geländer festhalten. Als sie auf der anderen Seite angekommen war, spürte sie auf einmal einen stechenden Schmerz an ihrer rechten Hand. Sie stöhnte leise auf und schob vorsichtig die Dornenranke beiseite, die sie verletzt hatte. Dann holte sie ein Taschentuch heraus, das sie auf die blutende Wunde drückte.

Als sie die stacheligen Sträucher endlich hinter sich gelassen hatte und auf eine Wiese gelangte, atmete sie erleichtert auf.

»Oh!«, stieß sie überrascht hervor, denn hier wuchsen Rosensträucher in üppiger Fülle.

Warum war dieser verlassene Garten wohl aufgegeben worden? Und wem gehörte das Land heute? Emily ging an den Rosenbüschen vorbei und erreichte eine Obstbaumwiese mit alten, knorrigen Apfel- und Birnbäumen, die in voller Blüte standen, als vor ihr plötzlich ein verfallenes Cottage auftauchte. Es war etwas tiefer gelegen und durch eine mit Efeu überwucherte Treppe erreichbar. Sein Dach war mit Moos bedeckt, einige Ziegel fehlten, die steinerne Fassade war ganz verwittert. Emilys Blick fiel auf den Helford River, der direkt vor dem Haus entlangströmte. Oder war es ein kleiner Seitenfluss?

Links neben dem Cottage befand sich ein alter Brunnen, und dahinter konnte Emily einen verwilderten Kräutergarten erkennen. In den kleinen, mit Muschelschalen abgesteckten Beeten glaubte sie, Salbei, Thymian und Kamille ausmachen zu können. Aber während sie hier stand, wurde ihr mit einem Mal kalt. Die Sonne war hinter den Hügeln des gegenüberliegenden Flussufers verschwunden. Emily sah auf ihre Uhr und stellte überrascht fest, dass es schon halb acht war. Sie musste sich beeilen, schließlich war der Heimweg weit, und sie war sich nicht einmal sicher, ob sie ihn finden würde.

Emily zögerte. Neben der Treppe, die zu dem verfallenen Häuschen hinunterging, führte ein Weg den Hang hinauf. Das war vermutlich früher die Zufahrt zu diesem Haus gewesen. Sollte sie dem Weg folgen und dann über die Landstraße zurück zu ihrem Holiday Cottage laufen? Aber sie hatte keinen guten Orientierungssinn und kannte sich in der Gegend hier nicht gut aus. Außerdem war es noch mindestens eine halbe Stunde hell. Sie sollte also besser den gleichen Weg zurück nehmen, und wenn sie sich beeilte, konnte sie dabei sogar noch ein wenig den Garten genießen.

Während sie also wieder zu der Obstwiese ging, dachte sie über das kleine, verfallene Haus am Fluss nach. Vielleicht war es ein Gärtnercottage oder die Wohnung von Bediensteten gewesen. Denn ein solch prachtvoller und großer Garten würde doch vermutlich zu einem imposanten Herrenhaus gehören.

Emily wollte sich gerade den besten Weg durch die Rosensträucher suchen, als sie eine kleine Vertiefung neben dem Trampelpfad bemerkte. Sie blieb stehen und schob mit dem Fuß die Büsche zur Seite. Eine schmale Treppe kam zum Vorschein, die zum Eingang einer kleinen Höhle führte. Emily zögerte. Zu gern hätte sie sich dieses Versteck näher angesehen, aber es dämmerte bereits, und sie sollte lieber rasch zu ihrem Holiday Cottage zurückkehren. Also prägte sie sich die Stelle gut ein, um sie bei ihrem nächsten Besuch in dem verwunschenen Garten wiederzufinden. Sie ging so zügig wie möglich, doch die vielen herumliegenden Äste, Dornenranken und glitschigen Steine machten das Vorankommen schwierig. Im letzten Licht des Tages erreichte sie die Mauer, die den Garten vom Anwesen des National Trust trennte.

Als sie ihr Cottage erreicht hatte, setzte sie sich auf die

Bank vor dem Haus. Ihr schwirrte der Kopf von den Eindrücken des Tages. Vor ihr lag der Helford River schon beinahe im Dunkeln. Dafür nahm Emily die Geräusche um sich herum nun umso intensiver wahr. Sie hörte das Plätschern der Wellen und das Summen der Insekten. Der Mond war aufgegangen, und die silberne Sichel prangte am Himmel. In den wenigen Häusern, die am gegenüberliegenden Ufer standen, gingen die Lichter an. Und Emilys Gedanken wanderten wieder zu dem wilden Garten, der sie auf eine seltsame Weise faszinierte. Sie konnte es nicht genau benennen, aber etwas daran war verwirrend. Es war ein verzauberter Ort, der sicher eine Geschichte hatte. Emily fühlte sich verbunden mit diesem Garten, sie war noch nie dort gewesen, und doch kam es ihr vor, als kenne sie ihn bereits. Sie schüttelte ungläubig den Kopf, während sie sich fröstelnd über die Arme strich. Langsam wurde es kalt. Sie stand auf, um sich eine Jacke aus dem Holiday Cottage zu holen.

Als sie aufgeschlossen und den Wohnraum betreten hatte, fiel ihr Blick auf ihr Handy, das sie auf dem runden Esstisch vergessen hatte. Sie nahm es an sich, und wenig später setzte sie sich, eingewickelt in eine Strickjacke und eine warme Wolldecke, wieder auf die Bank vor dem Haus, um ihre Nachrichten zu lesen.

Emily stöhnte leise auf, als sie elf verpasste Anrufe sah, die tatsächlich alle von Paul stammten. Sie verdrehte die Augen und ließ das Handy sinken. Genau das war es, was sie an ihm so störte. Sie hasste es, dass er sie permanent kontrollieren musste. Er hatte keine Nachricht hinterlassen, aber selbstverständlich würde er erwarten, dass sie zurückrief.

Also tippte sie auf seine Nummer und lauschte dem Freizeichen.

»Emily, Gott sei Dank«, hörte sie kurz darauf seine Stimme. »Was ist los?«

»Das musst du mir sagen«, erwiderte Emily und zwang sich, ruhig zu bleiben. »Schließlich hast du mich elf Mal angerufen.«

»Ich habe mir Sorgen gemacht. Ich war schon kurz davor, zu dir zu kommen. Ich wollte gerade Fred anrufen.«

Oh, Mann, das hatte ihr gerade noch gefehlt, dass Paul ihr hinterherreiste. Fred war der Pilot von Pauls kleinem Privatflugzeug. »Untersteh dich! Ich bin hierhergekommen, um in Ruhe über meine Entscheidung nachzudenken.«

»Das ist mir klar, aber ich konnte dich nicht erreichen. Wo hast du gesteckt?«, fragte Paul mit aufgeregter Stimme.

»Ich bin spazieren gegangen und habe mein Handy im Cottage vergessen. Ich hatte dir doch geschrieben, dass ich gut angekommen bin. Warum hast du mich angerufen?« Sie stocherte mit dem Fuß in dem Kies herum, der vor dem Cottage lag.

»Ich wollte dir nur einen schönen Urlaub wünschen«, erklärte Paul in beleidigtem Ton. »Das wird ja wohl noch erlaubt sein, oder?«

»Sicher, aber das hast du doch heute Morgen schon getan«, sagte sie und spürte, wie sie sich allmählich beruhigte. Paul war eben so, wie er war. Er würde sich nicht ändern. Sie musste entscheiden, ob sie auf Dauer damit leben konnte.

»Bitte, Emily, ich muss immer wissen, wo du bist. Ich mache mir sonst Sorgen.«

Emily legte den Kopf in den Nacken und schloss die

Augen. Sie atmete tief durch, dann erwiderte sie: »Du brauchst dir keine Sorgen zu machen, okay? Wenn ich Hilfe brauche, melde ich mich bei dir. Und jetzt werde ich mir was zu essen machen.«

»Na schön«, sagte Paul. »Ich liebe dich.«

»Ich liebe dich auch«, antwortete sie und war sich nicht sicher, ob diese Worte auch stimmten.

In dieser Nacht schlief sie schlecht. Immer wieder schrak sie auf, und im Halbschlaf wanderten ihre Gedanken zu dem wilden Garten zurück. Wie kam es, dass all die exotischen Gewächse, die Palmen und Bambusarten, dort so üppig gediehen? Sollte man nicht annehmen, dass die heimischen Pflanzen sie längst erstickt hätten? Und die Obstwiese mit den vielen alten Bäumen – hätte nicht eigentlich noch Fallobst vom letzten Jahr dort liegen müssen? Hätte der Kies auf den Wegen nicht längst unter Unkraut verschwunden sein müssen? Es sah nicht so aus, als ob der Garten wirklich verlassen wäre.

Nein, plötzlich war sich Emily sicher. Dieser Garten wirkte eher gepflegt, zwar nicht mehr so wie früher, als er vermutlich eine ganze Schar von Gärtnern beschäftigt hatte, aber irgendwer schien sich noch darum zu kümmern.

Am nächsten Morgen fühlte sie sich trotz der schlaflosen Nacht ausgeruht und voller Tatendrang. Sie musste unbedingt noch einmal über die Mauer steigen, um den Garten zu erkunden. Schließlich hatte er sie bis in ihre Träume hinein beschäftigt.

Nach einem einfachen Frühstück, das sie sich in der Küche des Cottages zubereitet hatte, machte sie sich auf den Weg in den wilden Garten am Helford River. Die Sonne schien wieder von einem wolkenlosen Frühlingshimmel, die Blütenpracht der Rhododendren leuchtete ihr entgegen. Vom Küstenpfad klang das fröhliche Lachen einiger Wanderer zu ihr herüber.

Sie fand die Stelle sofort, an der sie gestern über die Mauer gestiegen war. Sie hatte sich vorsorglich eine feste Hose angezogen und war jetzt froh, dass sie unbeschadet durch das dornige Gestrüpp kam. Als sie zwischen den Bäumen auf die Lichtung trat, hielt sie einen Moment inne. Wieder war sie von der Atmosphäre verzaubert. Es war das besondere Licht, das durch das Dach der Pinien und Zypressen fiel und diese Lichtung in eine geradezu überirdische Helligkeit tauchte. Die Bäume rauschten über Emily im Wind, das Gras zu ihren Füßen raschelte, und der süße Duft der Schwertlilien, Narzissen und Hyazinthen erfüllte die Luft. Aus der Ferne waren die Schreie der Möwen zu hören.

Emily genoss das Gefühl des vollkommenen Friedens, das sie plötzlich überkam. Hier schien die Welt mit allen Sorgen und Problemen weit entfernt zu sein. Die Vorstellung, für immer in diesem Garten zu leben, kam ihr paradiesisch vor. Langsam ging Emily weiter und folgte einem überwucherten Kiesweg, der sie in eine etwas andere Richtung führte als gestern. Staunend sah sie an den uralten und mächtigen Ginkgo-Bäumen empor, die zu beiden Seiten des Weges standen. Die Stämme der Bäume waren so dick, dass Emily sie nicht umfassen konnte. Die etwas kleineren Bäume, die dazwischen standen, schienen Kamelienbäume zu sein. Emily war zwar keine Pflanzenexpertin, doch sie hatte sich für eines ihrer Drehbücher ganz gut in die Botanik eingelesen. Sie sah sich um. Das hier musste einmal eine wunderschöne Allee gewesen sein. Am Ende des Weges befand sich ein schmiedeeisernes Tor. Es war beinahe vollständig von Ranken bedeckt, sodass Emily es zuerst kaum erkannt hätte. Rechts und links davon erstreckte sich eine rote Backsteinmauer.

Ob das hier wohl der Haupteingang des Gartens war? Sie entfernte vorsichtig das Gestrüpp, sodass sie durch das Tor schauen konnte, und stellte überrascht fest, dass eine Art Küchengarten dahinter lag. Darin waren Beete angelegt und dazwischen Wege, die mit steinernen Statuen geschmückt waren und zu drei viktorianischen Gewächshäusern führten. Emily wich einen Schritt zurück und sah an dem verrosteten Tor hoch. Es war so dicht zugewachsen, dass keine Chance bestand, es ohne Gärtnerwerkzeug freizuschneiden und in den Küchengarten zu gelangen.

Sie trat wieder an ihr Guckloch, um noch einmal hineinzuschauen. Buchsbaumhecken umsäumten die Beete. In einigen davon schien erst vor Kurzem etwas ausgesät worden zu sein. In anderen waren schon zarte Triebe zu erkennen, die jemand angehäufelt hatte. Und doch wirkte der Garten mit den ungeschnittenen Hecken, den vom Unkraut überwucherten Wegen und den efeubewachsenen Mauern eher verwildert. Man musste genau hinsehen, um zu erkennen, dass es offenbar jemanden gab, der ihn pflegte.

Aber wie war derjenige in diesen verschlossenen Garten gelangt? Emilys Neugier war geweckt. Sie arbeitete sich an der Mauer entlang, mitten durch Büsche und Bäume, die sich an der Steinwand angesiedelt hatten, um nach einem zweiten Zugang zu suchen. Wenig später wurde sie fündig. Nur ein kleines Stück vom Haupttor entfernt befand sich eine morsche Holztür, die schief in den Angeln hing. Als Emily sie öffnete, schwang sie mit einem lauten Quietschen auf.

Mit angehaltenem Atem betrat sie den Küchengarten. Klee, Löwenzahn und Brennnesseln hatten sich auf den Kieswegen ausgebreitet. Emily schlug den Weg ein, der zu dem größten der Gewächshäuser führte. Hier musste jemand das Unkraut entfernt haben. Auch die Beete rechts und links waren ordentlich und anscheinend frisch besät. Zarte Triebe sprossen aus der lockeren Erde.

Emily blieb stehen und betrachtete das Gewächshaus, neben dem zwei kleinere standen. Auf den ersten Blick schien keine einzige Scheibe zerbrochen zu sein. Irgendjemand schien sich auch um die Instandhaltung der Glashäuser zu kümmern. Unten waren sie aus roten Backsteinen gemauert, die Glasfenster darüber waren mit Holzstreben umrahmt, von denen die weiße Farbe abblätterte. Emily öffnete vorsichtig die Tür des großen Hauses und trat ein. Hier war es deutlich wärmer als draußen, schon fast zu heiß. Auf einer breiten Fensterbank, die rund um das Gewächshaus führte, standen unzählige Kübel, in denen die unterschiedlichsten Pflanzen wuchsen. Auf dem Boden waren Beete angelegt, in denen Emily Tomaten- und Schlangengurkenbäume, Salatköpfe und Bohnenranken erkennen konnte. Kürbispflanzen hatten bereits kleine Früchte ausgebildet.

In der Mitte des Gewächshauses verlief eine Glaswand mit einer Tür, die offen stand. Im Raum dahinter waren seltene Rosenstöcke angepflanzt, an denen dicke, duftende Blüten prangten. In den Töpfen auf der Fensterbank standen mächtige Orchideen und Kakteen. Emily konnte sich an den intensiven Farben gar nicht sattsehen. Sie leuchteten in dunklem Violett und sattem Pink und den unterschiedlichsten Pastelltönen. Der unwiderstehliche Duft der Rosen erfüllte den Raum. Nachdem sie die Schönheit dieser Blumen eine Weile genossen hatte, verließ Emily das warme Gewächshaus und war froh, wieder an der frischen Luft zu sein. Sie setzte sich auf die Steinbank, die davorstand, und ließ ihren Blick durch den ummauerten Garten wandern. Auch hier spürte sie diesen unerklärlichen Frieden, als hätte sie einen Ort gefunden, nach dem sie schon immer gesucht hatte.

Als sie den Garten wenig später wieder durch die alte Tür verlassen hatte, sah sie sich noch einmal um. Wer auch immer diese Beete und Gewächshäuser pflegte, er musste ebenfalls durch diese Tür hineingekommen sein, denn das zugewachsene Tor kam hierfür nicht infrage. Emily entdeckte einen Trampelpfad, der vor ihr im grünen Dschungel verschwand. Neugierig folgte sie dem Weg, und nach wenigen Schritten geriet sie in einen Buchenwald. Hier blühten Schwertlilien, und an den Baumstämmen rankte sich Efeu empor. Dann lichtete sich der Wald, und Emily blieb stehen, als sie unter sich das verfallene Cottage liegen sah, das sie gestern schon entdeckt hatte.

In Gedanken versunken, ging sie langsam den Weg hinunter zu dem baufälligen Haus. Sie öffnete das schiefe Holztor und betrat wieder den Kräutergarten. Die Steinplatten, die hier vermutlich schon seit vielen Jahren lagen, waren mit Moos und Unkraut bewachsen. Eine hübsche Bronzestatue stand inmitten eines verwilderten Beetes. Das Metall glänzte, als wäre es vor Kurzem noch poliert worden. Emily legte den Kopf schief und betrachtete die

Figur, die auf einem Steinsockel ruhte. Es war eine wunderschöne Frau, mit wehendem Kleid und einem Korb am Arm. Mit großen Augen blickte sie Emily lächelnd an. Sie trug ein breites Band um das lange Haar, und ihr Kleid war mit Spitzen verziert. Die Mode schien aus dem achtzehnten oder frühen neunzehnten Jahrhundert zu stammen. Ob dieser Garten tatsächlich schon so alt war?

Emily bückte sich. Am Steinsockel der Statue war eine Metalltafel angebracht. Die Schrift war im Laufe der Jahrhunderte verwittert, aber auch die Tafel glänzte wie frisch poliert. Mühsam konnte Emily die Worte entziffern: »Aurelie – Königin meines Herzens«. Unwillkürlich überlief sie eine Gänsehaut. Was war wohl mit dieser Aurelie geschehen? Hatte sie den Garten angelegt? Hatte sie hier gelebt? Und wer war der Mann, der sie so geliebt hatte, dass er diese Statue anfertigen ließ? Emily nahm sich vor, später in ihrem Holiday Cottage über den Garten und diese Aurelie zu recherchieren. Bestimmt gab es im Internet dazu entsprechende Einträge.

Dann verließ sie den Kräutergarten wieder. Vor ihr lag der Brunnen, dahinter das verfallene Haus. Noch immer beschäftigte sie die Frage nach Aurelie. Wenn jemand ihre Statue in Auftrag gegeben hatte, war sie bestimmt keine Bedienstete gewesen. Vermutlich hatte sie im nächstgelegenen Herrenhaus gewohnt, vielleicht sogar in dem Anwesen, das heute dem National Trust gehörte. Plötzlich verspürte Emily den Drang, Aurelies Geschichte nachzugehen. Vielleicht bot ihr Leben ja Stoff für einen Film. Das Setting für die Dreharbeiten könnte genau hier sein. Doch im nächsten Moment verwarf sie den Gedanken wieder. Es erschien ihr falsch, diesen wundervollen Ort für etwas zu nutzen, was ihn ins Licht der Öffentlichkeit rücken würde. Erst seine Einsamkeit machte den Zauber dieses Gartens aus. Hierher war die moderne Welt noch nicht gedrungen.

Emily schlenderte an dem Brunnen vorbei zu dem verfallenen Haus. Sie drückte ihre Nase gegen die blinde Scheibe. Doch es war zu dunkel, als dass sie im Inneren etwas erkennen konnte. Neugierig ging sie um das Haus herum und blieb dann überrascht stehen. Was für eine grandiose Aussicht! Wenige Meter unter ihr befand sich ein Nebenarm des Helford River. Das musste der Frenchman's Creek sein, die Bucht, die durch Daphne du Mauriers Roman weltberühmt geworden war. Es kam Emily merkwürdig vor, dass dieser wunderschöne, friedliche Ort dennoch so einsam geblieben war. Warum stand dieses Haus wohl leer, obwohl seine Lage so einzigartig war? Im Augenblick herrschte Ebbe, und der Frenchman's Creek war bis auf ein paar kleine Pfützen vollkommen ausgetrocknet.

Emily riss sich von dem Anblick los und wandte sich noch einmal zu der Tür des Cottages. Obwohl sie sicher war, dass sie verschlossen sein würde, drückte sie die Klinke hinunter. Doch zu ihrem Erstaunen schwang die Tür unter lautem Knarren auf. Emily hielt den Atem an. Was war geschehen? War inzwischen jemand hier gewesen? Vorsichtig stieß sie die Tür weiter auf und trat ein.

Ihre Augen brauchten ein paar Sekunden, um sich an das dämmrige Licht zu gewöhnen. Dann schälten sich Umrisse aus der Dunkelheit. Es roch, wie es in alten, feuchten Gebäuden immer roch, ein wenig nach Moder und Schimmel, auch wenn Emily einen feinen Duft von herber Seife auszumachen glaubte, der sich daruntermischte. Außerdem musste vor nicht allzu langer Zeit hier etwas gebacken worden sein, denn der Geruch von frischem Brot lag noch ganz schwach in der Luft. Vor ihr an der Wand stand ein großer Kamin mit kalter Asche auf dem Rost, an der Seite eine alte Küchenzeile, vermutlich aus den Siebzigerjahren. Daneben war eine Tür, die in einen weiteren Raum führte. Zwei Schüsseln waren auf dem Boden aufgestellt, die vermutlich das Regenwasser auffangen sollten, wenn es durch das löchrige Dach fiel. Plötzlich kam sich Emily wie ein Eindringling vor, denn sie war sich gar nicht mehr so sicher, ob dieses Haus tatsächlich unbewohnt war. Aber ihre Neugier war größer als ihre Skrupel – sie musste unbedingt herausfinden, was es mit diesem Haus und dem Garten auf sich hatte. Also ging sie zu der Tür zum Nebenraum und öffnete sie.

Spätestens jetzt wurde ihr klar, dass es keine verlassene Ruine war: Sie stand in einem Schlafzimmer mit einem altmodischen Himmelbett und großen Fenstern, die zum Helford River hinausgingen. Rechts von ihr führte eine Tür in ein angrenzendes Badezimmer, sie stand offen und gab den Blick auf blaue Siebzigerjahre-Fliesen frei. Das Bett schien regelmäßig benutzt zu werden, es war ungemacht, als ob jemand gerade erst aufgestanden wäre. Die alten Dielen knarrten unter Emilys Schritten, als sie das Cottage wieder verließ und die Tür hinter sich zuzog.

Draußen verharrte sie einen Augenblick. Das war eigenartig gewesen. Der Garten und auch das Haus waren halb verwildert und verfallen, und doch schien jemand hier zu leben und ein Mindestmaß an Ordnung zu halten. Aber wenn derjenige so viel Arbeit in den Garten steckte, warum hatte er dann nicht längst das Dach der Hütte repariert?

Sie stieg nachdenklich die Stufen hinauf, die vom Cottage zum Obstgarten führten. Vielleicht sollte sie heute Abend einmal in den Pub gehen, den es in Helford gab, und sich dort nach der Geschichte des Gartens erkundigen. Aber vorher wollte Emily noch einmal in den alten Küchengarten mit den Gewächshäusern gehen. Sie hatte die beiden kleineren Glashäuser noch nicht erkundet, vielleicht konnte sie dort etwas finden, das aufschlussreich war.

Als sie durch die Tür in der alten Backsteinmauer trat, blieb sie erschrocken stehen. In einem der Beete hockte eine Gestalt, die emsig zu arbeiten schien. Der Kleidung und der gebückten Haltung nach schien es sich um einen alten Mann zu handeln. Einen Moment lang erwog Emily, sich rasch umzudrehen und davonzulaufen. Aber dann verwarf sie die Idee. Das war doch die Gelegenheit, auf die sie gewartet hatte. Bestimmt war der alte Mann froh, sich ein wenig unterhalten zu können, und verriet ihr, was sie über den Garten wissen wollte. Er arbeitete noch immer gebeugt und hatte ihr den Rücken zugekehrt. Sein Haar war dunkel, lockig, lang und verfilzt. Er trug eine Latzhose, die einige Löcher und Risse aufwies, darunter ein schmutziges T-Shirt. Seine Arme waren gebräunt und erstaunlich muskulös für einen Mann seines Alters.

»Entschuldigen Sie«, rief Emily, während sie den eingemauerten Garten betrat.

Der Mann fuhr erschrocken herum. Jetzt konnte Emily auch den ungepflegten Vollbart sehen, der beinahe sein gesamtes Gesicht bedeckte.

»Ich habe mich verlaufen und bin versehentlich auf Ihrem Grundstück gelandet«, rief Emily und ging auf den Mann zu.

In diesem Moment hob er die schwere Hacke mit dem kurzen Griff, mit der er eben noch die Erde umgegraben hatte, und kam wütend auf Emily zu. »Raus hier! Verschwinden Sie! Sofort!«

Emily zuckte zusammen. Er würde sie doch nicht etwa mit dem Werkzeug schlagen?

»Niemand kommt ungestraft hierher! Hören Sie? Niemand!« Jetzt stand er dicht vor ihr, und seine Hacke schwebte bedrohlich über Emilys Stirn.

Plötzlich weiteten sich seine Augen, als hätte er etwas gesehen, mit dem er nicht gerechnet hatte. Er ließ die Hacke sinken und schien in sich zusammenzusacken. Doch im nächsten Moment fasste er sich wieder und schrie Emily an: »Ich sage, verschwinden Sie! Und wagen Sie es ja nicht, noch einmal einen Fuß auf meinen Grund und Boden zu setzen.«

Emily nickte ängstlich. Anscheinend war der Alte nicht mehr ganz richtig im Kopf. Vermutlich litt er unter irgendeiner Demenz, die mit Verfolgungswahn einherging. Emily war gerade im Begriff, sich davonzumachen, als sie noch einmal innehielt. Etwas an der Haltung dieses Mannes kam ihr irgendwie vertraut vor. Bilder eines längst vergangenen Lebens blitzten vor ihrem inneren Auge auf.

»Ryan?«, fragte sie.

»Hauen Sie ab«, schnauzte er sie an. »Verschwinden Sie endlich. Haben Sie nicht gehört?«

Emily drehte sich um und lief davon.

Kapitel 9

Helford River, Frenchman's Creek,
Oktober 1792

Aurelie zupfte nervös an ihrem Kleid, das so gar nicht zu der Bewohnerin eines einfachen Schmugglercottages passen wollte. Ruth und Aurelie hatten den Tisch zur Seite geschoben, damit in der Mitte des Raumes genug Platz war und Aurelie ihr neues Ballkleid anziehen konnte. Vor drei Monaten hatte Edmund die Schneiderin hergebracht, die an Aurelie Maß genommen hatte und dann mit der Postkutsche nach London zurückgekehrt war, um zwei Ballkleider, zwei Teekleider, vier Dinnerkleider und zwei Hauskleider sowie diverse Unter- und Nachtwäsche für Aurelie zu nähen. Vor zwei Wochen war sie zu den Schmugglern zurückgekommen und hatte Aurelie die Kleider angepasst.

Heute war der große Tag, den Aurelie schon seit Wochen fürchtete. Sie wollte Edmund auf keinen Fall enttäuschen. Nervös sah sie an ihrem Kleid hinunter. Das Korsett war unangenehm und nahm ihr die Luft zum Atmen. Darunter trug sie ein Unterhemd aus Leinen, das das Kratzen des Korsetts auf ihrer Haut jedoch nicht mindern konnte. Wie sollte sie nur den ganzen Abend mit diesem Folterwerkzeug überstehen? Über dem Korsett trug sie ein Unterkleid und darüber zwei Unterröcke, die ihr Ballkleid wunderschön fallen ließen. Die Schneiderin kauerte am Boden und nähte gerade die letzten Blumen an Aurelies weiten Rock aus schimmernder hellgrüner Seide. An ihrem Rücken war ein Kissen angebracht, das sie ein wenig unförmig aussehen ließ. Aber Aurelie hatte sich sagen lassen, dass das so Mode war, auch wenn sie noch nie eine Dame in einem solchen Kleid gesehen hatte. Die kleinen Edelsteine, die aufwendigen Brüsseler Spitzen, Seidenbänder und Federn, die ihr Ballkleid schmückten, waren wunderschön, und Aurelie hätte sie den ganzen Tag betrachten können. Dieses Kleid wäre einer Königin würdig gewesen, für Aurelie war es viel zu kostbar. Sie fühlte sich unwohl darin, und dass sie es heute tragen sollte, war lächerlich. Dennoch vertraute sie Edmund, der sie in den letzten Wochen täglich besucht hatte, um die Etikette auf einem Ball mit ihr zu üben.

Aurelie schwirrte der Kopf. Edmunds Mutter musste sie mit »Countess«, »Eure Ladyschaft« oder »Ma'am« anreden und vor ihr knicksen, und sie durfte mit niemandem sprechen, der ihr nicht vorgestellt worden war, nicht einmal mit Edmund, den sie auf diesem Ball ja erst offiziell kennenlernen sollte. Am schwierigsten waren jedoch die Tänze, die Edmund versucht hatte, ihr beizubringen. Sie kam allzu schnell beim Menuett durcheinander. Auch fielen ihr die leichten Hüpfer schwer, die zur Musik ausgeführt werden mussten. Aurelie hatte nie Tanzen gelernt, sie besaß keinerlei musikalische Ausbildung und konnte daher den Takt bei diesem Tanz nicht halten. Ein wenig leichter war es beim Kontertanz, aber auch hier fühlte sie sich nicht sicher. Das Tanzen war der größte Schwachpunkt ihres Plans, und Aurelie hatte Angst davor, aufgefordert zu werden. Doch Edmund schien weit weniger beunruhigt zu sein als sie. Ihn plagte vielmehr die Sorge, dass seine Mutter sich der Verlobung widersetzen würde, obwohl sie streng genommen keinen Einfluss mehr auf ihn hatte.

»Miss, Sie müssen die Schultern nach hinten ziehen und die Brust herausstrecken«, mischte sich die Stimme der Schneiderin in Aurelies Gedanken.

»Pfff«, machte Ruth, die am Fenster saß und das merkwürdige Geschehen in ihrem Haus skeptisch beobachtete.

Aurelie zwinkerte ihr zu und tat, was die Schneiderin von ihr verlangte. Der Ausschnitt ihres Kleides war unanständig tief, doch ein weißer Schal behinderte die Sicht. Er war unter der Brust gefaltet und lief im Rücken zusammen, wo er in einer lockeren Schleife endete. Die Ärmel des Kleides waren eng, reichten bis zum Ellenbogen und waren mit weißer Spitze besetzt, dazu würde Aurelie Seidenhandschuhe tragen. Die Schneiderin hatte eine Frau mitgebracht, die sich gut auf das Schminken verstand. Sie hatte Aurelie mit weißem Puder eingestäubt, die Lippen mit roter Farbe angemalt und einen Schönheitsfleck auf ihre Wange gezeichnet, den Aurelie zwar alles andere als schön fand, der aber anscheinend wichtig war. Edmund hatte ihr eine opulente Rüschenperücke aus London mitgebracht, auf der ein großer, mit Federn geschmückter Hut prangte.

Das alles fühlte sich so ungewohnt und falsch an, dass Aurelie es bezweifelte, damit jemanden auch nur eine Sekunde lang täuschen zu können.

»Du musst es ja nur heute Abend durchhalten, mein Liebling«, hatte Edmund erklärt und sie auf die Wange geküsst. »Danach werden wir dich und Jack zum Tee einladen, und ich werde um deine Hand anhalten.«

Während Aurelie jetzt in die grünen Seidenschuhe schlüpfte, die mit Stickereien und Perlen verziert waren, hoffte sie inständig, dass es wirklich so einfach werden würde, wie Edmund es sich vorstellte.

In diesem Moment ging die Tür, auf und Harry steckte seinen Kopf herein. »Die Kutsche steht drüben bereit.«

Übelkeit befiel Aurelie. Jetzt war der Moment gekommen. Sie musste sich der Gesellschaft in Helford House stellen. Die Schneiderin warf einen letzten prüfenden Blick auf Aurelie und half ihr, die Handschuhe anzuziehen. Schließlich legte sie ihr noch einen cremefarbenen Schal mit grünen Perlen um die Schultern.

»Sie sehen wunderschön aus«, sagte die Frau lächelnd, und Aurelie war geneigt, ihr das zu glauben.

Sie seufzte, als sie aus dem Haus trat und im Schein von Harrys Fackel den schmalen Pfad zum Fluss hinunterging. Vorsichtig stieg sie in das Boot, das sie heute ausnahmsweise nicht selbst rudern würde, um ihre vornehme Ausstattung nicht zu gefährden.

Harry grinste, als er die Ruder ergriff und sie vom Ufer abstieß. »Du bist kaum zu erkennen.«

Aurelie musste lachen. »Das ist ja auch der Sinn der Sache. Niemand soll meine einfache Abstammung erahnen.«

Harry nickte nur und ruderte schweigend weiter. In wenigen Minuten hatten sie den gegenüberliegenden Fischerstrand erreicht. Harry half Aurelie aus dem Boot und versprach, wieder herzukommen, wenn er in der Nacht das Licht ihrer Fackel sah.

Vorsichtig ging Aurelie den Strand hinauf, um ihre vornehmen Schuhe nicht allzu schmutzig zu machen. Als sie die Schotterstraße erreicht hatte, blieb sie staunend stehen. Eine vornehme Kutsche mit vier vorgespannten Pferden stand bereit. Rechts und links neben der Kutschbank leuchteten Fackeln.

»Miss Aurelie?«, fragte ein junger beleibter Mann, der sich mit der Hand auf dem Rücken vor ihr verneigte.

Aurelie nickte.

»Mein Name ist Jack Dalton, wir haben einen gemeinsamen Bekannten, der mich schickt, Sie abzuholen.« Mr Dalton sprach ein akzentfreies Französisch.

»Edmund Thorn«, erwiderte Aurelie schnell.

»Bitte.« Dalton trat zurück, sodass Aurelie in die Equipage steigen konnte.

Sie war nie zuvor in einer solch luxuriösen Kutsche gefahren. Als ihr Vater sie ins Kloster gebracht hatte, hatte er sich den Einspänner des Bauern aus ihrem Dorf ausgeliehen, mit dem sonst das Gemüse auf den Markt gebracht wurde. Sie fuhr beeindruckt über die mit blauer Seide bezogenen Innenwände der Kutsche und betrachtete die goldenen Griffe und dick gepolsterten Bänke. Getrocknete Lavendelzweige waren unter der Decke aufgehängt und sorgten für einen angenehmen Duft.

Bedachtsam setzte sie sich hin. Hatte sie jemals so bequem gesessen?

Im nächsten Moment ließ sich Mr Dalton ihr gegenüber nieder und nickte ihr zu. »Lassen Sie uns den Plan schnell noch einmal durchgehen.«

Aurelie nickte. »Ich bin also die Cousine Ihres Vetters?«

»Richtig. Ich denke, es ist am besten, wenn wir bei Ihrem Vornamen bleiben. Die Familie, die ich für Sie ausgesucht habe, heißt de Nonant. Sie wären also Aurelie de Nonant.«

»Einverstanden«, erwiderte Aurelie. »Was muss ich über diese Familie wissen?«

»Sie stammen aus der Normandie. Aufgrund der gegenwärtigen Unruhen mussten Sie fliehen. Sie wurden zu uns nach England geschickt und sind in Sorge um Ihre Familie, von der Sie noch kein Lebenszeichen erhalten haben.« Mr Dalton sah sie forschend an. »Haben Sie das verstanden?«

Aurelie zog die Augenbrauen zusammen. »Mr Dalton, ich bin zwar arm und nicht von Adel, aber keineswegs dumm.«

»Verzeihen Sie«, er lächelte, »ich wollte Sie nicht beleidigen. Wir müssen nur sichergehen, dass wir uns nicht missverstehen.«

Aurelie machte eine abschlägige Handbewegung.

»Sie haben noch zwei Schwestern und zwei Brüder, alle älter als Sie«, fuhr er fort. »Versuchen Sie jedoch, ein Gespräch über Ihre Familie zu vermeiden.«

»Natürlich«, sagte Aurelie, die sowieso schon genug Dinge im Kopf hatte, die sie sich merken musste. Sie war nicht darauf erpicht, sich auch noch die komplizierten verwandtschaftlichen Verhältnisse einzuprägen.

»Eine Familie mit Namen de Nantes ist nämlich wirklich entfernt verwandt mit mir, aber diese Familie de Nonant, von der ich Ihnen gerade erzählt habe, gibt es nicht. Ich halte dieses Vorgehen für einfacher, sonst besteht die Gefahr, dass irgendjemand mit einem Ihrer angeblichen Brüder auf derselben Schule war oder Ihrer vermeintlichen Mutter schon einmal begegnet ist oder sonst etwas. Und das könnte dann durchaus peinlich für Sie werden.«

Aurelie runzelte die Stirn. Am liebsten wäre sie gar nicht zu diesem Ball gefahren. Das ganze Lügengespinst war auf so wackligen Grund gebaut, dass es früher oder später einstürzen musste.

»Machen Sie sich keine allzu großen Sorgen«, sagte Mr Dalton, der ihr offenbar angesehen hatte, was sie dachte. »Schließlich geht es nur darum, Lady Sutterwood zu täuschen.«

»Und genau das scheint mir beinahe unmöglich«, seufzte Aurelie. »Sie kennt sich doch bestens in der Gesellschaft aus und wird schon anderen französischen Adelsfamilien begegnet sein. Sie wird meine Unbeholfenheit sofort bemerken.«

»Überlassen Sie alles mir, ich werde schon dafür sorgen, dass Sie sich nicht bloßstellen. Bleiben Sie immer an meiner Seite, ich werde Ihnen sagen, wenn Sie etwas falsch machen.« Mr Dalton lächelte ihr beruhigend zu. »Sie sehen auf jeden Fall wunderschön aus. Ihr Äußeres ist perfekt, alles andere wird sich fügen.«

Während der restlichen Fahrt erklärte Mr Dalton ihr noch einmal die wichtigsten gesellschaftlichen Regeln, die Aurelie jedoch alle schon von Edmund kannte. Schließlich verlangsamte der Kutscher die Fahrt.

Mr Dalton warf einen Blick aus dem Fenster. »Wir haben Helford House erreicht.«

Aurelie konnte das hochherrschaftliche Anwesen durch die Scheibe erkennen. Aus sämtlichen Fenstern strahlte warmes Licht in die Nacht hinaus. Vor dem Eingang waren Fackeln aufgestellt worden. Livrierte Dienstboten standen am Portal bereit, um den angekommenen Gästen aus ihren Equipagen zu helfen.

Der Kutscher hielt an, und sogleich öffnete einer der Diener die Tür. Aurelie kletterte aus der Kutsche und sah sich nervös um. Vor dem Haus tummelte sich eine beträchtliche Menschenmenge, hinter den Fenstern erkannte sie ein Meer von festlich gekleideten Gästen, und Musik, Stimmengewirr und Gelächter drangen zu ihnen heraus.

Mr Dalton reichte Aurelie seinen Arm, und sie war froh, sich an ihm festhalten zu können.

»Keine Sorge, ich bin ja bei Ihnen«, raunte er ihr zu, als er Aurelies Anspannung bemerkte.

Mr Dalton führte sie die flachen Stufen vor dem Eingang hinauf, und gemeinsam betraten sie die große Eingangshalle, in der es von Gästen nur so wimmelte. Ein Diener nahm Aurelie den Schal ab. Ob sie ihn wohl wiederbekommen würde? Sie sah sich um. Ein funkelnder Kronleuchter hing von der hohen Decke herab und verbreitete warmes Licht in der Halle. In einem mächtigen Kamin prasselte ein großes Feuer, und auf seinem Sims standen Kerzen, deren Widerschein sich in den Spiegeln an den Wänden vervielfachte. An beiden Seiten der Halle führten lange, hell erleuchtete Flure ins Innere des Hauses, und zwei breite repräsentative Treppen schwangen sich rechts und links zu den Galerien hinauf.

Aurelie sah zur Seite, wo die Türen zu einem angrenzenden Salon offen standen. Dort saßen einige Gäste auf zierlichen Sofas und Sesseln und nahmen Erfrischungen zu sich. Es duftete nach Punsch, Gebäck und den roten Rosen, die in einem gewaltigen Strauß in der Mitte der Halle standen. Aurelies Blick fiel in einen der Spiegel, die in der Eingangshalle an den Wänden angebracht waren, und sie fuhr zusammen, als sie ihr Spiegelbild sah. Zum ersten

Mal nahm sie ihre neue Aufmachung wahr. Sie sah vollkommen fremd und anders aus, gar nicht mehr wie sie selbst.

»Kommen Sie«, riss Mr Daltons Stimme sie aus ihren Gedanken. »Jetzt kommt der wichtige Moment. Wir begrüßen die Familie, und ich stelle Sie offiziell Edmund vor.«

Aurelie schluckte gegen ihr Unwohlsein an. Plötzlich war ihr kalt, obwohl das Feuer für eine angenehme Temperatur in der Eingangshalle sorgte. Mr Dalton führte sie zu einer Schlange von Gästen, die sich vor der Tür auf der linken Seite gebildet hatte. Dahinter lag der Ballsaal.

Aurelie stellte sich auf die Zehenspitzen, um erkennen zu können, warum es zu dieser Menschenansammlung gekommen war.

»Nicht so herumzappeln«, ermahnte Mr Dalton sie leise. »Eine Dame reckt den Hals nicht.«

Aurelie errötete. Es gab so vieles, was sie nicht wusste.

»Wir müssen uns hinten anstellen, wenn wir die Familie begrüßen wollen«, erklärte er ihr.

Aurelie zitterte vor Aufregung am ganzen Körper. Zu gern hätte sie einen Blick auf Edmund geworfen, bevor sie direkt vor ihm stehen würde, aber sie konnte ihn nirgendwo entdecken. Sie ließ ihren Blick über die Menge der anwesenden Gäste schweifen. Vor Aurelie und Mr Dalton stand ein älterer Gentleman in einem dunkelroten Seidenanzug, der offenbar seine drei Töchter begleitete. Die Mädchen ähnelten einander sehr und sahen sich die ganze Zeit aufgeregt um, als hielten sie Ausschau nach einem bestimmten Gast. Sie trugen vornehme Kleider, die jedoch nicht ganz so luxuriös waren wie das, das Aurelie anhatte.

Die Männer hier waren allesamt in dunkle Herrenröcke und Hosen gekleidet, die ihnen bis zum Knie reichten und mit Bändern festgebunden waren. Sie trugen Seidenstrümpfe und Schuhe mit einer großen Schnalle. Da Aurelie feinen Herrschaften noch nie so nahe gekommen war, kannte sie diese Art von Männerkleidung nicht. Sie musste sich sehr zusammennehmen, die Herren nicht allzu neugierig anzustarren. Morgen würde sie Ruth und Harry von ihnen berichten. Sie freute sich schon darauf, wenn sie im Cottage zusammen am Feuer sitzen würden und all das hier Vergangenheit wäre. Doch vorher musste sie diese Prüfung bestehen und dem kritischen Blick von Edmunds Mutter standhalten.

»Eure Ladyschaft«, hörte sie in diesem Moment Mr Dalton sagen, und sie drehte sich schnell wieder nach vorn.

Aurelie stockte der Atem, als ihr Blick endlich auf Edmund traf, und für einen Moment waren all die anderen Menschen um sie herum vergessen. Die Musik, die aus dem Ballsaal klang, schien nur für sie beide zu spielen, die Kerzen nur für sie zu leuchten. Seine dunklen Augen hielten sie fest und gaben ihr all den Mut und die Zuversicht, die sie heute Abend brauchte. Jetzt war alles gut.

Mr Dalton sagte auf Französisch: »Eure Ladyschaft, darf ich Ihnen meine Cousine Aurelie de Nonant vorstellen? Sie musste ihr Land aufgrund der aktuellen politischen Situation leider verlassen.«

Dann trat er mit einer tiefen Verbeugung zur Seite, und Aurelie lächelte Lady Sutterwood so selbstbewusst an, wie es ihr in dieser Situation möglich war.

Die Gastgeberin neigte höflich den Kopf, und Aurelie hatte zum ersten Mal die Gelegenheit, Edmunds Mutter genauer zu betrachten. Sie trug eine hellblaue Perücke, die wunderbar zu ihrem königsblauen Kleid passte. Die Falten in ihrem Gesicht zeugten davon, dass sie nicht mehr ganz jung war, doch sie wirkte bei Weitem nicht so alt, wie Aurelie sie sich vorgestellt hatte. Sie war etwas größer als Aurelie und hatte die gleichen braunen Augen wie Edmund.

»Und das ist Lady Sutterwoods ältester Sohn, Edmund Thorn«, machte Mr Dalton Aurelie nun offiziell und vor den Augen seiner Mutter mit Edmund bekannt.

Edmund nahm Aurelies Hand, die sie ihm entgegenstreckte, wie sie es schon etliche Male in Ruth' Garten geübt hatten, und hauchte einen Kuss auf ihren Seidenhandschuh. Dabei verfingen sich ihre Augen wieder ineinander, und obwohl Aurelie bewusst war, dass es sich bei dieser Begegnung um eine Farce handelte, überlief sie ein warmer Schauer. Seine Berührung entfachte ein Feuer in ihrem Inneren, sodass sie sich am liebsten in seine Arme geworfen hätte, um sich von ihm liebkosen und berühren zu lassen. Ja, in diesem Augenblick war sie bereit, sich Edmund trotz der düsteren Erfahrungen in ihrer Vergangenheit vollkommen hinzugeben, es breitete sich ein Verlangen in ihr aus, das sie nicht kannte und das sie beinahe schmerzlich dazu drängte, ihr Lager mit ihm zu teilen.

Mr Dalton tippte sie an, und Aurelie schrak zusammen.

Auch Edmund schien sich in ihrem Anblick verloren zu haben, denn Aurelie hörte seine Mutter zischen: »Edmund, bitte!«

Während Mr Dalton Aurelie in den Tanzsaal führte, sah sie sich nach ihrem Geliebten um, der ihr trotz der Rüge seiner Mutter mit den Augen folgte. Doch dann trat eine

Gruppe junge Leute zwischen sie, und der Zauber war verflogen.

»Das, meine Liebe«, sagte Mr Dalton leise und mit einem schelmischen Grinsen, »war alles andere als gutes Benehmen. Sie und Edmund haben sich ja förmlich mit Blicken entkleidet. Es hat nicht mehr viel gefehlt, und Sie wären übereinander hergefallen.«

Aurelie spürte, dass sie rot wurde. Sie presste beschämt die Lippen aufeinander.

»Vorsicht, Ihre Lippenfarbe«, erinnerte er sie an die ungewohnte Schminke, die sie trug.

Aurelie atmete tief durch. »Es tut mir leid, war es denn so offensichtlich?«

»Ich fürchte, ja«, erwiderte Mr Dalton lächelnd und beugte sich zu ihr herunter. »Aber für Edmunds Plan ist das vielleicht gar nicht schlecht. Es soll sich schließlich um Liebe auf den ersten Blick handeln.«

»Nun, das war es ja tatsächlich«, warf Aurelie ein.

Dalton nickte. »Nur dass es sich ganz und gar nicht schickt, in der gehobenen Gesellschaft aus Liebe zu heiraten. Das ist etwas für Bauern und Mägde, für einfache Leute, aber nicht für unsereins.«

Aurelie sah ihn mit gerunzelter Stirn an. »Aber wieso denn nicht? Ist eine Ehe, die aus Liebe geschlossen wird, nicht die einzig erstrebenswerte Verbindung?« Sie versuchte, sich vorzustellen, wie es sich wohl anfühlte, ein Leben lang an einen Mann gebunden zu sein, den man nicht liebte oder vielleicht sogar verachtete.

»Eine Ehe ist ein geschäftliches Arrangement. Im besten Fall bringt sie beiden Beteiligten Sicherheit oder die Verbesserung ihres gesellschaftlichen Standes.« Mr Dalton führte sie zwischen den Gästen hindurch, die am Rande der Tanzfläche standen, sodass sie einen Blick auf das Orchester werfen konnte, das an der Stirnseite des Saals Aufstellung genommen hatte.

»Aber ist das nicht ein wenig zu kurz gedacht?«, fragte Aurelie, die sich jetzt den Menschen auf der Tanzfläche zuwandte. Gerade wurde ein Kontertanz gespielt, und sie beobachtete die Gäste, die sich gekonnt im Takt bewegten, die auf und ab wippenden Federn der Damen, die Edelsteine, in denen sich das Licht des Kronleuchters fing, und die leuchtenden Wangen der Tänzer. Unwillkürlich machte auch Aurelie ein paar Tanzschritte, so ansteckend war die Fröhlichkeit und Begeisterung im Saal rundum.

»Verzeihung«, sagte da ein junger Mann mit vorquellenden Augen und einem zurückweichenden Haaransatz zu ihnen. »Mr Dalton, wir haben uns seit dem Dinner beim Duke of Windermere nicht mehr gesehen.«

Aurelie verstand inzwischen so viel Englisch, dass sie seinen einfachen Worten folgen konnte. Zu sprechen wagte sie es jedoch nicht. Hier im Saal waren vermutlich die meisten des Französischen mächtig, das bis vor Kurzem auch in England als die Sprache der Vornehmen gegolten hatte. Mit der Revolution würde sich vielleicht auch das ändern.

»Guten Abend, Lord Blessem«, sagte Mr Dalton und lächelte ein wenig gezwungen. »Wie schön, Sie hier anzutreffen.«

Er zögerte, und Aurelie spürte, dass es die Höflichkeit gebot, sie miteinander bekannt zu machen. Doch aus irgendeinem Grund schien Mr Dalton darüber nicht allzu begeistert zu sein. Vermutlich nahm er an, dieser Lord Blessem würde Aurelie dann zum Tanzen auffordern. Oh

Gott, hoffentlich würde das nicht geschehen! Nicht nur, dass Aurelie sicher war, bei den hervorragenden Tänzerinnen und Tänzern im Saal nicht mithalten zu können, nein, sie fand diesen Mann auch von Grund auf abstoßend, ohne genau sagen zu können, warum. War sie etwa so oberflächlich, dass sie sich durch sein unvorteilhaftes Äußeres beeinflussen ließ? Noch bevor sie weiter darüber nachdenken konnte, hörte sie Mr Dalton fortfahren: »Mademoiselle de Nonant – Lord Blessem. Lord Blessem – Mademoiselle de Nonant.«

»Es ist mir eine Freude.« Der junge Mann verneigte sich tief vor ihr und griff nach ihrer Hand. Wie eine Schraubzwinge legten sich die fleischigen Finger des jungen Mannes um Aurelies. Am liebsten hätte sie vor Schmerz aufgeschrien, aber sie wusste, dass das nicht schicklich gewesen wäre. Nach einer gefühlten Ewigkeit richtete er sich wieder auf. »Verehrte, schöne Mademoiselle, würden Sie mir bitte einen der nächsten Tänze schenken?«

Oh nein, sie hatte es befürchtet. Was sollte sie antworten? Wenn sie ablehnte, würde sie den Herrn beleidigen, wenn sie jedoch einwilligte, würde sie sich bestimmt verraten. Außerdem war ihr die Vorstellung, an der Hand dieses Mannes zur Tanzfläche zu gehen, unerträglich.

»Sie versteht Sie leider nicht, Sir«, erklärte Mr Dalton. »Sie spricht kein Englisch. Aber jetzt entschuldigen Sie mich bitte, ich habe dort hinten einen Bekannten gesehen, mit dem ich dringend etwas besprechen muss.«

»Einen Moment, warten Sie, ich kann meine Bitte doch auch auf Französisch …«, hörte Aurelie den Mann ihnen hinterherrufen, aber Mr Dalton schob sie bereits in Richtung Tür.

»Danke«, murmelte sie, während sie ihrem Retter erleichtert folgte.

»Halten Sie sich aufrecht«, wisperte er zurück und zwinkerte ihr zu.

Sofort straffte Aurelie die Schultern. Viel zu langsam, so kam es ihr vor, durchquerten sie den Saal, und plötzlich waren alle Blicke auf sie gerichtet. Hatte sie etwas falsch gemacht?

Sie hatten die Mitte des Ballsaals gerade erreicht, als erneut jemand auf sie zukam. Der Mann war nicht mehr der Jüngste, vielleicht in seinen Dreißigern, wirkte aber deutlich sympathischer als der feiste Lord Blessem. Aurelie hörte, wie die beiden Herren sich auf Englisch begrüßten, dann stellte Mr Dalton ihr den Duke of Newport vor.

»Oh, eine Französin«, sagte der auf Französisch. »Sind Sie auf der Flucht vor den Revolutionären?«

Aurelie nickte.

»Es ist ein Trauerspiel«, stellte der Duke fest. »Bald muss der Adel auf der ganzen Welt den Pöbel fürchten.«

»Ja, so ist es wohl«, antwortete Aurelie höflich.

»Aber wir haben Glück«, fuhr der Duke fort. »Denn auf diese Weise kommen wir heute in den Genuss, eine der schönsten Frauen Frankreichs bei uns begrüßen zu dürfen.«

Aurelie errötete und wusste nicht, was sie antworten sollte. Edmund hatte ihr nicht beigebracht, wie man in der Gesellschaft mit Komplimenten umging. Ob sie dem Mann widersprechen sollte? Aber dann entschied sie, dass es vermutlich am besten wäre, so zu tun, als wären ihr solche Komplimente durchaus geläufig.

Sie lächelte milde. »Ich danke Ihnen.«

»Ich fürchte, ich bin kein guter Tänzer, und aus diesem Grund sieht man mich auch nur selten das Tanzbein schwingen, aber für Sie würde ich eine Ausnahme machen«, sagte der Duke und sah sie mit leicht seitlich geneigtem Kopf an. »Würden Sie mir die Ehre erweisen?«

Herrje, das war ja ein echter Spießrutenlauf!

Aurelie nickte hoheitsvoll, wie sie hoffte, und erklärte: »Es wäre mir tatsächlich eine Ehre. Aber ich bitte Sie um etwas Aufschub, da ich gerade auf dem Weg war, mir eine kleine Erfrischung zu gönnen.«

Der Duke lächelte ihr zu. »Aber gern, vielleicht erlauben Sie mir, Sie zu begleiten? Dann können wir uns anschließend in den Tanz stürzen.«

»Selbstverständlich«, sagte Aurelie und unterdrückte ein Stöhnen. Nun musste sie sich eine weitere Ausrede einfallen lassen, um ihn nach dem Getränk wieder loszuwerden.

Während sie zwischen den beiden Männern durch den Ballsaal ging, spürte sie die Blicke der Gäste auf sich. Wieder fragte sie sich, ob alle anderen sie nicht längst durchschaut hatten oder ob sie nur ihr schönes Kleid bewunderten. Sie war froh, als sie die Eingangstür erreicht hatten, wo Edmund und seine Mutter noch immer die eintreffenden Gäste begrüßten. Aurelie warf Edmund einen hilflosen Blick zu, doch er schien sie nicht zu bemerken, da er sich gerade mit einer jungen und äußerst hübschen Frau unterhielt. Der Anblick der beiden gab Aurelie einen Stich. Sie passten so viel besser zueinander als sie zu ihm. Was fand Edmund nur an ihr, wo er doch Frauen wie diese haben konnte? Und obwohl der Saal voller Menschen war und Aurelie mitten unter ihnen, kam sie sich auf einmal unendlich einsam vor.

In diesem Moment fiel Edmunds Blick auf sie, und es schien Aurelie, als sähe er direkt in ihr Herz hinein – als könnte er ihre Verzweiflung spüren und ihre Hilflosigkeit. Und da geschah etwas, was sie niemals für möglich gehalten hätte. Er sagte ein paar Worte zu der jungen Dame, die ihn irritiert ansah, und folgte dann Aurelie und ihren beiden Begleitern, die wenig später die Eingangshalle betraten.

»Ich weiß, es ist nicht besonders höflich«, wandte sich Edmund nun an den Duke of Newport. »Aber ich muss Ihnen Ihre entzückende Gesellschaft entführen, da ich mit der Dame etwas besprechen möchte.«

Der Duke zog ein wenig verärgert die Augenbrauen zusammen.

»Nur für eine Sekunde«, insistierte Edmund, ohne auf die Regung des Mannes einzugehen.

Edmund reichte Aurelie galant seinen Arm, und sie ließ ihre beiden Begleiter los, um sich dem Mann anzuschließen, dem ihr Herz gehörte. Sie sah kurz zu der Countess hinüber, die sie mit kaltem Blick beobachtete, und wandte sich dann rasch wieder Edmund zu, der sie liebevoll anlächelte.

Mit zügigen Schritten durchquerten sie die große Eingangshalle, schlüpften am anderen Ende durch eine Tür und landeten in einem ruhigen Flur. Es schien sich um einen Dienstbotengang zu handeln, denn es roch nach Petroleum und Bohnerwachs.

»Hier entlang!« Edmund führte Aurelie in ein Treppenhaus und die Treppe hoch auf einen breiten Flur mit dicken Teppichen und Ölgemälden an den Wänden. Dort öffnete er eine der doppelflügeligen Türen und schob Aurelie in das dunkle Zimmer.

Als sich ihre Augen an das dämmrige Licht gewöhnt hatten, erkannte sie, dass sie sich in einem luxuriösen Schlafzimmer mit einem bodentiefen Erkerfenster befanden. Ein großes Himmelbett stand in der Mitte des Raumes.

»Mein Liebling«, Edmund zog sie in seine Arme, drückte sie jedoch nicht allzu fest an sich, wohl um Aurelies Kleid nicht zu zerknittern, »wir haben nicht viel Zeit, eigentlich dürften wir nicht hier sein. Aber als ich dich vorhin sah …« Nun strichen seine Lippen zärtlich über ihre Stirn. »Ich war plötzlich rasend eifersüchtig.«

Aurelie stutzte. »Wirklich? Ich war es ebenfalls, als du mit der hübschen jungen Frau gesprochen hast.«

Edmund lachte leise. »Hier gibt es nur eine einzige hübsche Frau, und das bist du. Oh, ich wünschte, wir könnten hier in diesem Zimmer bleiben und bräuchten nie wieder nach unten zu gehen …«

»Ja«, flüsterte Aurelie. Es wäre so schön, für immer in seinen Armen zu liegen, sich seinen Küssen hinzugeben, das schreckliche Korsett auszuziehen und …

Plötzlich erklang das Geräusch von Schritten, jemand schien den Flur entlangzueilen.

»Schnell!« Edmund zog Aurelie mit sich in eine der Zimmerecken. Ein Holzpaneel in der Wand öffnete sich, und sie schlüpften in einen kleinen Nebenraum.

»Das ist ein altes Priesterversteck«, flüsterte er.

Sie standen vollkommen reglos in der dunklen Kammer. Aurelies Herz raste. Sie konnte hören, wie die Tür im Nachbarzimmer geöffnet wurde und jemand nach Edmund rief.

»Hier ist er nicht.« Die Stimme gehörte einem Mann.

Er stand offenbar genau vor ihrem Versteck. »Mutter leidet unter Wahnvorstellungen, wenn es um Edmund geht.«

»Und wenn er sich wirklich mit einer Frau davongeschlichen hätte – warum regt sich Mutter so auf?«, war eine zweite Stimme zu vernehmen. »Er wird sie ja nicht gleich heiraten, nur weil er sich ein wenig Spaß mit ihr gönnt.«

Edmund stieß wütend die Luft aus.

Aurelie tastete im Dunkeln nach seinem Gesicht und legte ihm zärtlich die Hand auf den Mund, um ihn am Sprechen zu hindern. Sie befürchtete, er würde sie verraten.

»Ich wette, es war diese französische Schönheit. Mit der würde ich auch mein Lager teilen.« Das war wieder die erste Stimme.

»Meinst du, dass sie so freigiebig ist?«, wollte der zweite Mann wissen.

»Bestimmt«, antwortete der andere. »Aber die ganze Sache wird Mutter ausgerechnet heute überhaupt nicht gefallen. Sie hat den Spencers schon versprochen, dass er ihre Tochter heiraten wird.« Die Stimme entfernte sich ein wenig. »Lady Anne scheint von ihm hingerissen zu sein. Und Mutter ist begeistert von der kleinen Spencer als Schwiegertochter. Wenn du mich fragst, hat unser Brüderchen keine Wahl – da kann er noch so fasziniert von dieser Französin sein.«

»Ja, denn die Spencers tragen viele Titel, allen voran den des Duke of Malborough, und sie bekommen immer, was sie wollen. Dabei kann Edmund sich eigentlich nicht beschweren. Sie sind eine der einflussreichsten und bedeutendsten Familien unseres Landes. Und Lady Anne sieht auch einigermaßen passabel aus.«

»Aber sie ist nicht vergleichbar mit dieser Französin«,

warf der Erste ein, und wenig später hörte Aurelie, wie die Tür im benachbarten Zimmer geöffnet wurde.

»Ihre Stellung macht sie allerdings um ein Vielfaches attraktiver als diese …« Mehr war nicht zu hören, weil die Männer den Raum verlassen und die Tür hinter sich geschlossen hatten.

»Unglaublich!«, platzte Edmund heraus, sobald sie sicher sein konnten, nicht gehört zu werden. Er öffnete die Tür des Priesterverstecks, und die beiden betraten wieder das Schlafzimmer. »Das waren meine jüngeren Brüder. Meine Mutter scheint hinter meinem Rücken mit dem Duke of Malborough verhandelt zu haben.«

»Braucht sie dazu nicht dein Einverständnis?« Verzweiflung stieg in Aurelie auf. Ihre ganze Scharade war offenbar vollkommen sinnlos gewesen.

Edmund stützte sich mit beiden Händen auf die Kommode, die neben der Tür stand. »Es ist allgemein üblich, dass sich junge Leute den Arrangements ihrer Eltern nicht widersetzen. Mir kommt es allerdings ungewöhnlich vor, dass meine Mutter diese Verhandlungen geführt hat, denn das ist natürlich Männersache. Aber da mein Vater so gut wie nie anwesend ist …« Er ließ den Satz unvollendet und ging unruhig im Zimmer auf und ab. Schließlich trat er ans Fenster und starrte in die Nacht hinaus.

Aurelie stellte sich neben ihn und betrachtete die flackernden Fackeln und Laternen, die überall im Garten aufgestellt worden waren. Nur vereinzelt sah man junge Leute, die sich vom Tanzen ausruhten und frische Luft schnappten. Aurelie meinte, am unteren Ende des Grundstücks ganz schwach den Helford River im Mondlicht glitzern zu sehen.

»Ich kann meinen Vater verstehen«, sagte Edmund mit finsterem Blick. »Er flieht vor all dem hier. Ihn stört diese ganze verlogene Gesellschaft, der Standesdünkel, die Verkleidungen und falschen Gesichter – und das geht mir genauso.«

Aurelie musste ihm recht geben. Aber sie hatte sich heute nur verkleidet, um eine Rolle zu spielen, die ihnen vielleicht ein gemeinsames Leben ermöglichen konnte. Weil sie als mittelloses französisches Mädchen von der englischen Gesellschaft nicht akzeptiert werden würde und den zukünftigen Earl of Sutterwood niemals heiraten dürfte.

Edmund starrte noch immer wütend in den Garten hinunter. Vorsichtig berührte Aurelie seinen Arm, und seine Stirn glättete sich, und ein Lächeln legte sich auf seine Lippen. Er drehte sich zu ihr und zog sie wieder an sich.

»Mein Liebling, ich werde mir etwas einfallen lassen, das verspreche ich dir. Am liebsten würde ich dich mitnehmen und es meinem Vater gleichtun. Einfach auf und davon, denn wo du bist, ist auch meine Heimat. Nur der Garten hier hält mich bei meiner Familie. Er ist das Lebenswerk meines Vaters und ein Quell der Ruhe und Inspiration – auch für mich.«

»Das verstehe ich.« Aurelie schmiegte sich an ihn. Zum ersten Mal wagte sie es, ihre Hände unter seinen Herrenrock zu schieben und über seinen Rücken wandern zu lassen. Nur der dünne Stoff seines Hemdes trennte ihre Haut von seiner. Noch nie waren sie sich so nah gewesen in all den Monaten, die sie sich jetzt kannten.

Edmund seufzte und umfasste ihre Taille. Leise und unendlich zärtlich sagte er: »Ich liebe dich.«

Aurelie stockte der Atem bei diesen Worten. Tränen traten ihr in die Augen. »Ich … ich … liebe dich auch«, stammelte sie gerührt.

»Was du alles auf dich genommen hast …« Er tastete über ihr Korsett. »Dieses Ungetüm. Es ist sicher schrecklich unbequem und zwängt dich ein.«

Emily nickte lächelnd.

Seine Hände wanderten weiter nach oben und streichelten ihre Haut im Nacken. Sein Gesicht näherte sich ihrem, und im nächsten Moment verschmolzen ihre Lippen miteinander. Aurelie schloss die Augen, das Zimmer um sie herum schien sich zu drehen. Ganz vorsichtig bahnte sich seine Zungenspitze den Weg zu ihrer. Aurelie ließ ihn gewähren, und während der Kuss immer leidenschaftlicher wurde, begann ihr Körper vor Erregung zu glühen.

»Nein –« Er schob sie plötzlich von sich.

Aurelie brauchte einen Moment, um zu begreifen, was gerade geschehen war. So hingebungsvoll hatten sie sich noch nie berührt, noch nie so leidenschaftlich geküsst.

»Das wäre nicht richtig«, stieß er hervor. »Ich hätte beinahe … Du verdienst mehr, mein Liebling.« Er wandte sich von ihr ab. »Ich träume jede Nacht davon, mich neben dich zu legen, dich zu liebkosen und zu lieben, bis der neue Tag anbricht. Dann wäre ich jedoch nicht anders, als meine Brüder es mir nachsagen. Ich will nichts mehr, als mich mit dir zu vereinen, aber erst wenn du meine Ehefrau bist. Du sollst den Respekt von mir erhalten, der dir gebührt.«

Aurelie war noch immer ein wenig benommen, ob von dem wilden, stürmischen Kuss oder weil das Korsett ihr die Luft zum Atmen nahm, vermochte sie nicht zu sagen. Es war großherzig und vernünftig, was Edmund gesagt hatte, und doch verzehrte sie sich in diesem Moment unsäglich nach ihm.

Er entzündete eine Kerze auf dem Kaminsims, griff nach einem Pudertiegel, der dort stand, und trat zu ihr. Während er sie ins Licht zog, holte er ein Baumwolltuch aus seiner Tasche. Damit tupfte er sanft etwas Puder auf ihr Gesicht. In seinem Blick lag so viel Liebe, dass Aurelie beinahe vor Rührung geweint hätte.

»So, jetzt siehst du wieder ordentlich aus.«

Sie beobachtete, wie er seine Kleidung zurechtrückte und sein Gesicht von der Lippenfarbe befreite, die Aurelies Mund dort hinterlassen hatte. Dann verließen sie leise das Schlafzimmer.

»Du nimmst die Dienstbotentreppe, über die wir hier hochgekommen sind.« Edmund deutete auf das Ende des Flures. »Ich selbst werde über die Haupttreppe nach unten gehen. Wir treffen uns ganz offiziell in der Eingangshalle, wo ich dich ansprechen und mein Interesse an dir öffentlich bekunden werde.«

Aurelie nickte, und nachdem sie noch einmal seine Hand gedrückt hatte, schlich sie davon. Sie gelangte problemlos ins Treppenhaus, und niemand schien sie zu bemerken, als sie die Stufen nach unten eilte und in die Eingangshalle zurückkehrte. Aurelie bemühte sich, den Blicken der Anwesenden auszuweichen, um nicht angesprochen und aufgehalten zu werden, doch wie aufs Stichwort trat in diesem Moment der Duke of Newport auf sie zu.

»Mademoiselle de Nonant!« Er reichte ihr seinen Arm. »Ich habe schon nach Ihnen Ausschau gehalten. Sie schulden mir einen Tanz.«

»Oh«, stieß Aurelie aus und suchte verzweifelt nach einer Ausrede, die ihr jedoch so schnell nicht einfallen wollte. »Sehr gern.«

Blieb nur zu hoffen, dass Edmund sie wie versprochen hier unten erwartete. Ansonsten wäre sie wohl wirklich gezwungen, mit dem Duke zu tanzen, und ihr Schwindel würde auffliegen.

Am Arm des Adeligen schritt sie durch die große Halle, wo einige der Gäste beieinanderstanden, um sich in Ruhe zu unterhalten. Aus dem Ballsaal war das Orchester zu hören, das gerade ein Menuett spielte. Aurelie zuckte zusammen, als ihr Blick auf Edmund fiel, der auf der untersten Treppenstufe stand, während die Countess und drei weitere Personen ihn belagerten. Aurelie vermutete, dass es sich bei dem imposanten Herrn mit der weißen Perücke um den Duke of Malborough handelte, und die Dame neben ihm mit dem eleganten Ballkleid aus cremefarbener Seide musste die Duchess sein. Und natürlich war die junge, hübsche Frau in dem gelb schimmernden Seidenkleid Lady Anne Spencer.

Edmund sah zu Aurelie herüber, und auch wenn sie die Regeln der Gesellschaft nicht besonders gut kannte, war ihr klar, dass er sich unmöglich aus dieser Unterhaltung winden konnte, ohne die Spencers vor den Kopf zu stoßen.

Aurelie wurde heiß und kalt zugleich. Wenn sie nun wirklich auf die Tanzfläche musste, waren sie verloren. Wenn sie doch nur mehr Zeit zum Üben gehabt hätte!

In diesem Moment fiel ihr der einzige Ausweg ein, der ihr blieb.

»Verzeihen Sie«, murmelte sie dem Duke of Newport

zu, während sie sich an eine der jungen Novizinnen in ihrem Kloster erinnerte, die regelmäßig in Ohnmacht gefallen war. Aurelie musste ihr immer die Beine hochlegen, dann war sie schnell wieder zu sich gekommen. »Aber mir wird gerade so …« Sie verdrehte theatralisch die Augen und sackte in einer leichten Spirale in sich zusammen. Die Gräten des Korsetts stachen ihr dabei schmerzhaft in den Oberkörper.

Sofort erhob sich ein erschrockenes, aufgeregtes Stimmengemurmel. Schritte eilten herbei.

»Riechsalz, sie braucht Riechsalz!«

»Was ist geschehen?«

»Das ist bestimmt das Feuer, es ist viel zu warm hier.«

»Bitte, treten Sie zur Seite.« Endlich, das war Edmund. »Wir sollten sie in einen der kleinen Salons bringen.«

Jemand hielt ihr etwas scharf Riechendes unter die Nase, sodass Aurelie husten musste.

»Sie kommt zu sich«, sagte Edmund. Aurelie hatte noch immer die Augen geschlossen. Er ließ seine Arme unter ihre Knie und die Schultern gleiten und hob Aurelie hoch, als wöge sie nicht mehr als eine Feder. Ihr Kopf ruhte an seiner Schulter.

Das Gemurmel in ihrem Rücken wurde leiser. Sie spürte seine Atemzüge an ihrem Gesicht. Er trug sie durch einen der Flure, die in den hinteren Teil des Gebäudes führten. Schritte klangen hinter ihnen, also war zumindest eine Person ihnen gefolgt. Irgendwann wurde eine Tür geöffnet, und das Licht veränderte sich. Menschen eilten hin und her, Edmund ging mit Aurelie zu einem Sofa und legte sie vorsichtig ab.

»Ich werde Austen bitten, sich um sie zu kümmern«,

hörte Aurelie die Countess zu Edmund sagen. »Wir können die Spencers nicht so lange warten lassen.«

»Ich werde nicht von ihrer Seite weichen, bevor ich nicht weiß, dass es ihr wieder gut geht«, sagte Edmund zu seiner Mutter.

Aurelie hoffte inständig, dass er sie nicht allein lassen würde.

»Edmund«, sagte die Countess leise. »Ich bitte dich. Lady Anne ist sehr interessiert, ich habe mit dem Duke schon sehr offen über eine mögliche Verbindung gesprochen.«

»Mutter«, Aurelie hörte, dass Edmund sich nur mühsam beherrschen konnte, »ich fürchte, Sie waren ein wenig voreilig. Sie wissen genauso gut wie ich, dass, wenn überhaupt, dann nur unser Vater das Recht hat, diese Entscheidung für mich zu treffen.«

»Aber ich habe doch nur alles für dich vorbereitet«, gab sie flüsternd zurück. »Die Spencers sind eine der angesehensten …«

»Dann will ich Sie nicht länger im Ungewissen lassen«, unterbrach Edmund seine Mutter. »Ich habe mich heute verliebt. Doch nicht in Lady Anne Spencer, sondern in Mademoiselle de Nonant.«

»Was?«, keuchte die Countess. »In wen?«

Edmund schien auf Aurelie zu deuten, was diese jedoch nicht sehen konnte, da sie ja noch immer eine Ohnmacht vortäuschte.

»Nein!«, rief seine Mutter entsetzt. »Du kennst sie nicht. Wir wissen gar nichts über sie.«

»Sie stammt aus dem französischen Adel«, erklärte Edmund. »Und Sie haben doch selbst gesagt, dass es eine Adelige sein soll, oder nicht?«

»Ja, wenn einer deiner Brüder sie heiraten möchte, meinetwegen. Aber du? Du bist der zukünftige Earl of Sutterwood, und die Verbindung zu den Dukes of Malborough ist perfekt. Diese Heirat hilft unserer ganzen Familie. Du hättest die Möglichkeit, eines Tages selbst Duke zu werden.«

»Nein, Mutter, die Familie der Spencers ist so groß, dass das ziemlich unwahrscheinlich wäre. Außerdem tut es ohnehin nichts zur Sache. Ich werde Mademoiselle Aurelie de Nonant um ihre Hand bitten.«

Kapitel 10

Helford River, Frenchman's Creek,
April 2022

Emily saß vor ihrem kleinen Ferienhaus und blinzelte in die Sonne. Sie hatte sich eine Tasse Tee gemacht und sah über die Wiese hinunter zum Helford River. Der Mann, den sie vorhin in dem verwilderten Garten getroffen hatte, ging ihr nicht aus dem Kopf. Einen Moment lang hatte sie geglaubt, dass es tatsächlich Ryan war, aber je länger sie darüber nachdachte, umso unwahrscheinlicher kam es ihr vor. Der Gärtner, den sie in dem Garten gesehen hatte, schien viel älter zu sein und war so ungepflegt, wie sie es sich von Ryan niemals vorstellen konnte. Und auch wenn sie Ryan Scott seit zwölf Jahren nicht mehr gesehen hatte, konnte er sich kaum so sehr verändert haben. Sie ärgerte sich über sich selbst, dass sie nicht stärker insistiert hatte, um sich mit diesem Mann unterhalten zu können. Seit Langem hatte sie nicht mehr an Ryan gedacht, obwohl er sie damals ziemlich berührt hatte. In der ersten Zeit, nachdem sie das Drehbuch beendet hatten, ging es Emily richtig schlecht. Es hatte sich angefühlt wie Liebeskummer, obwohl sie nie mit Ryan zusammen gewesen war. Sie hatten sich nicht einmal geküsst, aber er hatte starke Gefühle in ihr ausgelöst. Zur

Filmpremiere im darauffolgenden Jahr war er nicht erschienen, Emily war sehr enttäuscht gewesen. Zu gern hätte sie ihn wiedergesehen und erfahren, wie es ihm ging, und auch, wie es seiner Tochter ergangen war. Aber Emily hatte nie wieder etwas von Ryan gehört. Einmal hatte sie John nach ihm gefragt, aber auch der hatte keinen Kontakt mehr zu dem jungen Autor.

Im Laufe der Jahre hatte Emily Ryan nicht vergessen, aber die Erinnerung an ihn war verblasst. Sie streckte die Beine aus und trank einen Schluck Tee. Was Ryan heute wohl machte? Anscheinend hatte er die Schriftstellerei aufgegeben, denn es war kein neues Buch von ihm erschienen. Oder hatte er es unter einem Pseudonym veröffentlicht? Sie stellte den Tee auf den Holztisch vor sich und zog ihr Smartphone aus der Tasche. Das Internet gab keinen Aufschluss. Alles, was sie zu »Ryan Scott, Autor« finden konnte, waren Einträge zu seinem Roman »Sterne am Nachthimmel« und alte Interviews und Rezensionen, die alle mit dem Buch oder dem Film zu tun hatten.

Sie legte das Handy auf den Tisch und blickte nachdenklich auf den Helford River, der in der Sonne glitzerte. Als Ryan damals nicht bei der Filmpremiere aufgetaucht war, hatte sie nicht weiter nachgefragt, denn sie war mit ihren eigenen Sorgen beschäftigt gewesen: Kurz zuvor hatte Luca sich von ihr getrennt.

Emily trank ihren Tee aus und stand auf. Sie musste an Paul denken und erinnerte sich daran, warum sie eigentlich hierhergekommen war. Bislang hatte sie noch nicht viel über Pauls Heiratsantrag nachgedacht. Sie würde jetzt einen Spaziergang machen und sich endlich ernsthaft Gedanken darüber machen.

Emily verließ den Garten und schlug den Küstenweg ein. Es war windig, aber warm, denn die Aprilsonne schien. Der schmale Pfad war von gelb blühenden Ginsterbüschen gesäumt. Möwen schrien, es roch nach Salz und Fisch. Motorboote tuckerten den Helford River entlang, die roten und weißen Bojen schaukelten auf dem Wasser. Ob der alte Mann wohl in dem wilden Garten lebte? Er sah genauso heruntergekommen und verlottert aus wie das verfallene Cottage. Emily sah sich um. Wenn sie dem Küstenpfad in westlicher Richtung folgte, würde sie nach Helford gelangen. Vielleicht konnte sie in dem Ort ja etwas über den Mann und seinen Garten in Erfahrung bringen.

Zehn Minuten später hatte sie das Dorf Helford erreicht, das aus nicht viel mehr als einem Pub und einem kleinen Laden bestand. Emily beschloss, sich zuerst in dem Geschäft zu erkundigen und anschließend im Pub zum Lunch einzukehren.

Vor der Eingangstür befand sich ein Ständer mit Ansichtskarten. Emily suchte ein paar davon aus und betrat dann den Shop. Hier wurde auf kleinstem Raum alles verkauft, was man zum Leben brauchte. Neben einer Auswahl an Lebensmitteln und Hygieneprodukten gab es Schreibwaren und Strandspielzeug, in Plastik verschweißte Sandwiches, Blumenerde, Kleider, Kurzwaren und Sonnenbrillen.

»Wollen Sie auch Briefmarken dazu haben?«, fragte die ältere Frau mit Kittelschürze, die hinter dem Tresen stand.

Emily schüttelte den Kopf und legte ihr einen Fünfpfundschein hin.

»Machen Sie hier Ferien?«, erkundigte sich die Frau.

»Ich habe ein National-Trust-Cottage gemietet«, antwortete Emily, während sie das Wechselgeld entgegennahm. »Es liegt in einem großen Park, direkt neben einem verwilderten Garten.«

Die Frau nickte. »Die Holiday-Cottages vom National Trust sind wunderschön, nicht wahr?«

»Oh ja«, beeilte sich Emily zu versichern und beschrieb ihr die genaue Lage ihres Cottages. »Wissen Sie etwas über diesen wilden Garten?«

Die Frau nickte. »Oh ja, das ist der alte Schmugglergarten.«

Emily sah sie überrascht an. »Schmuggler?«

»Es heißt, dass einst dort Schmuggler gelebt haben. Auf dem Gelände gibt es wohl viele versteckte Höhlen, in denen es auch spuken soll.« Die Frau hielt kurz inne. »Da fällt mir ein: Wenn Sie sich für die Geschichte interessieren ... Es gibt ein kleines Heftchen mit Schmugglergeschichten. Da steht auch etwas über den Garten drin.« Sie kam hinter ihrem Tresen hervor und schlurfte zu einem Zeitschriftenständer. »Ja, hier haben wir es.«

Sie reichte Emily ein dünnes Heft, das den Titel »Die Schmuggler in Helford« trug.

»Das nehme ich gern mit«, sagte Emily und blätterte flüchtig durch das Büchlein, das auch einige Abbildungen enthielt. Sie freute sich schon darauf, es in Ruhe zu lesen. Während sie nach den vier Pfund kramte, die das Heft kosten sollte, kam sie noch einmal auf den Garten zurück. »Ich habe auf dem Grundstück einen alten Mann gesehen.«

Die Frau nahm Emilys Geld entgegen und nickte. »Ja, da lebt ein Einsiedler. Ist allerdings ziemlich selten, dass ihn jemand zu Gesicht bekommt. Der ist eher menschenscheu.«

»So?«, sagte Emily.

»Früher hat der liebe Mr Scott in diesem Garten gewohnt.«

»Scott?« Emily sah sie aufgeregt an. Konnte es tatsächlich einen solchen Zufall geben?

Die Frau nickte wieder. »Damals haben wir ihn oft besucht. Wir durften Beeren pflücken und Mirabellen ernten. Und im Herbst gab er uns Kürbisse und Kohlköpfe für unsere Mütter mit.«

»Und der Einsiedler, der jetzt dort lebt, heißt der auch Scott?«, wollte Emily wissen.

»Das weiß ich leider nicht. Ich glaube nicht, aber ich kenne seinen Namen nicht. Oder ich habe ihn wieder vergessen.« Sie lächelte entschuldigend und folgte Emily zur Tür. »Nachdem der alte Mr Scott gestorben war, verwilderte der Garten ein paar Jahre lang. Es wurde nichts mehr darin gemacht. Einige von uns sind hingegangen und haben die Früchte und das Gemüse dort geerntet und die Blumen gepflückt. Aber dann kam der Einsiedler und hat uns vertrieben. Er wird wütend, wenn man das Grundstück betritt, und inzwischen traut sich niemand mehr hin.«

Emily stand in der Tür des Ladens. Natürlich war Scott ein gängiger Name, und es war nicht auszuschließen, dass es sich um einen anderen Mann mit diesem Namen handelte. Nachdenklich sah sie die Verkäuferin an. »Wie lange ist es her, dass der Einsiedler hierherkam?«

»Oh«, die Frau zuckte mit den Schultern, »das sind sicher schon einige Jahre. Vielleicht ...« Sie verstummte und blickte versonnen auf die Straße vor ihrem Laden. »Ich hatte dieses Geschäft gerade von Mrs Pike übernommen. Das war 2010.«

Es war unwahrscheinlich, aber nicht unmöglich. Ryan und Emily hatten 2010 zusammen an dem Drehbuch gearbeitet. Aber warum sollte Ryan hier, am Ende der Welt, in einem verwilderten Garten leben? Was war mit seiner Frau und seiner Tochter geschehen? Und mit seiner Karriere als Schriftsteller?

»Wissen Sie, woher dieser Mann kam? Gehört ihm der Garten?«, fragte Emily die Verkäuferin.

Die Frau schüttelte den Kopf. »Niemand weiß etwas über ihn. Aber er tut so, als wäre dieser wilde Garten sein Eigentum. Deshalb …«

Emily lächelte. »Ich danke Ihnen. Vielleicht sehen wir uns ja in den nächsten Tagen wieder. Ich bin noch eine Weile hier.«

Nachdem die Frau ihr einen schönen Urlaub gewünscht hatte, machte sich Emily auf den Weg zum Pub, der nur ein paar Häuser weiter an der Straße lag.

Sie betrat das alte Gebäude, das ein großes Fenster zur Flussseite hin hatte, und bestellte sich eine Limonade und ein Sandwich an der Bar. Dann ging sie nach draußen auf die Terrasse, die direkt am Helford River lag. Zwei Tische waren mit Wanderern besetzt. Ein Spaniel räkelte sich neben seiner Besitzerin in der Sonne.

Emily trank einen Schluck Limonade und zog das Heft aus der Papiertüte, das sie im Shop erworben hatte. Sie vertiefte sich in die Geschichte der Schmuggler, die einst hier in der Gegend gelebt hatten. Anscheinend wurden die Buchten und Höhlen am Helford River schon seit Jahrhunderten als Versteck für Schmuggelware genutzt. Und in dem Meeresarm Frenchman's Creek hatte es viele Jahre lang einen wichtigen Schmugglerhafen gegeben. Hier luden die Boote ihre Waren ab, die französische Schiffe nach England brachten.

»Das Käsesandwich für Sie.« Ein rothaariger junger Mann stellte einen gut gefüllten Teller mit einer Salatbeilage und Chips vor Emily auf den Tisch. »Brauchen Sie Soßen oder Ketchup?«

Emily schüttelte den Kopf. »Darf ich Sie kurz etwas fragen?«

»Sicher.« Der Mann steckte seinen Bleistift hinters Ohr und sah sie abwartend an.

»Kennen Sie zufällig den Mann, der in dem wilden Garten lebt?«

»Ich habe von ihm gehört«, sagte der Rothaarige, während sein Blick zu den Hügeln hinter dem Haus wanderte. »Aber ich bin ihm noch nie begegnet. Angeblich legt er es auch nicht darauf an, mit uns Dorfbewohnern Kontakte zu knüpfen.«

Emily bedankte sich bei ihm und widmete sich dann ihrem Sandwich. Der verwilderte Garten faszinierte sie, schon seit sie zum ersten Mal dort gewesen war. Und dieser sonderbare Mann …

Ob Emily wohl noch irgendwo Ryans Mailadresse hatte? Vermutlich war sie bei den Unterlagen, die sie damals von Kendal House mitgenommen hatte. Hier am Helford River würde sie da nicht herankommen. Und sie war ja eigentlich auch nicht hier, um etwas über Ryan Scott herauszufinden, sondern um sich über ihre Heirat mit Paul Gedanken zu machen. Aber irgendwie wich sie diesem Thema immer wieder aus.

Emily schob sich den letzten Bissen ihres Sandwichs in den Mund und trank die Limonade aus. Sie beschloss, zurück zum Cottage zu gehen und nicht mehr über diesen Garten und den alten Mann darin nachzudenken. Sie griff nach dem Heft über die Schmugglergeschichte und steckte es wieder in die Papiertüte, als ihr plötzlich eine Idee kam. Sie erinnerte sich daran, dass man von dem verfallenen Cottage aus einen guten Blick auf den Frenchman's Creek hatte. Das Haus und der verwilderte Garten mussten also direkt über dem Ort Helford liegen, der ebenfalls an dieser Bucht lag. Unwillkürlich ließ sie ihren Blick über die Häuser des kleinen Ortes wandern, die sich den Berg hinauf erstreckten. Ob es dort wohl irgendwo einen weiteren Zugang zu diesem Garten gab? Vielleicht konnte sie ja von Helford aus in das verwilderte Gelände gelangen, dann könnte sie von dieser Seite her über die Mauer klettern und zu ihrem Holiday Cottage zurückkehren.

Emily folgte einem Weg den Hügel hinauf, der sie an einigen Cottages und kleineren Anwesen vorbeiführte. Am Wegesrand blühten Ginstersträucher und Schlüsselblumen, eine Gruppe Wanderer kam ihr entgegen. Nach einigen Metern bog die schmale Landstraße links ab, geradeaus stand ein Gatter.

Emily öffnete das Tor und betrat die Wiese dahinter. Hier irgendwo musste der wilde Garten beginnen. Sie sah sich um und ging langsam weiter. Auch wenn der Mann ihr unmissverständlich klargemacht hatte, dass er sie nicht mehr auf dem Grundstück sehen wollte, musste sie ihn unbedingt noch einmal treffen. Der Gedanke an Ryan ließ ihr einfach keine Ruhe.

Während Emily über die Wiese ging, wich sie geschickt den Kuhfladen aus. Heute Morgen war sie von der anderen Seite her hier heraufgekommen. Jetzt lag der von Unkraut überwucherte Weg zu den Gewächshäusern direkt neben ihr. Sie überlegte, wo sie den Gärtner wohl antreffen würde, und entschloss sich, ihn zuerst beim Cottage zu suchen.

Als sie das Rauschen des Wasserfalls vernahm, musste sie unwillkürlich lächeln. Sie fühlte sich auf eine seltsame Art wohl, obwohl sie so brutal von hier vertrieben worden war. Es war die unglaubliche Schönheit der Natur, die sich ihr an diesem Ort offenbarte, die Vielfalt der Pflanzen und das Wissen, dass sie von all dem erst einen Bruchteil erkundet hatte. Sie wünschte sich, viel länger hier verweilen zu können, um in diesem Garten vielleicht zu arbeiten und zu schreiben.

Eine Erinnerung blitzte in ihr auf. Ryan hatte ihr in Kendal House die Pflanzen erklärt, er stammte aus einer Gärtnerfamilie. Damals hatte er ihr von einem alten Onkel erzählt, der einen wunderschönen Garten in Cornwall besaß. Mit einem Mal war Emily ganz aufgeregt. Hatte er nicht sogar vom Helford River gesprochen? Plötzlich ergab alles einen Sinn. Der alte Mann war möglicherweise Ryans Onkel, deshalb war er ihr so bekannt vorgekommen.

Wenig später tauchte das verfallene Haus vor ihr auf. Bedächtig stieg sie die Stufen zum Cottage hinunter und spähte durch die Fenster hinein. Der Mann war nirgends zu entdecken. Emily klopfte an die Tür, doch alles blieb ruhig. Er war nicht hier, da war sie sich sicher. Die Terrasse, auf der sie stand, bot einen wundervollen Blick über den Frenchman's Creek. Was für ein zauberhafter friedlicher Ort!

Emily sah im Kräutergarten nach und beschloss dann,

noch einmal in den ummauerten Garten zu gehen. Dort war der Mann heute Morgen gewesen, vielleicht arbeitete er ja immer noch in den Beeten.

Als sie das Gartentor in der Mauer erreicht hatte, blieb sie stehen.

»Hallo?«, rief sie und fuhr beim Klang ihrer Stimme zusammen, die ihr in der paradiesischen Stille fehl am Platz erschien. Ein paar Vögel flogen erschrocken auf. »Sir? Sind Sie hier?«

Vorsichtig betrat sie den Kiesweg und sah sich um. Auch hier war nichts von dem Mann zu sehen. Trotzdem rief sie: »Ich möchte nur mit Ihnen sprechen. Bitte. Ich werde Sie danach auch nicht weiter belästigen.«

Emily lauschte. Aber es war nicht das leiseste Geräusch zu hören, das auf die Anwesenheit eines anderen Menschen schließen ließ. Es duftete nach den Rhododendren, die vor dem ummauerten Garten blühten. Emily ging zu der Stelle, wo der Mann heute Morgen gearbeitet hatte. Das Beet war frisch geharkt, die Erde feucht. Aber die Werkzeuge waren verschwunden, es gab nicht einmal mehr Fußspuren, die an den Mann erinnert hätten. Beinahe hätte Emily glauben können, dass sie sich seine Anwesenheit nur eingebildet hatte.

Sie ging weiter zu den Gewächshäusern, aber auch hier herrschte Stille. In Gedanken versunken, machte sie sich auf den Rückweg.

Als sie wenig später ihr Ferienhaus erreichte, blieb sie überrascht stehen. Auf dem Tisch vor dem Cottage stand ein riesiger Strauß roter Rosen in einer Kristallvase. Neugierig ging sie näher heran. Vielleicht hatte einer der National-Trust-Mitarbeiter die Blumen dort abgestellt. Doch dann sah sie die Karte, die an der Vase lehnte. Auf dem Umschlag eines Lieferservices stand ihr Name.

Sie setzte sich auf die Bank und las:

Ein kleiner Gruß, als Dank dafür, dass ich mein Leben mit dir teilen darf. In Liebe, Paul

Emily ließ die Karte sinken. Sie beugte sich zu den Rosen und sog ihren süßen Duft ein. Der Strauß musste ein Vermögen gekostet haben, wie alles, was Paul ihr schenkte. Erst gestern hatte sie ihm unmissverständlich erklärt, dass sie Zeit brauchte. Warum respektierte er ihren Wunsch nicht? Emily strich nachdenklich über den Holztisch. Oder war sie zu empfindlich? Sie versuchte, den Ärger abzuschütteln, der unwillkürlich in ihr aufgestiegen war. Paul meinte es ja nur gut. Er war der großzügigste Mensch, den sie sich vorstellen konnte. Paul unterstützte nicht nur eine Menge sozialer Projekte finanziell, er brachte sich auch persönlich ein. Mehr als einmal war er um die halbe Welt geflogen, um eine Schule oder andere neue Ausbildungsstätten einzuweihen, an deren Entstehung er beteiligt war. Er unterstützte alles, was den Menschen in ärmeren Ländern half, um ihre Familien zu ernähren und ihren Kindern eine Ausbildung zu ermöglichen. Emily bewunderte ihn dafür, es war einer der Gründe gewesen, dass sie sich in ihn verliebt hatte. Warum zögerte sie überhaupt? Paul war alles, was sie sich wünschen konnte. Er hatte unvorstellbar viel Geld und tat viel Gutes damit. Außerdem war er attraktiv und charmant. Und seine Eifersucht war doch eigentlich nur ein Zeichen für seine Liebe.

Emily schloss die Tür auf und stellte lächelnd den Blumenstrauß auf den kleinen Küchentisch. Ja, sie hatte sich entschieden. Sie würde Paul heiraten.

In diesem Moment klingelte ihr Handy. Es war Paul.

Emily verdrehte die Augen und überlegte, den Anruf nicht anzunehmen. Aber dann würde er erneut anrufen. Er konnte es einfach nicht lassen.

»Hallo, Paul?«, meldete sie sich.

»Emily, Liebling! Hast du mein Geschenk erhalten?«

Sie atmete tief durch. »Ja, danke!«

Paul schwieg einen Augenblick lang. Seine Stimme klang beleidigt, als er antwortete: »Ich hätte ein wenig mehr Dankbarkeit erwartet.«

»Und ich hatte gehofft, du würdest meinen Wunsch respektieren und mir Zeit geben, damit ich über deinen Antrag nachdenken kann.« Sie trat wieder vor das Cottage in die Sonne.

»Ich weiß, aber ich habe eine Überraschung für dich«, hörte sie seine Stimme. »Ich werde heute Abend nach Penzance fliegen. Mein Fahrer wird dich um sechs am Helford River abholen und zu mir bringen. Ich habe ein romantisches Dinner für uns geplant.«

Emily ließ sich auf die harte Bank fallen und schloss die Augen. »Paul … ich frage mich, was ich falsch mache, dass du mich nicht verstehst. Ich möchte dich heute Abend nicht sehen, ich möchte niemanden treffen. Ich brauche einfach ein wenig Abstand …«

»Den sollst du doch auch haben, aber was ich heute vorhabe, kann man nicht wiederholen, es ist eine einmalige Gelegenheit.«

Emily fühlte sich überrumpelt. »Nein, ich möchte das nicht.«

»Du machst es einem nicht leicht, Emily. Ich liebe dich. Ich will dich heiraten und mit dir zusammen sein. Was soll das, dass du Zeit brauchst? Eine Antwort sollte doch ganz einfach sein, wenn du mich wirklich liebst. Aber ich werde dich natürlich in Ruhe lassen.« Es klickte, und Paul hatte aufgelegt.

Emily wusste, dass er jetzt sauer auf sie war, und fragte sich wieder einmal, ob sie das ein Leben lang durchhalten würde. Aber vielleicht lag es auch an ihr. Hatte Paul recht, und sie machte es unnötig kompliziert?

Eine ganze Weile lang saß sie noch in der Abendsonne und dachte über ihn nach. Doch dann wanderten ihre Gedanken wieder zu dem geheimnisvollen Mann, dem sie heute Morgen im Garten begegnet war. Entschlossen stand sie auf. Sie würde noch ein letztes Mal nach ihm suchen, sie musste sich vergewissern, dass es nicht Ryan war. Doch es würde bald dunkel werden. Sie musste ihre Suche auf morgen verschieben.

Am nächsten Tag, gleich nachdem sie gefrühstückt hatte, machte Emily sich auf den Weg zum Nachbargrundstück. Schnell kletterte sie über die Mauer und eilte durch den Garten bis zu den Gewächshäusern und weiter zu dem halb verfallenen Cottage. Das Haus lag still in der Morgensonne. Emily blieb einen Moment stehen und ließ seinen Anblick auf sich wirken. Sie hatte sich in diesen Ort verliebt, dieses Cottage zu renovieren, um dann darin leben und schreiben zu können, wäre alles, was sie sich wünschte. Dieser Garten und der Helford River, dieser friedliche Ort, an dem der Frenchman's Creek in den Fluss mündete, zog Emily auf geradezu magische Weise an. Sie blickte über das glitzernde Wasser, das zu beiden Seiten an dem alten Haus vorbeifloss. Wieder lugte sie durch die Fenster, konnte aber durch die schmutzigen Scheiben nicht viel erkennen. Sie klopfte laut an die Tür, doch alles blieb ruhig.

»Hallo? Sind Sie da?« Emily öffnete die Tür und ging zwei Schritte in den Raum hinein. Es roch nach kalter Asche. »Ich muss mit Ihnen reden.«

Behutsam ging sie weiter. Er schien nicht zu Hause zu sein. Kurz überlegte sie, ob sie die Schubladen der Kommode durchsuchen sollte. Eigentlich ging das zu weit. Und doch musste sie Gewissheit haben. Vielleicht fand sie darin ja einen Hinweis auf die Identität des Mannes. Mit angehaltenem Atem fasste sie nach dem obersten Griff. Das Holz war jedoch so verzogen, dass sich die Schublade kaum öffnen ließ. Nur mit einiger Mühe gelang es Emily, sie einen Spaltbreit zu öffnen.

»Was tun Sie hier?«

Erschrocken fuhr Emily herum. Zwei Schritte von ihr entfernt stand der Mann. Er hielt ein langes Messer in der Hand, das er auf sie gerichtet hatte.

Emily schluckte und wich instinktiv einen Schritt zurück. »Ich musste Sie noch einmal sehen.«

Der Mann stand stumm und reglos da. Er schien zu überlegen. Irgendwann fragte er: »Warum?«

Emily musterte ihn. Und in diesem Augenblick war sie absolut sicher. Sie schlug entsetzt die Hand vor den Mund. Er war es! Dieser Mann war Ryan. Was war geschehen, dass er sich so verändert hatte? Es erinnerte nicht mehr viel an den gut aussehenden, gepflegten und erfolgreichen Schriftsteller, den sie vor zwölf Jahren kennengelernt hatte. »Was ist passiert, Ryan?«

Wieder schwieg er. Wieder schien er nachzudenken. Ein gequälter Ausdruck legte sich auf sein Gesicht. Genauso hatte er sie damals oft angesehen, als sie gemeinsam vor dem Computer gesessen und gearbeitet hatten. Und doch sah er so anders aus, dass Emily es kaum für möglich gehalten hätte. Seine Haare waren verfilzt und ungeschnitten, der Bart war wild gewachsen, und er trug ein zerschlissenes Hemd und eine Jeans, deren blaue Farbe unter dem Schmutz kaum mehr zu erkennen war. Doch er wirkte immer noch muskulös und drahtig, auch wenn er vermutlich das Fitnessstudio gegen die Gartenarbeit getauscht hatte. Und plötzlich waren alle Erinnerungen wieder da, die Emily längst vergessen zu haben glaubte. Sie konnte seinen Duft nach Meer und Eukalyptus wieder riechen, sah seine Hände über die Tastatur fliegen und erinnerte sich an ihre Gespräche über die Pflanzen im Garten von Kendal House.

Aber Emily sah das Messer in seiner Hand und die Wut, die jetzt in seinen Augen funkelte. Würde er sie tatsächlich angreifen? Sie sollte lieber das Haus verlassen.

»Hauen Sie ab!« Er schwang das Messer wild in der Luft herum, kam Emily aber nicht näher.

»Nein«, sagte sie mit fester Stimme. »Ich möchte doch nur mit dir reden.«

»Raus!«, brüllte er und stürzte sich nun auf sie.

Erschrocken sprang Emily zur Seite, doch das Messer erwischte sie an der Hand. Emily schrie auf und lief zur Tür. Doch bevor sie das Cottage verließ, drehte sie sich noch einmal um. Ryan stand fassungslos in der Mitte des Zimmers. Er schien ebenso schockiert über seinen Angriff zu sein wie sie selbst.

Wie benommen ließ er das Messer fallen, und sein Blick wanderte zu Emily. Blut tropfte aus der Wunde an ihrer Hand.

»Oh, Ryan«, stieß Emily hervor.

»Geh«, sagte er leise.

Emily trat hinaus in die Sonne. Der Duft des Meeres, der Blüten und des Frühlings strömte ihr entgegen. Und sie fragte sich, was Ryan hierhergeführt hatte und ob es einen Weg geben konnte, ihn zu erreichen.

***

Sobald Emily fort war, sackte Ryan in sich zusammen. Er fiel zu Boden und blieb lange dort liegen. Nach all den Jahren war tatsächlich der einzige Mensch gekommen, der ihm noch etwas bedeutete. In der langen Zeit, die er hier im wilden Garten am Helford River verbracht hatte, war kein Tag vergangen, an dem er nicht an Emily gedacht hatte. Doch gerade ihr hatte er nie wieder begegnen wollen. Zu groß waren seine Schuldgefühle, zu schwer die Last, die auf ihm lag. Er schämte sich zu sehr und konnte ihr nicht erzählen, was geschehen war.

Nur mit Mühe gelang es ihm, aufzustehen und das Cottage zu verlassen. Dieser Garten war sein Zufluchtsort geworden, er war seine ganze Welt. Hier hatte er es geschafft, seine Tage irgendwie zu meistern, er hatte gearbeitet, im Sommer wie im Winter, von morgens bis abends, bis er so müde war, dass er einschlafen konnte. Sobald er in der Morgendämmerung wach wurde, stand er auf und ging hinaus, um weiterzuschuften. Nur so hatte er überlebt.

Er stand ganz still auf der Terrasse vor dem Haus, auf der kein Stuhl, kein Schemel und keine Bank stand. Nichts in diesem Garten diente der Bequemlichkeit. Er sah hinunter auf das glitzernde Wasser, ein Anblick, der für seine wunde Seele in den letzten zehn Jahren ein Labsal gewesen war. Doch seit Emily in seinem Garten aufgetaucht war, half auch das nicht mehr. Nichts half, seine Schmerzen zu lindern, die seit gestern wieder so stark in ihm wüteten wie damals, kurz nachdem es geschehen war.

Er ballte die Faust und stieg die Stufen zum Obstgarten hinauf. Warum war Emily hierhergekommen? Sie wühlte alles nur auf, und sie störte sein Gleichgewicht, das er sich mühsam erarbeitet hatte. Sie erinnerte ihn an das, was er zu vergessen versuchte und doch niemals vergessen konnte.

Ryan warf einen prüfenden Blick auf die Obstbäume. Die Bienen summten und flogen von Blüte zu Blüte. Die Bienenstöcke standen gleich neben der Wiese, und Ryan würde schon bald den ersten Honig in diesem Jahr ernten können. Doch plötzlich erschienen ihm das Ernten, die gesamte Gartenarbeit und seine anderen täglichen Verrichtungen unbedeutend und sinnlos. Und das alles nur, weil Emily gekommen war.

Er folgte dem schmalen Trampelpfad bis zum Gemüsegarten und hatte plötzlich wieder das Bild vor Augen, wie sie gestern vor ihm stand. Er hatte sie sofort erkannt. Emily hatte sich verändert. Sie war älter geworden und wirkte nachdenklicher. Aus der jungen Frau, die er damals für eine verwöhnte Tochter aus reichem Elternhaus gehalten hatte, war eine reife Schönheit geworden.

Ryan griff zu seiner Harke und machte sich an die Arbeit. Doch heute wollte es ihm nicht gelingen, durch diese Tätigkeit zur Ruhe zu kommen.

Kapitel 11

Helford River, Frenchman's Creek,
Mai 1793

»Nein, Edmund!« Die Countess sah ihn wütend an. Sie war von ihrem Schreibtisch im Morgenzimmer in Helford House aufgestanden und ging nervös auf und ab. »Ich werde nicht zulassen, dass du unsere Familie in Misskredit bringst. Es ist unverantwortlich, in der gegenwärtigen politischen Situation eine Französin zu heiraten.«

»Aber sie gehört nicht zu den Revolutionären, sie ist eine Adelige«, warf Edmund ein. Er konnte sich nur mühsam beherrschen.

»Darum geht es nicht. Unsere Soldaten kämpfen gerade in einem Krieg und werden von den Landsleuten dieser Frau getötet. Und wir, als angesehene Familie, die dem englischen Volk ein Beispiel sein sollte, verbrüdern uns mit ihr? Unmöglich.«

»Aber das ist doch das gute Beispiel. Statt zu kämpfen, schließen wir ein Bündnis der Liebe.« Edmund stellte sich seiner Mutter in den Weg, um ihren unruhigen Marsch durch das Zimmer zu beenden. »Ich will nicht aus strategischen Gründen heiraten, sondern aus Liebe.«

Seine Mutter sah ihn verächtlich an. Dann ließ sie sich

auf einen Sessel sinken. Kerzengerade saß sie da und blickte zu ihm auf. »Das können wir uns nicht leisten. Das sollen die Knechte und Mägde tun.«

Edmund stieß ein bitteres Lachen aus. »Du erlaubst es ihnen ja nicht.« Er dachte an die Tragödie vor einigen Jahren, als sich ein Hausmädchen ihres Londoner Stadthauses in die Themse gestürzt hatte, nachdem die Countess sie zwingen wollte, einen der Köche zu heiraten. Dieses Ereignis hatte ihm damals sehr zugesetzt.

Seine Mutter ignorierte seinen Einwand und strich mit ihren kostbar beringten Fingern über ihr teures Seidenkleid, das perfekt mit der blauen Tapete des Morgenzimmers harmonierte. »Dein Bruder steht mit seinem Heer gerade irgendwo in Europa. Wir werden hier keine Verbindung mit seinem Feind feiern.«

»Mutter, sosehr ich Ihre Angst um Eric auch nachvollziehen kann und teile – meine Vermählung mit Aurelie de Nonant wird auf jeden Fall stattfinden.« Edmund blieb neben einer der prachtvollen Kommoden stehen, die an der Wand standen.

»Auf gar keinen Fall!«, rief die Countess, die Edmund selten so aufbrausend erlebt hatte. »Dein Vater ist noch nicht von seiner Reise zurückgekehrt. Er hätte schon im Dezember wieder hier sein sollen. Ich rechne jeden Tag mit dem Schlimmsten. Wenn er wirklich …« Sie verstummte und presste sich ihr Spitzentaschentuch vor den Mund.

Edmund unterdrückte ein Seufzen. Er wusste ganz genau, dass seine Mutter nicht um ihren Mann, sondern um ihre Stellung fürchtete. Falls Edmunds Vater sterben und er selbst der neue Earl werden sollte, müsste seine Mutter nämlich aus sämtlichen Häusern ausziehen und für eine neue Countess Platz machen – und Edmund war sicher, dass das Aurelie sein würde. Dennoch hoffte er inständig, sein Vater möge bald zurückkehren, denn auch wenn er den Earl selten sah, liebte er ihn von Herzen.

»Ich werde mit Ihnen nicht weiter über meine Ehefrau diskutieren.« Und damit nickte er seiner Mutter zu und verschwand aus dem Zimmer.

Edmund machte sich auf den Weg zu seinen Gemächern, wo er sich von seinem Kammerdiener in eine leichte Sommerhose helfen ließ. Dann verließ er das Haus und ging durch die Gärten hinunter zum Fluss. Den ganzen Winter über hatten Aurelie und Edmund sich beinahe täglich gesehen, denn Edmund hatte die dunkle Jahreszeit nicht in Gladdon Hall, dem großen Herrenhaus seiner Familie in Kent, sondern in Cornwall verbracht. Jeden Tag war er über den Fluss zu Aurelie gerudert und hatte mit ihr und den Schmugglern im Cottage gesessen. Dabei hatte er die Augen großzügig vor den Geschäften der alten Leute verschlossen. Kurz vor Weihnachten waren die beiden Schmuggler dann nach Helston gegangen, um die Feiertage bei ihrer Familie zu verbringen. Aurelie war allein in dem Cottage geblieben und musste sich um die Waren kümmern, die regelmäßig aus Frankreich eintrafen. Edmund wusste, dass Aurelie die Entscheidung nicht freiwillig getroffen hatte, den Schmugglern bei ihren fragwürdigen Machenschaften zu helfen. Doch inzwischen hatte sie sich an diese Arbeit gewöhnt. Zwei- bis dreimal im Monat kamen die Boote über den Kanal und brachten Spirituosen, Tabak, Stoffe, Kaffee, Tee oder Gewürze, die in den Höhlen verstaut werden mussten. Auf Pferdekarren und zu Fuß wurden die Waren später weiterverteilt. Aurelie erhielt zwar keinen Lohn für ihre Arbeit, sie durfte dafür aber in dem Cottage wohnen und wurde von den Schmugglern versorgt.

Jetzt ließ Edmund sein Ruderboot zu Wasser, das am Strand der Fischer lag. Während er über den Helford River paddelte, musste er an seine Mutter denken und wünschte sich, sie wäre in London geblieben. Als er ihr im April in einem seiner Briefe mitgeteilt hatte, dass er nicht zur Londoner Saison erscheinen werde, sondern stattdessen seine Hochzeit mit Aurelie vorbereiten wolle, war sie wenig später hierhergekommen. Und obwohl Edmund ihr schon mehrmals seine Ernsthaftigkeit demonstriert hatte, wurde sie nicht müde, auf ihn einzureden, um ihn von der Verbindung mit Aurelie abzubringen.

Bald hatte er den Frenchman's Creek erreicht. Er konnte nicht bis zum Steg des Schmugglercottages gelangen, weil gerade Ebbe herrschte. Doch er hatte im Laufe des Winters einen alternativen Anlegeplatz ausgemacht, der sich direkt an der Mündung des Flusses befand. Er musste zwar ordentlich Kraft aufbringen, um das Boot den Felsen hinaufzuziehen, aber hier war er nicht von den Gezeiten abhängig.

Edmund kletterte vorsichtig, zwischen den Pinien hindurch, die schmale Klippe hinauf zum Haus.

»Aurelie?«, rief er laut, sobald er den Platz vor dem Häuschen erreicht hatte.

»Ich bin hier«, hörte er ihre Stimme hinter sich.

Er sah sich überrascht um. Aurelie stand im Kräutergarten und war gerade dabei, Setzlinge zu pflanzen. Das braune Haar flatterte unter dem Strohhut hervor.

Sie lachte, als sie ihn sah, und streckte die Hände aus. »Ich bin ganz schmutzig. Fass mich lieber nicht an.«

Edmund musste grinsen. »Du kannst gar nicht schmutzig genug sein, als dass mich jemand davon abhalten könnte.«

Er schlang seine Arme um sie und zog sie fest an sich. Sie duftete nach Frühling, nach Maiglöckchen und Seife. Er küsste sie zärtlich auf ihre weichen, vollen Lippen und versank in der Leidenschaft ihres Kusses. Wie sehr wünschte er sich, endlich das Bett mit ihr teilen zu dürfen, wie stark sehnte sich sein Körper nach ihrem! Doch er hatte bemerkt, dass sie vor intimen Berührungen zurückschrak, und es würde ja nicht mehr allzu lange dauern – sie planten die Hochzeit für übernächste Woche. Auch das hatte der Countess nicht gefallen, schließlich war gerade Saison. Entweder Edmund heiratete in London oder, wenn es unbedingt in Cornwall sein musste, dann erst im Herbst. Aber er bestand auf einer kleinen Feier hier in der Kapelle von Helford House.

Edmund ließ Aurelie los, bevor ihn seine Begierde noch vollkommen um den Verstand brachte. Er sehnte die Hochzeitsnacht herbei, erst dann würde er entspannt sein.

Aurelie bückte sich wieder zu den kleinen Bäumchen, die sie in die Erde setzte. »Ich will hier einen Obstgarten anlegen, falls du also noch Setzlinge für mich hast, nehme ich sie gerne. Bisher habe ich ein paar wilde Apfel-, Pflaumen- und Birnbäume gefunden.«

Edmund freute sich, dass er ihr diesen Wunsch erfüllen konnte. »Ich bitte den Gärtner, dir Kirsche, Mirabelle, Zitrone und Orange vorzubereiten. Letztere hat mein

Vater aus Asien mitgebracht. Sie gedeihen gut bei uns, und wir konnten einige Setzlinge ziehen.«

»Vielen Dank.« Aurelie richtete sich auf und strich sich über die feuchte Stirn. Dabei rutschte der große Strohhut nach hinten. »Ist deine Mutter noch da?«

»Ja«, er seufzte, »ich fürchte, sie wird bis zur Hochzeit bleiben, die sie noch immer zu verhindern sucht.«

»Hoffentlich lädt sie keine Gäste ein«, erwiderte Aurelie.

Edmund musste lachen. »Da brauchst du dir keine Sorgen zu machen. Ich glaube, sie möchte am liebsten, dass niemand von dieser Hochzeit erfährt.«

Aurelie nickte und stieß wieder den Spaten in die Erde. Eine Weile sah Edmund ihr bei der Arbeit zu. Sie schien so glücklich hier in dem Garten zu sein. Er war froh, dass er ihr in Helford House auch einen solchen bieten konnte.

Nachdem sie das letzte Pflänzchen in die Erde gesetzt hatte, strich sie sich den Schmutz von den Händen. »Hilfst du mir, Wasser vom Brunnen zu holen?«

Er nahm ihr die Kupferkanne ab und folgte ihr den schmalen Pfad zum Haus hinunter. »Hier sollten Stufen gesetzt werden.«

Sie blieb stehen und sah ihn nachdenklich an. »Was wird wohl aus dem Garten werden, wenn ich auf der anderen Flussseite lebe?«

Edmund hatte noch gar nicht darüber nachgedacht. Dieser Garten war Aurelies ganzer Stolz, sie hatte in den letzten Monaten aus dem Dschungel, der hier gewuchert hatte, ein kleines Paradies geschaffen. Das meiste hatte sie aus wilden Pflanzen angelegt, die sie in der Nähe gefunden hatte. Aber inzwischen hatte Edmund ihr auch viele Blumen, Sträucher und Bäume aus dem Garten von Helford House geschenkt, die unter Aurelies geschickter Pflege hervorragend gediehen.

»Ich werde mich erkundigen, wem das Land hier offiziell gehört. Ich glaube nicht, dass deine Freunde es ordnungsgemäß erworben haben.«

»Sie sprechen davon, dieses Haus aufzugeben«, sagte Aurelie und ging weiter.

»Warum?« Edmund sah sich erstaunt um. »Der Platz hier hat doch alles, was sie brauchen. Er liegt völlig abgeschieden, in der Nähe der Höhlen, und hat einen Zugang zum Meer …«

»Aber bei Ebbe kommen sie nicht in den Frenchman's Creek hinein. Außerdem wollen sie auf die andere Flussseite, weil sie vorn am Meer wohl Höhlen gefunden haben, die sich besser eignen. Die liegen näher an Helston, sodass sie nicht immer den Weg hierher machen müssten.«

»Ich verstehe«, murmelte Edmund. Er überlegte, wie gut es für Aurelie doch war, dass sie sich bald verheiraten würden. Denn sonst wäre sie vermutlich allein hier zurückgeblieben, ohne die Unterstützung der Schmuggler, oder sie hätte mit ihnen nach Helston gehen müssen. Ob dort jedoch Platz für sie gewesen wäre?

»Es ist traurig, wenn der Garten und das schöne Cottage aufgegeben werden«, sagte sie mit bedrückter Stimme.

Edmund fasste nach Aurelies Arm. »Das muss ja nicht sein. Wenn du willst, werde ich das Grundstück kaufen, sobald ich weiß, wer der rechtmäßige Besitzer ist. Und dann schenke ich dir diesen Garten, er soll nur dir gehören.«

Aurelie lächelte ihn liebevoll an. »Das kann ich nicht annehmen. Es wäre zu viel, zu teuer.«

»Du wirst einmal die Countess sein, an Besitz musst du dich gewöhnen.« Er stellte die Kanne ab, inzwischen hatten sie den Brunnen erreicht.

»Auf unserer Hochzeit werde ich mich bestimmt vollkommen falsch benehmen«, sagte Aurelie besorgt, während Edmund die Kanne füllte. »Es wird mir niemand glauben, dass ich aus dem Adel stamme.«

»Wir werden ja nicht in der Gesellschaft verkehren.« Edmund strich Aurelie sanft übers Kinn. Sein Plan war gefährlich, das war ihm klar. Aber er brauchte diese Lüge nur, um Aurelie heiraten zu können, danach würden sie nie wieder ihre französische Abstammung erwähnen. Inzwischen war ihm bewusst geworden, dass es zu gefährlich war, eine große Hochzeitsfeier auszurichten, wie er es ursprünglich geplant hatte. Die europäischen Adeligen kannten sich untereinander. Und irgendjemand aus der englischen Gesellschaft würde mit Sicherheit die Familie de Nonant kennen. Wenn herauskäme, dass Aurelie nur ein einfaches Mädchen war, wäre der Skandal perfekt.

Zwei Möwen landeten dicht neben ihnen auf einem Felsen. Eine Windböe ließ die Blätter rauschen. In diesem Moment hoffte Edmund inständig, dass er mit seinem Wunsch, Aurelie an seiner Seite zu haben, nicht ihr Leben für immer zerstören würde.

Wenige Tage später erschien Edmunds Mutter in seinem Arbeitszimmer.

»Ich habe mir überlegt, dass deine Braut schon am Montag hier einziehen sollte, damit wir uns ein bisschen kennenlernen können«, sagte die Countess.

Edmund erhob sich von seinem Stuhl. Dieses Ansinnen

war ungewöhnlich. Die Hochzeit sollte erst Ende der nächsten Woche stattfinden, und er hatte geglaubt, seine Mutter sei froh um jeden Tag, den Aurelie dem Haus fernblieb. Hatte sie sich etwa damit abgefunden, dass Edmund sie heiraten würde?

»Ich werde das mit ihr besprechen«, erwiderte er.

»Sie soll das Turmzimmer bekommen«, erklärte die Countess mit einem huldvollen Nicken.

»So?« Das wurde ja immer seltsamer. Das Turmzimmer war ein ganz besonderer, geschichtsträchtiger Raum. Schon König Charles II hatte angeblich 1670 in diesen Gemächern übernachtet, als er heimlich mit dem französischen König verhandelt hatte. Heute durften nur ausgewählte Gäste diesen Raum benutzen. Warum wollte Edmunds Mutter jetzt, dass Aurelie ausgerechnet in den Turm zog? Hatte sie etwa Angst, Edmund könnte sich seiner künftigen Frau vor der Hochzeitsnacht in ungebührlicher Weise nähern? Den Turm konnte die Countess gut kontrollieren, da er nur einen einzigen Zugang hatte.

»Gut, dann erwarte ich diese Aurelie de Nonant am Montag zum Tee«, sagte die Countess und wandte sich zur Tür.

»Einen Moment noch, Mutter«, erwiderte Edmund und ging um seinen großen Schreibtisch herum. Eigentlich war es der Arbeitsplatz seines Vaters, aber da der schon seit Jahren kaum mehr einen Fuß in dieses Zimmer setzte, hatte Edmund sich der Verwaltung ihrer Anwesen angenommen. »Warum ausgerechnet das Turmzimmer?«, fragte er nun.

»Das ist Tradition«, erklärte seine Mutter bereitwillig, als hätte sie auf diese Frage gewartet. »Immer wenn sich ein Earl of Sutterwood in Cornwall verheiratet hat, hat die Braut in den Tagen zuvor im Turm gewohnt.«

Edmund runzelte nachdenklich die Stirn. Davon hatte er noch nie gehört. Aber es war zumindest ein positiver Schritt auf Aurelie zu, wenn die Countess sie nicht von dieser Tradition ausschließen wollte.

Als Edmund an diesem Tag Aurelie in ihrem Garten besuchte, berichtete er ihr von dem Wunsch seiner Mutter.

Aurelie war gerade dabei, die Rosen zu schneiden, die ordentlich gewuchert hatten, als sie innehielt. »In dem großen runden Turm?«

»Du wirkst nicht gerade begeistert«, stellte Edmund fest.

Sie hob die Schultern und schnitt eine Ranke ab. »Der Turm macht mir Angst. Das ganze Haus ist unheimlich. Es ist so dunkel, düster und kalt.«

Edmund musste ihr recht geben, im Vergleich zu diesem wilden, bunten und leuchtenden Garten, auf den die ganze Zeit die Sonne schien, wirkte das Haus geradezu grau und öd. »Aber dafür bekommst du dort alles, was du dir wünschen kannst. Die köstlichsten Mahlzeiten, und wenn du ein heißes Bad nehmen möchtest, bereiten es dir die Dienerinnen zu.«

»All das brauche ich nicht, wenn ich nur hier sein kann«, sagte Aurelie. Sie trat einen Schritt von dem Rosenbusch zurück und betrachtete ihn kritisch. »Aber für dich, mein Liebling, werde ich mich natürlich fügen.«

»Ich weiß«, er strich sanft über ihren Arm, »und ich verspreche dir, dass wir so oft wie möglich hierherkommen und unsere Zeit im Garten verbringen werden. Aber wir haben ja in Helford House auch einen wunderschönen

Garten. Letztes Frühjahr und im Sommer haben wir viel Zeit dort verbracht.«

»Oh ja«, bei der Erinnerung legte sich ein weicher Ausdruck auf ihr Gesicht, »und doch …«

Sie beendete den Satz nicht, Edmund wusste auch so, was sie sagen wollte. Der Garten auf der Flussseite gegenüber gehörte in eine andere Welt. Er war von Landschaftsarchitekten geplant worden, der Earl unterhielt eine große Zahl von Gärtnern, die sich das ganze Jahr darum kümmerten.

»Ich werde dich am Montag abholen«, sagte Edmund.

Aurelie bückte sich nach ihrem Korb und legte das Messer hinein. »Mir wäre wohler dabei, wenn ich erst am Tag der Hochzeit in Helford House einträfe. So kann niemand unsere Lüge aufdecken, bis der Pfarrer uns endlich vermählt hat. Und danach …«

»… wird uns nichts mehr trennen.« Er zog sie in seine Arme. Natürlich hatte Aurelie recht, die Tage vor der Heirat boten eine große Gefahr, dass sie sich verrieten. Und doch wollte er seine Mutter nicht vor den Kopf stoßen. »Wir werden einfach dafür sorgen, dass du die meiste Zeit auf deinem Zimmer bist. Du kannst ja Kopfschmerzen vortäuschen.«

Aurelie nickte, aber Edmund merkte, dass sie nicht überzeugt war. Dennoch erklärte sie sich bereit, am Montag in Helford House einzuziehen. Nach der Hochzeit würde die Countess sofort nach London zurückreisen, es blieben also nur wenige Tage mit ihr zu überstehen.

Der Montag kam und brachte zum ersten Mal seit Wochen Regen. Edmund holte Aurelie mit dem Boot ab. Doch anstatt wie sonst den schmalen Klippenpfad in Richtung des Gartens zu nehmen, durchquerten sie das kleine Fischerdorf und eilten hinauf zur Landstraße, wo eine Mietdroschke auf sie wartete. Von ihr ließen sie sich nach Helford House bringen. Edmund beobachtete seine Geliebte genau, als das hochherrschaftliche Haus in Sicht kam. Keiner der Besucher dieses Anwesens rechnete damit, dass hier unten, am Ende der Welt, ein solch luxuriöses, weitläufiges Schloss lag. Das Gebäude war vor zweihundert Jahren vom dritten Earl of Sutterwood errichtet worden und bestach durch seine prachtvolle elisabethanische Architektur. Der helle Sandstein und die vielen großen Fenster waren gut gepflegt, und fünf Türme umgaben den rechteckigen, vier Etagen hohen Bau. Der Turm, in dem Aurelie bis zur Hochzeit wohnen sollte, war durch eine Galerie mit dem Haupthaus verbunden, er war rund, und nicht eckig wie die anderen.

Auf Aurelies Gesicht zeichnete sich keine Ehrfurcht und keine Bewunderung ab, sondern eher Angst und Zweifel. Edmund griff nach ihrer Hand und drückte sie fest. Er konnte ihr Unbehagen verstehen. Ihr Vorhaben war waghalsig, geradezu gefährlich, und es war eine Verzweiflungstat. Vermutlich hätte Edmund sich niemals zu diesem Abenteuer durchgerungen, wenn er sich in dem tropischen Garten damals nicht Hals über Kopf in Aurelie verliebt hätte.

Aurelie sog scharf die Luft ein, als die Kutsche vor dem Haus hielt.

Edmund lächelte ihr aufmunternd zu. »Alles wird gut.«

Der Butler öffnete ihnen die Tür, ein Hausmädchen

nahm Aurelie den Mantel ab. Sie trug eines der Kleider, die Edmund für sie hatte anfertigen lassen, und sah natürlich bezaubernd aus.

»Miss de Nonant!« Die Countess stand am Fuß der imposanten Treppe und hatte ein kühles Lächeln aufgelegt. »Herzlich willkommen in Helford House.«

Wieder fragte sich Edmund, was seine Mutter im Schilde führte. Er kannte sie, und sie wirkte nicht, als hätte sie sich mit Edmunds Entscheidung abgefunden. Harriet Thorn, die siebte Countess of Sutterwood, gab nie so schnell nach. Sie war es gewohnt, das zu bekommen, was sie wollte, und in diesem Fall war es eine Schwiegertochter aus einer der einflussreichen englischen Familien. Und doch zeigte sie sich gerade von ihrer besten Seite.

»Ich werde Sie persönlich zu Ihren Gemächern bringen.« Edmunds Mutter forderte Aurelie mit einer Handbewegung auf, ihr zu folgen.

Aurelie warf Edmund noch einen Hilfe suchenden Blick zu. Wieder einmal tat es ihm weh, dass er ihr all das zumuten musste. War er zu egoistisch, sie an sich zu binden? Er erhoffte sich ein freies Leben für Aurelie und sich selbst, aber war das überhaupt möglich? Er würde später einmal viel Verantwortung tragen müssen, er konnte sich nicht einfach in einen wilden Garten auf der anderen Seite des Helford River zurückziehen. Auch heute schon hätte er viel mehr Zeit in Gladdon Hall, ihrem großen Familiensitz in Kent, verbringen müssen, zu dem drei Dörfer, acht Farmen, eine Mühle und mehrere kleine Käsereien und Fleischereien gehörten. Sein jüngster Bruder kümmerte sich im Augenblick darum, da der zweitälteste in Frankreich stationiert und ihr Vater noch immer auf seiner Expedition war. Aber Edmund wusste, dass eigentlich er dafür verantwortlich war.

In dieser Nacht schlief Edmund unruhig. Immer wieder musste er an das Dinner denken, das sie im großen Esszimmer an der Tafel eingenommen hatten. Seine Mutter hatte Aurelie an die Längsseite des Tisches gesetzt, der bis zu vierzig Gästen Platz bot. Die Französin hatte ein wenig verloren gewirkt. Nicht nur die Augen der Countess hatten prüfend auf Aurelie gelegen. Auch Edmund hatte immer wieder besorgt beobachtet, wie Aurelie sich verhielt. Aber sie benahm sich perfekt. Und doch wirkte sie fremd in all diesem Prunk.

Plötzlich schrak Edmund zusammen. Waren das Schritte gewesen? Es musste weit nach Mitternacht sein. Er schlüpfte aus dem Bett und machte sich mit einem Mal große Sorgen. Vielleicht suchte Aurelie nach ihm, weil sie sich in dem einsamen Zimmer im Turm fürchtete.

Als er auf den Flur hinausspähte, war jedoch niemand zu sehen. Er wollte die Tür schon wieder schließen, als er eine Bewegung wahrnahm. Am Ende des Ganges schlich sich eine Dienerin aus dem Zimmer seiner Mutter. Vermutlich hatte die Countess nach einem Glas Wasser oder Milch verlangt. Doch im nächsten Augenblick folgte der Frau eine zweite, und Edmund erkannte, dass es die Countess selbst war. Er verbarg sich in der Türzarge, bis die beiden sich entfernt hatten. Dann schlich er ihnen barfuß hinterher. Sein Verhalten war absolut lächerlich, noch nie hatte er seiner Mutter nachspioniert. Und doch hatte er ein seltsames Gefühl. Diese Einladung von Aurelie nach Helford House, vier Tage vor der Hochzeit …

Als Edmund in die Eingangshalle gelangte, war keine Spur mehr von der Countess und der Dienerin zu sehen. Einen Moment lang überlegte er, zu seiner Geliebten zu gehen, um nachzusehen, ob es ihr gut ging. Aber wenn er dabei entdeckt würde, gäbe es einen Skandal. Nein, er wollte seiner Mutter keinerlei Anlass für weitere Kritik liefern.

Er ging zurück in sein Schlafzimmer und kroch unter seine Decke. Doch das Bild der Countess und der Dienerin, die sich durch das schlafende Haus schlichen wie zwei Diebe in der Nacht, ging ihm nicht mehr aus dem Kopf. Bestimmt gab es eine ganz einfache Erklärung dafür. Und doch …

Er wälzte sich noch eine Weile von einer Seite auf die andere, bis er irgendwann in einen leichten Schlaf fiel – aus dem er jedoch wenig später wieder hochfuhr. Erneut waren Schritte im Flur zu vernehmen, wieder sprang er aus dem Bett und eilte zur Tür. Es war die Dienerin, die am anderen Ende des Ganges die Treppe hinauf zu den Dienstbotenkammern schlich. Was auch immer sie und seine Mutter erledigt hatten, es hatte eine ganze Weile gedauert. Einen Moment lang lauschte er in die Dunkelheit. Es musste früher Morgen sein, noch war kein anderer Dienstbote wach. Dafür war Edmund nun endgültig um den Schlaf gebracht. Er hatte keine Erklärung für seine seltsame Unruhe. Er würde sich nun eine Tasse Milch holen und dann in sein Arbeitszimmer zurückziehen. Vielleicht wurde er ja ein wenig später wieder müde.

Edmund zog seine Hausschuhe an und warf sich den Morgenmantel über. Dann machte er sich auf den Weg nach unten. Die Küche lag im Untergeschoss, doch als er in die Eingangshalle kam und gerade durch die mit grünem

Samt bezogene Tür in den Dienstbotentrakt schlüpfen wollte, hielt er plötzlich inne. Es roch nach Rauch und Feuer. Waren doch schon einige Dienstboten wach, die den Herd unten angeheizt hatten? Edmund wollte die Küchenmädchen nicht in Verlegenheit bringen, indem er sie in der Küche überraschte, noch dazu in sein Nachtgewand gekleidet. Er stieß die Schwingtür auf und lauschte in den dunklen, schmucklosen Dienstbotenflur. Hier war alles ruhig. Besorgt ging er zurück in die Halle und sah sich in dem spärlichen Licht um, das der Vollmond durchs Fenster warf. Der Geruch war ungewöhnlich. Die Unruhe, die Edmund die ganze Nacht lang begleitet hatte, steigerte sich. Instinktiv ahnte er, dass etwas nicht stimmte – Aurelie war in Gefahr! So schnell er konnte, rannte er aus der Eingangshalle in Richtung des Ballsaals, durchquerte ihn und gelangte in den dahinter liegenden Flur.

Er hustete, als ihm Rauchschwaden entgegenzogen. Sein Herz schlug schneller. Er hatte also recht gehabt! Hier lag etwas im Argen. Hoffentlich war es nur ein kleines Feuer, das er rechtzeitig löschen konnte, bevor es auf Aurelies Turmzimmer übergriff und das ganze Haus in Brand geriet. Als er die Galerie erreichte, wurde der Rauch immer dichter. Er stolperte über etwas und landete in der nächsten Sekunde auf dem Boden. Feuchtigkeit drang durch den dünnen Stoff seines Morgenmantels. Nasse Tücher lagen auf dem Boden. Er schnupperte daran. War das Lampenöl? Warum, um alles in der Welt, waren hier Tücher in Petroleum getränkt worden? Ein furchtbarer Verdacht setzte sich in ihm fest. Handelte es sich etwa um Brandstiftung, und sollten diese Tücher das Feuer noch schneller verbreiten?

Als er sich aufrappelte, hatte er die Orientierung verloren. Das Mondlicht konnte den dichten Rauch nicht durchdringen, und einen Moment lang irrte Edmund umher, ohne zu wissen, in welche Richtung er lief. Erst als er gegen eine der Wände stieß, wusste er, wohin er sich wenden musste. Er tastete sich an der Mauer entlang in Richtung des Turmes. Nach einer Ewigkeit, wie es ihm schien, hatte er die Tür erreicht, den einzigen Zugang zum Turm. Er rüttelte daran, doch sie bewegte sich nicht. Merkwürdig, dieses Schloss war sonst nie versperrt gewesen! Wer hatte ausgerechnet heute die Tür verschlossen? Panik stieg in ihm auf. Dort oben schlief Aurelie, und das Feuer schien tatsächlich im Turm zu wüten. Mit aller Kraft warf er sich gegen die Tür, die sich aber immer noch nicht öffnen ließ. Er musste es noch einige Male versuchen, bis er sie endlich aus den Angeln sprengte. Als er die lodernden Flammen dahinter erblickte, erschrak er heftig. Das Feuer versperrte ihm den Weg zur Treppe.

»Aurelie!«, schrie er aus Leibeskräften.

Vielleicht antwortete sie nicht, oder er konnte ihre Stimme über das Brausen der Flammen hinweg nicht hören.

In seinem Kopf arbeitete es fieberhaft. Irgendwie musste er zur Treppe gelangen, hoffentlich hatte das Feuer die oberen Stockwerke noch nicht erreicht. Um ihn herum knackte es gefährlich. Die Hitze versengte seine Haut. Er biss die Zähne zusammen und war froh, als er die Treppe endlich erreicht hatte. Er eilte hinauf, hier oben war alles voller Rauch.

»Aurelie!«, schrie er immer wieder, doch seine Rufe wurden durch seine Hustenanfälle erstickt.

Als er endlich das Schlafzimmer erreicht hatte und die Tür aufstoßen wollte, stellte er fest, dass auch sie verschlossen war. Wieder brauchte er wertvolle Sekunden, während er sich mit seinem ganzen Gewicht gegen das massive Holz warf. Als auch diese Tür endlich offen war, stolperte er ins Zimmer.

»Aurelie!« Er stürmte auf das Bett zu, in dem er ihre leblose Gestalt liegen sah. »Mein Liebling!«

Doch sie reagierte nicht.

Ihm wurde heiß und kalt zugleich. Er rüttelte sie und tastete nach ihrem Puls, aber sie gab kein Lebenszeichen mehr von sich. Edmund brach kraftlos und schluchzend zusammen.

Kapitel 12

Helford River, Frenchman's Creek,
April 2022

Nachdem Emily das alte Cottage verlassen hatte, war ihr letzter Zweifel verflogen: Der Mann war tatsächlich Ryan. Aber wie hatte aus dem attraktiven, erfolgreichen Autor so ein zerlumpter, ungepflegter Einsiedler werden können? Nachdenklich ging sie zu ihrem Ferienhaus zurück. Sie nahm ihren Laptop und setzte sich damit in die Sonne, um im Internet noch einmal gründlich nach Ryan Scott zu suchen. Doch wieder vergebens – sie fand keine Informationen über ihn, die aus der Zeit nach ihrem gemeinsamen Aufenthalt in Kendal House stammten. Sie versuchte es mit dem Namen seiner Tochter Kelly, aber auch damit hatte sie keinen Erfolg. Irgendwann landete sie auf der Website des Verlags, in dem »Sterne am Nachthimmel« erschienen war. Ratlos scrollte sie sich durch die Seite. Ryans Roman war anscheinend noch lieferbar. Plötzlich hielt sie überrascht inne, als sie auf einen Namen stieß, den sie kannte: Susan Bewick. Susan hatte offenbar in demselben Verlag wie Ryan drei Bücher verlegt, und Emily kannte sie von einem gemeinsamen Schreibworkshop in London.

Emily öffnete ihr Mailprogramm. Ja, sie hatte ihre

Adresse noch eingespeichert. Sie tippte eine kurze E-Mail, in der sie Susan bat, sich beim Verlag nach Ryan Scott zu erkundigen. Vielleicht wussten die Mitarbeiter dort mehr und konnten ihr verraten, was Ryan zugestoßen war, das dazu geführt hatte, dass er heute vollkommen isoliert und verwahrlost in dem wilden Garten lebte. Ihre Kollegin antwortete nur wenige Sekunden später. Sie würde ihrer Lektorin sofort eine Nachricht schicken, vielleicht könne sie ja sogar seine gegenwärtige Adresse in Erfahrung bringen.

Emily klappte den Laptop zu. Mehr konnte sie im Augenblick nicht tun. In diesem Moment hörte sie Schritte auf dem Kies. Als sie aufsah, bog Paul um die Ecke.

»Emily!« Er breitete die Arme aus.

Sie stand auf und sah ihn verwirrt an. Seit ihrem Telefonat gestern Abend hatte sie tatsächlich nicht mehr an ihn gedacht.

»Warum bist du hergekommen?«, fragte sie ihn vorwurfsvoll.

»Wir haben uns gestern so unschön verabschiedet. Ich musste einfach kommen, und mich für meine Worte entschuldigen.« Er zog sie an sich. »Dabei bist du es doch, die mich zu einem besseren Menschen macht.«

Emily nahm den vertrauten Duft seines sündhaft teuren Parfüms wahr. Er versicherte ihr immer wieder, dass ihre Liebe ihn dazu brachte, so viel Geld zu spenden und sich für soziale Gerechtigkeit einzusetzen. Jetzt versuchte sie, sich zu erinnern, was er gestern Abend gesagt hatte, es schien alles weit zurückzuliegen.

»Schon gut.« Sie befreite sich aus seiner Umarmung.

»Du bist noch sauer auf mich«, stellte er fest und bedachte sie mit einem prüfenden Blick.

Emily war mit ihren Gedanken noch immer bei Ryan. Erst allmählich wurde ihr bewusst, dass Paul sich schon wieder über ihren Wunsch hinweggesetzt hatte, Zeit für sich zu haben.

Sie seufzte und ging ins Cottage, um Teewasser zu kochen.

Paul folgte ihr und beobachtete, wie sie den Wasserkessel füllte. »Ich will dich immer lieben, Emily, ich werde dir alles geben, was du dir wünschen kannst. Ich möchte eine Familie mit dir gründen und dich jeden Tag glücklich machen.« Er hielt inne und sah sie an wie ein bettelnder Hund, dessen Frauchen gerade ein Leckerli in der Hand hielt. »Ich will nichts anderes, als dich ein Leben lang an meiner Seite zu haben.«

Emily schluckte. Paul machte es ihr leicht, ihn zu lieben. Aber gleichzeitig auch unendlich schwer.

»Bitte, mein Liebling.« Er fasste ihre Schultern und drehte sie zu sich. »Bereite meinem bangen Warten ein Ende. Sag endlich Ja zu meinem Heiratsantrag.«

Emily musste unwillkürlich lächeln. Sie streckte ihre Hand aus und strich über seine glatt rasierte Wange. Sie wollte ihn nicht länger hinhalten. Warum tat sie sich mit diesem kleinen Wort so schwer? Paul war der Hauptgewinn. Viele Frauen würden sich einen so charmanten, gut aussehenden und vermögenden Mann aus einer altehrwürdigen englischen Familie wünschen. Aber Emily zögerte. Es wurde Zeit, eine Entscheidung zu treffen. »Na schön, dann heirate ich dich eben.«

Seine Augen weiteten sich. Er strahlte sie an. »Oh, Emily, das ist … das …«

Sie hob die Augenbrauen. »Warte! Ich heirate dich

aber nur, wenn du mir jetzt noch ein paar Tage Urlaub hier gönnst. Es tut mir gut, ein bisschen Ruhe zu tanken.«

»Aber wir könnten doch zusammen Urlaub machen! Wir können in die Karibik, nach Asien, oder irgendwo anders hin, wo es einsam ist. Wir feiern unsere Verlobung, nur wir zwei.« Er nahm sie in seine Arme, und im nächsten Moment verschmolzen ihre Lippen miteinander. Als er sich von ihr löste, zwinkerte er sie an. »Außerdem habe ich gestern ein wunderschönes altes Herrenhaus am Rande von Westminster erworben. Es ist perfekt für deine Filmschule. Wenn du mit mir nach London kommst, kannst du es dir ansehen, und wir könnten sofort mit der Planung loslegen. In einem Jahr könnten die ersten jungen Talente ihre Stipendien von uns erhalten und mit ihrer Ausbildung beginnen.«

»Oh, Paul!« Emily schlug die Hand vor den Mund, sie hatte Tränen der Rührung in den Augen. »Du hast tatsächlich schon ein geeignetes Gebäude gefunden?«

Er strich ihr zärtlich über die Wange. »Natürlich. Dein Traum ist auch mein Traum. Ich freue mich schon sehr auf unsere Akademie. Und jetzt komm, pack deine Sachen und lass uns aufbrechen.« Er legte seinen Arm um sie und führte sie zur Schlafzimmertür.

Emily musste an Ryan denken, und mit einem Mal verspürte sie widerstreitende Gefühle. Sie stand kurz davor, einen großartigen Mann zu heiraten, mit dem sie einen ihrer sehnlichsten Träume verwirklichen konnte, nämlich diese Filmakademie, die sie gemeinsam planten, doch der Gedanke an Ryan beschäftigte sie so sehr, dass sie den Helford River noch nicht verlassen konnte. Sie musste erst wissen, was mit ihm geschehen war und ob er vielleicht Hilfe brauchte – die Hilfe einer alten Freundin.

»Emily?« Paul sah sie skeptisch an. »Ist alles in Ordnung?«

»Oh, ja.« Sie wandte sich von ihm ab, doch Paul zog sie wieder an sich und begann, sie mit Küssen zu bedecken. Während seine Berührungen immer leidenschaftlicher wurden, versuchte Emily, sich fallen zu lassen. Doch ihre Gedanken ließen sich nicht abstellen, Pauls Nähe erregte sie nicht wie sonst. Dabei wusste sie, dass sie sich endlosen Fragen aussetzen würde, wenn sie ihn jetzt aufhalten würde. Und so ließ sie es zu, dass er sie in das winzige Schlafzimmer des Cottages führte.

Am nächsten Morgen flog Paul nach London zurück. Die Nacht mit ihm war schön gewesen, Emily konnte sich irgendwann doch noch ihrer Leidenschaft hingeben. Sie hatten ihre Verlobung gefeiert, und heute kam ihr die Entscheidung richtig vor. Paul hatte sie gedrängt, mit ihm nach London zu reisen, aber Emily hatte darauf bestanden, noch ein paar Tage hier am Helford River zu bleiben. Sie war noch nicht bereit, sich gleich in die Hochzeitsvorbereitungen zu stürzen. Und jetzt, da sie wieder allein war, wusste sie auch, warum. Es war Ryan – sie konnte Cornwall nicht verlassen, bevor sie sein Schicksal kannte.

Sie saß vor ihrem Ferienhaus in der Sonne, als sie den Mailaccount auf ihrem Handy öffnete. Ihre Freundin Susan hatte ihr tatsächlich geantwortet. Susans Lektorin kannte Ryans aktuellen Aufenthaltsort offenbar nicht, sie könne sich nur daran erinnern, dass seine Tochter vor einigen Jahren gestorben sei, danach habe er sich nie wieder beim Verlag gemeldet.

Emily schlug erschrocken die Hand vor den Mund. Dann hatte seine Tochter den Kampf gegen den Krebs also verloren. Sie schrieb ihrer Freundin eine kurze Antwort und legte dann das Handy beiseite. Sie musste noch einmal mit Ryan reden, ihm sagen, dass sie wusste, was mit Kelly geschehen war. Vielleicht würde er dann zugänglicher werden.

Emily stieg über die Mauer in das Nachbargrundstück hinüber. Ihre Schritte führten sie wie von selbst zu dem ummauerten Garten, doch er lag verlassen vor ihr. Erst als sie die Obstwiese überquert und die Steintreppe über dem Cottage erreicht hatte, sah sie Ryan am Brunnen stehen. Einen Moment lang beobachtete sie ihn dabei, wie er seinen Eimer füllte, dann stieg sie die Stufen hinunter.

Ryan hatte sie noch nicht bemerkt. Sein Hemd war am Rücken zerrissen, sodass sie seine von der Frühlingssonne gebräunte Haut sehen konnte.

»Ryan«, sagte Emily leise.

Er hielt inne. Dann setzte er den Eimer ab und drehte sich zu ihr um. »Lass mich in Ruhe.«

»Nein.« Emilys Herz klopfte fest gegen ihre Brust. Diesmal würde sie sich nicht abwimmeln lassen. Sie musste mehr wissen. Obwohl Ryan sie mit seiner Gartenhacke und mit dem Messer bedroht hatte, verspürte sie keine Angst vor ihm.

»Ich werde nicht von hier weggehen. Ich muss mit dir reden«, sagte Emily, äußerlich ganz ruhig, obwohl die Aufregung in ihr tobte.

Ryan wich ein paar Schritte zurück, bis er gegen den Brunnen stieß.

»Damals, nachdem wir das Drehbuch geschrieben hatten«, begann Emily, »hat Luca sich von mir getrennt. Mein Freund – erinnerst du dich?«

Sie suchte in seinem Gesicht nach einer Regung und erkannte Angst und Abwehr in seinen Zügen. Dann sprach sie weiter. »Ich habe dich bei der Filmpremiere vermisst. Zu den Dreharbeiten bin ich übrigens nie gegangen, weil ich damals mit der Trennung beschäftigt war. Sie hat mich sehr getroffen.«

Seine Augen huschten hin und her wie die eines Tieres in der Falle. Emily konnte es kaum ertragen, ihn so nervös zu sehen.

»Unser Film ist gut geworden, finde ich.« Sie lächelte, aber er reagierte immer noch nicht. Emily fragte sich, ob ihre Worte überhaupt bei ihm angekommen waren. »Hast du ihn gesehen?«

Sie blickte in seine müden Augen.

»Bitte, Ryan, sag irgendwas.« Sie ging zu ihm und griff nach seiner Hand, die rau, schwielig und schmutzig war.

Rasch zog er sie zurück, als hätte er sich an ihren Fingern verbrannt. Einen Moment lang wirkte er panisch. Es tat Emily unendlich weh, ihn so bedrängen zu müssen. Aber sie wollte nicht aufgeben, nicht dieses Mal.

Dann sagte sie unwillkürlich: »Ich weiß, dass Kelly gestorben ist.«

Einen Moment lang geschah gar nichts. Kurz darauf verdunkelten sich Ryans Augen, und seine Lippen begannen zu zittern. »Geh!«

Emily spürte, wie sich der sonnige Tag verdunkelte. Ryans Leid war greifbar, auch sie fröstelte plötzlich.

»Lass mich allein«, wiederholte Ryan seine Aufforderung.

Doch Emily blieb stehen und wartete ab.

Er stützte sich auf den Brunnenrand und atmete tief durch, sein Blick war ins Leere gerichtet. »Ich …«, begann er schließlich und stockte.

Emily gab ihm Zeit. Das Reden schien ihm nicht leichtzufallen.

»Du darfst nicht hier sein.«

»Aber das bin ich«, antwortete sie ruhig. »Ich möchte mich mit dir unterhalten. Vorher kann ich nicht wieder nach London zurück.«

»Aber ich … ich will nicht mit dir sprechen … ich … Du würdest mich nie wieder so sehen wie früher.« Er strich sich fahrig über den ungepflegten Bart.

»Bitte, Ryan.« Emily wagte es nicht, einen weiteren Schritt auf ihn zuzugehen, obwohl sie ihn am liebsten berührt hätte. »Was ist mit Kelly passiert?«

Er hob hilflos die Schultern. Sie sah, dass auch seine Beine zitterten. Es zerriss ihr das Herz, ihn so unter Druck zu setzen.

»Sie ist in Amerika gestorben. Ich habe es erst erfahren, als sie schon begraben war.« Seine Stimme war so leise, dass Emily ihn nur mit großer Mühe verstehen konnte. »Emma hat es mir erst gesagt, als mein kleines Mädchen schon unter der Erde war. Ich konnte mich nicht mehr verabschieden. Ich hätte sie beschützen müssen, ich hätte niemals zulassen dürfen, dass Emma sie mit nach Atlanta nimmt.« Er verbarg sein Gesicht in den schwieligen Händen.

Kaltes Entsetzen packte Emily. Jetzt konnte sie verstehen, warum Ryan jeden Halt verloren hatte. »Und aus diesem Grund hast du alles hinter dir gelassen und bist hierhergekommen?«

Er ließ seine Hände sinken und schien einen Moment lang verwirrt. »Nein. Ich habe mein letztes Geld genommen und bin zu Emma geflogen. Ich brauchte einen Beweis dafür, dass Kelly nicht mehr lebt.«

Emily erinnerte sich daran, dass diese ganze Geschichte damals mysteriös gewesen war. »Hast du diesen Beweis gefunden?«

Ryan nickte und ließ sich auf die staubige Erde sinken. »Sie haben mir die Sterbeurkunde und ihr Grab gezeigt.«

»Wer?«

»Die Leute von der Klinik«, sagte Ryan bitter. »Es war tatsächlich eine Sekte. Emma ist bei ihnen geblieben. Sie hat die Scheidung eingereicht.«

Allmählich begann Emily zu begreifen, was Ryan durchgemacht hatte. »Das tut mir sehr leid«, sagte sie.

»Es war alles meine Schuld«, stieß er aus und ließ den Kopf hängen. »Ich hätte früher merken müssen, dass Emma dieser Sekte verfallen war. Aber ich habe ihre Aussagen nicht überprüft, ich habe ihr viel zu lange geglaubt. Erst als es zu spät war, als sie mit Kelly schon in Amerika war, habe ich gemerkt, dass etwas nicht stimmt.«

»Es ist nicht deine Schuld.« Emily setzte sich neben ihn. »Du hast damals hart an unserem Drehbuch gearbeitet, um das Geld für die Therapie deiner Tochter zusammenzubekommen.«

Ryan stieß einen abfälligen Laut aus und hob den Kopf. »Und wofür das alles? Ich hätte mich besser um Kelly kümmern müssen. Hätte ich nur gründlicher nachgeforscht …«

Emily rückte näher an ihn heran und nahm seine Hände. »Du hast deiner Frau vertraut. Es gab keinen Grund, genauer nachzuforschen. Du hast alles getan, was du für deine Tochter tun konntest.«

»Nein.« Er sah sie an, und in diesem Moment war er wieder der alte angriffslustige und kompromisslose Ryan, wie Emily ihn kannte. »Ich war dumm und habe mich täuschen lassen. Und am Ende haben alle mir Vorwürfe gemacht – meine und Emmas Familie, unsere Freunde. Ich konnte es nicht mehr ertragen.«

»Und aus diesem Grund bist du hierhergekommen?«, fragte Emily.

»Ich hatte keinen Penny mehr, denn ich hatte ja alles für Kelly ausgegeben. Nach der Scheidung von Emma war ich völlig verzweifelt. Dann starb mein Onkel und vererbte mir diesen Garten. Ich wollte ihn verkaufen, um von dem Geld zu leben. Aber als ich hierherkam, um mir alles noch einmal anzusehen, war es wie …« Er verstummte und zuckte die Schultern.

»Du hast dich hier wohlgefühlt?«, half Emily ihm weiter. Genauso ging es ihr auch, sobald sie diesen Garten betrat.

»Ja.« Er schloss die Augen und lehnte den Kopf an die Mauer des Brunnens. »Ich bin nach Kellys Tod zwei Jahre lang umhergeirrt. Erst in Amerika, dann in Northumberland. Ich konnte so nicht mehr leben, hatte sogar daran gedacht, mich umzubringen. Aber in diesem wilden Garten fühlte ich mich auf einmal zu Hause. Ja, es war wie die Heimat, die ich früher im Norden hatte. Und es tat gut, dass ich allein war. Die Menschen hielten mich für sonderbar und machten einen großen Bogen um mich.«

»Du hast sie ja auch alle verjagt«, sagte Emily mit einem Lächeln. »Bei mir hast du dir ordentlich Mühe gegeben.«

Er wandte den Kopf zu ihr und sah sie mit zusammengezogenen Augenbrauen an. »Wieso bist du zurückgekehrt?«

Emily zögerte. Sie konnte sich diese Frage nicht einmal selbst beantworten. »Ich wollte herausfinden, ob du es wirklich bist.«

»Du hättest es dabei belassen sollen«, seufzte er und streckte seine Beine aus.

Emilys Blick fiel auf seine schmutzige Jeans, die offenbar seit Wochen nicht mehr gewaschen worden war. »Das konnte ich nicht. Dafür hast du mir einmal zu viel bedeutet.«

Überrascht sah er sie an.

»Ich musste einfach wissen, was mit dir los ist. Ich wollte keine alten Wunden aufreißen …«, fuhr sie leise fort.

»Aber das hast du«, flüsterte er. »Ich habe über die Jahre gelernt, mit meinem Schmerz zu leben. Seit du hier aufgetaucht bist, kommen die alten Gedanken zurück.«

Emily schwieg. Zwischen den Farnen und Pinien konnte sie den Helford River langsam dahinfließen sehen. Ein paar Möwen ließen sich auf der Wasseroberfläche treiben, ein Motorboot tuckerte vorbei. Ja, dieser Ort war der Inbegriff von Frieden. Und doch gab es keinen Frieden, der ewig währte. Eine Weile konnte man sich hier verkriechen – auch Emily tat es gut, an diesem Ort etwas Abstand von Paul zu haben. Aber sie wusste, dass sie bald wieder in ihren Alltag zurückkehren musste. Ein dunkler Schatten legte sich über sie, als sie daran dachte.

Sie fasste wieder nach Ryans Hand.

»Du spürst den Schmerz um Kelly hier vielleicht nicht

allzu sehr«, begann sie nun. »Aber willst du dein Leben lang vor deiner Trauer fliehen?«

Er befreite sich aus ihrem Griff und stand auf. »Ich weiß, du meinst es gut, Emily. Aber deine Anwesenheit ist schädlich für mich.«

Emily erhob sich ebenfalls. Sie musste an seine heruntergekommene Kleidung denken, den ungepflegten Bart und das halb verfallene Cottage, das keinerlei Komfort bot. Aber wer war sie, darüber zu urteilen? Wenn Ryan dieses Leben tatsächlich glücklich machte, dann waren all diese Äußerlichkeiten unwichtig. Doch sie hatte die Verzweiflung in seinen Augen gesehen, und sie war sich sicher, dass er sich einsam fühlte. Nein, er führte kein friedliches Leben hier, und ihr Auftauchen hatte das Gerüst zum Einsturz gebracht, das er sich um seine Trauer erbaut hatte. Wie konnte sie ihn erreichen?

»Geh einfach und vergiss mich«, bat Ryan jetzt und fuhr sich durch die verfilzten Haare.

Emily zögerte. Eigentlich sollte sie genau das tun: Sie sollte sich umdrehen und gehen. Nach London zurückfahren und ein Leben an Pauls Seite führen. Schließlich hatte sie noch eine Menge für die Hochzeit vorzubereiten, einige Exposés zu schreiben und zwei Drehbuchaufträge auf dem Tisch.

Doch sie schüttelte den Kopf. »Ich kann nicht, und ich weiß nicht mal, warum.«

Sie drehte sich zu ihm, um ihn besser ansehen zu können.

Ryan wich ihrem Blick aus, doch sie erkannte, dass ihre Worte ihn berührten.

Vorsichtig fuhr sie fort: »Ich merke doch, dass es dir

nicht gut geht. Du hattest auch damals schon viel Wut in dir, aber da waren auch so viel Liebe und Leidenschaft für deine Projekte. Und für die Menschen, die du geliebt hast.«

»Emily«, er bückte sich und hob einen trockenen Tannenzapfen auf, »hör auf damit.«

Sie konnte ihn nicht einfach so verlassen. »Du bedeutest mir immer noch sehr viel, Ryan.«

Er schleuderte den Tannenzapfen in Richtung des Helford River. Dann machte er sich auf den Weg zu seinem Cottage, um kurz davor noch einmal innezuhalten, als habe er etwas vergessen. Langsam drehte er sich um.

»Ich habe jeden Tag an dich gedacht. Und gleichzeitig wollte ich nicht, dass du jemals von dieser Schmach erfährst. Ich bin ein Versager, Emily, ein Mann, der nicht in der Lage ist, auf sein Kind aufzupassen. Und ich wollte nicht, dass du das erfährst. Ich wollte nicht, dass du mich verachtest.«

Emily sah ihn überrascht an. Niemals hätte sie geglaubt, dass sie für Ryan damals eine so wichtige Rolle gespielt hatte.

»Das würde ich nie tun«, erwiderte sie.

»Sag so etwas nicht. Ab jetzt wirst du mich bedauern, verachten, bemitleiden … oder was auch immer.«

Emily stand nun so dicht vor ihm, dass sie den Duft seiner Haut riechen konnte. »Gib nicht auf, kämpf dich wieder zurück in dein Leben. Fang an zu schreiben, genieße deinen Garten hier, du hast doch das perfekte Stück Erde gefunden.«

Der Anflug eines Lächelns zeigte sich auf seinem Gesicht und wärmte Emilys Herz.

»Das funktioniert nicht.« Er nahm ihre Hand und

drückte sie auf seine Brust. »Hier drin, Emily, werde ich mich immer schuldig fühlen. Ich werde mich bis zum letzten Atemzug dafür schämen, dass ich mich nicht genug um meine kleine Tochter gekümmert habe.«

Er verstummte. Plötzlich schien ihm Emilys Nähe bewusst zu werden. Sein Blick wurde weich.

Und Emily beugte sich zu ihm und schlang beide Arme um ihn. Sie wusste nicht, wie sie derart die Kontrolle hatte verlieren können. Jetzt war sie ihm ganz nah, ihr Gesicht nur Zentimeter von seinem entfernt. Sie hörte seine Atemzüge und sah die Angst und Zärtlichkeit in seinen Augen. Ihre Lippen näherten sich seinen, und im nächsten Moment küsste sie ihn. Der dichte, struppige Bart kitzelte Emilys Kinn, doch sie spürte nur das Kribbeln in ihrem Bauch, und sie schloss die Augen und überließ sich ganz diesem Kuss. Ryans Körper, der sich zunächst versteift hatte, wurde ganz weich, und Emily schmiegte sich fest an ihn. Und dann nahm Ryan sie in seine Arme, während sie sich zärtlich küssten. Irgendwann bemerkte Emily den kratzigen Bart nicht mehr, sie vergaß den Schmutz auf Ryans Haut und die Verzweiflung in seinen Augen. Plötzlich war er wieder der Ryan, den sie aus Kendal House kannte. Sein Atem ging immer rascher, ihre Zungen tasteten sich vor, und Emily meinte zu schweben. Die Welt um sie herum begann, sich zu drehen, sich aufzulösen. Emily sog den Duft seiner Haut nach Erde, Sonne, Meer und Schweiß ein. Sie spürte die Hitze seiner Leidenschaft, die sich immer mehr ihren Weg bahnte. Und auch Emilys Körper reagierte auf die Sinnlichkeit, die in diesem Kuss lag. Es war, als brannte sie lichterloh, und sie drückte sich immer fester an ihn, spürte seine Erregung und stöhnte vor Begehren auf. Ihr Kuss wurde immer hungriger, Emilys Finger wanderten unter Ryans Hemd und fuhren über seinen Oberkörper, über seine festen Muskeln. Ryan schob Emilys Shirt hoch, und seine rauen Hände streichelten zärtlich über ihren Rücken. Seine Atemzüge waren zu Seufzern geworden, die Emily um den Verstand brachten. In diesen Minuten gab es keinen Paul und kein Leben in London mehr, es gab nur Ryan und Emily und den wilden Garten am Helford River. Es fühlte sich alles leicht und richtig an. Emilys Kopf war leer, sie spürte nur die Liebe und die Leidenschaft, die Sonne und das Salz in der Luft, Ryans Körper, seine Hingabe und sein Verlangen. Die Zeit schien unendlich zu sein.

Als sie irgendwann voneinander abließen, war mehr als eine Stunde vergangen. Ryans Gesicht war nass von Tränen. Emily hielt seine Hand, sie betrachtete ihn und erkannte, wie sehr sie ihn in all den Jahren vermisst hatte. Erst in diesen Stunden hier im Garten hatte sie bemerkt, dass sie sich in Ryan verliebt hatte. Es war schon damals, vor zwölf Jahren passiert, doch es war ihr nie bewusst geworden. Dieser Kuss hatte sie spüren lassen, was Ryan für sie bedeutete. Er war wie eine Heimat für sie, und sie wollte ihn am liebsten nie mehr loslassen, aus Angst, ihn erneut zu verlieren.

Emilys Kopf ruhte an seinem Hals, sie spürte die Wärme seiner Haut, hörte seinen Herzschlag. Möwen schrien vom Helford River zu ihnen herauf, das leise Plätschern des Wassers vermischte sich mit dem Rauschen der Pinien. Dieser Moment war schön und so unendlich friedlich.

Während sich Emily wie eine Ertrinkende in Ryans Umarmung schmiegte, musste sie daran denken, dass er eigentlich nicht der Mann war, nach dem sie gesucht hatte. Sie hatte sich eher nach einem Partner wie Paul gesehnt, der ihr Sicherheit gab und sie auch beruflich unterstützen konnte. Schnell verdrängte sie den Gedanken an ihren Verlobten wieder. Sie wollte lieber noch eine Weile dieses unfassbar glückliche Gefühl genießen, in den Armen eines Mannes, den sie seit vielen Jahren vermisst hatte.

Lange blieben sie so stehen. Keiner von ihnen sprach ein Wort. Es wurde kühl, als die Sonne hinter den Bäumen verschwand. Sie küssten sich noch einmal, dann ergriff Emily das Wort. Sie wusste, dass sie ihm von Paul erzählen musste.

»Ich …« Sie zögerte, als sie in seine Augen sah. Seine Einsamkeit und Trauer waren einem Ausdruck von Verletzlichkeit gewichen. Und mit einem Mal wurde Emily klar, dass diese Berührungen und Zärtlichkeiten für Ryan die ersten seit vielen Jahren gewesen sein mussten. Nein, sie konnte ihm jetzt nicht von ihrer Verlobung erzählen, sie musste zuerst in Ruhe nachdenken. »Ich muss gehen.«

»Kommst du wieder?«, fragte Ryan.

»Morgen«, versprach Emily.

»Ich begleite dich zurück.« Ryan nahm Emilys Hand, und während sie durch den Garten gingen, sah er sie immer wieder an, mit einem Lächeln auf seinem Gesicht.

Emily wollte ihn so vieles fragen, über diesen Garten, wann er angelegt worden war und von wem, aber das Schweigen zwischen ihnen war schöner als jedes Wort dieser Welt.

Viel zu schnell hatten sie die Mauer erreicht. Noch ein letztes Mal umarmten und küssten sie sich, dann kehrte Emily in ihr altes Leben zurück.

Mit jedem Schritt, den sie sich von Ryan entfernte, wurde ein neuer, unbekannter Druck auf ihrer Brust immer stärker. Als sie ihr Ferienhaus erreicht hatte, musste sie sich auf dem Holztisch auf der Terrasse abstützen, um wieder zu Atem zu kommen. Mit zitternden Fingern schloss sie die Tür auf und holte sich ein Glas aus der Küche. Rasch füllte sie es mit Wasser und trank in großen Zügen. Dann nahm sie eine Wolldecke und setzte sich draußen vor das Cottage.

Es dämmerte bereits. Sie hatte den ganzen Tag mit Ryan verbracht. Ihr Kopf schwirrte, genau wie die Mücken und kleinen Fliegen im letzten Licht des Tages. Was hatte sie getan? Emily atmete tief durch. Sie hatte Ryan zwar versprochen, dass sie morgen wiederkommen würde, aber würde das nicht alles noch komplizierter machen? Sie hatte sich vor vierundzwanzig Stunden verlobt – und heute schon ihren zukünftigen Mann betrogen. Wie weit würde sie noch gehen, wenn sie wieder mit Ryan zusammentraf? Und gleichzeitig wusste sie, dass sie ihn um nichts in der Welt enttäuschen wollte. Hätte sie den Heiratsantrag gestern doch nicht annehmen sollen? War das falsch und übereilt gewesen?

Emily betrachtete ein paar Vögel, die auf der Wiese vor dem Haus gelandet waren und nach Würmern pickten. In Ryans Armen hatte sie dieselben Gefühle empfunden wie vor langer Zeit auch bei Luca. Sie hatte sich selbst verloren, hatte sich Ryan so verbunden gefühlt wie keinem anderen Menschen auf der Welt. Aber es gab keine Zukunft für sie beide, denn Ryan besaß nichts, er hatte nicht einmal einen Job. Emily war zwar inzwischen gut im Geschäft, aber sie machte sich keine Illusionen, ihre Aufträge hatte sie größtenteils durch Pauls Beziehungen erhalten. Er war in der Filmbranche äußerst einflussreich, und wenn er bei seinen Kollegen Stimmung gegen Emily machen würde, könnte sie nicht mehr arbeiten. Sie musste bei Paul bleiben, es gab gar keine andere Wahl.

Emily seufzte. Sie spürte wieder Ryans Lippen auf ihrer Haut, wünschte sich in seine Umarmung zurück. Schnell stand sie auf, um diese Gedanken zu vertreiben. Doch egal, was sie auch versuchte, ihre Erinnerung kehrte immer wieder an den Tag im wilden Garten am Helford River zurück.

In dieser Nacht schlief sie schlecht, sie träumte wirres Zeug und war froh, als der Morgen dämmerte und sie endlich aufstehen konnte. Sie kochte sich einen starken Tee und saß lange in ihrer dicken Jacke auf der Bank vor dem Haus. Immer wieder wanderte ihr Blick hinüber zum Nachbargarten. Ja, sie freute sich darauf, Ryan gleich wiederzusehen, und gleichzeitig wusste sie, dass sie nicht zu ihm gehen sollte. Sie sollte besser sofort aufbrechen und nach London zurückkehren.

Emily ging in ihr Cottage, zog ihren Koffer unter dem Bett hervor und begann zu packen. Mit jedem Kleidungsstück, das sie hineinlegte, wuchs das dumpfe Gefühl des Unwohlseins in ihr. Als der schmale Schrank des Ferienhauses fast leer war, hielt sie inne. Sie musste eine Pause machen, das Packen deprimierte sie. Sie beschloss, einen Spaziergang zu unternehmen, und ihre Füße trugen sie wie von selbst zu der Gartenmauer. Wenn sie heute abreisen würde, war es nur fair, Ryan ihren Entschluss mitzuteilen. Und sie musste ihm unbedingt von Paul erzählen und ihrer bevorstehenden Hochzeit, obwohl sie wusste, wie sehr sie ihn dadurch verletzen würde.

Nachdenklich stieg sie in den wilden Garten hinüber. Aus dem Augenwinkel nahm sie eine Bewegung wahr. Doch als sie sich umdrehte, war nichts zu sehen außer den bunt blühenden Pflanzen um sie herum. Dennoch hatte sie plötzlich das Gefühl, beobachtet zu werden. Als sie den Seerosenteich erreicht hatte, blieb sie stehen und schaute einen Moment lang auf das Wasser.

»Emily!«

Sie sah überrascht auf. Am gegenüberliegenden Ufer stand Ryan. War er es gewesen, der ihr vom Holiday Cottage aus gefolgt war? Doch er schien aus einer anderen Richtung gekommen zu sein. Er hatte sich komplett verändert.

Er hatte sich rasiert, trug eine saubere Jeans und ein sauberes Hemd, und die Haare waren frisch gewaschen und so ordentlich gekämmt, wie es bei seiner Lockenmähne möglich war. Die Hände in den Hosentaschen vergraben, kam er am Ufer entlang auf sie zu. Und sie konnte nicht anders, als ihn anzustrahlen.

Und in dem Augenblick, als er fast vor ihr stand, waren alle Vorsätze vergessen. Sie flogen aufeinander zu und lagen sich kurz darauf in den Armen. Emily nahm den frischen Duft von Seife wahr und spürte seine weiche Wange an ihrer, ehe sich ihre Lippen fanden und in einem langen, zärtlichen Kuss miteinander verschmolzen. Sie hielten sich fest, und in Emilys Körper breiteten sich Wellen der Erregung und Leidenschaft aus, die in ihrem Unterkörper eine Explosion entfachten. In diesem Moment brauchten sie keine Worte, sie spürten nur sich und den anderen, ihre Liebe und Zärtlichkeit, die Sinnlichkeit, die sie beide fast um den Verstand brachte. Ihre Atemzüge beschleunigten sich, kleine Seufzer mischten sich unter die Schreie der Möwen und das leise Plätschern des Wassers.

»Warte.« Ryan löste sich so weit von ihr, dass er sie ansehen konnte. »Komm mit, ich will dir den Fluss zeigen.«

Emily lächelte ihn an. Sie war glücklich, und Paul war für diesen Augenblick vergessen, es gab nur Ryan und die Stunden, die vor ihnen lagen. Was danach sein würde, war jetzt nicht wichtig.

Ryan küsste sie noch einmal zärtlich auf den Mund und nahm dann ihre Hand. Er führte sie um den Teich herum einen Weg entlang, den Emily noch nicht kannte. Nach ein paar Minuten erreichten sie den Brunnen, an dem sie sich gestern zum ersten Mal geküsst hatten.

»Warte kurz.« Ryan ließ sie stehen und lief zum Haus. Er holte einen Picknickkorb und brachte sie dann auf einem schmalen Pfad hinunter zum Fluss. An einem wackligen Bootssteg lag ein altes Ruderboot vertäut.

»Sei vorsichtig, ein paar von den Brettern sind morsch.« Ryan setzte seine Schritte mit Bedacht, während er den Steg überquerte.

Emily bemühte sich, ihm genau zu folgen.

Als sie das Boot erreicht hatten, stellte Ryan den Korb hinein und half Emily einzusteigen. Dann machte er das Boot los und sprang selbst hinein. Er griff nach den Rudern und stieß sich ab.

Das Wasser plätscherte leise um sie herum. Die Sonne wärmte Emilys Haut. Sie streckte die Beine aus und lehnte sich genüsslich zurück.

Ryan steuerte das Boot aus dem Frenchman's Creek hinaus auf den Helford River. Aber statt in Richtung Helford und den Kanal zu fahren, brachte er sie weiter in westliche

Richtung. Neben ihnen schwammen Möwen auf dem Wasser, und in einiger Entfernung zwei weiße Schwäne, die ihre Köpfe stolz in die Sonne reckten. Es roch nach Algen und Meer.

Emily stellte fest, wie gekonnt Ryan die Ruder setzte. Seine Muskeln spannten sich mit jeder Bewegung an, doch es wirkte spielend leicht, als strengte es ihn nicht im Geringsten an.

»Fährst du oft mit diesem Boot hinaus?«, fragte sie ihn und schirmte ihre Augen gegen die Sonne ab, um ihn besser sehen zu können.

»Manchmal«, erwiderte er. »Um Fische zu fangen.«

Ryan hatte sich sein Leben gut eingerichtet – wenn da nicht der verzweifelte Schmerz in seinem Inneren gewesen wäre. Doch Emily hatte diesen Schmerz nun vertrieben. Wie würde Ryan reagieren, wenn sie ihm die Wahrheit sagte? Wenn sie ihn hier allein lassen und zu Paul nach London zurückkehren würde? Schnell schob sie diesen Gedanken beiseite. Sie wollte die Zeit mit Ryan heute noch einmal genießen.

Es war wunderschön, in dem kleinen Boot über den Fluss zu fahren. Irgendwann steuerte Ryan einen schmalen Steinstrand an, der offenbar nur über das Wasser zugänglich war, und zog den Kahn an Land. Er breitete eine alte Decke aus und holte Brot, Honig, Käse und Obst aus seinem Korb. Dann stellte er zwei Flaschen vor Emily auf die Decke.

»Selbst gemachte Zitronenlimonade«, erklärte er und zwinkerte ihr zu. »Aus eigenen Zitronen und Honig hergestellt.«

Er schien Selbstversorger zu sein, Emily bewunderte ihn dafür. »Stellst du alles selbst her?«

»Alles, was ich kann«, antwortete er und prostete ihr mit der Flasche zu. »Ich muss nur wenige Sachen bei dem Bauern einkaufen, dessen Farm an meinen Garten grenzt. Milch und Getreide beispielsweise. Um Geld zu verdienen, arbeite ich manchmal auf einem Fischkutter, und der Verkauf meines Buches bringt auch noch immer ein wenig Honorar ein.«

Emily trank einen Schluck Limonade. Sie war köstlich, nicht zu sauer, aber erfrischend. Sie konnte die sonnengereiften Zitronen schmecken, den Honig und das Brunnenwasser.

Ryan streckte seine Hand nach ihr aus und strich ihr eine Haarsträhne zurück, die ihr ins Gesicht gefallen war. Mit dem Daumen fuhr er die Konturen ihres Kiefers nach, berührte sanft ihre Lippen und Wangen. Schließlich zog er sie vorsichtig an sich und küsste sie.

Emily genoss diesen zärtlichen Kuss, und erst einige Minuten später ließen sie atemlos voneinander ab.

Während des Essens schwiegen sie. Emily musste grinsen. Sie erinnerte sich an damals, als sie ihn in Kendal House kennengelernt hatte und immer das Gefühl gehabt hatte, ihr Gespräch in Gang halten zu müssen. Sie lächelte, als sie an seine Sturheit dachte. Heute war es anders, sie musste die Stille zwischen ihnen nicht mehr füllen.

Als sie einige Stunden später wieder an dem wackligen Bootssteg des wilden Gartens anlegten, war Emily erfüllt von der Sonne und den Eindrücken ihrer Bootsfahrt. Ryan hatte ihr die Meeresarme gezeigt, versteckte Buchten, Kormorane, Schwäne und Haubentaucher, aber auch leuchtende Ginsterbüsche und Rhododendren, die bis ans Ufer heranreichten.

Vor dem Cottage schlang sie ihre Arme um ihn. Es wurde kühl, die Sonne ging bald unter. »Es war wunderschön, ich danke dir für diesen Tag.«

Statt einer Antwort küsste er sie. Emily wusste, dass sie ihm noch heute von Paul erzählen musste, aber die Leidenschaft seiner Berührungen drängte diesen Gedanken zurück. Sie spürte seine Lippen auf ihren, sog den Duft seiner Haut ein und geriet in einen Strudel aus Leidenschaft und Begierde. Wie lange hatte sie solche starken Empfindungen nicht mehr gespürt?

»Oh, Emily«, stöhnte Ryan, während seine Hände sich einen Weg unter Emilys Shirt suchten. Er tastete sich zu ihrem Büstenhalter vor und schob ihn ungeduldig nach oben, ohne dass seine Lippen von ihren abließen. Er liebkoste ihre Brüste, und Emily meinte, vor Lust zu explodieren. In diesem Moment fasste er sie und hob sie hoch, als wäre sie nicht schwerer als eine Feder. Er trug sie in das dunkle Cottage und ließ sie auf sein Bett gleiten. Als er sich auf sie legte, traten Emily Tränen des Glücks in die Augen. Sie zog ihm das Hemd über den Kopf und strich über seinen nackten Oberkörper. Ryan betrachtete sie liebevoll, bevor er auch sie von ihrem Shirt befreite. Er beugte sich zu ihr herunter, und seine Lippen wanderten über Emilys Haut. Ihre Atemzüge beschleunigten sich. Sie öffnete seine Jeans und ließ ihre Hände zu den festen Rundungen seines Pos wandern. Er stöhnte auf, und sie spürte seine Erregung an ihrem Unterleib. Begierig streiften sie beide ihre Hosen ab, bis sie endlich unbekleidet nebeneinanderlagen.

Ryan ließ seinen Blick über ihren Körper gleiten, und in seinen Augen lag so viel Liebe, dass Emily ganz schwindelig wurde. Dann verschmolzen ihre Lippen wieder miteinander, und sie konnte nicht mehr an sich halten. Emily tastete sich vor, bis sie seine pulsierende Lust in den Händen hielt und vor Erregung laut aufstöhnte. Sie vergaß alles um sich herum, als er sich auf sie legte und in sie eindrang. Nach wenigen Stößen keuchte er laut, und auch Emily spürte, wie sich ein Feuerwerk in ihr zusammenbraute. Nur eine Sekunde später schrien sie beide vor explodierender Lust auf, und es dauerte lange, bis sich ihre Herzschläge wieder beruhigten. Stundenlang blieben sie so liegen, lauschten den Geräuschen der Nacht, küssten und liebkosten sich.

In dieser Nacht liebten sie sich immer wieder. Es war, als hätten ihre Körper sich seit Jahren danach gesehnt und seien endlich in ihrem Begehren erhört worden. Als die Sonne schon hoch am Himmel stand, lag Emily noch immer in Ryans Armen. Noch nie hatte sie eine so intensive Liebesnacht erlebt, noch nie hatte sie mit einem Mann in so kurzer Zeit so oft geschlafen, und jedes Mal hatte es etwas Verzweifeltes, aber auch zutiefst Zärtliches und Erlösendes gehabt.

»Ich bin glücklich, Emily«, hörte sie plötzlich Ryans Stimme neben sich. »Du hast mich gerettet, du hast mich von meiner Trauer befreit. Ich werde mich immer schuldig an Kellys Tod fühlen, aber dank dir kann ich jetzt wieder nach vorne schauen.«

Emily drehte sich zu ihm um und blinzelte ins helle Sonnenlicht des Morgens, das durch das Fenster hereinfiel. Ryans Gesichtszüge waren weich, sein Lächeln strahlte Liebe und Wärme aus. Emily wollte für immer in diesem Bett liegen bleiben, das Leben konnte so einfach sein.

Sie schmiegte sich noch einmal eng an ihn und küsste ihn innig, ehe sie sich aufrichtete. »Ich muss gehen.«

Sie spürte, wie er zusammenzuckte. Aber statt sie zu bitten, noch bei ihm zu bleiben, schwieg er. Und auch während sie sich anzog, sagte Ryan kein einziges Wort.

Nachdem sie in ihre Schuhe geschlüpft war, setzte sie sich noch einmal aufs Bett.

»Hör zu, da gibt es etwas, das ich dir sagen muss«, begann sie.

Ryan war ebenfalls aufgestanden und hatte sich seine Hose angezogen. Mit nacktem Oberkörper stand er vor ihr. Trotz der Stärke, die seine Muskeln ahnen ließen, wirkte er seltsam verwundbar. Die Zuversicht, die er seit gestern ausgestrahlt hatte, verschwand. Seine Miene versteinerte. Emily wand sich innerlich. Dieser Mann hatte schon viel Leid ertragen, musste sie ihn wirklich verletzen?

Sie atmete tief durch. »Ich habe nicht damit gerechnet, dich je wiederzusehen, aber in dem Moment, als ich dich traf, wurde mir klar, wie viel du mir bedeutest. Das, was heute Nacht geschehen ist, ist unbeschreiblich. Und es verwirrt mich. Ich habe ein Leben in London und bin inzwischen eine erfolgreiche Drehbuchautorin … Ich muss mir das alles durch den Kopf gehen lassen. Ich weiß nicht, wie es mit uns weitergehen soll.«

Rasch kam er zu ihr und zog sie hoch in seine Arme. Sofort schmolzen alle Widerstände in Emily dahin. Sie nahm seinen Geruch wahr, der ihr inzwischen so vertraut geworden war, es war der Duft ihrer gemeinsamen Nacht, ihrer Leidenschaft.

Seine Lippen fuhren über ihre Stirn. »Nimm dir alle Zeit, die du brauchst. Ich werde auf dich warten, solange es dauert. Ich habe ja schon zwölf Jahre gewartet, es macht mir nichts aus.«

»Oh, Ryan«, seufzte Emily, und ihr Mund suchte seinen. Noch einmal sank sie auf das schmale Bett und überließ sich den innigen Gefühlen, die er in ihr auslöste.

Als sie eine Stunde später zu ihrem Cottage zurücklief, war sie traurig und glücklich zugleich. Sie war erfüllt von der Liebe zu Ryan, aber auch verzweifelt, weil sie wusste, dass diese Liebe keine Zukunft hatte. Wenn sie Paul einen anderen Mann vorzog, würde sie die Rache ihres Verlobten gnadenlos zu spüren bekommen.

Wenn es nur um Emily gegangen wäre, hätte sie Paul sofort angerufen und ihm mitgeteilt, dass sie sich in einen anderen Mann verliebt hatte. Aber es ging auch um ihre Mutter, die alles getan hatte, um ihrer Tochter das Leben zu ermöglichen, das sie sich selbst immer gewünscht hatte. Sie war so stolz auf Emily und auf ihren Schwiegersohn in spe. Und außerdem ging es um die Filmschule, ihre Akademie, mit der sie so vielen Jugendlichen, die aus prekären Verhältnissen stammten, helfen wollte. Emily war bewusst, dass Paul dieses Projekt nur ihretwegen unterstützte. Und es war ihr klar, dass die ganze Sache scheitern würde, wenn sie sich von ihm trennte.

Inzwischen hatte sie die Mauer erreicht und stieg gedankenverloren darüber. Als sie auf die Wiese trat, an deren Ende ihr kleines Ferienhaus lag, blieb sie erschrocken stehen. Auf der Bank neben dem Eingang saß jemand. Langsam ging sie weiter, bis sie entsetzt erkannte, dass es Paul war. Wartete er hier schon lange? Vielleicht sogar schon seit gestern? Wut stieg in ihr auf, doch gleich darauf meldete sich ihr schlechtes Gewissen. Sie hatte sich genau so benommen, wie Paul es immer befürchtet hatte. Und jetzt war er hier, nur wenige Meter von dem Mann entfernt, mit dem Emily ihn soeben betrogen hatte. Sie musste eine Entscheidung treffen.

Paul stand auf. Seine Miene war unergründlich, als er Emily umarmte. Sie wand sich innerlich vor Schuld und Scham. Ryans Geruch haftete an ihr, und sie spürte noch die Erregung, die seine Berührungen bei ihr ausgelöst hatten. Emily überlegte fieberhaft, was sie Paul sagen sollte.

»Na, ist mir die Überraschung gelungen?«, fragte er, während er sich von ihr löste.

Emily fuhr ihn wütend an: »Warum kannst du nicht akzeptieren, dass ich ein paar Tage allein sein möchte?«

Er legte den Kopf schief und betrachtete sie aus halb geschlossenen Augen. »Es tut mir leid, du hast ja recht. Aber es gibt Gründe, warum ich hier bin.«

»Ach ja?« Emily verschränkte die Arme vor der Brust.

»Wir haben heute Nachmittag einen wichtigen Termin mit der Baufirma, die diese alte Villa in Westminster für unsere Akademie renovieren wird«, begann Paul, »und ich könnte mir vorstellen, dass du da gern dabei wärst.«

»Heute?« Emily schloss die Tür zu ihrem Cottage auf. Es roch nach abgestandener Luft. Natürlich freute sie sich, dass es mit ihrer Filmschule so schnell vorangehen sollte. Aber sie wurde das Gefühl nicht los, dass Paul sie mit diesem Termin nur wieder nach London locken wollte.

»Sollten wir nicht erst einmal in Ruhe darüber nachdenken?«, fragte sie. »Ich meine, wir haben ja noch gar keine konkreten Pläne gemacht. Wie viele Teilnehmer wollen wir in die Kurse aufnehmen? Und wie viele Räume brauchen wir?«

»Es ist momentan schwer, Fachkräfte zu finden. Deshalb habe ich sofort zugesagt, als ich eine Firma mit freien Kapazitäten gefunden habe. Ich dachte, das sei in deinem Sinne.« Er folgte ihr ins Innere des kleinen Ferienhauses.

»Das geht mir alles zu schnell«, entgegnete Emily und lehnte sich gegen die Arbeitsplatte der Küchenzeile. »Können wir den Termin nicht auf nächsten Monat verschieben? Ich möchte wirklich noch ein paar Tage hierbleiben und nachdenken.«

Paul zog die Augenbrauen zusammen. »Worüber denn? Du hast dich entschieden, also kannst du doch wieder nach London kommen.«

Emily schüttelte den Kopf. »Ich bleibe hier. Mein Urlaub endet, wenn ich es für richtig halte.«

Er schnaubte wütend. »Das ist dein letztes Wort?«

»So ist es.« Emily ließ ihn stehen und trat wieder hinaus in die Sonne vor dem Cottage.

»Aber das geht nicht!« Er stürmte zornig hinter ihr her. »Ich habe in allen großen Tageszeitungen Anzeigen aufgegeben, die unsere Verlobung ankündigen. Sie werden morgen erscheinen. Bestimmt werden unsere Freunde und wichtige Geschäftspartner kommen, um uns zu gratulieren. Du kannst dich nicht am Ende der Welt verkriechen.«

Emily starrte ihn fassungslos an. »Zieh die Anzeige zurück!«

»Unmöglich, das lässt sich nicht mehr stoppen.« Er lächelte sie an und breitete die Arme aus. »Morgen wird ganz England wissen, dass wir verlobt sind.«

»Ohne mich.« Sie schüttelte entsetzt den Kopf. »Ich

lasse mich nicht von dir erpressen. Auf gar keinen Fall werde ich meinen Urlaub abbrechen.«

»Also, ich verstehe dich nicht«, sagte Paul. »Ich tue alles für dich, reise zweimal durchs halbe Land, nur um dich zu sehen. Ich kümmere mich um deine Filmakademie, habe Millionen in das Gebäude investiert und eine Baufirma für die Renovierung aufgetrieben. Aber du scheinst das überhaupt nicht wahrzunehmen. Außerdem habe ich eine kleine Überraschungsparty organisiert, um unsere Verlobung zu feiern. Ich habe all unsere Freunde eingeladen, auch deine Mutter und meine ganze Familie. Zu diesem Anlass könnten wir auch gleich unsere Pläne einer Filmschule bekannt geben und unsere Geschäftspartner ansprechen, ob sie sich vielleicht engagieren wollen. John Mercy beispielsweise. Ich dachte, du freust dich.«

Emily ließ die Schultern hängen und sah betrübt zu Boden. Wollte Paul sie wirklich nur nach London holen, um sie zu kontrollieren, oder hatte er die Feier aus ganz anderen Gründen organisiert? Vielleicht wollte er ihr damit ja nur seine Liebe beweisen und den Freunden und seiner Familie zeigen, wie viel sie ihm bedeutete. Warum freute sie sich nicht einfach darüber, dass ihr Verlobter so aufmerksam war und eine Party für sie ausrichtete? Die Antwort war einfach: Schon wieder zwang er sie zu einer Entscheidung, und wieder hatte sie keine freie Wahl, weil er alles schon vorbereitet hatte. Paul war es gewöhnt, zu bestimmen, den Ton anzugeben und Projekte in die Wege zu leiten. Emily seufzte. Es blieb ihr gar nichts anderes übrig, als das zu akzeptieren, und zwar ihr restliches Leben lang, oder ihn zu verlassen, jetzt auf der Stelle.

Unwillkürlich fiel ihr Ryan ein, und ihr wurde kalt, als

sie daran dachte, dass er heute auf sie wartete. Ryan hatte ein Recht darauf, zu erfahren, dass sie nicht mehr frei war. Sie liebte ihn mehr, als sie Paul je lieben würde, und doch wäre es verrückt, sich für Ryan zu entscheiden. Sie würde Paul zu diesem Termin nach London begleiten, aber möglichst rasch hierher zurückkehren, um mit Ryan zu sprechen. Das Cottage hatte sie sowieso noch eine Woche lang gemietet.

»Na schön, ich komme mit dir nach Hause«, stieß sie hervor und rannte, wütend über die Situation, in die sie sich selbst gebracht hatte, ins Haus, um ein paar Kleider einzupacken.

Zwei Stunden später landete Pauls Flugzeug in London. Hier war der Himmel nicht mehr so strahlend blau wie in Cornwall, die Luft nicht geschwängert vom Duft des Meeres und der Rosen. Ihre Limousine quälte sich durch den dichten Verkehr, Emily blickte aus dem Fenster und wünschte sich zurück in Ryans wilden Garten. Paul und sie schwiegen die meiste Zeit.

Das Haus, das Paul von seinem Großvater geerbt hatte, befand sich in South Kensington und war eines der typischen schmalen Stadthäuser mit einem kleinen Stück Garten dahinter. Die fünfhundert Quadratmeter Wohnfläche waren für Paul und Emily mehr als ausreichend, doch sobald sie Familie haben würden, wollte Paul eine moderne Villa im Umland von London bauen lassen. Die drei Gästezimmer ihres Stadthauses waren oft belegt, nicht nur ihre Verwandten, auch Freunde und Geschäftspartner übernachteten oft bei ihnen.

Emily unterdrückte ein Seufzen, als sie an ihre Familienplanung dachte. Sie war inzwischen siebenunddreißig, und wenn sie ein Kind haben wollte, wurde es dringend Zeit. Aber wollte sie das wirklich? Sie war sich nicht sicher, ob sie bereit war, ihre Karriere für eine Familiengründung zurückzustellen. Natürlich würde Paul nicht auf seinen Beruf verzichten, er ging davon aus, dass Emily oder ein Kindermädchen sich um die Erziehung ihrer Kinder kümmern würde. Aber sie wollte keinen Nachwuchs bekommen, um ihn dann an eine fremde Frau abzugeben.

Das alles fühlte sich falsch an. Sie sah aus dem Fenster der Limousine, und mit einem Mal machte sich eine unendliche Müdigkeit in ihr breit. Sie überlegte, was Ryan wohl gerade tat. Sie sah ihn vor sich, wie er in seinem Garten hockte und die Erde bearbeitete, Pflanzen setzte und wässerte. Der Tag gestern war wunderschön gewesen. Die Ruhe und der Frieden auf dem Wasser, das Picknick in der zauberhaften Natur und eine so leidenschaftliche Nacht, wie Emily sie noch nie erlebt hatte.

Endlich erreichten sie das Haus, und der Fahrer öffnete Emily die Wagentür. Nachdenklich betrachtete sie die Villa vor sich. Mit ihrer Hochzeit würde sie auch ihr gehören. Damals in Cambridge hätte sie niemals geglaubt, dass sie es einmal zu solchem Wohlstand und Erfolg bringen würde. All das und noch viel mehr würde Paul ihr bieten. Ja, es war eine vernünftige Entscheidung. Ihr Verlobter war ein guter Mann, und über seine Schwächen würde sie bald hinwegsehen können.

Paul wies den Chauffeur an, in einer Stunde für die Fahrt nach Westminster bereitzustehen. Dann wandte er sich lächelnd an Emily. »Ich kann es kaum erwarten, dir das Gebäude für die Akademie zu zeigen.«

Emily bemühte sich um einen euphorischen Gesichtsausdruck, der ihr vermutlich nicht ganz gelang. Sie kam sich vor, als sei das alles nur ein schlechter Traum, seltsam unwirklich und verschwommen.

Wenig später hatte sie sich ein Bad eingelassen und schloss die Augen, während ihr der Lavendelduft des teuren Pflegeöls in die Nase stieg. Sie hatte im Hausflur verschiedene Jacken hängen sehen, also waren die Gäste tatsächlich schon hier. Na schön, sie würde heute Abend die Überraschte spielen. Dabei sehnte sie sich so sehr nach Ryan, obwohl sie wusste, dass sie ihn nie wieder berühren durfte. Nach der Hochzeit würde sie sich keinen Seitensprung mehr erlauben. Während sie über diesen Begriff nachdachte, tauchte sie in der Wanne unter. Einen Moment lang war es seltsam still um sie herum, nur das Wasser gluckerte in ihren Ohren. Nein, Ryan war kein Seitensprung, das Wort war viel zu schwach für das, was sie gemeinsam erlebt hatten.

Wenig später stieg Emily aus dem Wasser und hüllte sich in eines der dicken, weichen Handtücher. Als sie ins Schlafzimmer trat, saß Paul auf dem Bett.

Sie blieb stehen und zog die Augenbrauen zusammen. Die Stimmung zwischen ihnen war immer noch angespannt.

»Der Chef der Baufirma hat gerade angerufen«, erklärte Paul mit zerknirschtem Ton. »Der Termin wurde auf nächste Woche verschoben.«

Emily sah ihn irritiert an. Paul war kein Mensch, der sich einfach vertrösten ließ. Hatte er sich diesen Termin am Ende nur ausgedacht, um sie nach London zu locken?

»Außerdem möchte ich mich bei dir entschuldigen. Du

hast recht, ich hätte die Anzeige mit dir abstimmen müssen«, fuhr er fort, als sie nicht antwortete.

Emily nickte überrascht. »Allerdings.«

Er machte sich an ihrem Handtuch zu schaffen, das sofort zu Boden glitt. Jetzt stand sie nackt und mit feuchten Haaren vor ihm, während Paul begann, sie leidenschaftlich zu küssen. Emily schloss die Augen und versuchte, den Widerwillen zu ignorieren, der in ihr aufstieg. Paul nestelte an seinem Gürtel und zerrte mit einer Hand an seinem Hemd. Seine Küsse wurden immer gieriger, sein Atem beschleunigte sich. Er stieß sie aufs Bett und lag im nächsten Moment schon auf ihr. Emily versuchte, sich fallen zu lassen, aber sobald sie die Augen schloss, sah sie Ryan vor sich.

»Nicht, hör auf!« Sie schob ihren Verlobten von sich und richtete sich auf. »Bitte nicht.«

»Was ist denn los?«, fragte er und sah sie verwirrt an. »Bist du noch immer böse auf mich?«

Emily rutschte auf die Bettkante und griff nach dem Handtuch. »Ich kann das gerade nicht. Nicht heute, wenn die Gäste bald kommen.«

Er stöhnte laut auf und ließ sich in die Kissen fallen.

Emily wandte sich ab und ging ins Ankleidezimmer. Am liebsten wäre sie davongelaufen, weg von diesem Haus, weg von London und all den Menschen, die etwas von ihr erwarteten, von dem sie nicht wusste, ob sie es überhaupt noch wollte.

Doch stattdessen holte sie ein schlichtes schwarzes Kleid aus dem Schrank und zog sich an. Als sie sich im Spiegel betrachtete, musste sie beinahe lachen. Heute Abend würden sie eine Überraschungsparty feiern, doch sie hatte sich gekleidet wie für ihre eigene Beerdigung.

Als sie wieder ins Schlafzimmer kam, war Paul verschwunden. Er war vermutlich verletzt und fühlte sich zurückgewiesen. Gedankenverloren griff Emily nach einer schlichten Perlenkette, die sie sich um den Hals legte. Sie hatte vorhin nicht mit ihm schlafen können, weil es sich falsch angefühlt hatte. Sie hatte plötzlich den Eindruck gehabt, Ryan damit zu betrügen. Aber das war unfair ihrem zukünftigen Mann gegenüber. Wieso konnte sie nicht dieselbe Leidenschaft für Paul empfinden, die sie in Ryans Armen gespürt hatte?

Kraftlos ging sie die Treppe nach unten. Am liebsten hätte sie sich ins Bett gelegt und die Decke über den Kopf gezogen, aber das würde ihre Probleme nicht lösen.

»Bist du so weit?« Auf einmal stand Paul neben ihr und reichte ihr den Mantel.

Emily nickte. »Wo gehen wir hin?«

Er sah sich vorsichtig um, was ihren Verdacht bestätigte, dass die Überraschungsgäste schon irgendwo im Haus sein mussten. Vermutlich warteten sie im Nachbarzimmer. Dann zwinkerte er ihr zu und sagte leise: »Ich muss dich nur hier rausbringen, damit alles vorbereitet werden kann.«

Eine halbe Stunde später saßen sie in einem kleinen Bistro am Rande der Innenstadt. Im Hintergrund lief leise Musik, die Wände wurden in wechselnden Neonfarben beleuchtet.

Sie hatten nicht viel gesprochen, und Emily war klar, dass Paul traurig war. Und obwohl sie wusste, dass er teilweise recht hatte, brachte sie es nicht über sich, einen

Schritt auf ihn zuzugehen und sich für ihre schroffe Art zu entschuldigen. Selbst wenn es diesen Termin mit der Baufirma wirklich gegeben hatte, ärgerte sie sich immer noch darüber, dass er ihre Wünsche ignoriert hatte und ihr nicht genügend Zeit gab.

»Soll das jetzt den ganzen Abend so laufen?«, fragte Paul in diesem Moment.

Emily sah von ihrem Weißwein auf. »Was meinst du?«

»Dass wir uns anschweigen«, antwortete er und lehnte sich auf dem bequemen Stuhl zurück. Sein Haar schimmerte gerade grün von der Wandbeleuchtung.

»Mir geht einfach viel durch den Kopf«, antwortete Emily ausweichend.

Paul seufzte. »Ich tue alles für dich, überhäufe dich mit Geschenken, sorge für deine Mutter, unterstütze dich bei deinen beruflichen Plänen und zeige dir ständig meine Liebe … Ich weiß manchmal nicht, was du von mir erwartest.«

Nein, offensichtlich nicht. Aber es war völlig sinnlos, ihm ein weiteres Mal zu erklären, dass sie genau diese Fürsorge erstickte. Es kam nicht bei ihm an. Sie würde lernen müssen, das zu akzeptieren, oder … Nein, es gab kein Oder, es durfte keines geben.

Als sie drei Stunden später wieder nach South Kensington zurückkamen, war Emilys Laune immer noch düster. Aber sie versuchte, Paul ihre Unzufriedenheit nicht zu zeigen.

Die Haushaltshilfe öffnete ihnen die Tür, und Emily setzte die gewünschte Überraschungsmiene auf. Als sie in den Salon trat, der von der Eingangshalle abging, gingen bunte Scheinwerfer an, Musik erklang, und Jubelrufe wurden laut.

»Herzlichen Glückwunsch!«

»Da sind sie ja!«

»Alles Liebe und Gute zur Verlobung!«

Menschen stürmten auf Emily und Paul zu und umarmten sie, Champagner wurde gereicht, und alle stießen an. Emilys zukünftige Schwiegermutter hüllte sie in eine Wolke ihres teuren Parfüms ein. »Willkommen in der Familie, ich freue mich ja so, dass du Paul heiraten wirst.«

»Em, ich gratuliere dir!« John Mercy stand lachend vor ihr.

»John!« Emily schlug vor Freude die Hände vor den Mund. Sie hatte John seit zwei Jahren nicht mehr gesehen, und sofort stieg ein Gefühl alter Freundschaft und Zuneigung in ihr auf. »Wie schön, dass du da bist.«

»Das konnte ich mir doch nicht entgehen lassen«, sagte der Produzent und umarmte sie. »Wenn ich dich schon nicht buchen kann.«

Emily grinste. »Ich würde sehr gerne wieder mal ein Drehbuch für dich schreiben.«

»Ich nehme dich beim Wort.« Er zwinkerte ihr zu. »Wie geht es dir, Em?«

»Gut«, log sie und versuchte, ein glückliches Gesicht zu machen. »Stell dir vor, wen ich getroffen habe: Ryan Scott!«

»Ryan? Ich dachte, den gibt es nicht mehr. Er war wie vom Erdboden verschwunden.« John schnappte sich zwei Champagnergläser von dem Tablett eines Hausmädchens. »Was macht er so?«

»Er lebt in einem wunderschönen Garten in Cornwall«, erzählte Emily.

John reichte ihr eines der Gläser. »Auf deine Zukunft!«

Emily trank einen Schluck. Dieser Toast gefiel ihr. John hatte nicht auf ihre Verlobung angestoßen, noch immer gefiel ihr der Gedanke nicht, dass sie bald Pauls Ehefrau sein sollte.

»Und warum hat er mit dem Schreiben aufgehört?«, wollte John wissen.

Emily berichtete dem Produzenten von dem Verlust seiner Tochter, kurz nachdem sie die Arbeit an ihrem Drehbuch beendet hatten. »Erst wirkte er … einsam und eigenbrötlerisch. Aber als ich länger bei ihm war, wurde mir klar, dass er dort eigentlich ganz zufrieden ist.«

John sah sie nachdenklich an. »Ihr wart euch damals ziemlich nah.«

Emily lächelte. »Am Ende, ja. Anfangs war es eine echte Katastrophe.« Im Grunde genommen war es auch dieses Mal zuerst eine Katastrophe gewesen. Aber dann war eine große Nähe zwischen ihnen entstanden. Hatte Emily sich jemals einem anderen Menschen näher gefühlt?

Plötzlich sehnte sie sich so sehr nach Ryan, dass es ihr fast die Luft zum Atmen nahm.

»Alles in Ordnung, Em?« John betrachtete sie forschend.

Sie schluckte und blinzelte die Tränen weg, die ihr in die Augen geschossen waren. »Natürlich.«

»Bist du dir mit deiner Verlobung sicher?«, fragte er unvermittelt.

Emily erstarrte für eine Sekunde. War es denn so klar zu erkennen, dass sie unglücklich war? Am liebsten hätte sie den Kopf geschüttelt und wäre aus dem Haus gestürmt. Ja, sie wollte bis zum Helford River laufen und sich in Ryans

Arme stürzen. Doch in diesem Moment fiel ihr Blick auf ihre Mutter, die ein wenig verloren und abseits der anderen Gäste stand und an ihrem Champagner nippte. Emily atmete tief durch und antwortete dann mit fester Stimme: »Ja.«

John hob fragend die Augenbrauen, sodass Emily schnell von diesem Thema ablenkte und ihm von der geplanten Filmschule erzählte.

»Das ist ja eine tolle Idee!«, rief er und klopfte ihr anerkennend auf die Schulter. »Natürlich werde ich dich unterstützen.«

Emily strahlte ihn erleichtert an. »Bitte entschuldige mich, ich will meine Mutter begrüßen.«

Hastig schlängelte sie sich durch die Menge.

»Hallo, Mom«, rief sie und warf sich in ihre Umarmung.

»Alles, alles Liebe und Gute für euch«, sagte ihre Mutter und drückte sie fest an sich. »Ich bin so stolz auf dich.«

Emily überlegte, ob ihre Mutter stolz auf ihre Karriere oder eher auf ihren Verlobten war, und sie befürchtete, dass Letzteres zutraf.

Aber ihre Mutter so glücklich zu sehen, tat gut. Gleichzeitig hatte sie das Gefühl, die Luft im Raum wäre dünner geworden.

Es wurde spät, und als Emily endlich ins Bett fiel, ging schon beinahe die Sonne auf. Emily wurde wach, als sie eine Berührung an der Schulter spürte. Ihr Kopf schmerzte vom Alkohol, ihr Mund war ganz trocken. Paul beugte sich über sie.

»Aufwachen, meine Schöne«, sagte er leise. »Ich habe uns Frühstück ans Bett bestellt.«

Jetzt stieg ihr köstlicher Kaffeeduft in die Nase. Sie öffnete die Augen und zuckte zusammen. Mühsam richtete sie sich auf und linste ins helle Tageslicht. Vor ihr standen Kaffee, Orangensaft, Croissants und ein Teller mit Rührei auf einem Tablett. Emily stöhnte und griff nach der Kaffeetasse. Nachdem sie ein paar Schluck getrunken hatte, ließ sie sich wieder in die Kissen sinken.

Paul rutschte näher an sie heran und bedeckte ihr Gesicht mit Küssen. Seine Hand tastete sich unter ihr Nachthemd.

»Paul, nicht!« Emily wehrte ihn ab und drehte sich auf die andere Seite.

»Was ist denn los mit dir, verdammt?« Er klang laut und ärgerlich.

»Ich habe Kopfschmerzen«, murmelte Emily und wünschte sich, er würde aufstehen und sie allein lassen. »Das war einfach zu viel Champagner gestern.«

»Na schön.« Er wandte sich ab.

Emily schwieg. Sie wollte heute unbedingt nach Cornwall zurückfahren, um noch einmal mit Ryan zu reden. Bis dahin sollten die Kopfschmerzen besser sein.

»Ich reserviere uns für heute Abend einen Tisch im *Alfreds*«, sagte Paul und stand von der Bettkante auf.

Emily biss sich auf die Lippen. Hatte er wirklich vergessen, dass sie andere Pläne hatte, oder ignorierte er es absichtlich?

»Paul, ich werde heute Abend nicht in London sein«, erklärte sie ihm. »Ich fahre zum Helford River zurück.«

»Ich dachte, das Thema sei durch.« Er kam um das Bett herum und blieb vor ihr stehen.

Emily richtete sich auf und griff nach dem Orangensaft, den sie in gierigen Zügen trank.

»Warum willst du dir diesen Stress antun? Lass es uns lieber hier gemütlich machen. Wenn du willst, nehme ich mir ein paar Tage frei.« Paul setzte sich wieder zu ihr ans Bett. Er trug noch seinen Pyjama.

Emily stieß wütend die Luft aus. »Nein! Merkst du nicht, dass du mich mit deiner Liebe und Fürsorglichkeit erdrückst?«

Sie schwang die Beine aus dem Bett und kniff die Augen fest zusammen, als sie eine Welle von Kopfschmerzen durchfuhr. Sie wartete eine Weile, bis sie sich gelegt hatten, und fuhr dann fort: »Ich bin dir wirklich sehr dankbar für alles, was du für mich und meine Mutter tust. Aber du nimmst mir die Luft zum Atmen.«

»Okay.« Paul ging ohne ein weiteres Wort ins Bad.

Dann hörte Emily das Wasser in der Dusche rauschen. Als er ein paar Minuten später, mit nassen Haaren und in ein Handtuch gewickelt, wieder aus dem Badezimmer kam, stellte er sich vor Emily und sagte: »Ich möchte nicht, dass du fährst.«

Sie sah ihn trotzig an. »Aber ich werde fahren, ob du willst oder nicht.«

»Dann zwingst du mich dazu, es dir zu verbieten«, erwiderte er, während er die Spiegeltür öffnete, die in seinen Ankleideraum führte.

»Das kannst du nicht«, rief Emily ihm nach.

»Das werden wir ja sehen!«

Emily strich sich müde über ihr Gesicht und stand auf. Ihre nackten Füße versanken in dem dicken beigefarbenen Teppich. Sie ging ins Bad, um sich zu waschen. Was hatte

Paul wohl vor? Sollte sie wirklich diesen Mann heiraten, der ihre Wünsche immer wieder missachtete? Noch war es nicht zu spät, sie konnte die Verlobung lösen. Sie musste zurück nach Cornwall, um noch einmal darüber nachzudenken.

Als sie am späten Nachmittag endlich ihr kleines Holiday Cottage am Helford River erreicht hatte, überlegte sie, ob sie heute noch zu Ryan gehen sollte. Aber auch wenn sie sich nach ihm sehnte und ihm dringend sagen wollte, wie leid es ihr tat, dass sie einfach verschwunden war, wollte sie zunächst eine Weile allein sein, um sich über alles klar zu werden.

Die Sonne stand schon tief, als sie sich in ihrer dicken Jacke vor das Haus setzte und auf den Fluss hinuntersah. Aber je mehr sie über ihre Situation nachdachte, umso schneller drehten sich ihre Gedanken im Kreis. Alles lief auf die eine Frage hinaus: Konnte sie sich zu einer Ehe mit einem Mann zwingen, der über ihr Leben bestimmen wollte, nur weil er ihr Geld und den Erfolg versprach, den sie sich immer gewünscht hatte? Pauls Verhalten in den letzten Tagen hatte Emily deutlich gezeigt, was sie in dieser Ehe erwartete. Sie sog tief den Duft der Rhododendren und Rosen um sich herum ein und überlegte weiter.

Sie käme sich allerdings ziemlich egoistisch vor, wenn sie den Traum von ihrer Akademie zerplatzen ließe und dadurch die Zukunft so vieler junger Studenten zerstörte. Sie selbst hatte eine Menge Glück gehabt, dass sie es so weit gebracht hatte. Wie viele andere hatten das nicht? Und nun hatte sie die Möglichkeit, sie zu unterstützen –

und nahm sie am Ende nicht wahr? Nein, das konnte Emily einfach nicht übers Herz bringen.

Es begann zu dämmern, und es wurde allmählich kühl. Emily ging ins Cottage, wärmte sich eine Suppe auf und aß sie mit einer Scheibe trockenem Toast. Dann legte sie sich ins Bett und schlief sofort ein.

Als sie erwachte, war es bereits heller Tag. Sie streckte sich und stellte fest, dass die Kopfschmerzen endgültig verschwunden waren. Nie wieder würde sie so viel Champagner trinken! Ryans Limonade hatte ihr viel besser geschmeckt. Ryan! Sie wollte ihn unbedingt sehen.

Nachdem sie gefrühstückt hatte, machte sie sich mit klopfendem Herzen auf den Weg in den wilden Garten. Als sie über die alte Mauer stieg, überkam sie sofort wieder dieses Gefühl des Friedens und der Ruhe. Es war wie ein Nachhausekommen. Sie kannte dieses Fleckchen Erde erst seit kurzer Zeit, und doch war es ihr so vertraut und lieb geworden wie kein anderer Ort auf der Welt.

So schnell sie konnte, eilte sie durch den Garten, um Ryan zu finden. Doch das Cottage lag verlassen in der Sonne. Im Hintergrund glitzerte das Wasser des Frenchman's Creek.

»Ryan?«, rief sie laut und lauschte dem Echo ihrer eigenen Stimme, das von den Felsen zurückgeworfen wurde.

Alles blieb still. Sie wollte gerade zu dem ummauerten Garten gehen, als Ryan oben an der Treppe auftauchte. Emily wurde mit einem Mal ganz warm ums Herz.

»Ryan!«

Er strahlte sie an, und im nächsten Moment stürmte er ihr entgegen. Sie flogen sich in die Arme und hielten sich fest. Emily war nur zwei Tage fort gewesen, doch es kam ihr viel länger vor. Ihre Lippen fanden sich, und sie versank in einem Strudel aus Liebe. In ihr breitete sich ein so tiefes Glücksgefühl aus, dass ihr ganz schwindelig wurde. Während sie den Duft seiner Haut einatmete und ihre Hände über seinen muskulösen Rücken unter dem zerrissenen Hemd fuhren, traten ihr Tränen der Rührung in die Augen.

Endlich lösten sie sich voneinander, und Ryan sah sie lange und zärtlich an.

»Du bist wieder da«, sagte er liebevoll.

»Ja«, antwortete Emily mit tränenerstickter Stimme. »Ich bin wieder da.«

»Komm, ich muss dir etwas Interessantes zeigen«, sagte Ryan und strich ihr sanft über die feuchten Wangen. »Ich habe in den Höhlen etwas gefunden.«

»In den Schmugglerhöhlen?« Emily erinnerte sich noch gut an das Heft, das sie im Dorfladen gekauft hatte. Sie wusste, dass hier früher einmal Schmuggler gelebt hatten.

Ryan legte ihr den Arm um die Schultern, und eng aneinandergeschmiegt stiegen sie die Treppe hinauf zu den Höhlen im Felsen.

Vor dem Eingang stand eine alte Öllampe. Ryan zog ein Päckchen Streichhölzer aus der Tasche und entzündete die Laterne. Dann betrat er den finsteren Tunnel, der in den Felsen hineinführte, und Emily folgte ihm. Der Eingang war etwa zwei Meter hoch, und im schwachen Schein der Lampe konnte Emily die groben Felswände erkennen. Der Gang roch nach Feuchtigkeit und Schwefel und führte nach einigen Metern in ein großes Felsengewölbe. Hier musste die Schmugglerware gelagert worden sein. Es standen noch Überreste alter Fässer und Truhen an den Wänden. Ihr Holz war durch die Feuchtigkeit so vermodert, dass nur noch die Eisenringe übrig geblieben waren.

Ryan griff nach Emilys Hand und zog sie weiter bis zum nächsten Gang, der noch tiefer in den Felsen hineinführte. Bald wurde der Weg enger, die Wände kamen bedrohlich nah, und sie mussten aufpassen, dass sie sich nicht an einer der scharfen Steinkanten stießen. Auch dieser Gang endete in einer Felsenhöhle, die jedoch etwas kleiner war als die erste.

Ryan stellte die Lampe auf einen Steinsockel, und Emily sah sich im Schein des Lichtes um. Einige große Kisten, Porzellankrüge und Schüsseln standen hier auf dem Boden. Ryan ging zu einer der Kisten und nahm den Deckel ab. Emily schaute ihm über die Schulter. In der Kiste steckten zahlreiche in Leder gebundene Bücher.

»Die habe ich gestern gefunden. Allerdings kann ich kein Französisch, deshalb brauche ich deine Hilfe.« Ryan zog eins der Bücher heraus. »Es scheinen Gartenbücher zu sein, wie sie auch meine Familie seit Generationen geführt hat.«

»Vielleicht sind es ja tatsächlich Aufzeichnungen deiner Vorfahren«, überlegte Emily.

Ryan holte die Lampe und stellte sie direkt neben die Kiste. Dann schlug er das Buch auf. »Aber warum sollten sie alles auf Französisch geschrieben haben?«

Emily nahm ihm das Buch aus der Hand und blätterte vorsichtig durch die vergilbten Seiten. An einigen Stellen war die Schrift so verblasst, dass es schwer war, sie zu entziffern. Plötzlich stutzte sie.

»Mein Französisch ist nicht das beste, aber ich bin ziemlich sicher, dass das hier ein Tagebuch ist.« Emily las die erste Seite. »Ja, da steht es: *Aurelie Thorn, Rückblick auf mein Leben. Buch acht*«, übersetzte sie.

»Dann wird hier wohl auch irgendwo Buch eins sein.« Ryan zog vorsichtig die anderen Bücher hervor. Bei jedem öffnete er die erste Seite, bis er das richtige Buch gefunden hatte. »Hier ist es. Wir sollten die ganze Kiste mitnehmen, um sie draußen bei Tageslicht zu lesen.«

Emily stimmte Ryan gerne zu. Sie fand die Schmugglerhöhlen zwar spannend, aber auch unheimlich. Ryan nahm die Kiste unter den Arm, und Emily ging mit der Laterne voraus. Als sie den Ausgang der Höhlen erreicht hatten und ins Sonnenlicht traten, atmete sie erleichtert auf.

Wenig später saßen sie mit einer Flasche Limonade vor Ryans Cottage in der warmen Frühlingssonne, und Emily schlug das erste Buch auf. Sie las laut vor:

Aurelie Thorn, Rückblick auf mein Leben
20. September 1845

Ich sitze hier vor meinem Haus am Helford River, um die Ereignisse meines Lebens schriftlich festzuhalten. Nicht, dass ich der Meinung bin, es könnte jemanden interessieren, vielmehr drängt es mich, meinen Enkeln und Urenkeln Zeugnis abzulegen. Denn ich musste manchmal Dinge in meinem Leben tun, die nicht richtig waren, die aber die einzige Möglichkeit für mein Überleben darstellten.
Ich halte nicht viel von der gehobenen Gesellschaft und vom Adel, der sich selbst geißelt und Liebe und aufrichtige Gefühle verbietet. Inzwischen bin ich alt, weit über siebzig, und mein geliebter Edmund ist schon

zwei Jahre nicht mehr bei mir. Er ist mir vorausgegangen zu einem Gott, an den ich längst nicht mehr glauben kann. Doch Edmund hat mich durch seine Liebe und Treue gelehrt, dass dieser Gott mich niemals verlassen hat. Ja, zweimal war ich dem Tod gefährlich nahe. Beim ersten Mal hat mich eine Schmugglerin in Frankreich aus dem Meer gezogen, als ich mit achtzehn Jahren keinen anderen Ausweg sah als das weite Meer. Und beim zweiten Mal war es mein Geliebter, der mich aus den Flammen rettete, die seine eigene Mutter legen ließ. Mir wurde das Leben neu geschenkt, und dafür bin ich bis heute dankbar. Der wilde Garten am Helford River hat uns Frieden gebracht, hat uns alle Schrecken vergessen lassen. Meinen Nachkommen wünsche ich, dass dieses Stück Land auch ihre Seelen heilt und ihnen die ersehnte Ruhe bringt.
Meine lieben Kinder und Kindeskinder, wenn ihr meine Aufzeichnungen lest, zieht eure eigenen Schlüsse daraus. Aber bleibt immer ihr selbst, folgt eurem Herzen und nicht dem, was andere von euch erwarten.

Emily blätterte die Seite um. Hier schien der eigentliche Text zu beginnen, der die Lebensgeschichte dieser Aurelie Thorn erzählte. Emily trank einen Schluck Limonade. Dann wandte sie sich an Ryan.

»Könnte es nicht sein, dass Aurelie Thorn deine Vorfahrin war? Wenn ihr dieser Garten im Jahr 1845 gehörte und deine Familie ihn seit Generationen immer weitervererbt hat, dann könnte sie doch mit dir verwandt sein.« Sie lächelte ihn an.

Ryan hob die Schultern und lehnte sich auf dem Stuhl zurück. »Ja, die Thorns, die jahrhundertelang den Titel des Earl of Sutterwood trugen, sind meine Vorfahren. Aber das ist eigentlich nicht wichtig, denn Aurelie scheint auf jeden Fall eine Seelenverwandte zu sein. Sie hat offenbar genau wie wir ihren Frieden in diesem Garten gefunden.«

Emily lächelte ihn zärtlich an, sie beugte sich vor und küsste ihn. Dann nahm sie das Buch und las weiter.

Kapitel 13

Helford River, Frenchman's Creek,
Mai 1793

Edmund kauerte neben Aurelie und schüttelte sie, um sie wieder zu Bewusstsein zu bringen. Der Rauch drohte, auch ihm die Luft zum Atmen zu nehmen. Im unteren Stockwerk tobte das Feuer, es krachte und knackte bedenklich. Edmund musste Aurelie möglichst rasch an die frische Luft bringen, doch durch das enge Treppenhaus des Turmes konnten sie nicht nach unten gelangen. So schnell er konnte, rannte er zum Fenster und riss es auf. Dann hob er Aurelie aus dem Bett. Als die kalte Nachtluft auf ihr Gesicht traf, zuckten ihre Augenlider. Edmund stieß einen erleichterten Seufzer aus.

»Aurelie, mein Liebling, ich bitte dich, wach auf!« Hektisch sah er sich um und entdeckte einen Krug Wasser, der in der Waschschüssel stand. Kurz entschlossen nahm er ihn und leerte ihn über seiner Geliebten.

Aurelie spuckte und prustete. »Was? Was ist los? Edmund!«

Edmund sah sie eindringlich an. »Es brennt, der Turm steht in Flammen. Wir kommen nicht mehr nach unten.«

Er blickte in die mondhelle Nacht hinaus. Das Schlafzimmer lag im zweiten Stock, es war zu hoch für einen

Sprung. Aber unter dem Fenster wuchs eine alte Buchsbaumhecke. Es war gefährlich, aber wenn sie hier im Turm blieben, würden sie definitiv sterben.

»Aurelie!« Er rüttelte an ihr, denn sie hatte die Augen wieder geschlossen. »Bitte, bleib wach. Es ist wichtig.«

»Ja?« Sie sah ihn mit müdem Blick an.

Hoffentlich würde es gut gehen. Er musste als Erster hinunterspringen, um sie auffangen zu können. Das Brausen der Flammen wurde lauter. Ein ohrenbetäubender Knall kam aus dem Treppenhaus. Das Feuer war schon ganz nah. Immer wieder musste Edmund husten. Er lehnte sich aus dem Fenster und erkannte einen schmalen Sims. Wenn Aurelie sich darauf stellte, würde sie eine Weile vor dem Feuer sicher sein. Er musste nur unten ankommen, bevor sie den Halt verlor und fiel.

»Wir müssen aus dem Fenster steigen«, sagte er und drehte sie zu sich.

Aurelie blickte ihn benommen an. Sie hatte den Ernst der Lage immer noch nicht begriffen, und Edmund fragte sich, ob ihr wohl jemand ein Schlafmittel verabreicht hatte.

Rasch kletterte er auf die Fensterbank und tastete mit den Füßen nach dem Sims. Als er Halt gefunden hatte, fasste er Aurelie um die Taille und zog sie hoch, sodass sie direkt neben ihm stand.

»Aurelie!« Er tätschelte sanft ihre Wange, damit sie wieder zu sich kam.

»Halte dich hier fest«, sagte er und legte ihre zarten Hände um die mittlere Sprosse des Fensterrahmens. »Und sobald ich es dir sage, lässt du dich fallen.«

Aurelie nickte.

Rasch drehte er sich um und spähte nach unten. Die Scheiben in den unteren Etagen waren geborsten, Rauch und Flammen schlugen daraus hervor. Edmund atmete tief durch, ehe er sprang und wenig später in der dichten Hecke landete. Die Zweige schürften seine Haut auf, und er spürte einen stechenden Schmerz im Rücken. Stöhnend richtete er sich auf und befreite sich aus dem stacheligen Gestrüpp. Erleichtert stellte er fest, dass er sich offenbar nichts gebrochen hatte. Doch die Hitze des nahen Feuers brannte auf seiner Haut.

Edmund blickte nach oben. Aurelie stand noch immer auf der Fensterbank.

»Aurelie!«, schrie er. »Spring herunter, ich fange dich auf.«

Nichts geschah. Sie hatte ihn im Tosen des Feuers nicht gehört.

Er wollte gerade noch einmal rufen, als sie taumelte und vom Sims fiel. Er breitete die Arme aus, und wenig später lagen sie beide am Boden. Wieder durchfuhr ihn ein heftiger Schmerz. Doch er konnte sich jetzt nicht darum kümmern.

»Mein Liebling, steh auf«, sagte er, fasste Aurelie unter den Armen und half ihr hoch.

Sie verzog das Gesicht, als er sie kurzerhand über seine Schulter warf und von den Flammen wegbrachte. Sein Rücken tat ihm weh, Blut lief über seine zerkratzte Wange, und in seinen Händen steckten Dornen der Hecke. Doch Edmund kannte in diesem Augenblick nur ein einziges Ziel: Er musste Aurelie retten.

Mit letzter Kraft schleppte er sich die Wiese hinauf, dann brach er hustend zusammen. Vorsichtig legte er seine

Geliebte neben sich in das weiche Gras, ehe er das Bewusstsein verlor.

Als er wieder zu sich kam, hörte er Schreie und den Lärm von Pferdehufen, in der Luft lag noch immer der Gestank des Feuers. Edmund hatte es anscheinend geschafft, Aurelie und sich selbst in Sicherheit zu bringen. Er betrachtete seine Geliebte, die tief und fest neben ihm schlief. Ihr Gesicht war mit Ruß bedeckt, das dünne Nachtgewand zerrissen und schmutzig. Doch sie atmete regelmäßig, und es war eine warme Mainacht, sodass sie auch nicht frieren musste. Edmund schmiegte sich fest an sie, ehe sein Blick auf den Turm des Anwesens fiel. Das Feuer loderte inzwischen aus dem Dach und hatte auch auf das Haupthaus übergegriffen. Die Dienstboten waren herausgeeilt, sie standen in ihren Nachtgewändern zusammen. Einige der Männer hatten eine Reihe gebildet und schöpften mit Eimern Wasser aus dem Löschteich, um sie in das Feuer zu schütten. Aber Edmund sah, dass dieses Unterfangen sinnlos war. Die Flammen wüteten so stark, dass die Männer ihnen kaum etwas entgegensetzen konnten. Er hoffte inständig, dass alle Bewohner das brennende Haus inzwischen verlassen hatten. Er wusste, dass er aufstehen und sich an den Löschversuchen beteiligen sollte, doch sein Körper schmerzte so sehr, dass er noch eine Weile liegen blieb.

Irgendwann stand er mühsam auf. Aurelie wollte er hier nicht alleine lassen, doch sie schlief so tief, dass er es kaum schaffen würde, sie zu wecken. Also beschloss er, rasch zum Haus zu laufen, um nachzusehen, ob irgendjemand vermisst wurde. Er würde sich beeilen, um schnell bei seiner Geliebten zurück zu sein.

Während er sich über die Wiese schleppte, zuckte er bei jedem Schritt zusammen. Er musste sich eine Rippe geprellt haben.

»Eure Lordschaft«, rief sein Verwalter Heston, der ganz außer Atem auf ihn zueilte. »Ich habe Sie schon überall gesucht. Ich hatte Angst, Sie wären noch im Haus.«

»Ich habe Miss de Nonant aus dem Turm geholt«, rief Edmund und sah sich um. »Wird sonst noch jemand vermisst?«

Der Verwalter wich seinem Blick aus. Dann sagte er mit belegter Stimme: »Die Countess … sie konnte nicht mehr gerettet werden. Das Feuer muss im Turm ausgebrochen sein und sich dann rasend schnell über die Galerie verbreitet haben. Die Räume Ihrer Mutter lagen am nächsten, und es war jeder Fluchtweg versperrt.«

Edmund packte kaltes Entsetzen. Sein Blick wanderte an der Fassade des Anwesens hinauf, wo die Flammen aus sämtlichen Fenstern schlugen, auch aus denen, die zu den Zimmern der Countess gehörten. Instinktiv ahnte er, dass es zu spät war. Wenn sie sich nicht längst in Sicherheit gebracht hatte, war sie jetzt nicht mehr am Leben. Das Feuer hatte alles und jeden vernichtet, der sich noch dort oben im ersten Stock befunden hatte. Edmund raufte sich verzweifelt die Haare. Wie hatte all das nur geschehen können? Er starrte auf das Haus, das ein Opfer der Flammen war. Dann sah er wieder die Countess und das Dienstmädchen vor sich, die sich in der Nacht davongeschlichen hatten. Er dachte an die feuchten Tücher, die in der Galerie gelegen hatten. Das Schlafmittel, das man Aurelie offenbar gegeben hatte. War es möglich, dass …? Nein, er konnte den Gedanken nicht zu Ende denken, das war gemein und grausam. Wie konnte er auch nur eine Sekunde glauben, dass seine Mutter dahintersteckte? Warum hätte sie Helford House anzünden sollen?

Edmund konnte kaum einen klaren Gedanken fassen. Er versicherte sich bei Heston, dass tatsächlich niemand außer der Countess vermisst wurde. Als er gerade zu Aurelie zurückkehren wollte, sah er eine Gruppe Dienstboten, die sich um eines der Hausmädchen scharte. Das Mädchen weinte bitterlich. Edmund blieb stehen, als er die schluchzende Dienerin erkannte. Es war die Frau, die seine Mutter heute Nacht durch das Haus begleitet hatte.

»Was ist hier los?«, fragte Edmund, während er zu den Dienstboten trat. »Warum weint sie?«

Die anderen starrten schweigend zu Boden.

»Kann es sein, dass Sie für diese Katastrophe verantwortlich sind?«, sagte Edmund mit unterdrückter Wut zu dem jungen Dienstmädchen. »Ich wurde heute Nacht aufgeschreckt, weil ich Schritte im Flur gehört habe. Da sah ich Sie und die Countess davonschleichen. Eine halbe Stunde später kamen Sie zurück, und im Turm wütete das Feuer.«

Die Frau starrte ihn mit angstgeweiteten Augen an. Dann brach es aus ihr heraus, sie schluchzte und verbarg ihr Gesicht in den Händen. »Ich wusste nicht, dass es so schlimm werden würde. Es sollte ja nur der Turm …«

»Verdammt!« Edmund fasste die Frau so fest am Oberarm, dass sie aufschrie. »Haben Sie denn nicht daran gedacht, dass Miss de Nonant dort schlief?«

»Sie war doch nicht mehr im Turm, hat die Countess gesagt«, schluchzte die Frau.

Edmund ließ sie los. Er hatte genug gehört und schleppte

sich nun den Hügel hinauf zu Aurelie. Das Dienstmädchen hatte die Wahrheit gesprochen. Es passte alles zusammen – das plötzliche Einlenken seiner Mutter und die merkwürdige Tradition, dass die Braut vor der Hochzeit im Turm wohnen sollte. Edmund legte sich rücklings ins Gras. Seine Lunge brannte von dem Rauch, dem er ausgesetzt gewesen war und der noch immer in der Luft lag. Das ganze Haus brannte inzwischen lichterloh, und die Männer, die vorhin noch versucht hatten, das Feuer zu löschen, standen nun entsetzt davor. Sie mussten hilflos dabei zusehen, wie es in sich zusammenfiel. Immer wieder stürzten ganze Dachteile mit lautem Krachen zu Boden.

Edmund zog Aurelie an sich. Sie fühlte sich kühl an. Schnell schlüpfte er aus seinem Morgenmantel und wickelte sie darin ein. Nun trug Edmund nicht mehr am Leib als sein Nachtgewand. Er richtete sich auf, nahm Aurelie in seine Arme und ging hinunter zum Fluss. Der Weg war mühsam, zumal Edmund nur seine dünnen Hausschuhe trug. Als er endlich das kleine Fischerdorf und den Steg am Helford River erreicht hatte, legte er Aurelie behutsam in sein Boot. Der Morgen graute bereits, aber kein Fischer schien heute hinausgefahren zu sein. Ihre Boote lagen noch vertäut am Ufer. Bestimmt waren sie alle zum Anwesen hinaufgelaufen, um zu sehen, ob sie helfen konnten.

Edmund ruderte mit zusammengebissenen Zähnen über den Fluss. Glücklicherweise herrschte Flut, sodass er an dem Steg am Frenchman's Creek anlegen konnte. Er schleppte Aurelie hinauf zum Schmugglerhaus und legte sie in ihrem kleinen Schlafzimmer ins Bett. Als sie unter der warmen Decke lag, räkelte sie sich. Edmund war versucht, sich neben sie zu legen und mit Aurelie in seinen

Armen einzuschlafen. Doch er musste dringend zurück und sich um das Haus und seine Angestellten kümmern. Es war unerlässlich, dass er nun endlich herausfand, wo sich sein Vater aufhielt. Hoffentlich war er noch am Leben. Einen Moment lang stockte ihm der Atem, als er daran dachte, nun möglicherweise beide Eltern verloren zu haben. Wie sollte es jetzt weitergehen? Helford House war zerstört, er würde mit Aurelie nach Kent oder London ziehen müssen, bis hier ein neues Haus errichtet war. Aber war das überhaupt sinnvoll? Die Familie hatte genug luxuriöse Anwesen, Helford House neu zu errichten, wäre unnötig und käme einer unverhältnismäßigen Verschwendung gleich. Edmund spürte einen schmerzhaften Stich in der Brust bei dem Gedanken, Cornwall verlassen zu müssen. Wie würde Aurelie das verkraften? Sie liebte den Helford River, denn sie hatte hier endlich Ruhe und Frieden gefunden. Und auch Edmund würde am liebsten für immer hierbleiben. Gleichzeitig ärgerte er sich jedoch schon seit Jahren über die Dekadenz seiner Familie, die so viele Gebäude besaß, die die meiste Zeit des Jahres leer standen. In einer Kiste in der kleinen Schlafkammer fand er ein altes Hemd und eine zerschlissene Männerhose, die er über sein Nachtgewand zog, und fühlte sich schon etwas besser.

Wenig später verließ Edmund das Cottage. Er musste sich seiner Verantwortung stellen, auch wenn er die Rolle des Familienoberhauptes gar nicht einnehmen wollte. Aber er war nun einmal der älteste Sohn und würde den Adelstitel bald erben. Morgen würde er mit Aurelie über ihre Zukunft sprechen, bei Tagesanbruch würde es ihr sicher schon besser gehen.

In Gedanken versunken, ruderte Edmund zurück und

lief durch den Garten hinauf zu dem brennenden Haus. Die Flammen waren kleiner geworden, die Dienstboten hatten sich zerstreut. Doch Edmund blieb fassungslos stehen, als er die Ruine des einst luxuriösen Anwesens sah. Das frühe Tageslicht offenbarte das ganze Ausmaß der Zerstörung. Noch immer lag der Brandgeruch in der Luft, Ruß hatte sich auf die Pflanzen und Wege gelegt. Das Dach von Helford House war komplett zerstört, die Schornsteine eingestürzt. Die Mauern waren verkohlt, die Fenster zerborsten. Edmund wandte sich mit Tränen in den Augen ab und sah sich nach dem Verwalter um.

Heston stand vor dem Eingangstor und unterhielt sich mit einem bärtigen, ungepflegten Mann, der einen löchrigen Mantel trug und einen Seesack über der Schulter hatte.

Der Mann drehte sich zu Edmund um, und als er ihn erkannte, traten ihm Tränen in den Augen.

»Edmund!«

»Vater! Ich … oh, Vater!« Er war zurück, sein Vater war zurückgekehrt! Erleichterung breitete sich in Edmund aus, und er schloss den Earl in die Arme, der sich bei der Berührung leicht versteifte.

»Ich bin gestern in Liverpool vom Schiff gegangen und die ganze Nacht durchgeritten«, sagte sein Vater und deutete dann auf die qualmende Ruine. »Was ist geschehen?«

Edmund betrachtete seinen Vater nachdenklich.

»Haben Sie vom Schicksal unserer Mutter gehört?«, fragte er vorsichtig. Heston wandte sich diskret ab.

Der Earl nickte betrübt. »Wenn ich nur ein wenig früher hier gewesen wäre …«

Edmund wusste, dass die Ehe seiner Eltern nie auf Liebe

basiert hatte, und doch wünschte sich sein Vater vermutlich, er hätte seine Frau vor ihrem Tod noch einmal gesehen. Edmund rang mit sich, aber er musste ihm die Wahrheit sagen.

»Ich befürchte, ich habe noch andere schlimme Nachrichten für Sie«, sagte er mit betrübter Miene.

Das Gesicht des Adligen wurde zunehmend ernster, als Edmund ihm von den Ereignissen erzählte, die sich in den vergangenen Wochen auf seinem Anwesen zugetragen hatten.

»Während Ihrer Abwesenheit habe ich beschlossen, mich zu vermählen. Doch die Countess war mit der Wahl meiner Ehefrau nicht einverstanden«, berichtete Edmund. »Ich hätte sofort skeptisch werden müssen, als sie von einem Tag auf den anderen ihre Meinung änderte und nicht länger gegen diese Hochzeit protestierte. Dabei hatte sie einen teuflischen Plan.« Edmund holte tief Luft und erzählte seinem Vater dann von den Beobachtungen, die er heute Nacht gemacht hatte, und von den Aussagen des Dienstmädchens.

Nachdem Edmund geendet hatte, schwieg sein Vater lange. Schließlich räusperte er sich. Seine Stimme war belegt, als er sagte: »Ich muss selbst mit dieser jungen Frau sprechen. Aber ich fürchte, dass es mir nicht schwerfällt, deinen Verdacht zu teilen.«

Gemeinsam gingen sie ins Fischerdorf hinunter, um mit den Bediensteten zu reden. Sie saßen verängstigt und traurig in den Cottages der Fischer und wärmten sich mit Tee gegen die Kälte der vergangenen Nacht und den Schock, denn sie alle erlitten hatten. Die Dienerin, die mit der Countess durch das Haus geschlichen war, wiederholte vor dem Earl ihre Geschichte. Sie beteuerte erneut, nicht gewusst zu haben, dass Miss de Nonant noch im Turm geschlafen hatte. Die Countess habe ihr mit Entlassung gedroht, wenn sie das Feuer nicht gelegt hätte. Sie hatten das gesamte Lampenöl verwendet, das sich im Haus befunden hatte. Unglücklicherweise hatten beide Frauen die Gefahr der rasanten Ausbreitung des Feuers unterschätzt, sodass sie nicht mit einem Großbrand gerechnet hatten.

Nachdem Edmund und der Earl alle wichtigen Informationen in Erfahrung gebracht hatten, war es bereits Mittag. Edmunds Vater versprach den Fischern, die Bewirtung seiner Diener zu bezahlen, und bat sie, ihnen auch noch ein einfaches Mittagessen zuzubereiten. Dann ließ er Kutschen rufen, die diese Menschen nach London und Kent bringen sollten, wo sie auf alle anderen Familienanwesen des Earl verteilt wurden. Edmund bat die Fischer um Fisch und etwas Brot, das er mit zu Aurelie nehmen wollte. Er musste sich vergewissern, dass es ihr gut ging und dass das Schlafmittel, das ihr verabreicht worden war, keinen schlimmeren Schaden bei ihr angerichtet hatte.

Sein Vater begleitete Edmund auf die andere Flussseite, und so kamen sie am frühen Nachmittag endlich bei Aurelie an. Da Ebbe herrschte, mussten sie das Boot im Fluss festmachen und sich dann mühsam die Böschung hinaufkämpfen. Edmund schmerzte jeder einzelne Knochen. Plötzlich ergriff ihn eine innere Unruhe. Er war lange fortgeblieben und machte sich Sorgen um Aurelie. Er hätte sie nicht so lang allein lassen sollen.

»Aurelie?«, rief er, sobald sie das Cottage erreicht hatten. Doch alles blieb ruhig.

Sein Vater sah sich um.

»Was für ein wundervoller Ort«, stellte er fest. »Ich hatte keine Ahnung, dass sich auch auf dieser Seite des Flusses ein hübscher Garten befindet, in dem sogar tropische Pflanzen wachsen.«

Er betrachtete die Pinien und Palmen, die Aurelie im letzten Jahr angepflanzt hatte.

Edmund betrat unruhig das Schmugglercottage und rief wieder nach seiner Geliebten.

»Ich bin hier«, ertönte ihre heisere Stimme aus dem Schlafzimmer, und Edmund eilte zu ihr.

Aurelie lag im Bett. Sie sah blass aus, ihr Gesicht war voller Rußflecken, und sie trug noch immer das schmutzige Nachthemd.

»Mir tut alles weh, und mein Hals brennt«, krächzte sie und versuchte, sich aufzurichten, ehe sie sich wieder kraftlos in die Kissen fallen ließ.

»Ich hole dir Wasser.«

Edmund ging zum Brunnen hinaus. Warum hatte er sie nur ohne Wasser hier zurückgelassen? Er hätte sich doch denken können, dass sie zu schwach war, um sich selbst etwas zu holen.

Der Earl war in den Kräutergarten gegangen, um ihn genauer in Augenschein zu nehmen, doch jetzt kam er zu Edmund zurück.

»Ich werde eine Fischsuppe für uns alle zubereiten«, sagte er und griff nach dem Korb, den sie aus dem Fischerdorf mitgebracht hatten. »Hier wachsen so viele Kräuter, und ich finde bestimmt irgendwo auch ein bisschen Gemüse.«

»Sie können kochen, Vater?«, fragte Edmund überrascht.

»In der Wildnis in Südamerika hat man meist keinen Koch dabei, ich musste es mir zwangsläufig beibringen.«

Doch zunächst betraten Edmund und sein Vater das niedrige Cottage. Der Earl ging zum Kamin und begann, einige Holzscheite aufzuschichten. Währenddessen füllte Edmund ein Wasserglas und nahm es mit zu Aurelie ins Nebenzimmer.

»Wer ist mit dir gekommen?«, fragte sie mit schwacher Stimme.

»Mein Vater. Er ist von seiner Reise zurückgekehrt.« Edmund reichte ihr das Glas und setzte sich zu ihr auf die Bettkante. »Wie geht es dir?«

»Ich fühle mich schrecklich«, antwortete sie und trank vorsichtig ein paar Schlucke. »Das muss an dem heißen Kakao liegen, den ich kurz vor dem Zubettgehen gestern getrunken habe.«

»Wer hat dir den Kakao gebracht?«, fragte Edmund hellhörig. »Das Hausmädchen mit den pechschwarzen Haaren?«

Aurelie nickte kraftlos. »Was ist passiert? Warum bin ich hier? Und warum tut mir mein Hals so weh?«

Edmund berichtete ihr, was in der Nacht geschehen war, auch von seiner schrecklichen Erkenntnis, dass seine Mutter selbst dahintersteckte.

Er hatte gerade geendet, als sein Vater an die Tür klopfte und mit einer dampfenden Schale hereinkam.

»Das ist mein Vater, der gegenwärtige Earl of Sutterwood«, stellte Edmund ihn vor. »Und das ist Aurelie de No …« Er brach ab. Seinen Vater wollte er nicht belügen.

»Ich freue mich, Sie kennenzulernen.« Der Earl stellte

die Suppenschale auf der Fensterbank ab, ehe er den Raum wieder verließ.

Edmund half Aurelie, sich aufzusetzen, und stopfte ihr sämtliche Kissen in den Rücken, die er finden konnte. Dann reichte er ihr die Suppe. Nachdem sie gegessen hatte, erwärmte er Wasser und brachte ihr Tücher und die Waschschüssel, damit sie sich frisch machen konnte. Inzwischen setzte er sich zu seinem Vater, der auf der kleinen Terrasse vor dem Cottage auf ihn wartete.

»Macht sie dich glücklich?«, fragte der Earl.

»Sehr«, antwortete Edmund. Er streckte die schmerzenden Beine aus und genoss die wärmende Sonne auf seiner Haut. Jetzt erst merkte er, wie müde er war.

»Du wirst sie nicht heiraten können, wenn du der nächste Earl of Sutterwood werden willst«, sagte sein Vater und drehte sich zu ihm.

Edmund presste die Lippen zusammen. »Ich habe keine Wahl.«

»Das dachte ich damals auch, aber es wäre sicher besser gewesen, wenn ich den Titel ausgeschlagen hätte. Ich war nie ein guter Earl, wie sich spätestens jetzt gezeigt hat. Und wir sind uns ähnlich, mein Sohn.« Er legte ihm die Hand auf die Schulter. »Wir fühlen uns beide in dieser verlogenen Gesellschaft nicht wohl, wir lieben die Einsamkeit und die Natur. Damals glaubte ich, genau wie du heute, dass ich die Tradition aufrechterhalten und mein Erbe annehmen muss, aber inzwischen weiß ich: Wir haben immer eine Wahl. Jeder sollte sein Leben selbst bestimmen. Und daher bitte ich dich inständig: Denke gut darüber nach, ob du deine Zeit auf Erden wirklich mit Regeln verbringen möchtest, die dir unsinnig erscheinen.«

Edmund lehnte sich irritiert nach vorn. »Was meinen Sie damit?«

»Du hast Brüder, die diese Aufgabe nur zu gern übernehmen würden«, erwiderte sein Vater. »Ich weiß, es gibt immer einen Skandal, wenn der rechtmäßige Erbe auf seinen Titel verzichtet, aber ich liebe dich, mein Junge, und ich weiß auch, was es bedeutet, die Bürde dieser Verantwortung zu tragen. Ich hätte zu Hause bleiben sollen und deiner Mutter Einhalt gebieten müssen. Diese Intrige, die sie gesponnen hat, war gemein und hinterhältig. Sie ist vor einem Mord nicht zurückgeschreckt. Gut, dass du dein Mädchen retten konntest, aber ich muss mir nun mein Leben lang die Frage stellen, ob ich das alles hätte verhindern können.«

Edmund schüttelte den Kopf. Er wollte seinem Vater gerade widersprechen, als dieser die Hand hob und ihn davon abhielt.

»Die Fehler, die ich begangen habe, lassen sich nicht mehr rückgängig machen. Aber ich kann alles dafür tun, dass sich die Geschichte nicht wiederholt. Es ist meine Pflicht, dich darauf hinzuweisen, dass du als Earl of Sutterwood niemals glücklich werden würdest und dass du deine Aurelie nicht heiraten könntest, ohne einen Skandal heraufzubeschwören, der nicht nur dein Leben, sondern auch das deiner Geschwister zerstören würde. Dagegen wäre es weit weniger problematisch, wenn du auf deinen Titel verzichtest.«

Edmund überlegte. Er musste sich eingestehen, dass sein Vater recht hatte. Der Gedanke, selbst einmal der Earl of Sutterwood zu sein, belastete ihn schwer.

Er sah eine Weile auf das glitzernde Wasser des Helford

River hinunter. Dann fragte er: »Aber wovon sollten Aurelie und ich leben?«

»Würdest du dich hier wohlfühlen?«

Edmund nickte. »Wir würden beide gern in diesem wilden Garten leben. Und wir bräuchten nicht viel, schließlich ist das Land fruchtbar, und es gibt genügend Sonne. Wir könnten Gemüse und Obst anbauen.«

»Ich werde das Land für dich kaufen und dir eine großzügige Geldsumme zur Verfügung stellen. In meinem Testament wird eine jährliche Rente für dich festgeschrieben sein, die deine Brüder nicht antasten können.«

Der Earl stand auf, und Edmund erhob sich ebenfalls. Der Gedanke, ein Leben lang ohne Geldsorgen hier am Helford River leben zu können und keine Verantwortung tragen zu müssen, erleichterte Edmund.

»Das würden Sie für uns tun?«

»Ich selbst habe leider nie einen solchen Ratschlag von meinem Vater erhalten. Und heute Nacht hat sich deutlich gezeigt, was für ein schlechter Earl ich bin. Ich möchte, dass du ein besserer Mensch wirst, als ich es bin.« Er ging zur Tür des Cottages. »Und jetzt lass uns eine Schale Suppe essen.«

Kapitel 14

Helford River, Frenchman's Creek,
April 2022

Damit, werter Leser, werte Leserin, beende ich die Geschichte meines Lebens. Alles, was danach kam, war pures Glück. Edmund verzichtete tatsächlich auf den Adelstitel und zog sich aus der Gesellschaft zurück. Wir lebten auf unserem wunderschönen Grundstück am Helford River an der Mündung des Frenchman's Creek, und es war das Paradies für uns und unsere fünf geliebten Kinder. Edmund hat keinen Tag lang bereut, die hochherrschaftlichen Anwesen, in denen er aufgewachsen war und die ihm einst hätten gehören können, gegen unser kleines Cottage mit den zwei Zimmern einzutauschen. Es war eng für unsere große Familie, aber wir waren immer glücklich. Wir haben unsere Kinder geliebt, und alles, was wir ihnen und unseren Kindeskindern zurufen wollen – wie es einst Edmunds Vater getan hat –, ist, dass es sich immer lohnt, seinem Herzen zu folgen und niemals eine Bindung einzugehen, zu der euch euer Herz nicht rät.

Emily schlug das letzte Tagebuch zu. Sie saßen noch immer auf der Terrasse vor dem Cottage. Inzwischen hatte es angefangen zu dämmern. Sie hatten den ganzen Tag Aurelies Aufzeichnungen gelesen und sich nur eine kurze Pause gegönnt, in der Ryan den Fisch zubereitete, den er am frühen Morgen gefangen hatte.

»Das war vermutlich das größte Geschenk, das Edmunds Vater seinem Sohn bereiten konnte«, sagte Ryan jetzt und lehnte sich auf dem Stuhl zurück. »Und ich meine nicht das Land hier oder das Geld. Sondern dass er ihm die Augen geöffnet hat, für das, was wirklich zählt.«

Emily strich nachdenklich über den Ledereinband des Tagebuchs in ihrer Hand. In diesem Moment wusste sie, was sie tun musste. Der Earl hatte nicht nur seinem Sohn die Augen geöffnet, sondern auch ihr. Auch sie war dabei gewesen, eine Bindung einzugehen, zu der ihr Herz ihr nicht riet. Auch wenn Paul ihr vermutlich ihre berufliche Zukunft verbauen und ihr großer Traum der Akademie platzen würde, sie würde einen Weg finden zu überleben.

»Ich muss nach London und etwas klären«, sagte sie und stand auf.

Ryan sah sie überrascht an. »Jetzt? Aber es wird gleich dunkel. Willst du wirklich durch die Nacht fahren?«

Emily sah auf ihre Armbanduhr. Es war fast neun Uhr abends. Sie lächelte und blieb stehen. »Okay, morgen früh wird auch noch reichen.«

Ryan kam zu ihr und zog sie an sich. »Bleibst du heute Nacht bei mir?«

»Ja«, antwortete sie leise und legte ihren Kopf in seine Halsbeuge. »Und wenn ich zurückkomme, will ich nie wieder von hier fort.«

Am nächsten Tag fuhr Emily nach London. Sie rief von unterwegs Paul an und verabredete sich mit ihm zum Mittagessen. Dann telefonierte sie mit ihrer Mutter, bei der sie sich zum Tee ankündigte. Sie wollte bei ihr in Cambridge übernachten und am nächsten Tag nach Cornwall zurückkehren. Sie musste Paul sagen, dass sie ausziehen würde, und dann ihre Mutter informieren. Natürlich würden beide geschockt sein, aber das war ihr jetzt egal. Sie wollte ihr Leben nicht mit einem Mann verbringen, den sie nicht von Herzen liebte.

Emily kam gut durch den Verkehr und schaffte es, pünktlich um eins in London zu sein. Sie hatte sich mit Paul in einem Restaurant in der Innenstadt verabredet, in dem die Tische nicht zu nah beieinanderstanden, sodass sie genügend Privatsphäre hatten.

»Mein Liebling!« Paul saß an der Bar und kam mit ausgebreiteten Armen auf sie zu, als sie das Restaurant betrat. »Endlich, ich habe dich vermisst.«

»Ich war nur einen Tag fort«, sagte Emily und schluckte gegen die Übelkeit an, die sie plötzlich verspürte.

Paul legte ihr die Hand in den Rücken, und sie folgten dem Kellner, der sie zu einem Tisch im hinteren Bereich des Lokals brachte. Sie saßen direkt neben einem Fenster, das zu einem kleinen Garten hinter dem Restaurant hinausging. Auf dem ordentlich geschnittenen Rasen stand eine Steinstatue, die eine nackte Frau mit einem Korb auf der Schulter darstellte. In dem Gefäß waren blühende Geranien angepflanzt.

Paul bestellte eine Flasche Weißwein und Wasser.

Dann sah er Emily liebevoll an, und es zerriss ihr fast das Herz. Am besten, sie sagte es ihm sofort, noch bevor sie ein Menü bestellt hatten, das sie dann unter peinlichem Schweigen einnehmen mussten.

»Paul, ich kann dich nicht heiraten«, platzte Emily heraus, sie war über ihre Direktheit selbst erschrocken. Aber jetzt war der Anfang gemacht, und sie musste weitersprechen. »Ich liebe dich nicht, und ich habe mich von dir zu einem Jawort drängen lassen.«

Paul blickte verstört von der weißen Tischdecke auf, die er eben noch glatt gestrichen hatte. »Aber das geht nicht. Wir sind verlobt, wir haben es allen verkündet.«

»Das habe ich nie gewollt. Du hast es vorschnell in die Wege geleitet. Ich hatte dich um Zeit gebeten, die du mir nie gegeben hast, aber inzwischen ist mir klar geworden, dass es mit uns nicht funktionieren kann.«

»Er steckt dahinter, oder?«, sagte er plötzlich mit kalter Stimme. »Der Obdachlose, den du in seinem Garten besucht hast. Bei dem du sogar übernachtet hast.«

Emily sog erschrocken die Luft ein. »Woher weißt du davon?«

»Oh, Emily, ich bin doch nicht dumm. Als du ohne mich verreisen wolltest, wusste ich sofort, dass du mich betrügen wirst«, erwiderte er bitter.

»Das ist …« Emily konnte nicht weitersprechen. Paul verstand einfach nicht, dass es ihr anfangs wirklich nur um etwas Ruhe zum Nachdenken ging.

»Ich bin dir gefolgt. Ich habe dich mit ihm gesehen.«

»Du hast mir hinterherspioniert?« Emily war fassungslos. Sie erinnerte sich daran, wie sie vor drei Tagen, als sie Ryan besucht hatte, eine Bewegung bemerkt hatte. Das musste Paul gewesen sein.

In diesem Moment kam der Kellner, und sie verstummten. Nachdem er Wein und Wasser auf den Tisch gestellt hatte und wieder verschwunden war, wandte sich Paul erneut an Emily. Er hatte sich offenbar beruhigt.

»Aber ich liebe dich so sehr, dass ich über deine kleine Ferienromanze hinwegsehen will. Solange du meine Frau wirst, ist es mir egal. Auch wenn ich dir so etwas nach unserer Hochzeit natürlich nicht mehr durchgehen lasse.«

»Ich werde dich nicht heiraten«, wiederholte Emily mit energischer Stimme.

»Das werden wir ja sehen. Ich lasse nicht zu, dass du unsere Verlobung löst«, sagte Paul entschieden. Seine Augen waren zu schmalen Schlitzen geworden.

»Du wirst es nicht verhindern können.« Emily schluckte. Sie hatte gewusst, dass es schwer werden würde, Paul von seinem Plan abzubringen.

»Dann werde ich dafür sorgen, dass deine Karriere ruiniert ist. Du wirst in ganz England keinen Auftrag mehr bekommen.« Paul klang plötzlich eiskalt. Er griff nach seinem Glas und stürzte den Wein in einem langen Zug hinunter.

»Damit habe ich gerechnet«, erwiderte Emily. »Ich sehe, dass wir so nicht weiterkommen. Es tut mir leid, dass du meinen Entschluss nicht akzeptierst.«

Sie stand von ihrem Stuhl auf.

»Ich bitte dich.« Seine Stimme war zu einem Flehen geworden. »Ich bin bereit, dir auch nach der Hochzeit sämtliche Freiheiten zu lassen. Bitte heirate mich, ich liebe dich.«

Emily schüttelte den Kopf. »Es tut mir leid.«

Sie verließ das Restaurant, Pauls verzweifelten Blick im Rücken.

Als sie auf die Straße trat, war ihr heiß und kalt zugleich. Tief in ihre Gedanken versunken, machte sie sich auf den Weg zu Pauls Villa, wo ihr Wagen stand. Wie hatte sie es nur so lange bei ihm aushalten können? Immerhin hatte sie drei Jahre lang mit Paul zusammengewohnt. Hätte sie in dieser Zeit nicht bemerken müssen, dass sein Kontrollzwang nichts mit Liebe zu tun hatte? Dass man einem Menschen, den man liebte, genug Freiheit ließ?

Emily schloss die Tür zu dem Anwesen auf, das in den letzten Jahren ihr Zuhause gewesen war. Sie sog den vertrauten Geruch ein und ging durch die gewohnten Räume. Eigentlich hätte sie wehmütig werden sollen, aber die Enttäuschung über Pauls Verrat saß zu tief. Wütend stieg sie die Treppe hinauf ins Schlafzimmer, holte den großen Koffer aus dem Schrank und warf all ihrer Kleider hinein. Sie räumte ihre Schubladen aus und die Schränke im Bad. Als sie ihre Schmuckschatulle öffnete, zögerte sie. Es lagen einige wertvolle Stücke darin, die Paul ihr geschenkt hatte. Sie klappte den Deckel des mit rotem Samt bezogenen Kästchens wieder zu. Sollte Paul doch alles behalten, es war ihr in diesem Moment egal.

Eine Stunde später saß sie wieder im Auto. Ihren Schlüssel hatte sie der Haushälterin gegeben, die, sollte sie Emilys Auszug überrascht haben, sich nichts anmerken ließ. Der Kofferraum war vollgestopft mit ihren Habseligkeiten, auf der Rückbank lagen lose ihre Bücher, sie hatte auf die Schnelle keine Kartons gefunden, in die sie sie hätte stecken können. Alles, was ihr wichtig war, hatte sie nun bei sich.

Auf dem Weg nach Cambridge dachte sie über ihre Zukunft nach. Dunkle Wolken hatten sich am Himmel aufgetürmt, die hervorragend zu Emilys Stimmung passten.

Wenn sie Ryan nicht wiederbegegnet wäre, hätte sie dann Paul geheiratet? Vermutlich hätte sie ein Leben an seiner Seite nicht lange ausgehalten, und es wäre irgendwann zu einer Scheidung gekommen. Sie hatte Ryan genau im richtigen Moment getroffen. Dabei hatte sie sich ja vor zwölf Jahren schon in ihn verliebt.

Die Fahrt nach Cambridge verging wie im Flug. Die Gedanken wirbelten durch Emilys Kopf. Sie versuchte, sie zu ordnen, aber sie war zu wütend, als dass es ihr gelang. In diesem Moment war es ihr vollkommen egal, dass Paul sie bei seinen Kollegen schlechtmachen würde. Sie hatte einen viel zu hohen Preis dafür bezahlt, dass er sie bisher gefördert hatte.

Als sie in Cambridge ankam, begann es zu regnen. Emily blieb vor dem Haus stehen, in dem ihre Mutter seit letztem Jahr wohnte. Paul hatte den Kauf dieses zweistöckigen Vorstadthauses mit einer großzügigen Geldsumme unterstützt. Es war nichts Besonderes, keine Luxusimmobilie oder extravagante Villa, aber es war mehr, als sich ihre Mutter je erträumt hatte. Emily presste die Lippen zusammen, während sie auf dem Kiesweg durch den Vorgarten ging. Das Haus hier war abbezahlt, und Paul hatte es Emilys Mutter überschrieben. Er konnte es also nicht zurückfordern. Aber Emily war sicher, dass er die Sache nicht auf sich beruhen lassen würde, und das machte ihr Sorgen. Sie wollte den Ärger von ihrer Mutter fernhalten.

»Emily!« Ihre Mutter stand in der Tür und breitete die Arme aus.

Emily eilte ihr entgegen.

»Was für eine Überraschung«, sagte ihre Mutter und

schob Emily in den Flur. »Warum ist Paul nicht mitgekommen? Wie schade.«

Emily ging in die geräumige Küche. Erst Anfang des Jahres war eine neue Einbauküche geliefert worden, und Emily wusste, wie stolz ihre Mutter auf die hochwertigen Küchengeräte und die blitzenden weißen Schränke war. Der Tisch war mit einem neuen Service gedeckt, und ein Kuchen stand auf einer Tortenplatte. Emily atmete tief durch, als sie sah, dass ihre Mutter für drei Personen gedeckt hatte. Sie wusste, dass sie ihren zukünftigen Schwiegersohn mochte, was die Sache verkomplizierte.

Ohne lange zu fragen, setzte ihre Mutter Teewasser auf. Sie blickte über die Schulter, während sie die Beutel in die Kanne warf. »Wie war dein Urlaub? Ich dachte, du bist noch bis zum Wochenende in Cornwall.«

»Ich fahre morgen wieder dorthin zurück«, erklärte Emily, während sie sich an den Küchentisch setzte.

Ihre Mutter drehte sich zu ihr und wartete, bis das Wasser kochte. »Cornwall ist wunderschön. Ich erinnere mich noch an unseren Urlaub dort.«

Emily musste lächeln. Es war der einzige Urlaub ihrer Kindheit gewesen, sie hatten ihn sich eigentlich nicht leisten können. Aber ihre Mutter hatte wohl bemerkt, dass Emily traurig darüber war, dass ihre Schulkameraden große Reisen unternahmen, während sie die Ferien zu Hause verbringen musste. Sie hatte damals monatelang gespart, sodass sie für eine Woche nach Truro fahren konnten, wo sie in einem preiswerten B&B übernachteten. Diese Tage waren eine der glücklichsten Kindheitserinnerungen für Emily.

»Die Verlobungsfeier war wundervoll, aber ich habe

dich kaum zu Gesicht bekommen. Du warst immer belagert von all deinen berühmten Freunden und Kollegen.« Ihre Mutter stellte die dampfende Teekanne auf den Tisch und nahm Emily gegenüber Platz. Sie griff nach dem Kuchenmesser und schnitt ein dickes Stück für ihre Tochter ab. Dann lehnte sie sich zurück und lächelte Emily an.

»Es waren hauptsächlich Pauls Freunde und Kollegen«, beeilte sich Emily, die Sache richtigzustellen.

Ihre Mutter schüttete etwas Milch in ihren Tee. »Es ist so schön, dass du überraschend kommen konntest.«

»Ich fürchte, mein Besuch hat einen unerfreulichen Grund.« Emilys Magen verkrampfte sich. Es fiel ihr unendlich schwer, ihre Mutter zu enttäuschen, aber sie hatte keine andere Wahl. So, wie Edmund sich einst um seine Liebe zu Aurelie bemüht hatte, so musste sie heute für ein Leben an Ryans Seite kämpfen.

»Was ist denn los?«, fragte ihre Mutter erschrocken.

»Ich habe mich von Paul getrennt.« Kurz und schmerzlos, so war es vermutlich am besten.

»Du hast …? Aber … wieso denn, um alles in der Welt?« Ihre Mutter starrte sie mit offenem Mund an.

»Weil ich ihn nicht liebe«, antwortete Emily und strich gedankenverloren mit der Gabel über die Glasur ihres Kuchenstücks.

»Aber ihr habt euch doch erst vor zwei Tagen verlobt? Warum hast du dich nicht vorher von Paul getrennt? Wieso erst diese riesige Feier?«

Emily legte ihre Gabel beiseite. »Paul hat mich zu dieser Verlobung gezwungen. Er hatte alle Gäste bereits eingeladen, obwohl ich eigentlich noch in Cornwall bleiben wollte.« Wieder stieg Wut in ihr auf, als sie daran dachte.

Ihre Mutter trank einen Schluck Tee und nahm dann die Gabel, um ihren Kuchen zu essen. Emily beobachtete sie und erkannte die Sorge auf ihrem Gesicht.

Irgendwann hielt sie ihr Schweigen nicht mehr aus.

»Ich weiß, dass dich das erschüttert«, fuhr sie fort. »Aber ich verspreche dir, dass ich dich, so gut ich kann, unterstützen werde. Paul wird wahrscheinlich in der gesamten Filmbranche gegen mich wettern. Und meinen Traum von einer Akademie für junge Menschen aus sozial benachteiligten Familien werde ich wohl auch nicht mehr umsetzen können. Aber ich musste diesen Schritt gehen, sonst wäre ich nicht glücklich geworden.«

Ihre Mutter lächelte ihr zu. »Aber nein, Emily! Mach dir um mich bitte keine Sorgen. Ich komme gut zurecht. Ich habe das Haus, und das ist mehr, als ich je erwartet hätte. Und auch diese Akademie darf kein Grund dafür sein, dass du einen Mann heiratest, den du nicht liebst. Bist du dir wirklich sicher, dass das so ist?«

Emily nickte. »Ich hätte ihn schon viel früher verlassen sollen.«

Ihre Mutter stand auf und kam um den Tisch herum. Sie zog Emily von ihrem Stuhl und schloss sie fest in die Arme. »Mein liebes Mädchen! Niemals möchte ich, dass du unglücklich bist. Folge immer deinem Herzen.« Sie betrachtete Emily forschend. »Und jetzt erzähl mir, wie es zu alldem kam.«

Beide Frauen setzten sich wieder hin, und Emily berichtete ihrer Mutter ausführlich von ihrer schwierigen Beziehung und wie sie erkannt hatte, dass sie Paul gar nicht liebte. Von Ryan erzählte sie ihr noch nichts, denn sie wollte erst mit ihm sprechen, bevor sie ihre Mutter in diese zarte Liebe einweihte. Der Nachmittag und der Abend vergingen wie im Flug. Als sie im Gästezimmer zu Bett ging, schlief sie sofort ein.

Am nächsten Morgen stellte Emily erstaunt fest, dass Paul kein einziges Mal versucht hatte, sie anzurufen. Das war vermutlich ein gutes Zeichen, offenbar hatte er akzeptiert, dass sie ihn tatsächlich verlassen hatte. Eigentlich hatte sie damit gerechnet, dass er sie seine Wut spüren lassen würde.

Nach dem Frühstück verabschiedete sie sich von ihrer Mutter und machte sich auf den weiten Weg zum Helford River. Sie musste Ryan von ihrer Beziehung zu Paul erzählen und ihn um Verzeihung bitten, dass sie ihm ihre Verlobung bisher verschwiegen hatte. Ryan würde es bestimmt verstehen, zumal Emily sich ja inzwischen für ihn entschieden hatte. Doch sie war müde, der gestrige Tag hatte sie viel Kraft gekostet. In Bristol machte sie eine Pause, trank einen starken Kaffee, aß ein Sandwich und vertrat sich ein wenig die Beine. Nach eineinhalb Stunden fühlte sie sich etwas besser und stieg wieder in ihr Auto. Je weiter südlich sie kam, umso besser wurde das Wetter. Als sie durch Devon fuhr, riss der Himmel auf, und die Sonne kam hervor.

Um sechs Uhr abends hatte sie ihr Cottage am Helford River erreicht.

Sie machte sich sofort auf den Weg zu Ryan, denn sie wollte keine Minute länger damit warten, ihm alles zu erzählen. Als sie über die alte Mauer kletterte, empfingen sie die lieblichen Düfte des Gartens. Die Blüten der Rosen und Rhododendren leuchteten ihr entgegen. Auf dem Seerosenteich hatten sich ein paar Möwen niedergelassen und schwammen gemächlich über das Wasser. Ryans Cottage lag verlassen da. Doch als sie zu dem ummauerten Garten ging, sah sie ihn in einem der Beete Unkraut jäten.

»Ryan!« Ihr Herz schlug höher, während sie ihm entgegenlief.

Doch dann blieb sie erschrocken stehen. Ryan blickte ihr ernst entgegen, und seine Stimme war kalt, als er sagte: »Geh weg! Ich will dich nie wieder sehen.«

Emily sog scharf die Luft ein. »Was ist los?«

»Das weißt du ganz genau.« Er stach den Spaten fest in den Boden und stützte sich mit beiden Händen darauf. »Dein Verlobter war heute Morgen hier. Wie konntest du mich so belügen?«

Emily wurde übel. Warum war sie gestern nicht gleich nach Cornwall zurückgefahren und hatte Ryan alles erzählt? Paul war ihr offenbar zuvorgekommen.

»Ryan, ich habe mich von ihm getrennt, weil ich gemerkt habe, dass ich ihn nicht liebe, sondern dich.« Sie ging einen Schritt auf ihn zu. »Bitte, du musst mir glauben, dass ich dich nie verletzen wollte.«

Ryans Hände zitterten, als er ein Stück Papier aus der Jackentasche zog. Emily erkannte, dass es die Verlobungsanzeige aus der *London Times* war. »Vor drei Tagen hast du deine Verlobung bekannt gegeben und eine Party in London gefeiert.« Er schüttelte traurig den Kopf. »Dafür gibt es keine Erklärung. Du hast mir kein Wort darüber gesagt, als du in meinen Armen lagst.«

Emily hob in einer hilflosen Geste die Hände. »Ich weiß, aber ich konnte es einfach nicht. Ich war so froh darüber, dass du mir endlich Vertrauen geschenkt hast. Ich wollte dieses zarte Band zwischen uns nicht zerstören.«

»Du hast mich belogen«, sagte Ryan und drehte sich um.

Emily wurde eiskalt. »Ryan, es tut mir leid. Ich bin hier, um dir zu sagen, dass ich für immer bei dir bleiben will. Ich habe Paul endgültig verlassen.«

»Ich kann dir nicht mehr vertrauen«, erwiderte Ryan. »Mich hat schon einmal eine Frau auf übelste Weise verraten, das soll mir nie wieder passieren.«

Emily sackte in sich zusammen. Auf diese schrecklichen Worte fiel ihr keine Antwort ein. Verzweifelt machte sie sich auf den Weg zurück zu ihrem Holiday-Cottage, ließ sich auf das Bett fallen und starrte auf die weiße, schmucklose Decke. Wie sollte es jetzt weitergehen? Sie musste alles versuchen, um Ryan zurückzugewinnen. Für ein paar Tage hatte sie das Cottage noch gemietet. Danach konnte sie erst einmal zu ihrer Mutter nach Cambridge ziehen, bis sie eine eigene kleine Wohnung in der Nähe von London gefunden hatte. Sie würde John Mercy anrufen, immerhin hatte er ihr am Sonntag noch neue Aufträge in Aussicht gestellt. Doch der Gedanke, den Helford River und Ryan zu verlassen, machte Emily tieftraurig. Sie war nicht bereit, ihn aufzugeben.

Doch dann richtete sie sich plötzlich auf. Sie wusste, was zu tun war. Sie hatte Ryan beim Drehbuchschreiben kennengelernt, sollte ein Drehbuch doch auch über ihre Zukunft entscheiden. Emily holte ihren Laptop hervor und begann, eine Geschichte für einen Film zu schreiben. Sie nannte das Projekt »Der wilde Garten am Helford River«, die Handlung begann vor zwölf Jahren in London. Der Text floss nur so aus ihren Fingern, sie schrieb wie eine Besessene, bis ihr die Augen vor Müdigkeit zufielen.

Am nächsten Morgen machte sie dort weiter, wo sie in der Nacht aufgehört hatte. Sie schrieb den ganzen Tag und bemühte sich, ihre Empfindungen und Beweggründe genau zu schildern. Bald hatte sie die Liebesgeschichte vom Garten am Helford River zu einem kompletten Drehbuch verarbeitet, das am heutigen Tag endete. Emily ließ ihre Protagonistin das Drehbuch schreiben und es zu Ryan in den wilden Garten bringen. Danach setzte sich die Protagonistin an den Küstenpfad, genau an die Stelle, wo Emily an ihrem ersten Tag am Helford River gesessen hatte. Es war die Bank am Meer, an der Mündung des Helford River. Emily holte ihren Drucker aus dem Auto, den sie gestern aus Pauls Haus mitgenommen hatte, und druckte das Manuskript aus. Mit der Hand schrieb sie darunter: »Vielleicht fällt dir ein gutes Ende für die Story ein?«

Leider hatte sie keinen Umschlag, und so nahm sie die losen Seiten und kehrte damit in den wilden Garten zurück. Als sie das Cottage erreicht hatte, klopfte sie laut an die Tür. Ryan antwortete nicht, vermutlich war er wieder im Gemüsegarten. Emily betrat das Haus und legte das Drehbuch auf den alten, wackligen Küchentisch. Dann machte sie sich auf den Weg zum Küstenpfad. Sie fand die Bank, an der ihre Geschichte enden sollte, und setzte sich. Vor ihr lagen die Mündung des Helford River und das weite Meer. Der Wind wehte, und die Sonne stand schon wieder hoch am Himmel. Emily lauschte den Schreien der Möwen und dem Rauschen des Meeres. Der Geschmack von Salz lag auf ihren Lippen. Hin und wieder kamen Wanderer vorbei, die sie freundlich grüßten.

Der Tag verging, ohne dass Ryan auftauchte. Emily wusste nicht, ob er ihr Manuskript überhaupt lesen würde.

Vielleicht hatte er es längst ins Feuer geworfen, ohne es eines Blickes zu würdigen. Als die Sonne untergegangen war und es Emily kalt wurde, stand sie auf. Heute würde Ryan nicht mehr kommen, vielleicht auch morgen nicht. Aber sie würde trotzdem bei Sonnenaufgang wieder hier sein und auf ihren Geliebten warten.

Als sie im letzten Licht des Tages gerade zu ihrem Cottage aufbrechen wollte, schälte sich eine Gestalt aus der Dunkelheit des Pinienwaldes, die auf sie zukam. Emily kniff die Augen zusammen, um etwas ausmachen zu können.

»Emily!« Es war Ryans Stimme.

Sie schluchzte vor Erleichterung laut auf.

Ryan rannte die letzten Schritte, bis er endlich vor ihr stand. Er breitete die Arme aus und zog sie fest an sich. »Ich habe dein Drehbuch gelesen – und diese Geschichte verdient ein Happy End!«

»Oh, Ryan!« Emily schmiegte sich fest an ihn. Seine Lippen suchten ihre, und als sie sich trafen, hörte die Welt um sie herum auf zu existieren. In der Abenddämmerung gingen sie gemeinsam zurück zu Ryans Garten, und während sie sich die ganze Nacht nicht mehr voneinander lösten, war Emily erfüllt von tiefer Dankbarkeit. Einst hatten Aurelie und Edmund hier ihr Leben genossen, und nun wollten auch Ryan und Emily ihr Glück in diesem wilden Garten für immer festhalten.

Epilog

Zwei Jahre später am Helford River

John Mercy kam die Stufen im wilden Garten herunter und ging Emily entgegen. Sie saß auf der Terrasse vor dem Cottage und vor ihr auf dem Tisch stand ihr Laptop. Jetzt stand sie auf und lächelte ihrem Freund zu. »Herzlich willkommen am Helford River!«

Ryan tauchte hinter John auf, er hatte ihn von seinem Hotel in Penzance abgeholt.

John umarmte Emily zur Begrüßung. »Ich freue mich, euch endlich wiederzusehen.« Sein Blick wanderte über den Garten und blieb an dem Cottage hängen, das Emily und Ryan in den letzten zwei Jahren renoviert und ausgebaut hatten. Es war mit weißer Farbe gestrichen, das Dach war neu gedeckt, und sie hatten ein Arbeitszimmer angebaut, in dem sie beide schreiben konnten.

»Setz dich, ich habe Tee gemacht, und Ryan hat extra Scones gebacken«, sagte Emily. Sie rückte ihren Computer zur Seite und holte das Tablett aus der Küche.

John und Ryan nahmen Platz, und Emily setzte sich neben ihren Geliebten, um Becher und Teller auszuteilen.

»Und? Hast du Emilys Exposé gelesen?«, fragte Ryan den Produzenten.

John lachte. »Ich dachte, wir trinken erst mal in Ruhe Tee.«

»Spann uns nicht auf die Folter.« Ryan griff liebevoll nach Emilys Hand.

Sie konnte seine Ungeduld gut nachvollziehen. Vor zwei Jahren hatte sie John das Drehbuch zu ihrer Liebesgeschichte angeboten. John hatte zunächst gezögert. Wie sich hinterher herausstellte, hatte Paul Kontakt zu ihm aufgenommen und üble Gerüchte in die Welt gesetzt. Er habe sich von Emily trennen müssen, nachdem sie einen psychischen Zusammenbruch erlitten und in eine Klinik eingewiesen worden sei. Angeblich wollte Paul den Produzenten warnen, Emily keine Aufträge mehr zu geben, sie sei komplett durchgedreht und eine Zusammenarbeit mit ihr völlig unmöglich.

Also hatte Emily das Manuskript John kurzerhand selbst geschickt und ihn gebeten, sich ein Bild zu machen. Schon wenige Wochen später hatte er sich gemeldet. Er kaufte das Drehbuch, wollte allerdings ein paar Änderungen haben – natürlich sollte niemand Paul und Emily darin erkennen. John zahlte Emily einen stattlichen Vorschuss, und sie schrieb die Geschichte um, sodass nur noch sie und Ryan ihre persönliche Liebesgeschichte herauslesen konnten. Im Augenblick liefen schon die Dreharbeiten. Und heute war John gekommen, um eine neue Idee mit Emily zu besprechen. Das Exposé hatte sie ihm per Mail zugeschickt.

»Es gefällt mir gut«, sagte John und trank einen Schluck Tee. »Ich habe ein paar Anmerkungen, aber ich bin sehr interessiert an diesem Stoff, Em.«

Emily schlug begeistert die Hände zusammen und spürte Ryans Umarmung.

Dann wandte sich John an Ryan. »Und dein neuer Roman müsste doch auch bald erscheinen, oder nicht?«

Ryan nickte. »Im nächsten Monat.«

Er drückte Emilys Hand und strahlte seine Geliebte an. Sein alter Verlag hatte das Manuskript unter Vertrag genommen, das er über ihre Geschichte geschrieben hatte. Obwohl Emilys Drehbuch und Ryans Roman beide von ihrer großen Liebe handelten, waren es ganz unterschiedliche Geschichten geworden. Sie erzählten sie jeweils aus ihrer eigenen Perspektive, und gerade das machte es so spannend. Emily und Ryan konnten in den letzten zwei Jahren von ihrem Honorar gut leben und sogar Emilys Mutter unterstützen. Ryan hatte inzwischen einen weiteren Verlagsvertrag unterschrieben, und so, wie es aussah, stand Emily kurz davor, ein neues Drehbuch an John zu verkaufen.

»Ich muss aber noch ein ganz anderes Thema mit euch besprechen«, sagte John, nachdem er sich die Scones-Krümel vom Mund gewischt hatte. »Du hattest doch mal die Idee mit dieser Filmschule für junge Talente, die aus schwierigen finanziellen Verhältnissen stammen, richtig?«

Emily nickte. »Oh ja, aber dafür bräuchten wir viel Geld. Und Ryan und ich sind froh, dass wir beide überhaupt wieder Fuß fassen konnten.«

John breitete die Arme aus. »Ich habe über deinen Plan nachgedacht und will euch einen Vorschlag machen. Was haltet ihr davon, regelmäßig Sommercamps in London zu betreuen. Dafür können sich junge Menschen bewerben, die Interesse haben, ins Filmgeschäft einzusteigen, sich die teure Ausbildung aber nicht leisten können. Natürlich komme ich für die Kosten auf. Und die besten Teilnehmer erhalten ein Stipendium, mit dem sie dann an eine der renommierten Filmschulen gehen können. Ich versuche, auch noch weitere Produzenten von dieser Idee zu überzeugen und die Aktion zu unterstützen – schließlich haben wir doch alle etwas davon, wenn wir den Nachwuchs fördern.«

Emily und Ryan starrten ihren Freund ungläubig an. Dann sagte Emily: »Das … ich … Oh, John! Ich weiß gar nicht, was ich sagen soll. Das wäre großartig. Und wir müssten unser kleines Paradies am Helford River auch nicht aufgeben.«

»Das war mein Gedanke dahinter«, bestätigte John lächelnd. »Denn zwei oder drei Wochen im Sommer sollten sich für euch doch machen lassen, oder?«

»Auf jeden Fall!«, rief Emily und sah zu Ryan hinüber.

Der zog Emily lachend an sich, und sie sank glücklich in seine Arme. Sie war dankbar dafür, dass sie die Tagebücher von Aurelie gefunden hatten, die ihr geholfen hatten, das Richtige zu tun. Heute verstand sie nicht, wie sie jemals daran zweifeln konnte, ihrem Herzen zu folgen. Sie hatte ihre Heimat und ihre Liebe gefunden, hier im wilden Garten am Helford River.

Danksagung

Diesen Roman widme ich der Frau, ohne die es keinen einzigen Felicity-Whitmore-Roman geben würde: meiner lieben Lektorin Hannelore Hartmann. Liebe Hanne, ich kann es gar nicht oft genug sagen, was für eine Freude es mir ist, Teil der dtv-Familie zu sein. Damals hast du mein erstes Manuskript entdeckt und an die Geschichte geglaubt, seitdem haben wir schon so viele weitere Projekte gemeinsam bewerkstelligt. Ich habe eine Menge von dir gelernt und freue mich auf unsere nächsten Vorhaben. Es sind erst fünf Jahre vergangen, seit ›Der Klang der verborgenen Räume‹ erschienen ist, aber diese letzten Jahre haben mein Leben entscheidend verändert. Heute darf ich das tun, was ich von klein auf tun wollte: Geschichten erfinden und zu Papier bringen. Ich werde dir dafür ein Leben lang unendlich dankbar sein!

Und es gibt eine weitere Dame, die maßgeblich an meinen Romanen beteiligt ist: meine großartige Außenlektorin Ulrike Schuldes. Es ist immer wieder erstaunlich, mit wie viel Sorgfalt, Einfühlungsvermögen und Gründlichkeit du an die Manuskripte herangehst. Ich kann gar nicht sagen, wie viel ich von dir gelernt habe und immer wieder lerne. Nicht nur dafür bin ich dir von Herzen dankbar, liebe Ulrike, sondern auch für die Unterstützung als meine

Agentin. Ich freue mich auf all unsere weiteren gemeinsamen Projekte!

Wie immer geht mein Dank an all die Menschen, die mich außerdem auf meinem Weg unterstützen: allen voran meinen Mann Dario, ohne den ich wohl kein einziges Buch schreiben könnte oder aber verhungern müsste. An meine Mutter, weil sie immer für mich da ist. An meine lieben Autorinnenfreundinnen Marlies Ferber, Birgit Ebbert und Marlene Averbeck sowie die vielen lieben Instagram- und Facebook-Autorenfreundinnen. Es ist wunderbar, sich austauschen zu können und das Schreiben der anderen verfolgen zu können.

Aber die wichtigsten Geschöpfe sind natürlich meine sieben vierpfotigen Schreibassistenten, die Bellenden und die Schnurrenden, ohne die ich mir mein Leben nicht mehr vorstellen kann.

Band 1 der großen Lichtenstein-Saga

ALLE LIEFERBAREN TITEL, INFORMATIONEN UND SPECIALS
FINDEN SIE ONLINE